AQUARIUS

AQUARIUS

AQUARIUS

AQUARIUS

每個人心中都有一座島嶼，
藉文字呼息而靜謐，
Island，我們心靈的岸。

幻艙
高翊峰

在清醒的狀態下，我們漫步於夢中，不過只是過去時代的亡靈。

——卡夫卡

獻給　心榛

出版史上，唯一兩岸三地、馬來西亞、兩屆紅樓夢獎首獎得主齊聲推薦！

北京
李釗（當當網出版物採購主管）
莫言（作家）

廣州
肖鋒（《新周刊》總主筆）

上海
路金波（出版人・萬榕書業總經理）

香港
黃寶蓮（作家）

廖偉棠（詩人・作家）

馬來西亞

陳大為（台北大學中文系教授）

黃錦樹（暨南大學中文系教授）

黎紫書（作家）

鍾怡雯（元智大學中語系教授）

龔萬輝（作家）

台灣

王聰威（小說家）

甘耀明（小說家）

宇文正（聯合副刊主任）

李志薔（導演・作家）

李瑞騰（中央大學中文系教授）

李奭學（中央研究院文哲所研究員）

南方朔（文化評論家）

凌性傑（作家）

郝譽翔（中正大學台文所教授）

陳芳明（政治大學台灣文學研究所所長・政治大學講座教授）

童偉格（小說家）

賀淑瑋（文學評論工作者・清大台文兼任助理教授）

劉克襄（作家）

駱以軍（作家）

蘇偉貞（作家）

（依姓氏筆劃順序排列）

他們都推薦《幻艙》

讀罷《幻艙》，心中淒然。其實，我們每個人都生活在「幻艙」裡。衝出「幻艙」，到更廣闊更光明的地方去，這就是人類的歷史和未來。——**莫言**（紅樓夢獎第二屆首獎得主）

高翊峰總可以讓我們閱讀小說的、疲憊的眼一洗泥涸。他的腔調看似吊二啷噹，細看每一句子皆詩意盈滿，安潔拉・卡特式的一種豪華風格的頹廢、滑稽、輕靈、怪誕。妓女、痞子、魔術師，所有人事都在醉生夢死銀色蜉蝣整批死去的換日線閃閃發光。一個讓我們迷惘懷念，其實卻從未發生過的時光。——**駱以軍**（紅樓夢獎第三屆首獎得主）

儒雅中年男、時尚編輯、宿醉避世者，高翊峰在不同身分之間切換；客觀真世界，主觀臆想國，傳媒八卦圈，都市人活得很穿越。請問你現在活在夢的第幾層？——**肖鋒**（《新周刊》總主筆）

【推薦序】

《幻艙》裡的幽閉恐懼

南方朔（文化評論家）

一九八五年，村上春樹出版了他那本很難讀、很詭異，但卻寓意豐富的《世界末日與冷酷異境》，那是他的第四本創作，也是截至當時，他最長的一部著作，單單中文譯本即厚達五百多頁。

而要討論《世界末日與冷酷異境》，勢不可免的一定要說到村上春樹的那種獨特的「空間敘述」。

他所謂的「世界末日」不是指那種「彗星撞地球」，地球毀滅式的「世界末日」，而是指人與影分開，沒有了記憶，甚至連心也即將失去，意謂著再也沒有變化，再也沒有不同意義的未來，人被束縛在現在這個村鎮的世界。故事裡的「我」已決定和自己的影子一同逃離這個被囚禁的世界，但到了最後關頭，「我」決定不再逃走，理由是：「我有我的責任，我總不能丟下自己任意製造出來的人們和世界，自己一走了之吧。我覺得對你很抱歉，而且要跟你分開也很難過。

不過我必須對自己所做的事情負責，這是我自己的世界，牆是包圍我自己的牆，河是流過我自己的河，煙是燒我自己的煙哪。」

而所謂的「冷酷異境」，則是指意圖用單一的意識，來統合複雜的人類行為及意義生產後所造成的世界模樣。故事裡的「我」，受僱於博士做這方面的研究，研究本身就是個黑暗的地底社會，而窺伺他們的，那是另一個更黑暗的「黑鬼」世界，最後是「我」脫離了那個意識的概念世界。由於人的世界之意義取決於意識，脫離意識的探究，等於「這扭曲的人生從此消失」，「我的框架內幾乎什麼也沒剩下的，只能看見鴿子、噴水池、草坪、母子而已」，「不過我並不想放下這扭曲的人生從此消失。我有義務把它守候到最後，不這樣做的話，我對自己會失去公正性，我不能就這樣丟下我的人生而去呀」。最後，「我」的感觸是：「我不想從這個世界消失。一閉上眼，我就可以清楚地感覺到自己的心在動搖，那是超越哀傷和孤獨感的，從我自己的存在打根柢深處動搖起來的巨大深沉的翻騰滾動。那翻騰滾動一直持續不斷，我手肘支在長椅的靠背上，忍耐著那翻騰滾動。誰也幫不了我。誰也救不了我，就像我救不了誰一樣」。

在文學的敘述上，敘述的象徵、譬喻、語法和意象乃是文學故事的載體。村上春樹在《世界末日與冷酷異境》裡，它最獨特之處，乃是藉著「空間敘述」的連接，將當代文學中有關意象營造，文學的分理分析，命運、選擇等重要的課題逼上了枱面。「冷酷異境」整個意象是在說心理的「幽閉恐懼」（claustrophobia），「世界末日」則是在談「廣場恐懼」（agoraphobia）。「冷酷異境」由最初寬敞的電梯、房舍開始，很快就切換到充滿了液態恐懼的地下世界，它充滿了污水、瀑布、急流、大水蛭、黏滑的階梯、水中污物等。以前的人在做「空間敘述」時，都以建築物的興衰為中心，而村上春樹的空間則以液態、黏滑，到處都是水中生物及不確定危險的場景為主，這已推翻了以前那種合理性的敘述模式，突顯出世界的不合理性。根據加州大學洛杉磯分校藝術史教授魏德勒（Anthony Vidler）所述，近代文學家及理論家愈來愈體會到現代生活中的恐懼與焦慮，並透過「空間扭曲」（spatial warping）的敘述模式來表達，村上春樹以液態的來呈現意義涸竭的「幽閉恐懼」，在敘述上的確有開創性的作用。

而「世界末日」所隱喻的則是人的意義在失去後的「廣場恐懼」，那是個被圍牆封閉住，無人可以離開的地方。它既重又輕，沉重得足以壓死一切，又輕得毫無任何意義的重量，它彷彿是個廢墟，但它又太強而人太弱。「我」在這裡當個從獨角獸的頭骨讀取它們夢境的人。這裡的生命就像是呢喃的生生死死。「廣場恐懼」是空曠的失去了意義。

村上春樹在《世界末日與冷酷異境》裡創造了一種新的「空間扭曲」的空間敘述模式，在敘述中藉著「幽閉恐懼」和「廣場恐懼」這兩種近代主要的心理徵候，而去探討當代人在意義探究上的難題。他的作品可說是一種批判，我們不能在自閉的絕對意識裡找到答案，也不能在完全的理想裡安身立命，在不理想中找到自我負責的一小片空間，追求自我的完成，也就可以了。在這點上，村上春樹的態度倒是和沙特的存在主義有類似之處。

《世界末日與冷酷異境》，可以從微言大義之處去理解他想說些什麼，而我真正看重的乃是他是怎麼樣的去說這些，以及由此而牽涉到的近代文學裡關於「空間扭曲」的敘述問題了。

今天的人們已知道，從十八世紀起，浪漫的科學主義相信城市乃是現代性的體現，因而鋼筋水泥及玻璃的建築成了現代論述的主流，它在一八五一年英國世博會的水晶宮建築，以及稍後的芝加哥哥倫布發現新大陸四百週年展以及紐約展時達到頂峰，堅硬整齊、井然有序的城市空間被認為是文明的理想，特別是芝加哥在哥倫布四百年博覽會時，芝加哥主要建築師伯恩罕（Daniel Burnham）在總統哈里遜（Benjamin Harrison）等的支持下，更發展出整組「夢幻城市」的論述。城市是一種「永恆的形式」。

對城市的虛幻性，當以十八世紀初俄國的彼得大帝最為典型。他從一七〇三年起就決定將原本只是沼澤地的聖彼得堡闢建為現代性的標準城市。於是一個巨大的城市遂在地平線上立起，到一八九〇年時，聖彼得堡已人口破百萬，為繼倫敦、巴黎、柏林之後的歐洲第四大城。

但浪漫科學主義的城市論述在形成後，很快的就在俄國出現批判，普希金寫了長詩〈青銅鬥士——聖彼得堡傳奇〉，杜斯妥也夫斯基則寫了《地底人》，都以城市的專權、冰冷、疏離等為批判要點。美國的傑克倫敦也最早注意到城市理性遂成了非理性，那就是都市的貧窮問題，而更獨特的乃是卡夫卡，他筆下的城市乃是深不可測的冷冽權力迷宮，而人就在它的裡面遭遇到不可知的滄然命運。德勒茲（Gilles Deleuze）及瓜塔利（Felix Guattari）在論卡夫卡時：「似乎是最現代的功能主義多多少少會激發起最古代也最神祕的它的形式，這意謂著過去的官僚主義和未來的官僚主義間是相互滲透的。瞭解到這種相互混合，我們只能把這個問題分為兩極，即有著現代功能和新形式的古代主義，我們認為，卡夫卡乃是最早注意到這種歷史問題的人物之一。」他們的觀點是，卡夫卡透過「幽閉恐懼」的觀照，批判了城市空間，也打開了官僚主義這個權力本質的黑盒子。

因此，近代文學現代主義開始了對城市空間的批判。文學現代主義會從物理性方面去談城市叢林，城市的貧民窟、城市的失控無序、城市的冷峻，但隨著時代的變化，那種物理式或形態式的批判已不能表達這個流動式時代的心理反應。晚期現代主義或後現代主義在對城市空間做批判時已愈來愈傾向於以擬生物學的方式來談論，村上春樹以水生環境的譬喻來談「冷酷異境」，水中有不可測的危險水蛭，那種黏滑恐懼感，那種流動液態的恐懼。晚期現代性的批判反思裡，人們還體會到許多感覺乃是有如菌絲般在蔓延，在無序的繁殖。如果我們略加注意，當今的電影動畫在做反面呈現時，也愈來愈喜歡用擬生物學，特別是以水生生物來表現。

在說過村上春樹《世界末日與冷酷異境》的敘述模式，以及他的懷疑和信念之後，再加上回顧當代「空間扭曲」的新型態，這時候就可以試著去理解台灣青年作家高翊峰這本可能比村上春樹更難讀，也更模糊的新作《幻艙》了。

《幻艙》是個曖昧的地方，它似乎是下水道的避難室，但也似乎是個桃花源，但更像是個不知道主子是誰，以及在哪裡的囚籠。在這裡，有上面交下來的糧食，有被剪掉日期的書報雜誌，由於失去了時間的座標，生和死也都變得模糊起來。幾個奇怪的角色，包括主要的角色達利，以及一個原來是個小乾屍，卻逆時鐘的放愈久，愈活回來的角色，在這樣的時空下，由於一切已被倒錯，而且幾個角色無路可出，他們其實是活在無意義的狀態下，勉強要在無意義中尋找那殘存的意義，也就成了作者的高難度考驗。沒有了時間縱深，沒有了記憶或情感縱深，一切事物已不再立體，而變成一團流動，這個《幻艙》倒真的成了另一種「冷酷異境」，只有敘述者達利那個筆記本成了唯一但不完全的記憶。它就像人們試著要從死人骨頭裡讀出它的過去，最後讀到的古夢只是一連串的囈語。《幻艙》在敘述上的確已開創了「空間扭曲」的批判敘述模式：黏糊糊的扁平世界，看似有意義，但其實卻只是一種荒誕的滑稽之動作，意義的荒廢感像液態般散開。《幻艙》之幻，乃是它只是呢喃的一串聽不清的低語。太虛幻境之都乃是有夢之幻，而幻艙之幻則是無夢無愛之幻，是幽閉恐懼之幻。

在敘述理論上強調，說故事的人與聽故事的人，雖分處兩個板塊，但可透過說的話語、譬喻和文法，以及充填在其中的共通經驗而擔起兩個板塊間的橋梁，但近來的人已知道，在經驗愈來愈個人化的這個時代，這種橋已愈來愈難了，太多不能也不願傳遞的經驗，太多語源和文法上的碎裂，歧義及模糊，人其實只是在各自的板塊上做著謎語及只有自己聽得見的獨白。《幻艙》有著太多謎語，我不能解，但在這個敘述即故事，氣氛即情節的時代，我們只要知道說故事的人似乎想要說些什麼，好像就已很夠了。《幻艙》其實是很蒼涼哀傷的！

目錄

幻艙

球藻

他勉強睜開眼睛，下水道就躲入了光的縫隙。他無法牢記剛才奔逃的路線，也忘了，還有什麼值得逃的。

眼前是細長的太陽，一管管整齊排列。白光鋪出均勻的亮霧，有好一會，他不確定眼前的，是不是天空。最近幾次在街邊醒來，看見的都是灰濛濛帶有光感的陰霾。這次真的喝多了。以往不管喝了幾支番石榴紅、蟲綠、夕陽橙、晨霧紫、深海鐵藍……繁色螢光的試管酒，都不曾在首都市這座城市，遇見管狀的白光太陽。瞳孔花了氣力調節恢復，他才看清楚那很矮很矮的天空，不是真正的天空，只是一整片天花板，後頭則貼滿了日光燈管。就快要四十歲的他，再一次閉上眼，少許光暈的尾，躲入眼皮，也微微興奮著。

他不確定自己甦醒與否。閉著眼睛，他知道自己叫做，達利。閉上眼的世界慶幸著，還好，這一次，並沒有喝醉到遺忘了名字。

在此之前，他在那個下水道，像似奔跑，也像似是在逃。慌亂前行的時候，水滲透褲子，親吻了膝蓋，彼此都失去該有的溫度。他一低落頭，水面就浮出球形物，表面長滿藻類的雜刺，一顆漂連一顆，向巨大的管狀黑暗深處蔓生過去。一踢動水波，它們就彼此碰撞擠壓，表面深綠的絨毛絲手也騷動起來。當布生青苔的牆面出現墨的影塊，他就開始奔跑。一回頭，彷彿有無數小型輕艇追逐靠近。輕艇的馬達聲被牆面排擠，整個圓管下水道正在壓縮。牆面縮小的過程，水泥推擠出苔的黏膜，變成有肌理的肉管，柔軟而有彈性，飽含濕潤汁液，進行著像是吞嚥的蠕動。牆面擠壓達利，他再一次閉上眼，再一次觸摸。這段下水道，他曾經走過。這次的肉管牆面，不曾出現在過去飄落棉絮的高樓電梯通道，或是儲存眼淚的中央空調管線。它是新繁殖出來的。他猛然眨眼幾次，眼皮裡的他，就消失了。達利睜開眼，白色光霧像是大量鹽酸洗滌劑遇水揮發，辣出兩眼袋的淚水。擰去眼淚，天空安靜成為天花板，白光太陽死去成為日光燈。他有點驚訝，正躺在一個陌生的撞球檯上，不知睡了多久。檯面的綠色絨毛纖維細刺，穿過褲面咬了他。硬硬刺刺的觸感，持續從掌心與臉頰皮膚長出綠光寒毛。一塊吊牌從正上方的天花板懸掛而下，無法看見吊牌的標示文字。他想把剛才被小型輕艇追逐、下水道牆面緊縮成多汁肉管，以及牆面黑影記錄下來，便摸摸襯衫口袋。空空的軟布，沒有任何硬物填充。一團印象模糊的殘骸，圓滾滾墜落撞球檯，碰撞方糖形狀的白色母球，一顆星反彈，滾動到守在洞口一動也不動的黑球，最後落入底袋的，是那本使用了好一段時間的採訪筆記本。達利隱約晃見，剛才在下水道奔逃時，筆記本掉落在腳邊的墨綠的球形藻類上。躺在撞球檯上的他，側臉一看，筆記本還立在那顆球藻上，跟著水面的呼吸，興奮又浮起，萎縮又沉落。再多幾道水波搖動，筆記本就被球藻吞嚥到纖維的肚囊了。

筆記本失去去處，達利繼續平躺，讓睡翹的髮尖，試著捕捉下水道換氣口排出的蒸氣。閉上眼睛，眼皮裡的他，潛入下水道。這一次，髮絲只能偵測熱度，留不住濕潤。筒管通道弓起眼皮，黑暗失去了深淺遠近，水泥牆面失去濕苔與軟汁。一切就像老舊電漿電視收訊不良時的畫面。籃球足球大小的球藻，蔓生在粗粒子的黑水面。原本追逐他的小型輕艇，停泊在三線閘口的匯流處。馬達聲被靜音鈕切換到眼皮膜外。牆上更漆黑的巨影，等眼珠一開始自主轉動，就被格放到睫毛尖端，掉落到子畫面。達利撥開腳邊的球藻。它們似乎都漂浮於熟睡。整個首都市的下水道活著數千萬顆球藻，筆記本在哪一顆的囊內？浸泡幾分幾秒之後，已經寫下的字跡，會開始哭出黑的藍的軟弱淚腳？最後，會泡出黴菌的邊絲？又要多少時間過去，筆記本就會腐壞發爛，或者，被球藻分解消化？……達利反覆推測，一聲嘎啦炸響，從下水道接觸不良的深處，播送著關於球藻的報導。

首都市水利局為了重建污水處理的再生循環系統，再度探勘風災後重新建構的下水道分流系統。當時排水分流工程之大，遠比開挖地下第二層捷運系統更加困難繁瑣。一位醫學研究者打趣比喻，地下捷運系統是動脈，下水道是靜脈，這個城市巨人的血管都病得不輕。在轄境居民對自來水水質與供應量穩定的高度要求下，首都市行政團隊決定利用下水道的水源，將流入的家庭廢水、公辦樓廈用水、未回收利用的雨水，以及精緻工業工廠的低污染污水，全都淨化再生使用。首都市擬議，向中央政府進行鉅額借貸，抵押物是首都市所經營的市銀行管理權。事關市政的重要民生需要，與金融管理權，堪稱是首都市經濟獨立後最大的市政賭注。爭辯不斷，退休議員工作組織也出面呼籲，這次借貸會讓這座城市的民主意志，倒車半世紀。最後，市長決議舉辦一次首都市管轄區的公民公投。公投結果，有效同意票超出預期，多過了百分之六十五。公投結果公布的後一天，市政府與中央簽署借貸協議。水利局停止下水道的自動控制，於凌晨十二點進行多

處封路管制，翻開近百塊人孔蓋，進行大規模的水質檢測。漫無止境活在下水道的球藻，就是在這時候被發現，也被現場跟隨的媒體大篇幅報導曝光……

行走在下水道裡的達利聽見了。球藻新聞之後，擁有文字工作者身分的他，為首都市文化局辦的「新首都生活報」，訪問了一位專門研究藻類的植物學者。就是在這篇報導刊登發表後，無數球藻伸出墨綠絲手，捉住他落單遊走的睡眠，吞噬入腹。它們曾經從陸橋的階梯上，滾落一條濕答答的形跡，再搭乘只是經過的無人公車。又或者，在凌晨時分，突然顯示於手機的觸控螢幕，自行放大到影像失真，分泌出奇特的白濁體液。大部分時候，這些球藻，都棲息在久暗之後可以看見事物輪廓的下水道。

又一聲嘎啦炸響，和球藻一同載沉的新聞停播了，驚嚇出達利更多遺失筆記本的焦慮。焦慮讓水面的球藻醒過來，開始躁動伸出絲手，集體纏繞他的褲布。摸黑行走遇上這種狀況，平躺的他不得不睜開眼睛，一睜開，又不自覺摸索其他衣褲口袋，忘了筆記本已經遺落在某一顆球藻肚囊。達利試圖記憶筆記本遺落的周遭，以便下次入睡之後，可以直接走進這一段下水道。甦醒開始阻撓，球藻的纖維與牆面厚苔開始模糊，可能通向出口的爬桿疏鬆朽壞，污水支管也只剩下滴水的滴答……這些影音聲像的殘骸，在眼前白霧霧的光裡，一塊塊自燃火化，連灰燼都沒有飄落。

「老哥，你最好先下來，這裡的撞球檯不是床。」

說話的人是蒼蠅。近幾年，達利常和他在三重奏酒吧的地下室吧檯，一起喝雞尾酒，閒聊一些可能有趣的政治八卦和名流小道。年齡不小的蒼蠅，身上依舊是那件烙上設計師簽名的限量版T恤。百分百精梳棉的黑布上，浮出白油骷髏頭，跟昨天晚上一樣，沒有眼珠、沒有舌頭、也沒有皮肉的一張臉，卻咧開了嘴，不知為何保持笑容。達利離開撞球檯，才站直身體，嘔吐感就從胃底湧出漲滿食道。蒼蠅小聲示意，先跟老管家要杯水。十幾步距離外，是開放廚房，裡頭站了一位老男人，穿著白襯衫黑背心、脖頸勒著一只黑蝴蝶領結。廚房入口處懸掛一塊吊牌，用餐區。這偌大的光亮空間裡，還有另外三位男人。一個仰睡平躺在表演區的小舞臺，顏面被發皺的外套覆蓋，發出初次發情的公貓低鳴。另外兩位男人，在休息區吊牌下的馬蹄沙發上，玩著撲克牌。這兩位男人一個國字臉，一個倒三角臉，眉尾都被沉重的疲倦拉低垂危。眼睛都快瞇成線了，他們還是把撲克牌展成固執的扇子，一手接一手，慢動作翻開各自的下一張撲克牌。每張撲克牌在離手的第一個翻轉，丟往桌面的瞬間，插入光的縫隙裡消失了。兩個男人勉強看一眼達利，不是打量，也沒有打招呼的企圖，又繼續丟牌，讓一張張的撲克牌，躲入透明。

老男人沒有對摺身體，地面也睡得安穩。達利搖晃的腦袋，帶領著雙腳行走，看來十幾步的距離，卻繞走了三十步。他閃過一個擔憂——再走下去，可能永遠也走不到眼前的廚房。

「這裡是哪？」達利問。

「一個下水道的臨時避難室。」蒼蠅說。

「為什麼……我們在下水道？」

「我怎麼會知道呢。」

「下水道的臨時避難室？」

「老哥，記得嗎，我跟你說過……那個在下水道的密閉空間？」

宿醉讓達利又恍惚又鎮定。蒼蠅繞著他飛出圓圈。一種會壓抑呼吸的氣壓，讓他鎮定清醒，

「這裡是嗎？」

「你問我這個賣消息的？不是吧！」

蒼蠅不再拍動翅膀。達利走到廚房外吧檯邊，兩人都望著廚房裡的老管家。

「我不知道這裡是不是兩位先生說的密閉空間。我被送下來的時候，只知道這裡是下水道的臨時避難室。說是避難室，其實是給下水道工程人員歇腳和屯放緊急物資的地方。我也不知道實際位置在哪裡，特別是首都市經濟獨立之後……」

驚訝稍微驅散了酒精的存留。首都市以一座城市的規模，經歷流血衝突、抗爭，取得區域性公民公投，進而另立特別法通過，與瀕臨破產的中央財政體系切割分開，成為市府的經濟金融獨立運作權。這些過程，發生在達利出生前的那個十年，現在全都散落在歷史課本的書頁。

「老哥，別嚇到，老管家其實是經濟獨立之前，那個年代的人。」

「達利先生，首都市發生這場經濟獨立時，我已經在這個臨時避難室。我是聽其他幾位先生說的。還好，一樣叫做首都市，沒有換名字，變成我不知道的新城市。」

達利巡視其他男人，不特別想知道其他幾位先生，誰是誰。他猜不著滿頭銀髮的老管家，究竟有多大年紀了？首都市經濟獨立，又是多少年前的事？

在酒精回流腦葉之前，達利試著提問，「這樣的臨時避難室，下水道裡很多嗎？」

「我只是一個管家，不是下水道工程人員，這個問題，我可能無法回答。」

「先別管這個啦，老管家，麻煩你給他一杯水。」蒼蠅拉來高腳椅讓達利坐下。

「達利先生，多喝一些涼水，加點檸檬汁會更舒服。人喝醉，是血液的含酒精量過高，那些解酒的偏方，其實都沒有用。至少我那時候的解酒飲料、還是先喝鮮奶，是沒用的。快速補充大量水分，降低血液的酒精濃度，是最好的辦法……」

老管家的聲調沙啞濁重，話語慢慢擱淺堆疊堆高。他邊說邊準備這杯檸檬水，有種學者的謙和與講究。先在空杯加入冰塊，再切下一片檸檬，擠入汁液，倒入常溫水適度攪拌。達利的視線主動開叉成蛇信，沿著一條乳白色鐵管，走到廚房牆角，再與另外三條粗細不等的鋼管整齊鑽進水泥牆。一條是三度循環淨化的自來水，一條是以疫病牲畜屍體產生的再生沼氣瓦斯。一般家庭用管線，多半就這三條外露。最粗的第三條管線，可以讓一隻成年溝鼠折返通行。這條管線裡頭裝了什麼，達利無所謂了。長久以來，他也不知道另外兩種基本民生新液體與新氣體，究竟是透明的，還是流動著彩虹的哪一條光譜。宿醉暈眩中的他，也無意尾隨這三條管線，通往外頭的哪一個行政區，又如何輾轉流動到這個下水道的臨時避難室。

「達利先生，之前，常喝醉嗎？」

「我跟這位老哥，不是常喝醉，是一直都沒清醒過。」

「這樣有點麻煩……已經很久都沒有補給酒了。」老管家自顧自說著。

達利不追問，不為自己辯護，也不準備等待有誰，會送酒到這個下水道避難室。這段喝醉的對話，前幾天，已經出現過重疊。有一位，誰，躲入那一天的午睡。與誰對話聊到喝醉的片段，他已經寫入筆記本，短短的，只有眨一次眼睛的長度。

誰問我說，「為什麼喝醉？」

我回答誰，「我並不喜歡喝醉，只是喝醉之後能夠昏沉，會覺得很安心。」

之後，誰就不願意再與我對話了。誰從倒了墨汁的地板裡立起身子，站到不停以U形接連延伸到沒有盡頭的沙發前頭。我看見，誰穿著的衣物是由緊密的細鋼纜編織，生出河流的紋路，沖出漆黑的左手右手。頭上則長滿樹苗嫩葉，是誰的頭髮。誰還背著一個有鉚釘的白色皮袋，白銅

環腰帶框了胸，圈了脖子，繞出另一隻潔白的手，搭訕漆黑的右手。那胸前堆著水晶美人櫻，開滿兩盆乳房的碎花。我已經無法分辨，那是乳房，還是碎裂的花蕊。

原來，誰，有可能是一個女人。這點，我從來都沒有想到。

老管家遞出檸檬水給達利，性徵開始模糊的誰，急忙躲開了。

那片檸檬被擰成單一朵糜爛的纖維花，種在冰冷的不鏽鋼流理檯面。

「檸檬皮泡著，會有油的苦澀。」老管家說。

達利大口倒入，水滾進滑潤的喉管，在頭皮涼出大面積的冷。

「蒼蠅，我們怎麼進來這的？」

「我一醒過來，就躺在那邊的沙發。你睡在撞球檯，也快要……」蒼蠅檢視電子表，估量一會，「快要二十八小時了。你再不醒，就會有人開始抱怨了。」

達利回頭，撞球檯上方那塊吊牌的文字，擠著扭曲跳舞，娛樂區。旁邊十步距離，掛著運動區，由跑步機、飛輪腳踏車、舉重檯與啞鈴組合，圍出一個會私下凝聚汗味的空間。

睡了一整天？達利的手腕上佩戴一只機械表。自動上鍊的機芯，骨董老舊。十二點鐘位置的功能窗，銀色月亮幾乎圓滿。九點鐘位置的日期顯示，靜止在5。三點鐘位置的功能窗，一根短針看出今天是某個星期二。六點鐘位置的圓形窗，洩露了另一個不知位於何處的第二地時間，停在22的夜間時區。這些數字都不重要，因為這一秒，大表盤上的寶藍色柳葉形秒針，是完全靜默沉睡的。他搖搖手，皮革表帶閃爍油光，秒針沒有醒，也沒有取走動能，飛出斧頭擺錘，逼迫齒輪咬下另一輪齒輪，再慢慢擠壓彈簧，反向再給出新生動能，騙醒另一組連接中心承軸的子母齒輪組，強迫秒針滑出一小步。過去，這支骨董機械表，經常讓時間昏迷。反覆多次之後，它不知道已經為自己走出幾歲的老齡。現在，一旦沒有完全勒緊發條，手表就會刻意遺忘呼吸的方式。

「嗶，下面聲響，首都市標準時間，五點零五分……應該是清晨吧。」蒼蠅模仿已經消失的機械廣播，為達利報時。

老管家沒有佩戴手表，避難室的牆面也沒有鑲嵌或是垂掛任何時鐘，可供重複驗證。在唯有日光燈的室內空間，只能依賴電池發電的電子表了。達利將機械表的分針與時針，調整到蒼蠅的時間。他快速轉動龍頭，讓發條裝置承受壓力，不去追問秒針的位置，不取細針刺準日曆窗的日期，也不校對星期顯示上的英文縮寫字……**慢慢沉浸於橡木桶辣味的酒精，久泡之後，皮膚會漸漸失去對氣溫的敏感，最後，連季節都會從皮膚表層離開吧……究竟是第幾秒鐘？今天，究竟是不是星期二？如果是，會是第幾個星期二？小小的凹窗格，自行選擇了這個月七號的阿拉伯數字？這個月，又是幾月，又是第幾次的幾月七號了？**曾經，達利將這些寫在某頁的筆記本上，而那些不知久遠之後、以一桿影子計量的諸多問題，在達利一人獨自搬遷到租賃套房開始，始終沒有給自己答案。如果能清醒，他就回到租賃套房，動筆寫完採訪稿；無法醒過來，就躺在捷運出口的長椅，被枉死的流浪鬼魂坐扁成一片紙人，希望自己能與那些送行的銀箔冥錢，一起由氫火爐燃燒成青藍。如果是又一次意外，醒來，卻浸泡在注滿雞尾酒的白淨浴缸，被雜交的水果液氣嗆了鼻，卻無法溺斃，就和那位開始熟悉的女主人，試著做愛。看著她修剪成撲克牌黑桃形狀的恥毛，如同面對依舊陌生的妻，達利已經無法完整勃起。不過，只要摩擦足夠久，引起淺淺的顫抖，還是會有體液流出……這些，就是那些不知不覺堆積出問題的日子。如此突然，被送入這個下水道的臨時避難室，誰，能給這些問題理想的回答？達利不敢奢求。

冰涼的檸檬水校對出幾點幾分，多少減輕了喉嚨深處的酸腐。稍事舒適一些，他留意到避難室裡，沒有電視電腦這類的溝通訊息平臺，也沒有室內電話，或是工程用的兩地傳呼對講器。達利用拇指觸壓按鍵，以空氣手機撥號給蒼蠅。只有目光立即接通。

蒼蠅聳聳肩，「手機都不知道去哪了。」

「兩位先生說的無線通訊器，沒有一起送下來。在這裡，也收不到無線訊號。」

表演區在無法確認多少步數的距離之外。舞臺上的男人突然拉扯西裝，蠕動軀體，以不倒翁的搖晃方式坐起來。他一站起身，達利估量這男人至少有兩米身高，巨大臃腫成一具小型起重機。

「什麼時候，才能關掉幾盞燈……」胖男人發著牢騷，眼珠被肥厚的眼皮壓得吃力。他的聲調和眼縫一樣細，有花樣男孩的銳利。達利和他一接觸目光，胖男人便歡快搖晃肥肉，一連幾個大步，跨往廚房，跨出聲量，「醒了醒了，終於醒了……我還以為，再也等不到有人被送下來……外頭現在怎麼樣？最近有發生什麼大事嗎？對不起，都沒有自我介紹，以前朋友都叫我高胖。就像你看到的，又高又胖。」

胖男人以手梳理油光頭髮，一陣莫名臉紅。真的是又高又胖。他那種羞答答又軟弱的說話模樣，讓達利啞口。達利估計，他應該和蒼蠅差不多年級，都有三十歲了。高胖主動握手，在達利手心留下一層乳膠油膩。中央空調滾落一陣涼風，把那層油膩凝固成凍漿脂肪。高胖握手激動，幾撮劉海掉落，覆蓋了額頭。達利一凝視，那些在黑油裡粉刷出來的白髮絲，不是年少白髮，而是吃了冷的動物脂肪。

「不好意思，我該洗頭了，待在這裡太久，變得有點懶。人一懶就髒，真是對不起，對不起。」

高胖趕緊把髮絲抹回定位，急忙擦褲頭抹褲袋，試圖乾燥雙手。寬厚的肩頭一直被微涼的冷氣壓縮彎曲，又高又胖，讓整個避難室都躲入他身後。等高胖退後兩步，消失的空間才又回到達利眼前。一盞盞的白太陽突然挑高許多。與高胖一對比，天花板至少又多抽拔四、五公尺的高度。除了幾個中央空調的出風排氣孔，全都安裝了六支一組的日光燈罩。達利這時才發現，整個天花板上空，在日光燈管暈眩的周邊，飄著一層薄薄的透明玻璃。光在玻璃裡滾動螢亮細粉，把整個臨時避難室烘成一個自體發亮的白光燈泡。撞球檯底下、槓桿舉重座的背底、馬蹄沙發的桌几腳旁、抽油煙機的葉扇間隙，以及角落一個不鏽鋼螺旋樓梯的鏤空底部。這些應該要繁殖陰影的地方，只是稍微沾染一些尷尬的灰，此外幾乎沒有陰暗。

如果蒼蠅電子表的時間沒錯，現在的外頭，就快天亮，天空應該就是這種尷尬的陰亮灰。達利經常看見凌晨五點左右的天色，他還記得，曾經醒著走上租賃套房的頂樓，在那天臺上記錄過的一段描述——**這一次，首都市的天空，取得另一種顏色。數以千萬計、褪了色的烏鴉，占據了整個城市天空。牠們布滿高樓大廈的頂端，在太陽露出前的霧光裡，停飛在空中的某個點，不停抖落羽翼裡的微量銀粉。這些銀粉似乎是灰烏鴉的血與肉。灰羽翅膀一直慢動作重複拍動，直到裸露出內臟，牠們才一一墜落，再由下一隻漸漸褪色成灰的烏鴉，填補上那一小片天空。**達利望著全亮的天花板過久，在光亮裡歪斜滑倒，沒發現死落地板的一隻灰烏鴉。**這些日光燈，或許不是直線行走，它們是柔軟的，只有那些彎曲的腳，才能走渡那些屬於陰影的角落……**他如此記憶著，卻也無法推算，需要多少盞日光燈，才能讓一個空間擁有如此飽滿的光感。此時此刻，首都市的天空顏色明亮與否、是不是有褪色的烏鴉盤踞，和避難室位於哪個行政區的下水道，這幾者之間，沒有任何引子，可以讓達利推測答案。他只依稀記得，上一次喝醉之後，勉強倚身在城東電影區的人行道飲水機。在嘔吐之後，就昏睡失去意識。等他再有意識張開嘴，呼出一口氣，醺醉的已經是避難室裡數億單位的浮游菌種。藉此，他確定眼前停滯的陰灰，不是入睡之後前往的首都市，而是殘存在一天之前的記憶。

達利並不擔心身處陌生地方，真的遇上問題，立即追問的工作性格不變。他再次詢問高胖，「這裡是什麼地方？」

「下水道的臨時避難室……我也不知道在哪裡，老管家說的。我是最後一個被送下來的。是在你們之前。老管家說的，應該就是吧。也可能……」高胖支支吾吾。

高胖！達利迅速叫喊姓名，打斷新的話頭，注視對方。被突然喊了姓名的高胖，一時愣住，訝異無語。這是採訪時常常用的辦法。當受訪人多話，或是離題太遠，達利會以此調動對話的焦距。

「被送下來之前，你有沒有聽過……綠艙？」達利切入新問題。

「老哥，你開始工作喔？」蒼蠅插話。

達利只是一次斜睨，就剪了蒼蠅的翅膀。

「綠艙……是環保科技的綠能房屋？還是治療用的壓力空氣艙？還是什麼其他的？對不起，我不應該，這樣問，可是……」高胖又支吾了。

達利搖頭不介意。蒼蠅偷偷聳肩，失去翅膀的語言，很難解釋什麼，傳遞出去的模糊，讓高胖更加一臉歉疚。

如果不是綠艙，那首都市……醒了嗎？不記得去過……下水道有這樣的臨時避難室……達利依舊微醺，跳跳晃晃，看著六點鐘位置的第二地時區視窗。那裡頭只有一根短時針，不到大表盤走完一個小時，它不會跳一個刻度。達利也曾懷疑，第二地的時間，一直都是損壞的。

「達利先生，我不知道這個避難室，是不是你說的綠艙。我被送下來之前，可能是荒廢的，有人把這裡改建成現在這樣。為什麼改建，我也不清楚。」老管家說。

沒有出口嗎？達利差點脫口說出問題。

他直覺，這個問題不能碰觸，就像訪問政府官員，不能提問他與家人名下的不動產，是不是另有海外戶頭。提出這類問題，也顯得太淺薄，沒有文字工作者的敏銳專業。沒有出口，所有人都無法進入臨時避難室。他給自己結論，環視一圈，跟著角落的一具螺旋樓梯，偷偷盤轉向上，發現玻璃天花板唯一的圓形洞道。他也發現運動區旁邊的一面牆，其實是一扇電動鐵捲門。它被漆上與牆面同一色階的白，加上日光燈的粉飾，帶醉的瞳孔很容易受騙。那種有鮮乳厚度的白，看久了，會讓人失去體溫，再多看幾秒，白漆鐵捲門就摺出扇子紋路，不知是要張開還是閉合。鐵捲門腳邊則睡了一堆裝水果的杉木架，和印有蔬果印花的瓦楞紙箱。箱架看來沒有染上灰土，堆擺整齊，沒有任何厄運欺近的跡象。鐵捲門與地面的接觸點，有一段小斜坡。斜坡上有防滑的齒溝，一路齧咬水泥路面，向門外偷偷延伸出去。那鐵門斜坡，應該是汽車的出入口。那是多久以前的事？這裡是首都市下水道的臨時避難室，為什麼有車道？真是一個車道，又能透過下水道通往哪裡、抵達哪裡？

過去的採訪工作中，達利到過不少這類位於路面下的特殊空間。首都市的行政廳大樓，就有一個祕密的地下停車場，專門停放高層官員訂製的防彈汽車。躲在市立電力公司大樓旁的河岸留言，是只有一道門進出的地下密閉舞廳。位於城南的河堤廢棄發電廠，被規劃成藝術園區。原本輻射外洩時的地下避難所，改建成一家舒適的二手古物舊書店。蒼蠅說過，目前是第三代在經營。約莫半年前，達利打零工的美式餐廳地下冷凍庫，餐廳的倉儲管理員說，曾經是百年前一個望族藏放家族骨灰的地底墓園。因為冷凍庫擴建挖牆，才出土被發現。就連達利位於市郊家中的地下書房，也是殖民時期的自宅防空洞，現在還堆放大學的傳播新聞書籍與被黴菌侵犯的學士服。還有夜店街上的那家三重奏酒吧，老闆不願意上到一樓，只待在地下室的吧檯，品嘗準備代理銷售的新發現，彷彿他只要移動到地面的店鋪吧檯，所有代理的紅酒，就會永遠醒不過來，一直沉睡在隨時腐爛的口味……達利能夠搶救出來的這些記憶，都與地下空間有關。種種記憶，尾隨酒精，偷偷流入眼瞳微血管，驚醒棲息在眼角膜的浮游原蟲。牠們以千分秒速倍增繁殖，在達利眼前織網，捕捉更多從白太陽的光纖裡抖落的首都市……行政廳地下停車場出現在老管家身後的廚房牆面。達利在第八十七號停車格，失手推倒妻子。一直不知道自己幾歲了的兒子，站在第八十六號停車格，撇開頭，將模型玩具車倒退入庫。河岸留言躺在眼下的流理臺。與妻子獲得協議分居核准之後，每個龍舌蘭買一送一的深夜，他經常走下河岸留言，聆聽由四隻蜉蝣組成的獨立樂團，用小齒狀的後腿脛，摩擦電吉他。直到凌晨一點左右，蜉蝣樂團會重複歡唱安可的成名曲，讓舞池生滿無數的蜉蝣幼蟲。這時，微醺的達利會走入地下舞廳的封閉廁所，和一個未滿十八歲的女學生做愛。他沒問過她的名字，她也沒要他的聯絡方式，也沒有收他的錢。有時，就只是撩起裙子落下內褲，解開褲襠放下拉鏈，以勃起不全的柔軟陽具，推擠進入女學生的體內。為此，她遺落給他的，只有淺淺高潮鬆綁開來的一口呼氣，像是嘆息。因為年輕，女學生私處一直都是潮濕溫暖的。因為年輕，達利的勃起也會多一些些硬度。在龍舌蘭停止買一送一的那天深夜，女學生跟著水龍頭落下的清水，流過老管家指間，躲入洗手槽的下水口。她沒有從河岸留言的甬道走上路面，也沒有在門口的紙本空白處，寫落任何留言。那家發電廠地下避難所的二手古物舊書店，現在則困在檸檬水玻璃杯的透明冰塊裡。達利時常去那尋找舊書資料，打發時間，一直都沒有看見店名，只記得那兩位長得像是雙胞胎的女店員，不時搭乘一部由聖誕霓虹包圍的電梯，抵達他經常躲著的頂樓天臺。她們一走出電梯，雙雙趴成不懂得性別的芻狗，在天臺上的空中兒童遊戲區，裸裎追逐彼此，騎在對方的寒毛裸背，用四條手埋入四條腿的胯間，為達利表演無關性交的雜耍。每當她們的私處同時流出大量經血，達利就會在勃起不全的狀態，甦醒過來。每一次，每一次，都無法完全勃起的他，會抽來面紙，擦拭偷渡到生殖器前端的水晶液體，再拿來床頭櫃的筆記本，迅速記錄兩個女孩愛撫彼此的新細節和新姿勢。他記得最後一次寫入她們的完整記錄——**她們的手或者腳，抓握住對方的腳或者手，滾成輪胎外圈的圓，從蝸牛造型的溜滑梯滑坡道上，溜到翹翹板廣場。她們在緩衝設備上分開，爬起身，站立雙腳成人，再從各自一整排的母狗乳溝裡，取出只有一半的自動上鍊骨董表，向我兜售。天臺噴水池的水舞開始了，妻與兒子並沒有抵達這個天臺。女店員們胸前的十對母狗乳頭，泌出第一道奶水時，我決定買下了那對被精準對切開來的骨董機械表……**一顆冰塊突然滑倒，碰撞了玻璃杯。清脆讓分開兩片的手表，在達利手腕上癒合，接黏成這支不知機芯款式與編號的骨董表，也讓眼前的臨時避難室，精準對焦，再度清晰。

隨著更多檸檬水吞嚥入喉，達利又生出一串推測。這個臨時避難室被誰改建？在地下多深的位置？高胖、老管家與另外兩位玩撲克的怪臉男人，又是什麼人？他們是怎麼被送下來的、被誰送下來、為什麼被送下來……他想記錄這些問題。這些飄出奶氣的疑問，和高胖油膩膩的體味，雜交得更加混濁。達利試著思索邏輯，背脊就盜出冷汗，空腹的胃囊也痙攣，逼他伸手摀住嘴。

「去吐一吐？」蒼蠅又飛舞了。

老管家指向角落螺旋樓梯的邊角。

「達利，去過盥洗室了？」高胖表情，忍不住追問。

蒼蠅搖頭，有賊賊笑意。達利看過幾次蒼蠅這種瞞著事的臉。嘔吐感從胃囊失控，讓他像是鬆齒的秒針，一路往螺旋樓梯方向縱身打滑。

盥洗室的掛牌緊緊貼在一道白門上方。門也隱藏在牆裡。蒼蠅高胖跟在後頭，一起進入裡頭。盥洗室像是老式體育場的廁所淋浴間，十分乾淨。三個小便盆永遠張著嘴在等待。角落的隔板牆圍成大號間，另外加裝了浴缸、淋浴的蓮蓬頭和洗臉檯。一臺超大容量的滾筒洗衣機，洗衣脫水烘乾，一機多功能。灰白的水泥地板有潮濕的顏色，沒有積水。達利跨往大號間，搶著找門把，一拉開門，就被角落一具屍體嚇退了好幾步。原本已經溢到口腔的少量嘔吐物，一部分嗾回食道，少量從鼻腔溢出。更大量的酸液引誘胃囊緊急收縮。達利把頭埋進洗臉檯，連著幾回乾嘔，一道沒有消化的菜粥食物，直接從咽喉噴灑出來，在瓷磚盆綻開不同顏色大小的碎花。接下來，就只剩苦澀的乾嘔。膽汁的氣味在胃囊與口腔之間來回滾動。蒼蠅的笑聲硬成一顆顆的壁球，在盥洗室任意回力彈跳。

蒼蠅抽搐，呼吸，一字接不著一句，「……我也一樣，差點……就尿出來了。」

高胖彷彿真的會頂到全亮的玻璃天花板，刻意彎低脖子，搔著頭拚命道歉，「不是故意不告訴你……」

達利沖掉來不及消化的花屍泥巴，漱洗嘴巴，吞了幾口自來水，重新堆砌膽量，再走近看一眼屍體。與其說是屍體，那具依靠馬桶水箱的軀體，更像一具乾燥良好、保存完整的裸女木乃伊。她的一對乳房，是失去水分的舊襪子。錯落的肋骨與骨盆，突出的榔頭圓凸，勉強托著上半身形體，撐開的皮膚像痊癒的燒燙傷患萎縮變形。四肢也都被風乾了，幾乎無法分辨手與腿。全身沒有油脂，也擰不出水漬，只剩少許的精肉結實包裹骨骼。她睜開的眼球比大眼金魚更加亢奮凸出。兩排牙齒整齊得比活人還漂亮，只是發黃成舊報紙顏色。雙腿之間的外陰唇，完全脫水，緊緊閉嘴，只有頭髮與恥骨上的恥毛，如植編的新鮮假髮，茂盛密生，也彷彿無數的毛囊深洞裡，躲著數以千萬計的冬眠吸血蟲，為了與她共生，願意久久吐露一些血，餵養女乾屍的毛髮。

「你再這樣盯著她看，等一下會吐到連膽汁都沒有。」

吐完後，盥洗室的內裝物器輪廓，畫出明顯的稜角邊線。達利不確定，甦醒，是不是已經逃到另一對眼皮深處。

是誰？——這個問題，我究竟抄寫了多少次？

「她……是誰？這裡怎麼會有……」達利抹去刺在嘴角的肉渣。

「兩個月前，不對，應該有幾個月了，不，應該是半年前……對，至少有半年了。保鏢抱她進來的，她也是喝醉的，到廁所吐，吐完之後，就一直待在這裡頭，幾天之後，就變成現在這樣……變成這樣，應該也有半年了，也可能更久，說不定有一年了……」

高胖掉入另一個沒有計時器的深洞。沒有誰的手，拉住那龐大的軀體。達利無法判斷，一個女人死後，究竟需要花多少時間，在什麼樣的條件下，會自然風化成眼前的乾屍。如果是男人，會花去更長的時間？疑惑開始堆積，逼他伸手拉回正在墜落的高胖。

「高胖，送她下來的，是什麼保鏢？」達利問。

「高胖，你什麼年代的人？見鬼了，現在誰還在用保鏢這種說法。不過，老哥，老管家說，我們也是被保鏢送下來的。」蒼蠅搶話。

「……要保護誰的保鏢？」達利問。

「老管家說，是高樓層管理人的保鏢，也保護我們。」高胖說。

「高樓層管理人？」

「高樓層管理人的事，我就不知道了，要問老管家。」

「這個女人，是在這裡死的？」達利再提問。

「她是在這裡頭，就慢慢沒有呼吸，算是死了吧……對不起，她是誰，我不知道，我們叫她日春小姐，老管家有一份她的個人資料……」高胖突然激動，抖擻皮層，「對了，蒼蠅真的很厲害，他第一次看到日春小姐，完全沒有被嚇到。」

「還好啦，我這輩子看過最多的兩種人，政客，跟身體工作者，兩種都在我家光溜溜走來走去，比死人更沒有血色，屍體沒什麼好奇怪的……」蒼蠅說。

「高胖，老管家那裡，有這個……日春小姐的什麼資料？」

「老哥，跟你喝那麼久，第一次覺得，你真的是寫東西搞採訪的。」

達利持續盯看高胖，直到那雙層頰肉露出犯了錯的歉疚。

「我們……對不起，我是說，這裡的每個人，都有一個資料夾。」高胖說。

「我也覺得很神奇，老哥，你跟我也有。那些保鏢把我們的個人資料夾交給老管家。連我幾月幾號被炒了，也有記錄，最厲害的是，我家老頭登報跟我斷絕關係的新聞，都有剪報影印，真的是見鬼了。」

不管翅膀傾斜幾度，蒼蠅都會飛出擾人的低鳴。達利沒有打落飛蠅，專注於眼前的輪胎人，相信他才是提供解答的受訪人。

「高胖，我們怎麼出去？」達利擦拭嘔吐物。

「出去？是離開廁所，還是離開避難室……」高胖說著，轉身尋求協助。蒼蠅一側身，就飛入高胖兩片厚厚的脂肪皮層。蒼蠅兜繞一圈，打開洗手檯水龍頭，接水咕嚕喝了幾口，彈彈手指，示意高胖直接說。

「我們出不去。」高胖說。

「那我們是怎麼進來的？」達利說。

「不是出不去，只是從來沒有找到……之前，大家也沒有認真找，老管家也是。」

「這裡有吃有喝，連娛樂運動都分類好了，又有新朋友在一起，只差沒有……」蒼蠅飛眼到馬桶邊的女乾屍，撞了透明玻璃，才說，「我們出去幹嘛？」

高胖摸出一手的頭油，還扯斷幾根亮光髮絲，勉強咧開肥唇，「雖然會好奇首都市怎麼樣了，發生什麼事……但沒有誰，真的想離開。」

「蒼蠅，你也不離開？」

「真的能一直待在這裡，也不錯。」蒼蠅先是笑，轉出神經質的狡黠，「老哥，如果避難室，是我聽說的那個下水道密閉空間，你不想知道，綠艙是怎麼回事？這消息追下去，一定是超震撼的新聞。」

達利跨出盥洗室門檻瞬間，有兩隻蜘蛛尾巴吐出了絲，結成一個死套。牠們背對背，一隻爬向臨時避難室，快速張網，編織這裡是綠艙的可能切入報導。另一隻則爬回盥洗室，咬一口沒有汁液的女乾屍，擔憂如何處理才理想的問題。幾個粗糙的報導腳本閃過，中央空調一吹，網就破洞。就算追到這條新聞，如何送出去給報社或是傳到雜誌編輯？盥洗室的中央空調也在換氣，沒有呼出任何腐爛的屍臭。憑空對氣味產生的恐懼，也就迅速淡了。達利覺得不該讓女人光溜溜待在一群男人大小號的廁所，不管她是活著，還是已經死去。他也沒敢立即回去搬移，怕一碰觸，女乾屍就碎了，解開肢體，掉落光那一頭似真似假的烏黑長髮。**一個下水道的臨時避難室，有什麼地方，適合擺放一具沒有腐爛的女人屍體？**這個問題應該寫下記錄。一股無法勃起的興奮，疲軟達利還沒跨出的左腳。關上盥洗室的白門，微微充血的眼珠，被一旁的螺旋樓梯騙走，飛快向上攀爬。扶手欄杆像沒有削斷的蘋果皮，往天花板拉提。漆了白的光感，漸漸鍍上銀灰，不知道在第幾個迴旋處，沒入完全沒有物體輪廓的平面黑。

在螺旋樓梯上頭，連影子都不用躲起來吧。達利如此認定。

「保鏢就是從樓梯，把你們送下來的，我也是。」高胖說。

蒼蠅兜轉打量高胖，撐開手粗略比量他的身寬與樓梯寬度，睜大複眼，隱忍著噗嗤譏笑。高胖的肥唇抿成鱉嘴，忍著淡淡的怒意。紅潮從雙下巴，往耳垂肉暈開，慢慢燒滷一頭皮肉。

「對不起……把你弄下來？那些保鏢是怎麼做到的？」蒼蠅擦擦充滿倒鉤的腳肢，磨利嘴巴。

達利沒有介入，抬頭仰望光亮可以攀附的樓梯高處，天花板的玻璃蓋成罩。那裡，不是一條線，是一塊近似白、近似灰、近似黑的絲綢銀帶。質地柔軟而飄動，因為飄動，更難以確認階梯是從哪一段落開始漸層消失，由白亮入銀灰，由銀灰鑄成黑鐵。不管瞳孔怎麼調整，眼周筋肉怎麼運用，達利都無法對焦，那圓桶通道上頭沒有一盞燈的深處，會有多少次螺旋，多少段階梯？他把自己交給螺旋樓梯的漆黑太久，右腳突然踩上一段階梯。他立即止步，沒有往上再多踏一步階梯。腳底與視線都落回立體光耀的臨時避難室。所有白霧霧的稜角牆面，被光搖晃了數次，慢慢向他推近。環繞的白牆，沒有陰影，移動的時候，軟化出高球杯、香檳杯、啤酒杯、雪莉杯各種曲度的光弧面。這種被擠壓的過程，一直都很緩慢，達利已經習慣。只要不直視它們，它們就只能捕捉到視角的餘光。誰側開臉等待了。一顆乳白泡沫碰觸臉頰，在皮膚出現泡沫破裂的感覺瞬間，所有的白牆就會回到板模建造時的距離上。

「老哥，你又飄到哪裡去了？」蒼蠅說。

達利沒有答案。

「高胖，以後你要注意，這位老哥一放空，會變成另一個人……我是說他可能，啪，就切換到另一個頻道……」

達利飄過餘光，制止蒼蠅偏光的飛行路線，依舊沒有回應的答案。一直等到所有牆角都站定虛線，他才開口，「高胖，之前，沒有人上去？」

「我……走過一次。」

「你怎麼走得上去？」蒼蠅又飛偏了。

「蒼蠅，你不要插話，」達利出聲，「高胖，你繼續說。」

「沒有真的走上去，我上去一下子，就下來……我其實怕黑。」

蒼蠅調動複眼，看見什麼不可思議的事。肥胖的嘴，咕嚕咕嚕。避難室的空調溫度，涼爽舒服。高胖每說一句話，都讓他滲出一批汗水，騙來油光。每一顆停在皮草上的汗水滴，滾動著無數的油珠。再降溫兩三度，高胖大面積的皮草，就會長滿剛凝固的水油疣。室內溫度不變，下巴的水油疣滴落，轟擊地面。水泥地板第一時間先吸了水，第二時間吞噬油脂。

「不要怕黑，高胖，你應該每天都上上下下……這個樓梯，是你的專屬運動區。」

蒼蠅露牙，僵住開朗的笑，擺出健美比賽的指定動作。一隻蜻蜓尾巴點了一次某處的水面，產下怒意的卵，在高胖兩三層肚皮脂肪裡，繁殖出漣漪，才幾圈，怒意就鑽入被皮脂覆蓋的肚臍。

「是的是的……我也很驚訝，不知道要幾個保鏢，才能把我搬下來。」高胖說。

蒼蠅模仿生日派對的小丑，表演無聲的笑，好不容易，才能出聲說，「高胖，沒有想到，你是一個有幽默感的傢伙。」

「進來之前，我可是稱職的銷售工作者。」高胖說。

「推銷減肥產品嗎？」蒼蠅又丟了一句。

「我們公司，主要是向首都市的星級餐廳，推銷最高級的進口有機橄欖油。」高胖用力抓起腰間的肥皮，用力搖晃，引起無數圈的脂肪層漣漪。

「胖子賣好油，真的假的？」蒼蠅假裝驚訝，抽搐聲帶，「老哥，有這傢伙在這裡，日子一定不會無聊。」

達利打斷他們一來一往的調侃，說出問題，「撞球檯旁邊不是有一道鐵門？」

「那個電動捲門，我進來之前就不能用了，說不定，在老管家進來之前，就壞了……」

高胖似乎還有話沒說完。這時，秒針跳了一次，也可能是彈兩次，它和他都停止了。

活的秒針頻道

這是第一次，達利在避難室裡感覺到饑餓。他坐在表演區舞臺邊緣，任由空氣滾動肚囊。蒼蠅站在舞臺上，站沒一會，又站不住，才坐下來，就不停望著獃然檢視腕表的達利。蒼蠅來來回回，身為消息工作者的職業性格爆發。達利沒有打算聆聽，直到他確認過去不曾在沉睡中出現空腹感，才把饑餓，等同於已經甦醒。

「想說什麼，說吧。」

「老哥，我要說的不是消息，是真事……」

蒼蠅興奮編整分別從老管家和高胖口中得知的女乾屍概況——盥洗室裡叫做日春小姐的女人，被送下來的時候，至少有二十五歲。原來的身材臉蛋，都有電視模特兒的水準。老管家也不知道她被送下來的那一天，是幾月幾號星期幾。幾個保鏢從螺旋樓梯送她下來，喝醉的她嚷嚷要吐，吐到整個盥洗室都堵塞，無法排水。後來，水真的淹到外頭的避難室。之後，她就一直待在盥洗室。一開始，老管家以為她只是喝醉了，需要休息，其他男人，也不好特別照顧她。她倒是自己脫得光溜溜的，一直沉睡。可能有幾頓飯過去，老管家想叫醒她吃飯，才發現她已經不怎麼願意呼吸了。大家開始好奇，這個喝醉又漸漸停緩呼吸的女人，究竟什麼背景。大家追著老管家問她的個人資料。老管家沒說，也不知道要怎麼處理。日春小姐沒有影響到日常生活，也就依她的意願，繼續讓她留在盥洗室。日子久了，應該說不知道過了多久之後，她真的不呼吸了，一直沒腐爛，也沒有發臭。臨時避難室裡沒有老鼠蚯蚓，甚至沒有一隻果蠅肉蜂，會在她的死皮底下產卵，孵出白色蛆蟲，緩慢溶解血肉。日春小姐只是漸漸風化脫水，乾燥成現在這模樣。只要不影響原本的日常生活，日子一久，所有男人就都習慣大號小便淋浴時，身邊有一具女人的乾屍……

「蒼蠅，你不要自己亂加意見。」

「這消息不是要買的，拜託，老哥。」

蒼蠅繼續編排消息，達利聽著，在光纖裡歸納出幾個疑點，沒有打算追問。他清楚蒼蠅的家世背景，也相信他不是隨口胡謅的販賣人。那些願意拿出來買賣的消息，都有幾分真實。關於真實，達利記得一件事。雖然一直沒寫入筆記本，但也沒有遺忘，也打心底相信那則報導——某本八卦周刊，暴露幾位快要退休的市府老議員，在知名五星汽車旅館，集體誘姦幾位未成年少女。這條新聞，就是根據蒼蠅賣出的祕密資料：一份隱藏攝影機拍攝的影像數位檔案。後來，未成年的訴訟不成立，因為少女們都是一些娃娃臉長相的成年身體工作者，列印假的未成年身分證，來參與祕密的高級修行營隊。隱藏攝影機拍攝到的老議員，全都活得有名有姓。整個誘姦過程，其實有點半推半就。那些假少女們，多少演出了對金錢誘惑的無法抗拒，謊騙所有的老議員。達利第一次聽蒼蠅提到時，並不相信，也沒有放在心上，直到周刊將消息曝光，老議員們一一被起訴，他才發現失去一篇可能震垮市議會的獨家報導。事件曝光後，被他逼得飛出公寓住所的蒼蠅說，已經賣掉的消息，不願意多談。為了自我保護，蒼蠅將那份影像數位檔案，偷偷備存了一份。這違背了消息工作者的口諾契約原則。蒼蠅大剌剌表態，牽涉的都是有影響力的市府老議員，不能不多存一個備份。他也與周刊簽了雙向保密協定，還將周刊總編允諾金額的對話，以手機錄音。蒼蠅難得謹慎，達利也依他的提議，自行潛入蒼蠅公寓，在筆記型電腦上觀看備份的盜錄影像。也如同他答應蒼蠅的，不會再盜拷檔案，只是在筆記裡速寫那些輪轉印刷在視丘表層的影像——只有一位身體工作者，沒有進行假少女之間半推半就的默契表演。她喝了不少雞尾酒，昏沉沉躺上床，沒一會，可能是吸毒引起癲癇，快速休克。她漸漸不再緊繃僵硬，也慢慢鬆軟死去。這時，第一位老議員前來性交。起初他溫柔對待，舔過光裸的幼身與少量毛髮的私處，怎麼也得不到這位假少女的回應。他只好草草扳開她的腿，快速與憤怒射精。之後幾個輪流性交的老議員，也都沒有發現少女已經不願意再呼吸。只有我發現了這件事？已經死去的她，側躺臉，微微瞇著眼，看著電腦螢幕外頭的我。她知道是誰在看她？或者，知道誰會在事後看見了她？後來，五星汽車旅館因搜查而倒閉。整個事件，也在首都市議會廳長請辭之後，被收納歸檔到某個醜聞儲藏櫃。約莫就是那時前後，達利開始發現，妻與兒子經常不在身邊。他只好獨自前往一家不曾去過的二輪片電影院，觀賞過去會全家觀看的家庭喜劇。某一次午夜場，播映結束了，他還呆坐在觀眾席，在準備起身離開時，看見了那部盜錄檔案影像的後續發展——片尾結束之後有幕後花絮。那位充當未成年應召的身體工作者，出現在切割跳出的子畫面。她依舊躺在那張死時的綢緞床鋪上，一聽見曲調歡樂的片尾曲，就立即甦醒過來。她抓抓有點乾燥的長髮，質問我，為什麼還來看她？我回答她，想知道真實的消息。少女臉紅好一會才說，她真的未成年，給應召公司的個人年齡資料，其實就是造假的。除此之外，整個誘姦事件都是真的，包括當時在汽車旅館裡，她真的已經休克死去。我追問，知道當時被針孔攝影機拍攝嗎？少女知道。那蒼蠅又是跟，誰，買的影像檔案？我追問之後，少女拉來緞亮的羽絨枕頭，盤在腿窩，透過電影院的立體聲喇叭解釋說，蒼蠅取得的，不是另外買來的第二手資料，也沒有什麼針孔攝影機。當時，蒼蠅就在五星汽車旅館的房間裡，盜錄拍攝。只是蒼蠅特別小心，一直以傾斜翅膀四十四度的角度飛舞，躲入光的背影，沒有被任何老議員發現。

一聲清脆，不是拍手。蒼蠅像催眠那樣，輕挑彈了一次手指響。

「她沒有看見我。」達利脫口。

「老哥你說什麼？日春小姐已經乾成那樣，怎麼看得見？你不會又飄走……」

嘎……如果甦醒有一種音域，那麼在這個臨時避難室的角落，突然摩擦出另一塊音域。那是擴音器啟動鈕被扳開的特殊音頻，接來的是老管家的通知，「各位先生，請到廚房，我們準備用餐。日春小姐要用餐，也請試著通知我……」喇叭隱藏在舞臺的木框邊，不易察覺。老管家衣著整齊的精瘦身影，隨著廣播通知，從廚房內側一面瘦定定的白牆，優雅地走出來。

餐桌是從吧檯一角向外延伸出來的電動伸縮桌面。達利一行人走到用餐區，最後一段不鏽鋼桌面緩緩推展出來，自動扳出兩條腿，平衡降落著地，沒有製造任何摩擦噪音。一直都還不知道稱謂的兩個男人，分別入座，國字臉面對倒三角臉，坐在第二順位的座位。達利直接坐在國字臉男人的旁邊。男人立刻埋怨挑眉，翻開手指扳動關節，鼻孔哼出氣，快速從達利右耳洞拉出一個巴掌大小的小布偶——就是童話故事裡說了謊鼻子會變長的小木偶。它是用粗棉布縫製的布偶，不是老木匠使用的木材原料。國字臉男人一手鑽進小布偶，原本軟趴趴的布洞布體，吃了血肉脂肪，腫出骨幹實肉。小木偶布偶用線縫出來的四肢關節，油潤自由了。細細的長脖子，硬成塑膠水管，眼珠是時時躲著貓的神經質鴿子，連眼睫毛都開始發抖，幹起粉刷空氣的活。達利想探知國字臉男人為何發怒。短鼻子的小木偶布偶，用興奮緊繃的褲襠，擋住了視線。

小木偶布偶搖搖頭，布縫製的嘴巴，磕磕磕上下咬出刨木聲，「你坐錯位置了！」

達利沒有聽錯，小木偶布偶說話了，鼻子並沒有變長。

國字臉男人一抽手，小木偶布偶又懶回一團布料。就在軟鼻子快要對摺時，倒三角臉男人搶去了小木偶布偶，一股勁往三角臉的右耳洞填塞。國字臉男人試圖搶回，倒三角臉男人搬出兩手阻擋。小木偶布偶的一隻軟腳，就掛在耳輪上，晃啊晃，直到倒三角臉男人推它一把，小木偶布偶才完全鑽進耳洞，逆著寒毛，住進那肉穴深處的蝸牛殼。就在耳洞飄出鼾聲時，國字臉男人又一個假動作，從達利的左耳洞，拉出了另一個小木偶布偶，立即就往國字臉的耳洞裡塞。

「兩位魔術師先生，吃飯的時候，不適合比賽，會影響其他先生用餐的。」老管家說。

老管家口中的兩位魔術師，開始敲打不鏽鋼餐桌抗議，擂起重鐵反光。

「這是達利先生第一次用餐，我還沒有為他說明……」老管家轉身告訴達利，「每個座位都是安排好的。你現在坐的，是高胖先生的座位，請坐到蒼蠅先生的對面。」

高胖小聲向達利表達歉疚。等所有人落坐，老管家依序上菜，從國字臉男人、倒三角臉男人、高胖、蒼蠅，最後才是達利。每個人都準備了一份馬鈴薯濃湯、一塊牛排、一顆削皮蘋果，以及由豌豆、玉米粒、紅蘿蔔大丁組成的冷凍蔬菜。

「老管家，三色蔬菜還沒有吃完啊？」高胖詢問，馬上又露出歉疚。

「高胖先生，今天是用鹽水清燙，和上一餐涼拌不同。你試試看口味。冷凍庫裡的存量不多，再三、四餐，就可以換成花椰菜了。」

聽到這消息，高胖愉悅開動用餐。達利的目光一直困在高胖對面的座位。那裡是空的位置，沒有人坐，也準備了一份完整餐點。

「那是日春小姐的座位。」

老管家禮貌地向達利解釋，臨時避難室的日常生活與起居瑣事，都有簡單的規則秩序。物資補給是固定的，餐食需要分配。避難室雖不算小，使用空間卻有局限。老管家為被送入避難室的每位成員，決定食物配額，也安排睡眠的指定位置。就一位臨時避難室的管家而言，吃與睡，是最重要的兩件事。這兩件規範，都只是心理強制，以減少爭執。醒著時的其他事，諸如盥洗、如廁、運動、娛樂休閒和每個人的日常交際活動，老管家完全尊重個人的習慣與需求，不會介入。老管家舉例說明，廚房配備有最先進的自動殺菌洗碗機，但為了杜絕病源，曾經為達利調檸檬水的玻璃杯，都以雷射技術，先在杯底打寫稱謂。所有的個人物品，都有這樣的印記標籤。達利在桌前的白瓷餐盤角落，真的發現自己姓名，就連沉重的不鏽鋼刀叉握柄，都有「達利」的鋼印戳記。

「兩位魔術師，是怎麼稱呼呢？」

「一位是國字臉魔術師，另外一位是倒三角臉魔術師，他們以前在首都市表演時，一直都是用這樣的稱號……就像達利先生看見的長相一樣。」

「老管家，不會就是，老管家？」

「被叫老管家，不知道多久了。我的姓名，從來沒有比工作重要。」老管家站直身體，有一種穩重的自豪，「這些個人的日常衛生用品，都是跟著各位先生一起送下來的。」

「一起送下來？」

「各位先生在避難室裡需要的東西，高樓層管理人都先準備好了。」

「高樓層管理人……」

「是的。達利先生應該聽說過他了。我擔任管家，為各位服務，制定生活規範，也是高樓層管理人賦予的。」

「高樓層管理人，是誰？」

「我也不知道。」

「這樣，誰都有可能是高樓層管理人。」蒼蠅邊咀嚼牛排邊插話。

「蒼蠅先生說的對……兩位先生剛到這裡，一定有很多問題。每一位先生也都不知道，自己為什麼被送下來避難室。剛開始，都有很多問題。我也是。達利先生是文字工作者，應該最了解，問題永遠都有，答案永遠都不完整不夠充足。有問題，我們另外找時間慢慢討論。現在，我們先用餐吧，好嗎？」

「老哥，老管家說的都是真的。連內衣內褲浴巾都有繡名字，相信我，都是高級飯店會用的好料子。這個高樓層管理人最對我胃口的，是沒用我家老頭給的姓名，直接用我入行時的綽號，蒼蠅。一隻這飛飛那飛飛的蒼蠅，見鬼了才知道，那真的是我。先吃吧，飽了才能活。」

蒼蠅又是一大口牛肉，以長長的管器吸吮紅潤的五分生血。老管家淺淺鞠躬，角度誠懇，之後回到倒三角臉男人旁邊的第一順位座位，開始用餐。

所有人都嚼得滋滋生味，達利拿起湯匙，舀起馬鈴薯泥湯，吞嚥一瓢濃雜的推測——座位的安排，與進入避難室的時間先後有關吧？老管家正對面的座位，空著沒有人坐。那之前是安排給誰？他以牛排刀分開三種蔬菜丁，叉起三種不同顏色的質問。黃色的玉米粒吐露軟芯。高樓層管理人會下來跟大家一起用餐？紅色的紅蘿蔔丁，質疑澀澀口味。也是從螺旋樓梯下來？綠色的豌豆被臼齒咬壓，破成一顆顆的不耐煩。蒼蠅曾經提到的下水道密閉空間，究竟是怎麼一回事？牛排刀被拿起來，切開第一塊肉角，下水道就躲入肉層。他按壓未熟的生牛肉，擠出不怎麼喜歡的紅汁，那血的氣味，引來蒼蠅一次假裝露出的口風，綠艙事件，那發生在哪裡？關係著什麼人？發生了什麼事？這些，又是多久以前的記憶？達利吞下少許新鮮血汁，卻咬不出記錄在筆記本裡的一個相關字。它們一字一句躲入更深的生牛肉纖維。之後就只能以吞嚥面對了。每吞嚥一口，睏盹都變成糖粉，開始在血管裡堆積甜膩。牛排還沒吃完一半，清醒大量溺死在濃稠的馬鈴薯湯底。他眨眨眼，一切開蘋果，那落了籽的果核，已經蛀滿了睡蟲，早就偷偷躲在更甜的肉芯裡，腐爛出逐漸發酵的睡意。

「達利先生，想睡了嗎？」老管家詢問。

達利眼前的臨時避難室，只剩下一條線的粗細。在這被瞇成窄扁的空間裡，國字臉與倒三角臉，兩位魔術師舉著刀叉，彼此瞪眼，進食對方餐盤的牛排和冷凍蔬菜，臉頰皮膚一口紅，一口黃，一口綠，再一口，同時分泌出生牛肉的血。

老管家繼續說，「達利先生，我幫你安排在最靠牆的那個沙發……累了可以先去休息……請安心入睡……剩下的，我會來收拾……還有一些事……」

聲音在沙礫下一公分的地方行走，摩擦出老調。達利稍稍閉上眼，就聽見蒼蠅揮舞刀叉碰撞瓷盤，叨叨建議，要舉辦某種定期表演，讓避難室的日子多一些變化，比較不無聊，大家也有事可做。高胖羞澀呵氣附和，還嚼著牛肉塊，又滾動喉結，喝下濃稠的湯汁。就連兩位魔術師的呼吸，都開始哼唱節奏，還有兩個重疊在一起的軟木偶，喊著加油，拍擊撲撲的布手掌……這些聲音吵鬧著達利耳洞深處嗜睡的蝸牛。接下來，老管家不停張嘴抿唇，達利卻聽不見他說了什麼。十多年採訪人物的經驗，讓達利多少懂得簡單的唇語。他從長出老斑的削薄唇形，讀出——**濕腳印秒針。複眼。寵物紙人。蜉蝣電影。侏儒是時間。親子公墓。之前之後的句號**……其他沒能解開形體的每一字每一句，都學無聲的蚊子，躲入光的纖維縫隙，飛出臨時避難室。

達利邊走邊打盹，前往休息區靠牆的馬蹄沙發，跌跌跛跛，一褪去衣褲就正躺仰睡。兩截小腿還露在座墊外，似站似懸掛，睡意鬆綁了全身關節。他一閉上眼瞼，就看見繁色的打光紙，多層膜似地疊貼。這種色光，怎麼也無法達到睜開眼皮的亮，它們只是任性穿透了薄薄的瞼。有一些顏色鑽過睫毛，讓眼瞼感覺癢，一顫抖又出現更多縫隙。透光穩定之後，一個發麻的小男孩影子，開始在眼皮底構圖。先是勾勒出某種熱帶飛蛾厚重的粉肉翅膀，剛破蛹出來。等待成熟成形之時，又被釘入標本箱。接著，軟軟的蛾身圓環，圈出樹木的年輪，這一秒向外成長了幾歲，下一秒又枯萎成小男孩悲傷的瞳孔。輕輕一擠壓，就能哭出眼淚。每一滴都形狀完整，滴入散發螢光綠的手撈魚網，最後被水族館主題餐廳裡一位只有耳朵的男服務生，全都拎到環狀日光燈的光門口。眼球一自主滾動，光門就暈眩成一缸水。這位男服務生越往水的深處游，身體就被拉得越長，漂向一直拿眼皮當畫布的小男孩。男服務生如古代魚浮到水族箱表面以肺呼吸。他彷彿在告訴小男孩什麼事，小男孩似乎也懂了。這時，達利看清楚了，男服務生不是只有耳朵，那些眼鼻嘴唇，都被一層軟膠皮膚覆蓋包裹，只能依稀看見面器的輪廓。達利無法從這樣的五官，看見男服務生是否興奮愉悅，是否悲傷憂鬱，也不能讀出無聲的唇語。此時此刻，達利光腳站在自己的右眼眼角處，腳底踩著黃綠色、帶有油脂的分泌物。他一抹腳，眼皮畫布的光影圖騰，快速旋轉，跑成一塊黑膠盤，卻沒有唱出任何旋律。小男孩突然抓起達利的手，泅入主題餐廳的水族箱。在看不見玻璃框的透明水中，一尾尾凸眼金魚，抖動尾巴八方游開，把水族箱的容量加大，也加深水族箱的盡底。小男孩突然拉起達利的手，潛入水深處……憋氣泅泳……那並不是通往光門的方向……開始出現溺斃的感覺……達利睜開眼，依舊被白晃晃的日光燈籠罩著。這不是一次理想與完整的甦醒。他甚至覺得，並沒有真的進入睡眠，只是秒針開始彈跳，他忘了計算它走了幾圈。最近一次，停在這類醒與睡中介的曖昧時刻，他下意識的動作就是，察看機械腕表的時分秒——**依舊是我。我試著察看時間。時針分針都告知，我已經在地下捷運站的長椅上，沉沉睡了一覺。只有秒針不認同，任性停止腳步。我醒了，沒有看見捷運站名。人潮在兩條等待線之間，不停上車與下車，又交錯走入對面軌道的捷運車廂。已經靠站的車體，不停將同樣的兩批人潮，吞嚥，又嘔吐出來。這兩班捷運，並沒有駛離這個失去站名的停靠站，也沒有其他不知開往何處的列車抵達。對此，我無感擔憂，只是來往之間，一直沒有出現我認識或認識我的乘客。一個都沒有……**達利想記錄這個曾經發生過的，又有些猶疑，是不是會重複寫入筆記本？他伸手摸摸左右耳邊，沒有靠枕，也沒有任何皮質硬紙本，壓在蓬鬆的棉絮底下。這張沙發不是首都市郊區家中的客廳沙發。透過桌几底部，他卻看見一雙白皙沒有血色的孩童小腿，靜靜垂掛，偶爾又像狗尾巴愉悅晃動。達利不敢坐起身，害怕會看見兒子就坐在臨時避難室的桌几上，拿三十六色的彩色筆，幫塗色本裡的稻草人填充天空，把懦夫獅子畫成航空母艦，再為鐵匠工和斧頭，描繪出玩具博物館的擺放櫥窗。最後，再用全黑彩色筆，逼迫愛麗絲消失在紙面的這一塊黑，就連原本的人物虛線輪廓，也都消失。達利閉上眼睛，禱念兒子能夠離開。等再張開眼睛，光溜溜的孩童雙腳走下桌几，下一步就踏上角落的螺旋樓梯，幾個蹬步之後，沒入螺旋向上的平面黑。

達利擔心，兒子會出聲問他，「你為什麼待在這裡？」

「你為什麼待在這裡？」

兒子上回提出這個問題時，達利正從兒童遊戲區的蝸牛溜滑梯滑下來。他還來不及回答，兒子沿著溜滑梯的斜梯面，爬入蝸牛的螺旋中心。在那塑鋼的殼內，兒子突然大聲提問，你為什麼待在這裡？彷彿那蝸牛殼裡，還有另一個人，可以回答問題。大廈頂樓的天臺上，一樣的，沒有人回答。兒子又乘坐管狀溜滑梯，呼呦溜下來。只不過滑出蝸牛溜滑梯的，只剩下聲音，並沒有他熟悉的兒子。

好長一段時間，他不再相信初醒時的記憶。蝸牛溜滑梯的樓梯細節並不牢固。他無法分辨，兒童遊戲區的蝸牛樓梯和臨時避難室的螺旋樓梯，在建造材質、螺旋圓周、階梯面的寬窄，有什麼不同。**能找到這兩者之間的相似點，或許可以從某個旋轉中的樓梯、蝸牛的螺旋接縫處，離開避難室吧**。達利如此推測，坐起身，確認自己身處某個市政區的下水道臨時避難室，並沒有困在已經寫入筆記本的天臺兒童遊戲區。他認真察看腕背的骨董機械表。秒針又不滑動了。秒針停在這一次淺淺入睡前後的刻度上。時針可能繞了整整一圈，分針也可能已經走了七百二十圈。唯獨秒針，達利不信任它。它可能在第一秒或是第二秒，就故意鬆脫軸心，停在現在的刻度，一圈都沒有走完。**時間似乎在甦醒的同時，再度停止**。**沒有誰，可以採證秒針的態度。避難室的時間，因為睡眠，確實消失了，至少有半個一天了吧……**達利說服自己，必須相信這個無法寫入筆記本的推論。

高胖沒有離開表演區舞臺，躺著卻無能腐爛。兩位魔術師和原本愛穿三角內褲的蒼蠅，都穿著統一供應的潔白內衣褲，在各自的馬蹄沙發，睡成人條。蒼蠅那件骷髏頭塗鴉T恤，沒有機會笑出聲，就不知去向了。避難室不冷，不熱，也不悶。中央空調的恆溫設定，相當舒適，也沒有任何馬達風扇的運轉分貝，製造吵鬧，錯位將只露出耳朵的男服務生轉化為機械人，或者讓悲傷的小男孩浸泡在主題餐廳的招牌水族箱裡，與那群凸眼金魚，一同漂游，一起失去了眼瞼，不管溺斃，還是繁殖出鰓，都必須睜大眼睛觀賞前來用餐的人，繼續睡眠，同時也假裝睡眠。

這次醒來，只有老管家沒有入睡。老管家在運動區的飛輪腳踏車上，讓固定的飛輪原地滾動。他盯著白牆，腳力小得連輪圈周圍的空氣，都懶得揚起毛絮灰塵。他整身內衣褲，已經濕漉漉黏著表皮，襯托出變色龍皮膚，老人斑也偽裝成布料上的髒點。達利走上前，看著同一塊白牆。怎麼還沒睡？被送進這裡之後，固定時間運動嗎？……達利想攀談這些話題，又覺得生澀。他最想問老管家──你是第一個被送下來的人？為什麼被送下來？──卻怎麼也說不出口。飛輪的齒輪鏈條細膩轉滑，牽引一個十來磅重的啞鈴飄浮起來。達利單手抓舉，來回上下搖擺，引誘牆面上無數細微的裂痕，睜開眼，甦醒過來。牆面上瞇著眼的紋路變粗，從兩邊尖端傾全力向外裂口，拉出突然大笑的線條。這些裂痕，讓水泥牆面瞬間風化，崩解碎成細粉。飄落的，全是白色粉末，它們先被捲入緩緩踩踏的輪胎微弱氣旋，四處渦轉飛散。大多數不願意活的粉末，被地板的灰塵偷走顏色，只有微量願意活的粉末，飛入達利的鼻腔，跟著黏膜進入微血管，控制了他的視覺神經。

眼前這面牆，開始向內凹陷。老管家持續踩踏，飛輪沒有脫離支架向前行軍。達利停止練舉啞鈴，直到裂痕自行挖掘出時裝人偶可以擺放的櫥窗深度，牆裡出現另一面內牆，是一整塊大玻璃。玻璃是那種陳舊的半透明碧綠玻璃，有厚重的可視感，裡頭還活著無數的小泡粒。這些小氣泡保存著不知多久以前的空氣，密密麻麻，撒落不均勻，不影響綠玻璃牆的半透視感。

達利放下啞鈴，走進牆面凹陷的奇異櫥窗，趴伏在玻璃面。綠玻璃牆的另一頭，是那種都心百貨公司地下室的大型生鮮超市。有黑藍紫紅各色身影穿梭，也有好多人條，列隊形成百足蟲。他可以聽得見本日折扣的高分貝廣播。人與人的對話，一傳遞進入厚玻璃，全被小泡粒攔阻，吸入空心，一同與不知道年代的氣體困著活著。一位小男孩慢慢走近玻璃牆，小手一伸起來就拍打，發出薄皮薄肉的嬉鬧。一位黑直髮女人跟著走近，拉扯小男孩，制止拍打。達利趕緊拍打玻璃，一開始沒有特別用力，也沒有叫喊。小男孩與長髮女人都沒聽見，達利才握拳，用掌肉搥打。達利增加力度搥打，想要出聲的吶喊載滿一艘單桅帆船，駛抵喉頭的沙灘，才發現海水一直都沒有漲潮，就立即擱淺，沒有一個字靠岸卸下船。靠近玻璃牆的母子繼續哭鬧與拉扯的戲碼。這時，另一位瘦高少年停下步伐，站在海水永遠離開的遠方潮汐線。這位少年面朝玻璃，沒有任何熱對流吹動風帆與舵，擺渡他靠近。加上小氣泡的干擾，達利無法看清楚瘦高少年的五官長相。從那種似乎願意永遠停留的站立姿態，達利推斷，少年其實看見他不停搥打玻璃牆的雙手，也可以聽見壓在船艙底房的吶喊。少年再往前一步，一定可以發現玻璃牆另一頭的臨時避難室。

「老管家，打破玻璃，從這裡出去？」

「我試過了，這玻璃牆打不破。如果可以，我不會阻止。」

達利聽見這樣的回答，想要打破玻璃牆的念頭，瞬間抹去。或者，就只是瞬間遺忘了。

「達利先生，站在這裡，已經不算是避難室了……我的運動還沒有結束呢。」

老管家走出巨大的牆面凹洞，坐回飛輪腳踏車，開始緩緩踩踏。這次他不是往前踩，而是向後用力踏。輪胎向後空轉，呼出逆時間方向的旋轉氣渦，重新搶回被地板偷走的粉末，再度飛回凹洞，逼迫達利走出白牆內的玻璃櫥窗。玻璃牆先被覆蓋，老管家加把勁，把漸漸半乾的內衣褲又再濡濕，直到粉末重新凝固成白牆，留下那些在粉刷之後就偷偷棲息的裂紋。

不少裂紋看出達利的憂傷，哭出了少許的水膜。

「開始有濕氣了，外頭應該是要轉換季節了。」老管家說。

「老管家，我是不是還在沉睡？」

「達利先生只是站在牆裡，發呆了很久。」

「我剛才……走進裂開的縫隙裡頭？」

「我也是。不管是哪一道的裂縫，都會引誘一直盯著它的人，慢慢陷進去……」老管家滑下飛輪腳踏車，關掉難度最高的阻力設定，努力維持該有的站姿禮儀。兩個大齒輪盤，不管順時針還是逆時針旋轉，都讓這具老身顯露嚴重疲態。他繼續呼氣，「我一開始也不知道，只是為了打發時間，我經常騎。不知道多久以前了，有一次，我特別專心使用肌肉，裂縫突然打開一個洞，我越用力，洞就越大。各種形狀的洞都有，而且每一次都不一樣。我也不知道它可以多大多深，又會通到哪裡。不過，最後都是另一面玻璃牆。」

達利望著白牆的裂痕細紋，喃喃自語，「就像睡著之後……睡得越深，就會越想看清楚那一邊的人，出現的東西，發生的事。可是越用力，那裡的地面、天空、空氣，甚至是光譜和顏色，全都會變軟。從柔軟裡，掉出另一個人，另一個不相關的東西，有時又會發生另外一件事……剛剛，說不定，不小心就會掉出一輛腳踏車，或是把我陷落到某個陌生人的小肺泡。也說不定剛才看見的，是光譜變軟之後，突然泡到綠水裡，才冷成一面綠色的玻璃牆……」

「以達利先生過去的工作見聞，剛才不管在裂縫裡看見什麼，應該都不會困擾才對，呵呵。」老管家露出難得的笑容，「對了，不知道這一次，達利先生睡得好嗎？」

「這一次，好像是白天，霓虹燈卻全都亮著。馬路上好像沒有車，沒有引擎，也沒有路人。我好像沿著騎樓，走了很長很長的一段路。」

「那表示有一段很好的深度睡眠。」

「走得太長，不容易醒過來。」

「在這裡，都不知道怎麼睡著的，也沒有怎麼醒過來的困擾。」

「不管怎麼樣，我頭不昏也不痛了。」

「之前的宿醉，應該全都退了。希望這段很長很長的路，對達利先生想寫的故事，有幫助。」

達利對老管家的指涉感到驚訝。就連妻子，也質疑過他持續多年雜寫筆記本的初衷。老管家喘吁吁，擦去額角汗水。過度失去體力與血糖，手在光裡顫抖，寫出了一些可能。

「達利先生的個人資料裡，有記錄筆記本的習慣，還準備要寫故事。你別介意我看過了。高樓層管理人期望我多了解被送下來的每個人，好協助各位先生適應這裡的生活……我也很抱歉，那個筆記本，沒有一起被送下來。」

筆記本究竟遺落在哪裡，又有誰看過了，現在都不是達利的困擾。他只想知道，那份和每個人一起送下來的個人資料，寫了哪些關於他的內容。老管家示意自己一身汗不禮貌，要先離開去盥洗室淋浴，才能為達利準備食物與服務。他也建議達利，去簡單淋浴，他會去倉庫拿新的內衣褲，讓達利換上。達利受困在另一個自問自答，無法即時反應有關配發內衣褲的疑問。過去，在進行人物採訪之前，達利會事先模擬受訪人回答那些帶有穿刺度的問題。現在，他猶豫著——如果我請自己以個人資料的格式，描述達利，那達利會是怎樣的一個男人？這類的回答，他告訴自己很多次，而且重複做了無數次。每一次，他將個人資料提供給雜誌社報社，內容都會有些微差距。描述的長度，多半如一隻蝸牛在雨後玻璃窗上的短暫徘徊。有時候，他會故意沒寫出曾經任職的媒體單位，或是遺忘自己的出生年月。有時候，他會待在一家已經停止出版印刷物的編輯部，不停校對不知作者為誰的稿件。有時候，他任由自己留滯在一直無法畢業的研究所，以便陪伴從學生時期一路偕行的妻子。如果被要求增加資料長度，他便開始描寫那些「曾經任職於」、「一直擔任某某成功人士的影子作者」、「過去經歷過種種如」、「目前只從事」……他不認為這些個人描繪，可以拼湊出連他都感覺陌生的達利。筆記本在身邊，達利就會立即寫下——**或許，該在那份個人資料的備註欄表明，老管家收到的達利，並不是我提供的。可能是高樓層管理人從網路資料上拼貼出來的，也可能是附在某一篇報導之後的個人檔案，襯著五年前戴著鴨舌帽的黑白照片。除了那些大量的過去、曾經、目前，還有哪些我沒有被下載？一直不曾出現在個人資料裡的「未來」，能否被記錄在這份個人資料？**盥洗室傳來單次關門聲，咬斷開始繞圈的思索線。一逃出圓周，眼前立即浮出女乾屍。日春小姐還待在盥洗室，老管家進入時，一樣沒有猶豫。其他人還在冬眠，不到甦醒時刻，很難被吵醒，不細看胸腔起伏，根本聽不見呼吸。

腕表上的所有指針，都刻意忘記齒輪之間的呼吸，沒有誰願意先咬合，推對方移動。就連表盤上的海浪刻紋，都因為月亮轉入顯示窗，停止潮汐波動。達利走向休息區的沙發。國字臉魔術師與倒三角臉魔術師，分睡成馬蹄形的兩條平行線。他們都沒有佩戴手表。他只好搖動蒼蠅。這輕輕一接觸，蒼蠅翻出藏匿在沉睡裡的另外四隻腳，睜著眼，緊緊閉著嘴，沒有因為恐慌，露出一絲驚嚇。達利也怕驚動其他人，以動作示意，手表又停了，需要對校現在幾點幾分。蒼蠅一臉沒睡飽的厭煩，直接把整隻手送給達利。

電子表上頭的秒鐘，一直累積增加終歸重複的數字。

時與分，顯示著12：25。

達利把骨董機械表的時針分針，調整到十二點二十五分。電子表的這一秒比下一秒更加明亮。再多一秒，天花板的日光燈就開始晃動，生出光暈。為了確定是深夜凌晨，還是正午時刻，達利又拉出那隻躲入沉睡的蒼蠅肢體，扶正電子表，讓另外五隻腳，繼續假死。他按一下顯示鈕，電子表洩露祕密——蒼蠅依舊以二十四小時為基準，設定臨時避難室的生活節奏。

達利通知自己，現在，中午了。

龍頭一被旋緊，發條盒不得不啟動運作機制。骨董機芯開啟自動上鍊的本能技巧。秒針被迫穩定順時針行走。達利更加專注觀察，發現秒針還是以彈跳的姿態，對抗著計時。如果秒針歸順，那種微小齒輪的間隔與互咬，會讓行走的時間，接近一種飄移。達利沒有眨眼，直到秒針通過12。分針同時彈跳了一格。達利坐落沙發，靜靜追蹤秒針與分針。他沒有感覺背痠，也不覺得抬起來的手臂會疼，時針突然移動一格，跳到了數字1。

達利試著說服自己，現在，下午一點了。

他摸摸下巴，鬍渣突然變長，指尖也多出一截需要修剪的指甲。用力摳頭皮，便在指縫找到剝落的頭皮屑。把頭皮屑放置顯微鏡，應該還能發現原本生活在首都市的塵蟎。掃落更多頭皮屑之後，頭髮清洗吹整梳理完畢的老管家，突然立在眼前，將捧著的幾套乾淨的新內衣褲，遞給達利。

「這些是達利先生的配給，多的可以先收納在沙發座的儲藏櫃……」老管家說著，達利還困在已經死去的頭皮角質，老管家接著說，「不管發現什麼新問題，先去洗個澡吧。有時候，溫熱的水可以提供很好的答案。」

「老管家，我想先知道一件事。」

「請說，達利先生。」

「你還記得經濟獨立之前的首都市嗎？」

「這麼久了，那時候的首都市，已經很模糊。我的房子，工作的地方，常經過的幾條公車路線，還有貫穿首都市的中央鐵路，一定還在我知道的那裡吧。那時候，火車還沒有地下化，我根本沒辦法想像蒼蠅先生說的，鐵軌已經離開地面，移到高架橋上，每一個公園都有直升機的停機坪，專門載那些要到另一個城市開會的商務主管……當然，還有家人，跟我們去過的地方。本來以為都會慢慢忘掉，不過待在避難室越久，反而越清楚。有時候，一閉上眼睛就會看見……」

「過了那麼久，都還能記住……那其他的呢？」

「其他的？都忘了，有些是被其他先生告訴我的，取代了。」

「取代？」

「原本這樣，然後變成另一個新樣子。就像蒼蠅先生說的，首都市的國際機場跑道，現在蓋在河面上。」

「不是這樣的。老管家，還沒有動工，只是有計畫要把一段乾河道，填成跑道，消化越來越多的航空班次。只是有抗議，一直沒有動工。」

「這樣啊？」

「蒼蠅有時候會亂說，老管家別全信。」

「沒關係，在這裡，都一樣。過一陣子，可能就忘了。」

「所以……在這裡，還是有機會忘掉一些事。」

「會的，一定會的。現在，先換掉舊的內衣褲，大家統一起來，會比較整齊。別擔心全都是白色，都有繡名字，洗完烘乾之後注意一下，就不會拿錯。」

達利收下摺疊壓紋明顯的全棉內衣褲，在衣領和褲腰的鬆緊帶上，發現用黑線縫繡的達利。為了什麼被送下來避難室？這問題剛橫哽上喉頭，老管家催請達利先去沖洗，同時又提醒了另一個，他一直想藏放起來的疑慮。

「達利先生，使用盥洗室，不用擔心日春小姐。不管她在什麼地方。」

達利點點頭，再一次檢視骨董機械表。秒針仍然抗拒彈跳。達利從鬆懈的防水膠圈，滲入表盤上沒有暗礁的海浪刻紋，試著說服秒針，沒關係，就繼續這樣吧。就這時，秒針竟然不怎麼順暢地開始飄移繞圈。

假髮。濕腳印的窺視

這是第幾次淋浴了？

達利詢問地板積水裡的倒影，沒有得到答覆。

蓮蓬頭持續落下熱水雨。一百米水深防水的求生本能，比骨董表齒輪發條盒，更賣力留住青春。達利無法確定，在淋浴之前，秒針又停了幾次，一共多久。只要狠狠上緊發條的骨董機芯，加上潮濕的蒸氣，秒針便不得不持續飄移。

他在馬蹄沙發上入睡醒來，不知多久後，又再犯睏，又在烈烈日光燈下，閉眼，再度入睡與醒來。自然入睡之後與自然醒來之後。達利開始這樣分類避難室的生活時段。把日常生活簡化切割之後，他仔細計算過，這是第八次，在這個避難室，自然甦醒。在此之前，不是每次醒過來都會淋浴，骨董機械表也不是每一次都需要上緊發條盒，才能啟動擺錘。他如此正式向自己提問，這是第幾次淋浴了？無法釐清問題，還拉出另外一組開始重疊的濕淋淋疑惑——**每一次入睡，究竟睡了多久之後，才自然醒過來？手表在第三次、第五次，和這一次甦醒的同時，都停止不動？**

入睡後，秒針為什麼不願意繼續走？它又停了多久？秒針會不會停停走走，一格一格騙鬆儲存動能的裝置……醒來的第一時間，達利都會找蒼蠅對時，讓柳葉分針與時針，跟上電子表的數字腳步。利用睡眠來計算天數的方法，很快就滾入廚房水槽的下水口，被廚餘處理器嘎啦絞碎。

每次校對手表，蒼蠅都會刻意嚴謹多嘴，「需要知道，幾月幾號星期幾嗎？」

達利也一臉正經，不改變回答，「在一個臨時避難室，需要嗎？」

熱水雨被控制在剛好讓皮膚發汗的溫度。不鏽鋼蓮蓬頭的接縫，從銀亮裡生轉出褐鏽。達利在熱水雨底下，睜開眼睛，試圖鑽入那些螞蟻才能進出的噴灑細孔。這些孔洞接連軟管，軟管接連水管，水管沒入水泥牆，可以逆流回到儲水心臟。在避難室的正上方，或許是一樓地面，或許是接連而上的某棟高樓大廈頂樓天臺，說不定有一個幾噸容量的電熱水爐，由微電腦控制每個小時的每一分鐘，維持著攝氏四十五度到六十度的水溫。如果有人大水量淋浴，故意超過一個鐘頭，電子晶片就會感應到水溫已經低於預設的低溫標準，立即啟動電力發熱，將新注入的冷水滾燙，怎麼也不會超出六十度。一直淋浴，溫度持續降低，會不會有巡邏人員發現異狀，前往查探，通報任何人，也可能是高樓層管理人？因此制定出新的沐浴時限，那有些邏輯就可以成立了……這樣的推論，讓達利加長最近幾次的淋浴時間。不管是第幾次淋浴，熱雨水不曾變冷，時間也久得把指尖的皮膚，吃出了明顯水皺紋，還是沒有聽到老管家通知有關淋浴時間的新規定。

達利決定放棄，擔心再多詢問倒影一次，這是第幾次淋浴？避難室的光纖就會把過去計算的次數，全數消化透明。

如此長時淋浴，也意味著達利與日春小姐共處的時間變長。第七次淋浴時，她還待在洗手檯角落，這一次，她已經被安置在淋浴間的角落。蒼蠅說自己有便祕問題，要蹲很久才能結束。蹲廁所時，日春小姐在一旁，蒼蠅不害怕，說自己畢竟是喜歡停留在屍體上的蟲子。他只是覺得彆扭，也怕日春小姐不好意思，才把她抱到洗手檯邊。蒼蠅發誓，不是他把日春小姐搬移到淋浴間的浴缸旁邊。

「這樣剛好，日春小姐在那個角落休息，只要不泡澡，誰都不會被影響。」

達利被蒼蠅隨口說出的理由說服。只是蒼蠅學老管家稱呼女乾屍為日春小姐的書卷氣模樣，矯情不自然。

熱水雨不厭煩，也不擔心生黴，長時間撫摸皮膚，軟化壞死的角質層。只有最上層的角質層，不相信增生已經悄悄停止。達利搓揉胸骨、脖頸、大腿、臀部的皮膚，最後來到手臂。他剝除那些軟弱的乳灰屍體，不管如何用力，都無法清除死在骨董機械表周邊的角質層。包圍時間的皮質細胞，無法呼吸了，依然緊緊抓著初生的新皮。新生皮質被迫提前死去之後，也不願意鬆手剝落。大量的屍體包裹皮帶與不鏽鋼蝴蝶釦環，彷彿這支骨董機械表，透過精密的手術移植到達利的手腕。多次嘗試之後，他不再勉強分離那些篤信自己還活著的死去皮質。水膜包裹了那些附生在達利皮膚上的念頭……**那些願意離開皮膚的死者，隨著熱水雨掉落，跟著發亮的水流，沖入排水管，埋葬在不知處的另一頭彼岸。它們都會流入這座城市的下水道吧？如果是，那它們最終通往了可以活的地方。如果不是，兩地時間是壞死的。那以皮膚角質層從增生到壞死為基準，臨時避難室這一頭的時間，會以什麼樣的感覺在進行，又要如何計算呢？**達利試著留住這些附生的問題，日後還有機會進行採訪，面對美容師、皮膚科醫師、動過整型手術的女明星，可以提出類似的老化問題，再從中萃取受訪者計量時間與時間感的方式。

達利搔搔刻意不刮的鬍鬚。它們立即變得更長，也更加柔軟。稍稍留長的指甲，也出現彈性。第五次淋浴時，他在洗手檯小方鏡裡，發現幾根新生的白髮。他記下它們的位置，再一根根連根拔斷。這一次淋浴之前，他在那幾個位置點，發現分叉增生成兩根的白髮。

這一次淋浴之前，他用力拔除鏡子裡的新生白髮。每一根的疼痛，都只是不足一秒的瞬間。

「如果是假髮，就可以永遠留下來了。」

曾經有一個男人回答了這句話。

一直待在浴缸邊角的日春小姐，半臥半坐，慵懶舒服坐成一根三角衣架。她那束長長的濕頭髮，向上梳直，綁在淋浴間的毛巾掛架，擺正頭顱，拉扯僵硬的臉，把整個身體懸吊起來。

「用我做的假髮，植入頭皮，就算把人吊著，假髮也不會斷……」

有關這段回答，以及之後發生的事，達利十分確定，都已經植入在筆記本的內頁皮膚上。

受訪人：地下假髮店的老闆。

如店名，這家假髮店位於市政府辦公大樓的地下商店街。老闆是位瘦高的男人，皮膚白嫩，一張娃娃臉，像個少年，受到各年齡層女性顧客的喜愛。老闆研發出一種化學油料藥水，可以讓假髮永遠柔軟，保色光亮，怎麼吹燙染洗都不會斷裂。為了驗證發明，他買下四分之一版的報紙分類廣告欄，製作宣傳的軟性廣告。執行費優渥，我立即接下這份軟性廣告的文字撰述工作。當時，我們都沒察覺，妻子已經懷孕了。我第一次到假髮店，老闆用幾個箍上長假髮的全裸女模特兒人形偶，掛在櫥窗的天花板，展示假髮韌度。那幾束假髮，泡過特製油料，在軌道燈的打探下，發出紅藍黃綠金與黑的亮澤。假髮的顏色無窮，比釣魚線更堅韌！在老闆要求的前提設定下，我很快就完成文字稿。

分類廣告刊登之後，假髮店的生意大好，老闆再為那幾位懸掛的女模特兒人形偶，穿上風格迥異的衣服。老闆很滿意，決定一次全額現金付給我。約定領錢的那個深夜，假髮店已經落下大半鐵門。我鑽進店鋪，老闆正偷偷解開女模特兒的髮結，讓每一個人形偶從天花板落地。她們一落地，就急著走出櫥窗，或盤坐或躺下，喊累要休息。老闆笑咪咪在她們的衣褲口袋，塞了一疊櫥窗展示的表演費。只要再演出一個月，老闆不單送她們每人一頂假髮，還會請原來製造人形偶的工人，為女模特兒人形偶的塑料光頭，全都移植他發明的假髮。老闆還稱讚，生意超出預期，全都要感謝我的廣告文案，吸引各年齡層的顧客——年輕時，一頂好假髮，讓你在鏡子裡多一位告解的神父。年老後，一頂好假髮，讓鏡子裡的你，多一位還活著的朋友。跑過生命終點，不管什麼原因，你都需要一頂永遠不會斷裂褪色的假髮……老闆說，第一次讀到這段文案，立刻就想為自己買一頂這樣的假髮。老闆利落算數現金，一把全都付足，也請我從這幾位女模特兒人形偶的頭上，選一頂假髮，當作送給妻子的禮物。我沒考慮，直接挑選那頂一公尺長、標準黑的直髮。

午夜整點的時鐘敲響後，老闆拿來另一頂一公尺標準黑假髮，直接戴上頭箍緊，嚷嚷要親自為我驗證假髮的強韌。老闆走入櫥窗，踏上家用簡易登高階梯，把髮尾綁上天花板的掛桿，從最高的階段輕輕蹦落下來。突然一聲巨裂。假髮沒斷，是掛桿無法承受老闆的體重，應聲扯毀一塊天花板的頭皮。不知原因，櫥窗的自動消防灑水器開始噴灑。下雨了。那些關節處有木栓的女模特兒人形偶，全都奔跑到店鋪外，躲開雨水，避免潮濕生澀了肢體轉動的順暢。雨水一開始是冷涼的，等老闆戴的那頭假髮全濕後，雨水就慢慢變得溫熱。我試著尋找消防器的總開關，但假髮店裡只有假髮。抬頭之後，天花板剝落更多水泥屑，出現一個洞。我冒犯漸漸滾燙的熱水雨，走上簡易登高梯，整個頭伸入天花板探看。熱水雨噴灑，逼著我瞇眼。那裡不是裝潢埋管線的內部，也沒有中央空調系統管道。就在幾寸夾板的另一面，是首都市的馬路。我用力探出頭，破洞口剛好是分向的雙黃線，沒有汽車，也沒有行人。我感覺無能為力，幫不上忙，收妥現金稿費之後離開。那些戴著假髮的女模特兒人形偶，全都癱軟在沒有人潮的地下商店街。如老闆答應的，我從其中一位女模特兒人形偶的頭顱，剝下一公尺標準黑假髮。

我全身濕淋淋返家，第一時間送出假髮。妻子收到沾了熱水雨的一公尺標準黑假髮，沒有特別喜悅。她覺得顏色和直髮式都太保守，和一直以來鏡子裡的她，並沒有太大差異。

「這頂假髮，不管我幾歲，都幫不了什麼忙。只有我死了，火化了，才會知道它戴上骨灰罈，值不值得。或者，你會希望，這頂假髮跟著我一起燒掉，這樣才能真正戴著它，看見你廣告文案寫的——多一位還活著的朋友。前提是，死後的世界，一樣允許每個人可以擁有鏡子……」

妻子不是向我抱怨。同一個深夜凌晨，她就戴著假髮入睡。在眼珠快速轉動時，每一根假髮鑽入她頭皮的毛囊深處，蜷曲穴居，怎麼剝怎麼拔，也不願意離開妻子的頭皮。從那天起，妻子就是標準一公尺的黑直髮。直到我們分居之前，都沒有剪短，也沒有變長。

某個從重複失眠裡逃出來的深夜，我遊蕩到市政府辦公大樓的地下商店街。地下假髮店還在營業。那位原本配戴一公尺標準黑假髮的女模特兒人形偶，已經不再懸掛了。她失去假髮，露出光溜溜塑造頭皮，在店鋪裡，擔任女店員，解說假髮的使用方法與植髮的經濟效率。櫥窗裡，只剩五個硬邦邦的塑造女人形偶，繼續關節死硬不動，以紅藍黃綠金五種標準色的假髮，表演懸掛，展示假髮的強韌。不過老闆也加入了。他戴著一公尺標準黑假髮，把自己綁上天花板。他發現經過的我，十分興奮。

「促銷期已經過了，為什麼還一直掛在櫥窗？」我忍不住提出問題。

「我確實喜歡研發假髮，可是最近才發現，我更喜歡拉扯頭皮，掛在這裡，給路過的客人觀賞。」

假髮店老闆回答，大動作比劃。或許是手，或許是腳，再一次觸動消防灑水器，噴灑朵朵冒蒸氣的熱水。

整個櫥窗，真的又下起熱水雨了。

「別擔心，剛好可以測試潮濕度下的假髮強韌度……」老闆很開心說。

熱水雨就這樣持續落下。直到幾線熱水雨，突然穿過厚厚的櫥窗玻璃，滴到我的頭髮。熱水順著我一樣是標準黑的直髮，向下溜滑，不足一公尺。分居之後，我偶爾會戴上那頂送給妻子的假髮。後來，不知道是第幾次走過假髮店，櫥窗裡已經不再懸掛女模特兒人形偶。她們全都移植了假髮，還將假髮剪出各自喜愛的造型，有些已經增生變長，超過光滑的腰谷，蓋住臀部。不變的是，紅藍黃綠金與黑，六種標準髮色。她們只負責招呼客人，獨留地下假髮店的老闆，懸掛在不停噴灑熱水雨的玻璃櫥窗，繼續展示假髮的強韌度。

只是，我也發現了，持續有熱水雨的櫥窗店鋪裡，一位客人都沒有。

熱水雨，似乎可以永遠都不停止。

那些舒服熱燙的滴液，一次次穿越玻璃，濕淋達利全身。因為濕，衣服黏成了皮膚，因為濕，假髮生植頭皮毛囊。達利用力扯了一小撮頭髮，沒有一根斷裂，頭皮刺麻通電。微量的疼痛尾隨熱水雨，撫慰每一吋毛細孔，沖倒耳蝸深處的每一根寒毛。他往後靠，背部後腦杓輕輕磕上牆。是水泥牆，不是玻璃牆，也不是玻璃櫥窗。他閉著眼觸摸，身後濕潤的水泥牆面，比玻璃還要滑溜。他假想，自己可以站著進入沉睡。他假想，一直沒有停止搓揉皮膚的清潔動作。再過一會，就會開始搓落那些還活著的角質層。

他告訴自己，閉上眼睛之後，假髮可以摘下，也可以離開地下假髮店的地下街。閉上眼後，熱水雨藉由達利的肩膀當跳板，飛躍到日春小姐的裸身。水滴在飛翔中失溫，停在接近鏽色的乾屍皮膚，因為沒有體溫，特別閃爍。第二滴落入第一滴，它們變成玩樂的水珠。等第三滴再加入，水滴匯流成水條，沒有誰被乾涸的皮膚吸收，彷彿屍體上塗過一層防水漆。那叢鮮活的恥毛，被氤氳水氣蒸得飄起來，搖成潮汐帶上落單的海藻。腋毛也向外爬梳，被水黏成細束。開始活過來的，不只這些。第六次淋浴時，達利就發現，乾屍臉頰出現幾塊正常膚色的皮斑。它們有弱弱彈性，大小不超過拇指指印。達利靠近她，幾滴熱水從陽具陰囊滴落到她的小腳丫，驚動了萎縮皮膚，引起一片雞皮水光的疙瘩。那幾塊健康的皮斑，長出菌絲，三百六十度輻射快速爬行，拱起皺巴巴的真皮，褪去膝蓋手肘的乾鏽。皮下組織生出飽滿的脂肪，讓乳房脹奶，水白盈盈。恥骨也出現彈性，撐開黏合的外陰唇。眼前的女乾屍，活成了陌生的日春小姐。達利沒有在首都市哪裡碰過這個女人，也不曾在哪個寫入筆記本的荒廢公園或是都心廣場巧遇過她。眼前的陌生女人，伸手要解開掛桿上的髮結，她手指不夠靈活，無法鬆綁。達利微弱充血勃起，不知開口說什麼，上前幫忙解髮。頭髮一散落，日春小姐順手勾住達利的脖子，拉近耳面低語。

「進來我的身體來，就像在河岸留言的廁所，進到那個女學生的身體⋯⋯」

驚訝讓陽具又回到疲軟多一些。呢喃一停止，少量血液又躲入包皮的青紫靜脈，稍稍擴張血管的口徑。

一條靜脈說，「我的星期四不見了。」

另一條靜脈問，「所以你躲起來？」

貌似女人聲似女孩的她，回答說，「是啊，沒有地方去了，只能躲到這裡。」

某一條靜脈疑惑，「這裡，是哪裡？」

她又說，「你進來就知道了……」

「進到哪裡？」達利問。

「我的身體……」日春小姐一蹬，把兩條腿都交給達利。她邊說，一隻手勾緊他的脖子，另一隻手撫摸無法完全挺立的海綿體，引它靠近那朵露出蕾芯的肉花。剛甦醒過來的恥毛也窸窣動手協助。突然，有人輕輕敲打盥洗室的門。達利一睜開眼睛，確認眼前的女人，不是河岸留言的女學生，只是陌生的日春小姐活體。

「是高胖，沒關係的。」她說。

他趕緊閉眼，一密合就看見日春小姐的表情僵固在安慰的微笑，臉頰又開始沉澱深褐色素。約莫一秒過去，全身生出鏽，回到脫水脫脂的硬化乾屍。又一聲敲門，達利趕緊放落日春小姐，想把她擺回原來靠牆的姿勢，硬化肢體無法被扳成三角衣架，只好讓她雙腿張開，坐在積水的地板。沒有誰願意讓熱水雨停歇下來。達利一回身，看見另一個自己，閉眼背靠著牆，搓磨角質層。他趕緊跟著一滴往回飛彈的水珠，跳回那位達利身上。兩水滴融合的瞬間，靠牆的達利，立即睜開眼睛。他看一眼日春小姐，已經不是衣架子。她雙腿大開，浮在薄薄的積水面。一頭幾乎一公尺標準黑的長髮，沒有綁吊在扶手桿，散落披掛在她胸前頸後。髮尾還有因為結綁出現的波浪捲度。她的外陰唇和臉頰的那幾塊健康色斑，都發出水嫩的肉色螢光，興奮著紅潤，微微腫脹成一張嘴巴。這張下體的嘴，還不靈活於說話，肉唇幾番抖擻，勉強呼出了一口嘆息。達利沒時間詢問它，為何嘆息，趕緊關緊水龍頭，抽走烘乾的配給內衣褲，和原本穿進避難室的外衣褲，濕漉漉躲入廁所。一打開廁所門，他立即被躲在裡頭的人影嚇了一跳。廁所裡，又有一個達利。這位達利站在馬桶上，已經穿好他正端著的所有衣服。兩份驚嚇過量，那些髮尖皮膚上的水滴，主動拉扯門外的達利，一次彈跳進入廁所。它們停落在另一位達利的衣服，馬上就被吸收。

這第三位達利，坐回到馬桶蓋，驚訝那些被布料吸收的水漬，都是鐵器生鏽的顏色。小小一間廁所，他左看右看，怎麼也找不到從門外飛入的達利。他看一眼骨董機械表，秒針偷偷摸摸飄移著。誰，推開了盥洗室的大門。達利關上廁所門，沒有讓喇叭鎖發出半點敲擊。

高胖半顆腦袋試探盥洗室，小聲問一句，「達利……老哥，你在裡面嗎？」

達利的屁股沒敢滑動一公分，高胖的腳步聲卻長出翅膀，飛過廁所，無聲降落到淋浴間。不再噴灑熱水雨的蓮蓬頭，剛好抵住高胖寬厚的駝背，本來要滴落的熱水，被另一個開門聲，嚇得收乾口水。

尾隨進入盥洗室的是蒼蠅，聲量如平常直奔，完全沒有收斂。

「高胖，怎麼樣，推銷的如何？」蒼蠅左右飛搖。

「我現在才要開始……」高胖的聲音生油了。

「那你還等什麼配菜？」

「日春小姐，我叫高胖。在這裡那麼久了，妳一定看過……我雖然胖，我的……我的，其實不小。」

「什麼不小？」

「那個……」

「哪個？要直接說出來才算。」

「陰……莖。」

「你看，直接說出來，有這麼難嗎？日春小姐，我相信這個胖子說的，他只是比例上，看起來小，實際不小。」

「日春小姐，不是全部的胖子……都知道怎麼做愛。」

「對，高胖說的對，他就是知道怎麼做的那種胖子。沒有人不知道。」

「日春小姐……我不想，在這裡也……對不起、對不起……」

「不用對不起，你現在不做，才真的是……」

飄在積水灘上的日春小姐沒有回應對話。高胖尖細的聲調，也變得軟軟虛胖。一陣發紅的水蒸氣，沖上天花板，一路滾到廁所上方，把日光燈熱得發霧，把玻璃罩蒸成霧鏡子，折射出淋浴間的影像。霧霧的高胖，一樣又高又胖。他像似發抖，也像似搖晃，全身層疊的皺皮，拍得啪啪響，連全身關節軟骨，都發出嘰嘎摩擦。對不起。對不起。聲音也被蒸成霧。肥碩下垂的陰囊撞擊枯萎無光的骨盆，一次。細長的陽具躲入乾涸陰暗的下水道，一次。對不起，就被重複誦讀一次。盥洗室陸續響起其他聲音。這些聲音，在天花板的霧鏡裡，蒸出密密麻麻的倒影。

皮帶釦在水泥地面跳踢踏。

褲頭拉鏈的齒輪，咬合了又鬆開。

日春小姐的舊紙牙齒，被撞得咬合磕磕。

秒針怎麼也過不了這一刻度，也不願意在空白處來回彈動。

表盤上的月亮、日期、星期、第二地時間，困在藍寶石表蓋裡吶喊。

高胖的巨大身軀，以活塞式律動，推動日春小姐的骨盆，每一個生鏽的關節，嘎啦嘎啦彼此咬合，運作齒輪，螺旋裝置轉盤，從肉身舞臺中央，升起一堆立體數字……數字們東倒西歪滾動著，進行某種選擇號碼的賭注博弈。最後搖出的編列序號是──2.007.070.7。我一低頭，發現自己正踩在相同編號的一塊圓形人孔蓋上，從下水道螺旋升起到路面的舞臺。舞臺周遭是我熟悉的首都市。這一天，所有街道都被火紅的天空燒成紅土泥漿。沒有下雨。市政府辦公大樓周邊的馬路，卻都出現淺水灘。水不深，剛好淹沒腳踝。空氣裡失去風，水面都沉沉睡著。為了讓它們安睡，水氣在水面上三公分的位置，凝結出玻璃，讓我行走通過。我清楚知道這一天的目的地，於是只走幾步路，就抵達了，市立劇場。一齣舞臺劇的排演正要開始。我坐在觀眾席角落等待，並在筆記本裡記錄這段不知第幾場幕的戲劇排演──一位擁有沉默長相的男人，在自己家中廁所，偷窺別人做愛……看過那段排演之後，我沒有再到市立劇場去看正式公演，直到獲悉舞臺劇停止公演的消息，我第一時間翻看筆記本，發現那個做愛中的「別人」，不知被誰特別加框標記成我自己，「達利」。我很驚訝，筆記本怎麼被更動了？如果我走入了舞臺劇的表演空間，為什麼沒有工作人員出面禁止？如果我闖入那位看來可以一輩子都不說話的男人家中，這位沉默的男演員，為何躲入廁所裡，偷窺我，卻不呼叫警衛或者保全，將我趕下舞臺？和我做愛的女人，不是妻子，不是女演員，不是演出妻子的女演員，不是妻子扮成的演員，也不是任何互換身分的陌生女人。那和我做愛的女人，是誰？這些問題，在舞臺劇停止演出之後，到現在，我沒有在筆記本的其他頁面，翻找到有誰給了我答案……

躲在盥洗室廁所裡的達利，一樣也沒有答案。他繼續排演這橋段的下一個動作──模仿那個擁有沉默長相的男人，再度站上馬桶。光腳踩上馬桶蓋，很滑溜很熟悉。慢慢探頭窺看的動作，他在第二位達利飛入廁所之前，已經反覆練習多次，依舊緊張得滿身汗水。達利停在剛好可以看見高胖的高度，演出偷窺。

高胖把日春小姐搬上洗手檯。雙腳張開的坐姿高度，加上洗手檯的高度，剛好讓嬌小的臉，埋入高胖的小腹下方。

「真的不小，高胖，趕快啊！」

在蒼蠅的催促下，高胖低頭，試著把陽具軟木塞，推回日春小姐微張的瓶口。在又高又胖的軀體反差下，興奮的陽具真的顯得細小。她的嘴僵硬在微微張開的幅度，剛好看見漂亮完整的上下排門齒。突然，蒼蠅從後頭用力推了肉垮垮的巨大臀部，瞬間讓小陽具沒入半根。幾乎乾燥的唇肉與舌頭，讓高胖的表情抽搐，摩擦出享受的疼痛。

「這樣不就進去了，還怕痛？來吧，繼續，再用點力。」蒼蠅說。

高胖又連兩聲，蒸熱發霧的虛胖道歉。他閉上眼，搖動比洗臉盆更大的臀部。腰間幾層真皮呼拉圈，磁浮環一樣飄搖旋轉。七八次回抽，再送入口腔。高胖小心把日春小姐濕淋淋的標準黑髮撫平，從洗手檯接來清水，滴濕細小的陽具，也濕潤她的嘴唇。高胖捧著滿臉生鐵鏽的頭顱，再次進入到更乾燥的喉管深處。這次深度進入，也讓高胖的嘴張大成哈欠。擔任女演員的日春小姐，也把嘴張得更大。每一次擺動，乾屍的頭顱就撞擊豆腐皮脂肪層。軟趴趴的巨大臀部，劇烈緊縮抖擻，加上最後一聲熱氣蒸發的，對不起。所有交響的聲符集體死去，整個盥洗室靜謐成失去演員的舞臺。

被偷窺的人，高胖，和記錄在筆記本裡的侵入演員，達利，都高潮射精了。躲在盥洗室廁所裡的達利，勃起不全，一樣也流出少量的精液。他推演記錄在筆記裡的偷窺者，那位市立劇場舞臺上的沉默男演員，在偷窺他時，一樣也在內褲裡射出微量的體液吧。半透明的體液，從日春小姐乾澀的嘴角淌流出來。汗水流過所有男人的鬢角，就連旁觀的蒼蠅，也從鬢毛墜落一滴汗。高胖沒有抽出，僵硬在射精狀態，流出前列腺素、膽固醇、玻璃酸酶、抗壞血酸以及無數精蟲。日春小姐嘴周唇肉皮膚，一秒，一刻度，一陣刻紋波浪的漲落，從生鐵鏽顏色恢復粉嫩。兩瓣巨臀，再度顫抖全身脂肪。海浪又一次灌入崖岸洞穴，拍擊原本乾燥的食道，灌溉龜裂的胃囊。高胖肚皮，快速少了一圈。臀肉大腿的小圈脂肪，也明顯減少。皮膚來不及反應收縮，快速垮落出現橘皮紋路。這些皮質組織的裂痕，拉出一張張的嘴，好像譏笑，也像真心替誰開心著。高胖慘叫一聲，不是再次滿潮，而是被什麼驚嚇了。他急急抽出陽具，不少帶血的乳白漿糊，持續從尿道口滴落地板。

「怎麼突然停了？」蒼蠅看出高胖的驚嚇。

「日春小姐的……舔了我一下。」

「見鬼了，她的嘴巴舌頭要是能動，不說話，也會先咬斷你的小水管吧。」

高胖拉起褲頭，說不出話，同時被地板上的某個東西吸引目光。蒼蠅先看了地板上的血絲體液，接著也被那個東西吸引。達利看向他們注視的位置，發現一對濕腳印。它們一路從淋浴間連線到洗衣機，再拐彎到廁所。那是剛剛第二位達利遺落的未乾足跡。這對濕腳印沒來得及，跟隨第二位達利跳進廁所。它們沒有眼睛，漫無方向一直行走。在三個男人的注視下，這對濕腳印小跑步踩過積水灘，激起水花的神經質緊張，在乾燥的地板上繁殖更多立即死去的濕腳印。它們繞了一圈，把蒼蠅和高胖的目光都引到廁所。偷窺者與被窺視者，不管是不是演員，都發現彼此了。達利趕緊蹲下坐穩馬桶，雙腳才落地又趕緊收回，深怕門縫咬住趾頭。廁所的地板上，也有一堆不知道是第二位達利、還是他的濕腳印，正繞著馬桶兜圈子。已死的、顏色深的濕腳印，被唯一活的淺色濕腳印，反覆踩踏。垂直烘托照明的日光燈，讓盥洗室裡的所有人都失去形體影子。達利躲著，記著，那段側寫記錄的排演。記錄裡的這個時候，有人走向廁所，慢慢靠近那位長相沉默的男演員。達利無法銜接那齣舞臺劇接下來的戲路安排，只能順著模糊的橋段排演。天花板的光霧鏡面，並沒有再一次翻開遺落在下水道的筆記本。

那下一頁，已經被綠藻吞食分解消化了嗎？

達利丟問題給自己。如過往，沒有誰在筆記本裡寫落答覆。

腳步聲逼近，他緊張在門板上開始虛構杜撰，新的腳本——臨時避難室的廁所外面，沒有蒼蠅，沒有高胖。剛剛，不管和誰一起做愛的女人，不是一具要重新復活的乾屍。我是那個擁有沉默長相的男人，躲在自己家中廁所，如同現在廁所裡的第三位達利，抱膝蹲坐在馬桶蓋，不會發出任何聲響。誰，只要有誰願意說一句話，不管力氣高低，是不是微弱得可憐，我都願意與這句話，同時消失。舞臺上的他與盥洗室的我之間，也是蒼蠅高胖和第三位達利之間的廁所門牆板，沒有被打開……這些，如何發生？盥洗室的廁所，可以像旋轉木馬，開始圓盤移動，螺旋一樣旋轉，升降齒輪一樣慢慢旋轉。直到所有人都發現，這個廁所竟然有一面牆，是空的，沒有磚泥也沒有三夾板。我只要演出一臉訝異，就像不願意說話的沉默男人，演出的巨大訝異，就不會有人發現我在偷窺。誰會願意相信？自己家中的廁所，竟然會失去一面門板牆……強記下來的段落，浸泡在蒸氣光纖。這些發霧的，和那些被吞入球藻而潮濕的，由水分子透析，興奮分離也努力雜交。繁衍生出的新記錄，被盤踞的熱蒸氣，悶出霜白的、橙綠的、泥煤黑的黴，爬出更多的菌種，把更多想像爛成一顆顆滾入桌底牆角、度過一整個冬季的柑橘。

之後，達利沒有以那位沉默男演員的表演戲碼繼續躲著。不管是盥洗室，還是有壓迫感的廁所，沒有如旋轉木馬原地螺旋，也沒有隔板牆憑空消失或者門板突然透明成玻璃。他無法確認，門縫外的，是高胖，是蒼蠅，還是侵入記錄舞臺的偽裝演員達利。一個淡淡的假影，從門板底部的縫隙晃動出現，看來病懨懨的，十分細瘦。假影被擠壓成戴著施工燈帽的下水道維修工人，不停尋找水道路線，地板門縫才出現胖敦敦的十指。是高胖的手。手一離開地板，假影就被拉長，爬上可以通往人孔蓋的通氣通道。門縫喚來的，又是高胖的舊皮鞋頭。蒸氣被中央空調除去濕氣，原本危危病態的假影，從地板裡被拉扯出來，在空氣中斷裂，飄浮到光纖縫隙。門板搖晃了一下，兩公尺高的高胖，緩緩從門板上方探出半顆頭。四個眼珠一晃過彼此，兩人都露出筆記本記錄的表情，看不出誰比誰更驚訝。

蒼蠅在洗手檯方向喊出聲，「誰在裡頭啊？」

高胖的眼珠，鴿子一樣溜轉，也發現廁所地板上的濕腳印，支支吾吾，「是達利先生……對不起，廁所裡就你一個人？」

達利點點頭，也變成鴿子眼睛。兩個人模仿市政府廣場上的鴿子，以數百隻的集體鳥體，低著頭各自啄食地板上決意要消散的濕腳印。一抬起頭，又尋找彼此都不知看往哪裡好的眼睛。

「剛才，是日春小姐的舌頭突然舔了一下，我才抽出來的。你有看到，對不對？」高胖氣急吁吁，立即又轉口，「我不是要你幫我證明什麼。真的對不起，我不應該對日春小姐，只是……」

「高胖，我相信你。不用擔心。」

高胖的鴿子眼珠停住，被細緻的血絲蟲侵犯。少許淚水射出眼角，堆積液體，沒有流落。有好一會，高胖都說不出話，直到肥厚手指彈開淚珠，才瞬間燒紅了臉，「那達利先生，要繼續嗎？」

「繼續什麼？」

「就是剛才的……對不起，我又說錯話了，達利先生想做什麼，都可以。」

達利舌頭瞬間脫水，漿乾成板，聲帶也失去潤滑，乾燥得說不出話。他聽不見排演進行到這一段，記錄在筆記本裡的自己，回應了那位長相沉默的男演員，什麼樣的對話台詞。高胖打開廁所門，達利的視角，剛好接觸到日春小姐。她的大腿被扳得更開，海葵陰唇慢慢沉澱出生豬肝的保護色，隨著殘存的蒸氣搖擺盪漾。海葵的肉瓣突然出聲質問達利。

「**你為什麼不想跟我做愛？**」

「我知道該怎麼做……我知道該怎麼做。」

高胖回答，一連說了兩回。話語還待在廁所裡，他就轉身離開。在那個記錄裡，我也是這樣轉頭離開消失的？達利反問自己。巨大的高胖又失去腳步聲了。一直到盥洗室大門被關上，達利才恍惚走出廁所，用失去鮮嫩度的聲帶與舌頭，對還沒有離開的蒼蠅，微弱解釋。

「剛才那個人……不是我。」

蒼蠅突然一翻身，飛入洗手檯的小方鏡。那後腦杓和鏡面裡的臉，都嘻皮笑嘴，「老哥，我跟高胖，也只是鬧著玩的。」

達利走到日春小姐旁，確認臉頰那幾塊皮斑，已經是健康的。她的嘴唇周圍，和被撐開更大的口腔內部，都被黏液滋潤成鮮嫩的皮膚與肉。少量帶有血絲的乳白黏稠物，還在積水灘裡爬行。達利無法立即判斷它們是體液，還是被排泄出來的脂肪。達利記得，第五次淋浴時，秒針突然疲倦停止，蹲馬桶如廁的高胖，告解了自己的問題。

「不管我怎麼吃，都不會超過兩百公斤。多出來的脂肪，全都會排出來。」

高胖在被送進避難室之前，曾經到市政府的醫療中心，參加了轄境居民的體重控制工程。醫療團隊評估出最寬容的健康體重上限，在他腋窩深處，植入藥物晶片，一旦血脂與體脂超過標準，就會釋放微量藥劑，從全身毛細孔排出脂肪。達利也聽蒼蠅描述過這項體重控制醫療法，但消息裡並沒有提到，脂肪是否會從尿道口跟隨射精排出。臨時避難室裡沒有體重器，達利無法知道射精時的高胖，是不是剛好碰觸到兩百公斤的臨界線。

日春小姐膨脹出厚度的舌頭，伸出一截柔軟尖肉，逆時針方向，緩緩舔食那些還待在唇尖的黏液。

「見鬼了，日春小姐真的活過來。」蒼蠅說著，全身發痠抖了一陣。

達利也感染一身寒毛雞皮疙瘩。他摳起地板上像體液也像脂肪的軟凍塊，抹上日春小姐的嘴。舌頭比娃娃魚柔軟，哭出靈活，把新的黏液捲入喉嚨。每一回餵食，嘴唇都會輕巧包裹舔舐他的手指，引誘少量血液流向下腹。達利知道，就算餵完高胖體內所有的體液與脂肪，也無法完全勃起。

「老哥，這樣好嗎？」蒼蠅依舊困在小方鏡裡。

「那怎麼辦呢，不管嗎？你不是不怕？」

「一個人活著，想要死透，再也不願意動的人，很多。死了，還像她這樣動來動去，一直要活過來的，我是第一次碰到。我不是怕，只是覺得怪。」

「一個賣消息的人，什麼時候正常了？」

小方鏡裡的蒼蠅，有六隻腳，也都被達利的反詰黏死，飛不出鏡面。達利抹完地板上所有黏液，盯著日春小姐的玻璃眼珠。那對還無法轉動的視線，對焦在天花板上的一個中央空調。氣口的格紋網孔吸食著牽手的蒸氣。少許白色水霧在那裡猶豫徘徊。

「一定有什麼管道，通到外頭。」達利說。

「中央空調嗎……能通到哪裡？問題是，我們過不去。」

「真正的問題是，要多久，才到得了外頭。」

「那也要管線通到外頭才行。」蒼蠅看一眼電子表。數字穩定跳轉，脈搏也跳動，兩對眼皮學著翅膀跳顫。

「蒼蠅，你還記得跟我說過的綠艙事件嗎？」

「綠艙事件？」蒼蠅找到裂紋，趕緊鑽出鏡面玻璃，嗡嗡飛出，「哪一個部分？」

「應該是我們被送下來的前兩個晚上，在三重奏，你說有綠艙事件的新消息？」

「那個消息，你沒有寫到筆記本？」

「沒有……重新看的時候沒有。」

「那天晚上，我都喝到看不見馬路了，老哥。」

「不要躲，你不是會忘消息的人。」

「消息都是要賣的。」

「在這裡，賣給誰呢？」

「見鬼了，老哥，這樣逼人的？」

「是，沒有買賣，你說不說？」

「說說說……好像，好像……是開挖地下第二層捷運，挖到綠艙……」

「每次你說，好像，沒有一次值得我花錢。」達利的語調降低到體感溫度最冷的攝氏三度。

「老哥，有人不花錢，還動氣的？」

「我這次就是。」

「好好，不要動氣。對，我記起來了，是下水道工人集體失蹤的事。沒錯，見鬼了，老哥，這個臨時避難室會不會真是綠艙？也不無可能。我們活生生跑到消息裡頭來了。那這消息怎麼賣？我也一起賣？怎麼估價……」

達利眼一瞇，蒼蠅不敢再左斜右側亂流飛舞。蒼蠅快速描述綠艙事件的拼圖，立即新生的消息，來自他父親剛招攬的一位新生代黨幹部。新幹部熟知蒼蠅的消息工作者身分，想用他祖父說的故事來套交情。這種新生代黨幹部，每年至少有兩打以上，進出蒼蠅在首都市的獨棟豪宅老家。蒼蠅連這位新幹部的姓名都沒記住，只記得名字裡有一個，水。水的祖父，在九十歲喜壽宴會隔天，在熟睡中去世。他祖父這輩子都是首都市的下水道維修工人。在水利局掛證五十年，才退休歸還服務牌。首都市的下水道，沒有哪一條他祖父沒有走過。那些在下水道遇上女鬼獻身，還是差點被颱風大水沖到出海口的驚險事蹟，都沒讓蒼蠅離開眼前冰涼的白啤酒。這種程度的消息，根本沒有買賣價。直到水說，他祖父喜壽當晚吐露的酒後故事，蒼蠅才忘了要喝乾剩下的杯底，聽到手心把白啤酒都熱成常溫。

「那個水的祖父，其實是三十多年前，下水道維修工人集體失蹤的其中一個，也是唯一一個回到路面的。他祖父什麼都沒說，騙說忘了請假，偷偷跟團離開首都市出境旅遊了一趟。他們一家人跟那些公務員，就真的相信他祖父說的，真是腦子長瘤，開刀救活都算浪費……」

「蒼蠅，告訴我集體失蹤的部分就好。」

「好好……那群老傢伙本來在做定期的下水道照明燈檢修，走啊走，卻走到一條完全看不見東西的下水道。老哥，我是說，完全看不到東西。一打開頭燈，光線就被黑吸走，勉強只能照到前一個人。他們一個接一個，摸著黑牆走。帶班的組長，突然摸到一個水閥門。他祖父也說，沒有人記得有這樣一個水閥門。幾十年來，從來沒走過那條下水道。後來，應該是帶頭的組長吧，把水閥門打開。突然，那個光，媽的，像是有電的海浪，把全部的工人都捲到裡頭。那裡頭像一個不知道哪來的房間，亮得好像剛發燒的白光燈泡。他祖父因為膝蓋軟骨鈣化的老毛病又痛起來，坐在水道對面休息，等他靠近，水閥門已經關上。就只有他一個人，留在那條下水道，怎樣都轉不動水閥門，也拉不動。剛開始，還有一點點光，從門縫流出來。老哥，是像水一樣流出來喔！他祖父就聽到有人問，這裡是哪裡？之後，整個下水道又一片烏漆抹黑，什麼都看不到。他祖父狂喊，一直叫他們從裡頭把水閥門打開。可是沒有人回答。他又放聲問，那裡頭，是哪裡？在不知道東南西北的牆裡頭，居然有人回話……老哥，回答什麼，你知道嗎？」

達利冷冷，沒有回答。一旁的日春小姐張著紅嫩的嘴，也張開完全醒活的海葵陰唇，上下兩個口，同時吞嚥一口空氣，蠕動深喉管與陰道口。

「老哥，那聲音回答他祖父說，綠艙。那裡頭，就是綠艙。不過要我說，他們是鬼打牆。他祖父下去維修個屁燈，失蹤了一整隊的下水道工人，最後就他一個人從市政府議會廳旁邊的人孔蓋爬出來？怎麼可能，我會那麼容易就相信，可是他祖父這一進一出，竟然整整一星期。他祖父也不知道，為什麼沒有渴死餓死，出來的時候還變胖，好像那條下水道的空氣，除了氧氣，還有蛋白質配脂肪……」

「蒼蠅，停在這。」

「沒人聽消息，這樣喊停的。」

「我只想知道，後來呢？」

「後來，他祖父就回家啦。還能怎麼樣？只是回家之後的第二天，他祖父拉出好大一坨屎，把他家馬桶都堵塞，還調動市政府的公共化糞車去抽……」

「不要又亂加。」

「老哥，我什麼時候給過你亂扯的消息？我買賣的，是原話轉述路線，百分百忠於消息。不然哪天真離開這裡，我怎麼賣你消息？真的，不是我亂加。我也罵水，他那張嘴真的是走政治的料。那個水也說，絕對沒有亂扯，是他祖父死之前，親口告訴他的。當然，他祖父不知道自己隔天真的睡死……」

「可以了，還有其他嗎？」

「老哥，我先坦白，剩下的，我是用推論的，要聽聽嗎？」

「你說說看。」

「這是你要我說的啊……我想，他祖父不知道為什麼沒有去跟單位通報失蹤，單位的調度主管也沒有發現失蹤了一隊維修工人。很難說得通，對吧？另外，沒人備案通報，警察也不可能主動進行調查。之後他祖父自動申請調組，就被編到另一組維修隊。等他跟不太熟的下水道維修工人，再回去走那條路線，把照明燈全修好了，他祖父再也沒有看到那個水閥門，也沒有找到那些失蹤的工作伙伴。老哥，一整隊的人失蹤，沒人知道，可能嗎？」

「……在這裡，我們永遠不會有答案。不過那些失蹤工人的家屬，也都沒去報警備案？」

「老哥，這就是重點。有人去報警，事情一定曝光，可是就是奇怪，真的沒有哪個老傢伙的家人去備案。如果有，這條消息就沒有我拿出來賣的機會。可是，我還是有消息可以賣……老哥，你相信嗎？」

「蒼蠅，我被你搞混了，那些失蹤的維修工家人，究竟有沒有人去警察局備案？」

「檔案裡沒有。」

「檔案？」

「是的，檔案。」

「蒼蠅，不要搞神祕，什麼檔案？哪裡來的源頭？」

「寄給我家那個老頭的。」

「你的……」

「對，原本是要寄給我家老頭的一份檔案。那時候，他在幫一個市議員輔選。可能是競選小組不知道從哪裡挖出來的。說不定，是偷的。就是一張影印，上頭就是下水道工人集體失蹤的事件。我猜，是要用來攻擊執政的現任市長，修理他怎麼會不知道發生這樣的事。這種管理疏失，肯定是經濟獨立之後最大的行政醜聞。這麼重要的檔案資料，竟然用快遞送。那天只有我在家，我當然不客氣全都看過一遍，不然我哪那麼多消息賣啊！他給我那一點生活費，繳貸款就沒了，塞牙縫啊，要我喝西北風過日子嘛……」

「等等，蒼蠅，你怎麼知道，那不是用來誤導選舉的假消息？」

「我就知道你會問。老哥，警察總長加上市長，兩個人的簽名都在上面，應該不容易假造吧？全部的檔案，也就是一張說明報告書，還是從競選小組發過來的快遞。只是搞個匿名消息，需要這樣大費周章？」

「那些先不談，說明報告書寫些什麼？」

「重點就是，確實有一組下水道的維修工人，在執行勤務的時候集體失蹤了。打報告的人腦子沒燒壞，也沒打錯字，那確實，他們的家人也沒有人去報警備案。真的是一個人都沒有……老哥，很弔詭吧。」

「這不合常理。」

「就是不合常理。只是警察局吃案，頂多警察廳的總長道歉請辭，就謝謝落幕再聯絡，也沒什麼好炒作。」

「……你怎麼看？」

「見鬼了，老哥，這可是你第一次問我的意見啊。」

「快說吧。」

「問題不在工人集體失蹤，問題是為什麼那些家人，沒有人去報警備案。」

「就這樣？其他的呢？」

「什麼其他的？老哥，我可是弄了好久，才參透我家老頭可能的選戰策略。我怎麼知道他會怎麼進一步調查。」

「蒼蠅，這份檔案跟綠艙有什麼關係？」

「老哥，這份檔案，加上水他祖父告訴他的故事，你不覺得，那群下水道維修工人，就是在綠艙消失的？一個下水道的發光密閉空間……光是這個標題，這條消息，就夠我請你喝酒兩三年了。」

「……檔案裡有沒有提到綠艙，有沒有漏掉什麼？」

「那張影印，我至少讀過十遍，就只有說明集體失蹤的事。綠艙這兩個字，拆開來，合在一起，都沒有出現在報告書。老哥，你不是勸過我，這些都是八卦小道，要是太完整，太認真說明，細節太詳細，消息就不可信了？」

「下水道，失蹤工人，綠艙，發光的密閉空間……一定有什麼關聯。」

「老哥，你是說，跟這個臨時避難室的關聯？」

「不一定，不過一定有什麼可以連起來。」

「啊，老哥，那個水閥門關閉之前，水他祖父好像還聽見走進去的伙伴說，那裡頭，有一個男人，一個小男孩。」

那裡頭，有一個男人，一個小男孩……某張筆記本的內頁，從光亮之中搖晃到達利所在的避難室。他無法看見，記錄指的「那裡頭」，指的是哪一個具體的空間地方？

失去熱水雨的盥洗室，漸漸失溫。日春小姐乾燥萎縮的眼周，慢慢積水紅潤，從兩側眼角鑽出兩條螢亮的淚蟲。一對漸漸分色黑白的眼眸，在眼眶裡溜啊溜的，轉成打磨光滑的風水珠。敞開的雙腿，水滑一溜，她整個人從洗手檯上摔落地板，趴成一隻脫水的枯木樹蛙。達利和蒼蠅都不自主退了一步。日春小姐只能趴伏，無法爬動。剛開始轉動的眼睛，無法偷窺任何人，只能直視水泥地板。這怪異的姿勢驚嚇了躲著不動的濕腳印。它們開始追逐彼此煩躁奔跑。左腳印右腳印，被達利過去的行走習慣牽涉，不管前進後退，跳飛起來降落滑行，鈍了也好，拐了腳也好，都無法單獨走各自的方向，脫離彼此太遠。一陣慌亂踐踏，它們被彼此另一隻腳，逼得跳入淋浴間的積水灘，嚇醒少量才剛睡穩的水花。等到漣漪水紋完全靜止，這對濕腳印，都躲著，一直躲著，誰都不再多走出一步。

「有一個男人……一個小男孩……」

是女人在說話。聲音從地板一個字一個字被螺旋升起，緩慢向上傳遞。這段有氣無力的話語，如此耳熟，又沾染陌生，壓迫達利往後退了一步。蒼蠅察覺到達利的怪異舉動，也退了一步，滿臉疑惑，不知要躲避日春小姐，還是躲避什麼。達利磨牙，盯看地板上尚未完全乾燥的樹蛙女人標本。

「是你，在說話？」達利問。

「老哥，你聽見什麼……誰說話了？」蒼蠅問。

「是……誰嗎？」達利再問。

「我不是誰……我只是一個，身體工作者……」

複眼腹語術

中央空調吐出的空氣，維持新鮮的涼爽。臨時避難室的濕度，舒服得讓皮膚犯睏。達利卻開始犯起輕微灼燙的癢。他惦記麻舌的醺醉與手指捅挖之後的催吐。在避難室日光燈過亮時，他會到廁所，摳喉嚨深處的肉垂，引誘未完全消化的菜渣，逆流通過食道，嗅嗅沒有酒精的酸腐。達利由此判斷，被送進避難室有三、四個月了。前幾次試著戒酒，血管壁開始期待被橡木桶的辣味刺傷，都是在戒斷一百天前後。單穿著內衣褲和鞋子的他，不打算和癢對抗，步行到娛樂區。撞球檯面的綠色絨毛，在掌心轉毛畫圈圈，引起胯間的血液逆衝。達利拐到運動區，踩踏飛輪腳踏車，試著把癢固定在地板。低阻力設定，無法流汗。眼前的牆面依舊是堅硬的羊奶乳酪。一次調到最高阻力，幾次眨眼過去，飛輪竟然不願意旋轉輪胎。他揪出大腿筋肉，拉緊膝蓋韌帶，咬動小腿肌腱，喚醒腳踝進行連帶的生理機械運作。他模仿老管家的專注，從右腳切換到左腳，不停交換，才把腳踏板打成自轉陀螺。旋轉的齒輪眼，拉動鏈條上的牙縫凹洞，讓加快空轉的輪胎引誘出空氣漩渦。打滾的風，把達利視線捲入一道牆面裂痕。汗水從內衣纖維呼出微弱酸氣，沒有溶解白牆，連裂痕都不屑打個哈欠。鹹水膜包裹達利，直到腳趾間都濡濕，白牆裂痕才淡淡哼出一口嘲笑。他被汗揮發，一落地，雙腿立即發軟，躺平在地板盜汗。地板給後腦杓一拳涼意，他醒著，感覺著酒精癮頭引起的癢，一滴滴分泌流出。原本試著踩飛輪衝進白牆、離開臨時避難室的想法，也跟著汗腺排出。

這次入睡與甦醒之間——蒼蠅都不知飛到哪裡躲起來了。快速復胖到體重臨界點的高胖，滿臉歉疚坐在舞臺上，手拿營養餅糧，猶豫要不要將蔗糖塊投入熱紅茶，彷彿再多一片乾糧餅或方糖，就會有脂肪從某個汗腺滲出皮膚。老管家思考下一頓料理的時間過久，站在瓦斯爐旁邊，瞇上眼，站著打盹淺眠。日春小姐不時被搬移到盥洗室的不同角落。某個男人洗衣烘衣，她枯萎的乳房熟成了飽滿的瓜，另一個男人剃鬍潔牙之後，她停留在洗衣機蓋上，張腿流落微量的黃水尿液。國字臉魔術師和倒三角臉魔術師，也會一起離開盥洗室，坐回馬蹄沙發，從各自耳洞揪出一個小木偶布偶。它們身高腰圍一致、縫合的眼珠統一規格，連車線邊口都是同色號的灰線，只有兩位魔術師清楚誰是誰。它們近來最常做的運動是，躺在各自魔術師的左手心，在沉睡中，把肢體擰成旋轉中的抹布。等待他們的右手彈奏空氣琴鍵，它們才跟著音符飄浮起來，翻開布織眼皮，甦醒同時，膨脹布料胸腔，大口吸氣，把抹布身體腫脹回到正常身體。一個不小心，它們酸溜溜抖擻，褲襠就濕出一小片夜尿。兩位魔術師這時會流露憂傷，又是心疼，又是責備，向它們吹幾口氣，風乾褲襠。所有人都有自己的事，剛上鍊緊繃的秒針也是。它忙著多繞走了幾圈。達利喘吁吁，獃望天花板的管狀白太陽。閉上眼的避難室，依然鍍上染灰的光亮。不管誰醒著，誰入睡，誰被送下來，誰又能離開出去，臨時避難室都會永遠光亮吧。在恆亮的日光燈下，達利漸漸無法看清楚，這幾次入睡之後，那些出現的什麼和繁殖衍生的……**光霧霧的演員妻子……那些**

白悠悠像似鬼魂的小男孩們……那些被急流線條沖走的無數跳蚤或是某種昆蟲，緊緊抓著汽車的後視廣角鏡，吸食著鏡子裡的某種昆蟲體液……跳躍快速的福神不倒翁，在墜落中的電梯箱子裡跌倒，流出一玻璃花缸可能只是食用色素的血……玻璃天空飄浮一瓶瓶不知名的氣泡礦泉水，身體已經半透明的兒子，以門牙開瓶，冒出一句句聽不見的無編號問題……以噸量計算的年輕女人胸脯肋骨，掛在疾駛的玻璃貨櫃車裡，凍出一層白霜糖粉，生出油滑光亮的白蛆，孵化出無數的蒼蠅，搶著飛出瘋狂吶喊的骷髏頭眼洞……這些模糊墜落的，從高臺的木板尖端跳水了。在彈跳板與水面的幾公尺之間，進行小規模翻轉、併身、側滾、彎夾的組合總和。最後垂直縱身入池，激起微弱的水花牆，淋濕達利的喉嚨，他依舊感覺到喉嚨深處的渴。達利知道，只要到廚房旋轉水龍頭，就可以流出透明乾淨的飲水。需要維他命與纖維，老管家可以打出濃稠的蔬果汁。饑餓感向下爬行到肛門口，平底鍋就會冒煙，煎出一大塊帶血羊排。老管家還會在署名的乾淨餐盤上，畫出醬汁的甜美線條，等待咀嚼，等待吞嚥。還有加壓濃縮的薑汁汽水、真空的烘製牛肉乾、一泡水就可以恢復新鮮的乾燥水果、一撬開就可以生吃的鮪魚罐頭……

只要持續這樣下去，就可以一直活著了吧。

這句話，達利曾經寫入筆記本，但這句話前頭，發生了什麼，這句話後頭，又接續記錄著什麼，沒有任何徵兆。兩側的肩膀鬆弛了，汗水排出更多死去的癢。不管是醒著，還是睡著，他都維持平躺，伸手接住那些飄落光裂裂的磷粉。一些是管狀的，一些是圓環狀的，它們一碰觸皮膚，破碎成更細的粉塵，沒有噴霧出任何有關綠艙的消息。

究竟要多少日光燈管，才能讓整個臨時避難室，如此光亮？

不知道接下來做些什麼好，達利丟問題給自己，試著統計白太陽的數量。

他從運動區的中央空調開始，順時針方向點數日光燈。一次一根，六根一組，一組加裝一塊玻璃天花板。日光燈管亮得有光有影，不容易算數。剛繞排氣口數一圈，日光燈就搖出新的刻度。達利計算了光，也不時被影騙走累加計算，前額又脹又痛。算數失序到五十來根，千百隻電板內置的晶片光蟲，在視網膜上蠕動。他忍著不眨眼，這些光蟲便大膽爬行。一開始只是機械性的肢體動作，放肆的它們把身軀拉成電阻電盤。有些站起身，從眼球表面剝離，吸收更多光源，長出電流的光薄翅膀。它們集體飛舞的電力，讓達利吱吱耳鳴。在淚水開始淹沒視野時，它們剪斷還黏在虹膜的臍帶尾巴，搶入白太陽的縫隙，飛離避難室。達利拉下瞼皮，盡量阻止它們脫逃。一闔上眼，這些電子板光蟲，反向鑽回耳洞，在達利耳膜刮出低頻率的疼痛。

「怎麼睡在地板？」飛回來的，是蒼蠅。

「我沒睡。剛才在踩飛輪，有點累。躺著休息。」達利閉著眼。

「你閉著眼睛想什麼？」

「……那個綠艙，是不是像避難室一樣亮？」

達利一睜開眼，看見至少數十個蒼蠅的臉孔。它們全被格放在蜂巢的視界裡。出現蒼蠅這種昆蟲的複眼視覺，他並不困擾。麻煩的是，蒼蠅們各自表述，讓他不知道要回答誰，與誰對話。十點鐘位置的蒼蠅，明顯剛入睡，眼珠正自主快速轉動。九點鐘格子裡的蒼蠅，正為自己拔牙，弄得滿口是血，他請求達利協助，拔除最後一根健康的牙。達利問他為何拔牙，他說，以後買賣消息，用象鼻子口器就夠了，不需要牙齒。三點鐘橫帶上的三個蒼蠅，在爭執討論，是否要與父親斷絕親子關係。左邊說，斷了關係，怎麼拿錢過日子，光靠賣消息活得下去嗎？右邊說，餓死也比羞辱好。夾中間的蒼蠅冷冷開口，只要父親一死，不就可以繼承所有財產，不用斷也不用餓，安安靜靜等著就好。說完，他淡淡徵詢達利的意見，你會不會把所有東西都留給兒子，不管他對你做了什麼？達利被問題綑綁。占據制高角度的蒼蠅，喳喳插嘴，問達利要如何才能幫高胖減肥？他是真心要幫忙。才說完，馬上又浮出詭詐的笑。一陣空調涼風，把在七、八點鐘時間帶上的蒼蠅，吹到六點鐘時間帶的蜂巢格子。他們七嘴八舌推測，待在綠艙裡的那個男人跟那個小男孩，應該是一對父子。說不定，也是被保鏢送進去的。只是不知道，在首都市經濟獨立之前，還是那場抗爭運動之後？父子又被送進去多久了？這些蒼蠅們，全都看一眼各自的電子表，說出某年某月某日的幾點幾分幾秒。沒有一隻飛出來的時間是相同的。他們互相指責其他人的電子表時間不準。

蜂巢正中央的這位蒼蠅，停在壓制秒針分針時針的螺絲帽上，極度憂慮。在其他蒼蠅的一輪猛盯下，支支吾吾，「老哥，怎麼不到沙發上睡？」

達利平躺，沒有起身，「趁大家都在忙自己的事，老哥，有件事，我想問你，可以嗎？」

「這麼客氣？蒼蠅，這不像你。」

「那我直說囉……老哥，為什麼不跟日春小姐做愛？」

「為什麼要跟她做愛？」

「大家都跟日春小姐做愛了。」

「老管家有嗎？」

所有的蒼蠅都同時回頭，飛入廚房。老管家依舊站著，睡在淺水的沙灘，沒有理會任何一隻嗡嗡飛近耳朵的蒼蠅。蒼蠅們又同時回頭，竊竊私語，最後討論出集體的結論——老管家不願意醒過來回答問題，一定也是跟日春小姐做愛了。

一隻蒼蠅飛出蜂巢格，落單在視界外頭，憤憤然，「你不希望日春小姐活過來？」躲在右上角最偏遠格子底的蒼蠅，從手淫的高潮慢慢平緩過來，以一種軟蛆蠕動的聲調呢喃，「老哥，不要以為不跟日春小姐做愛，就比較高尚。你不跟別的女人做愛，也不會改變什麼。」

「困在這裡，有什麼需要改變的？」

「不是這裡頭，是外頭……不跟日春小姐做愛，你老婆兒子就會開始著急擔心？請警察或是拜託朋友到處找你？他們不會，不是嗎？」

達利無力反駁這隻臉上還有快感餘燼的蒼蠅。

他閉眼休息，直到瞼皮裡沒有光沒有影，沒有變形光蟲，也沒有任何一隻想要質問的蒼蠅。從光霧隕歿的灰塵屍體，全都沉澱在達利臉頰，吸乾所有汗漬。等額頭也完全風乾後，複眼的蜂巢格才消失。蒼蠅也回到一張臉皮一段脖子一蓬頭髮。

最後剩存的這隻蒼蠅，飛出問題，「你失蹤，老婆兒子會去報警備案嗎？」

看著蒼蠅少有的困惑，達利覺得有趣，也丟了一句反問，「蒼蠅，你家老頭不會找你嗎？」

「我家老頭最新任用的那個女祕書，可能會比較想我吧。會不會報警備案，就不知道了，」蒼蠅兩聲冷笑，仰望天花板，搔搔變長分叉的毛燥亂髮，「老哥，起來吧，這樣下去不行，我們真的要找點事做。」

達利才提頭，就被蒼蠅拉住手。蒼蠅用了沒吃飽的勁道，無法拉起達利的身軀，只能拉起一具淡淡的立體灰影子。達利的血肉身軀，落在地板上，壓扁成紙片身影子，只靠那雙嶄新的休閒鞋和站立的淡影子接連。膚色是皮，白色是內衣褲，黑色是頭髮，連腳的深褐，是老管家新配發的休閒鞋。就這樣，蒼蠅拉著達利灰影子，拖曳到盥洗室。不管壓扁的紅兜聲帶怎麼嘶啞喊叫，蒼蠅都沒聽見。膠膜一樣薄的臀背，跟地板磨出靜電，顫起一路粉塵寒毛，再來回拖一趟，就會長出水泥疙瘩。淡得透光的立體灰影子，一被帶到洗手檯小方鏡前頭，蒼蠅劈頭就是冷嘲熱諷。

「老哥，看看你，懶成什麼樣子？」

這位廉價立體投射製作出來的粗糙身影，一搖頭，陷在地板上的達利，也被迫跟著搖頭。

「不知道？我告訴你，最好不要再惦記外頭，老想著怎麼離開。不好好想想，怎麼在這裡過日子。老哥，鏡子裡的你，就要變淡了，消失啦。」

灰影子看著另一個更淡更透明的鏡面倒影。地板面的一對大眼珠子，怎麼打轉，都看不見小方鏡。蒼蠅打開洗手檯的照明燈，光纖直接呼過灰影子。這一打燈，把達利的紙片身影子，橡皮筋似地硬生生拉長，一直延伸到沒關門的廁所。達利的長箱臉頰和頭顱，停在一雙腿之間。日春小姐依舊光裸身體癱坐在馬桶上。她的雙腿，一條還有點萎縮，另一條已經肌膚光滑，肉腱鮮活幾乎完全恢復。活的腳踝動了，活的那個膝蓋也動了，日春小姐的臉也不再乾燥萎縮。她慢動作傾身，湊近扁平的達利。一個彎屈上身，一個躺成影子，兩顆立體眼珠和兩片平板眼珠，對角久久凝視。

日春小姐的嘴巴黏著，沒有縫隙流落聲音。她沿著地板的臉形，撫摸達利，抹出消瘦的輪廓和頹亂的髮型。那開始分泌汗油的指尖，一劃過達利耳朵，他就聽見她的腹語術呢喃。

「願意嗎，跟我一起，一直待在這裡？」

一樣壓扁的唇舌牙齒，突然失憶發聲的方式。他用力嗚咽，所有字腳都被防水膜沾黏滯留，無法走出地板。直到黴菌生絲協助，才偷渡塑膠的毛細孔，滲浮出來，斷破成虛弱的回答。

「我的兒子……會擔心我。」

日春小姐的面部肌肉，還有些僵硬。臉譜裡有笑也有憂傷。她以充滿童趣的腹語，描述著一個故事：

有一位小男孩，有很多位父親。他被長得最像他的父親，一直一直遺忘。不過，他一直一直都記得，那位長得最像他的父親，就住在他擁有的一面鏡子裡。這位小男孩只好躲在一處頂樓天臺上的兒童遊戲區，獨自一人長大。在溜滑梯和翹翹板的陪伴下，他確實勇敢長大成一位大男孩。變成大男孩之後，他離開兒童遊戲區，走入那個從頂樓天臺上一直眺望的城市，開始新的生活。可是，在第一個黃昏，他就被夕陽的軟糖雲朵給迷住了。看著顏色雜交生出來的美麗天空，大男孩忘記肚子餓，忘記會有夜晚靠近，也忘記在夕陽消失之前，要用球鞋的抓地鉤，好好踩住那一天的影子。結果那個貪玩的影子，就從大男孩的腳底板逃走了。從此之後，大男孩失去影子，就算看著鏡子，也無法找到那位跟自己長得最像的父親。從此之後，大男孩也失去和其他朋友開心玩在一起的語言。大男孩只好返回頂樓天臺，躲到兒童遊戲區的蝸牛溜滑梯。因為，在那個螺旋的殼裡頭，禁止夕陽出現。只不過，留在遊戲區其他地方的橡皮時鐘、剪紙手表、馬達鬧鐘，還有一根可以站出影子長度的筷子……所有這些可以計時的玩具，全都軟化成曬傷的口香糖，不甜，也不能嚼。大男孩只好躲在蝸牛溜滑梯裡，睡得久一點，讓時間快一點軟化。最後，大男孩困在兒童遊戲區，睡回成還沒長大時的小男孩。他不需要玩伴，不願意再長大，也暗自許願不要變成跟父親長得更像一些的大男孩。這樣的決定，讓小男孩感到安心，因為他早就學會，只有一個人的時候，怎麼讓自己好好活著，過得開心……

腹語停止，盥洗室沒有幻化成某個頂樓天臺，廁所也沒有螺旋出蝸牛的殼紋，讓誰躲藏，讓誰在沉睡中慢慢倒轉秒針。達利移動平面的手腕，扭曲身影子變形，直到他可以察看骨董機械表。發條裝置還留存動能，讓秒針活著，機芯也沒有因為落難成影子就迅速死去。不管所有寶藍柳葉針飄移出任何時計單位，繞走無以計數的圈數，表盤上只有月相窗，顯示滿月與過渡的上下弦月。這個臨時避難室裡，也永遠不會垂落夕陽，或是掛上一幅有夕陽的油畫，以那些繁色美麗的光纖，挾制他，引誘他，從勃起站立的灰影子腳下，像影子一樣逃離。

「這個故事，你曾經說給兒子聽。」

「沒有。」

「你有。這個故事，你已經記錄在筆記本裡。你寫在其他內頁裡的兒子，在你睡著的時候，已經遇見那個小男孩。」

「我沒有寫出這個故事。」

「你有。只是你不願意相信，兒子已經離開……」

「我兒子還在。失蹤的人是我。是我離開他，被困在這個避難室。」

「為什麼不願意真正醒過來？」

「我沒有睡著，我在臨時避難室裡，只是蒼蠅沒把我拉起來，才躺成影子。」

「現在，只要睜開眼就可以。」

「我看得見你，睜開眼可以，閉著眼也是……困在這裡，都一樣，沒有什麼需要堅持的。」

「連記錄都要放棄嗎？」

「我沒有。」

「消息沒被寫出來，就有價值……這點，你也不堅持了？」

「在這裡，我只能相信。」

「那就留下來，和我一起生活。我們一定會遇見那位小男孩。說不定，他會為你找回兒子，留下來吧……」

請求達利留下的腹語術，重複播放，轉調成哀求。日春小姐的淚珠大量坍塌，在地板彈開鹹味悲傷。鹼性眼淚迅速穿過防水膜，反滲到達利薄紙臉皮，開始灌注微血管。她不願意停止，洩洪更多眼淚，輸送到他全身。這些帶有鹽分的生理淚水，把達利扁平的身影子，填充脹大成等比例的成人偶。一直到他能自行撐起上半身，才順勢拉扯出介於水泥與膠膜之間的下半身。

這時，蒼蠅在廁所門外，一顆頭左飛右飛，拉長舐吸式的象鼻口器，射出反芻後的問題。

「老哥，你不會跟日春小姐做了吧？」

達利沒有對話，不停拍去手肘的水泥粉塵。微濕的內衣褲，苦苦眷戀從黝黑淡化成古銅色的皮膚。原本站立的灰影子，躺平在水泥地板上，像似立體，更像被曬活的地霧。日春小姐坐落馬桶，上半身趴伏大腿，垂落一頭標準黑的直髮。這樣的角度看不到表情。她的雙腿之間，生出一大片積水灘，潮濕了周邊。那些是從故事裡流落到避難室的眼淚，將會花去很多時間，才能完全除濕乾燥。沒有預警，在淚水灘的表面，浮游出一層富含油脂的血。這層血不是從眼角哭落的，而是從日春小姐大腿內側淌流出來，滑到小腿肚，最後棲身在淚水灘。血與水分離，不知能往哪去，也無能抵達最遠的彼岸。一放棄活著念頭，血就迅速凝結成一層玻璃紙薄度的紅。

「老哥，那些血……不會是？」躲在身後的蒼蠅，踩了達利的淡影子。

達利不打算為這隻蒼蠅，解答剛才發生的種種，也不想提及剛才複眼蜂巢的無數蒼蠅問題。

這些凝結的紅血，是日春小姐流出的經血。她的卵巢與子宮，不再是枯萎的肉囊。這顆被釋放的卵子，決定結束不必要的偶遇，從多汁柔嫩的陰道口落紅，流出鹹味的死和濃郁的血腥。他盯著那灘紅血，確定身後的蒼蠅飛入其中，沉迷淹死了，並沒有再飛出任何蒼蠅。達利褪去衣物，先走進淋浴間，讓熱水雨洗盡黏汗。接著，他一身裸裎，協助只能以人偶姿勢行走的日春小姐。他抹去她臉頰的淚蟲屍骸，再沖洗胯間與廁所地板的淚水灘和油性經血，直到沒有一絲新鮮生鐵腥味和任何鹹鹹的淚氣味。

達利一身乾爽新衣，走出盥洗室，碰上老管家。老管家詢問，日春小姐是否安好？達利先探視避難室——高胖因為多吃一塊餅乾，沒有排出脂肪，安心吐了一口濃稠的油氣。兩位魔術師正在為各自的小木偶哼小夜曲，小聲爭執誰撒落在馬蹄沙發上的音符比較多。蒼蠅則一個人在娛樂區打撞球，順著白球表面的光，把紅球騙入中袋，招手要他過去，一起撞球——確定所有人在日光燈下，都有一塊似有若無的灰影子，他才開口回答老管家。

「我剛才幫日春小姐淋浴，她很好。說不定，再過一段時間，另一隻腳會恢復，她就可以走路了。」

老管家挪挪頭，稍稍鬆弛緊繃的肩膀。

「老管家，累嗎？」

「謝謝達利先生關心，沒關係，已經習慣了。」老管家抬頭看著日光燈，「很久以前我就覺得，避難室的光亮，有種讓人更緩慢才能老去的力氣。」

達利安心地淺淺呼出氣，不是嘆息，而是得知在臨時避難室裡，也是會逐漸老去，終將押解靠近死。

攝氏三度的拼圖塊

老管家第一次向達利主動提出請求，希望喝完果汁之後，他能協助整理倉庫。上一回，是由高胖協助整理工作。當時達利正在淋浴，倉庫方向的牆芯裡，發出齒輪轉動磨損與金屬彈跳的撞擊，疊重與緩慢的傳遞出牆壁厚度。秒針那時在熱水雨裡停止機芯運作。等淋浴結束，他再旋轉龍頭，緊張的發條組又開始推動計時，老管家與高胖也完成整理工作，推開倉庫鐵門。達利記得特別清楚，那是第四次淋浴。第一次，甦醒之後，沖洗嘔吐物。第二次，甦醒之後，還思索著那天晚上，為什麼沒有搭上計程車，回到分居後租賃的小公寓。第三次，或許是在甦醒之前，學會控制蓮蓬頭的冷與熱，也確定自己待在一個下水道的臨時避難室。

「老管家，這次由我整理，下次換蒼蠅協助？」

「是的，很簡單的規則。每一位先生輪流。」

「以後整理倉庫的工作，可以都交給我。」

「為什麼呢？」

「沒有特別原因。這工作不困難，我做得來。」

「達利先生，做過類似的工作？」

「沒有……只是曾經認識一位餐廳的倉儲管理員。我在那個餐廳做些零工。」

「是外場服務工作。」

「我的個人資料裡，也有寫？」

老管家只是微笑，沒有多餘動作。達利也沒有特別在等待答案。

「……他每天拿著表格單，守在地下室的倉庫門口。清點搬進去的東西，早中晚都盤點，簽名確認搬出去的東西。每一天，從一早六七點到晚上打烊，他就只做這件事。薪水不多，他就一個人，過得去。」

「是採訪嗎？」

「一開始只是認識，後來才是採訪。是一本市政府勞工局的內部期刊。」

「有接觸這位倉儲先生工作之外的生活？」

「這部分是期刊編輯要的主要內容。確認他願意接受採訪，我和他經常聯絡，在他的休假日，或是下班之後的凌晨，喝酒吃消夜。不過不管待在倉庫，還是離開倉庫之後的他，我都寫入筆記本。」

「為了報導的完整？」

「可能吧。對期刊來說，有關勞工生活的報導，兩千字就夠了。」

「除了工作之外的生活，就兩千字？」

「編輯還擔心兩千字太長。」

「也對，一個老得忘記死去的管家，只需要兩百字，就可以結束，說不定更短。」

「一個生活在臨時避難室的老管家，我一輩子，可能都寫不完。」

「我在這裡的生活，沒有那麼複雜。」

「簡單記錄，其實難，寫得複雜，會簡單一些。說是這樣，我來寫，都是困難的。給我一個人的名字，兩三個字，要寫他的一輩子，其實很難……大部分的人，連姓名的兩三個字，都沒有人能幫他們留住。」

「這確實不容易。反過來，先給你一個人的一輩子，再請達利先生為這個人取名字，就兩三字，會簡單一些？」

「那就要看我，花了多少時間，去認識這個受訪人。」

「只是時間長短？」

「一直都是。」

「達利先生，為什麼願意花時間，為這位倉儲先生記錄那麼多？」

「不只是為他，也為了我自己。」

「怎麼說？這個，達利先生的資料，就沒有說明了。」

「老管家應該知道，後來，我們分居了。」

「嗯，也和兒子分開。」

「我租了一間套房公寓，一個人住，也做了一張表格單，掛在門邊，登記每天買了什麼回家，也記錄那些跟著我出門、卻沒有帶回家的東西。每一天，就像在寫日記。就是這樣。」

「謝謝你，告訴一個老管家這些事。達利先生，整理倉庫，是少數我跟高樓層管理人共同訂下的輪值工作之一。我會經常進出倉庫，準備料理。不過，在保鏢送新的補給之前，沒有東西會被送下來，除非又有人被送下來。我們的日用品會減少，沒吃完的食物，也會經過廚餘處理器，絞碎之後，排到下水道。只是……不會有東西離開，如果有，也是由保鏢處理。整理工作久久做一次，不需要達利先生一醒過來，就守著倉庫。我也希望，願意待下來的其他先生，有機會看看還有多少庫存，避免猜疑。日春小姐可以協助，我一樣也會請她幫忙。所以……還是由各位先生輪流吧。」

老管家依舊禮貌解說，達利也找不到理由堅持。

臨時避難室的倉庫，就在廚房後頭，由一面橫向拉開的軌道門加鎖保護。鐵門漆成牆的白，連牛鈴鎖頭也刷上同樣顏色。老管家從褲袋拿出鑰匙，打開沉手的牛鈴鐵鎖，進入一樣安裝了無數白太陽的倉庫。內部不算大，一公尺深的不鏽鋼架，靠滿四方牆面之後，還可以容納三、四個人寬裕轉身。架上收納各式各樣的罐頭，濃縮粉末、礦泉水、乾糧餅，還有幾桶可以儲存數年不變質的純粹蒸餾水。有一些醃漬物罐頭是達利學生時期常吃的口味，不知道是否還在保存期限內。幾排氣泡飲品瓶罐的外包裝，洩露不同年代的產品設計風格。其中一種戰鬥口糧，從首都市經濟獨立之前，就已經確立品牌口碑，在各大百貨超市的量販架底層，持續銷售熱賣。衛生紙、蔬果洗滌劑、肥皂沐浴精這些消耗品，也是經歷品質考驗的老品牌，全都整齊有序擺放。內衣褲毛巾等私人用物，也都用真空包裝袋，密封成磚塊，依姓名稱謂堆疊擺放。達利沒有發現陌生姓名稱謂的日用品。那些垂掛架內的魚乾，被除去內臟，從剖開的腹肚飄來海風的鹹味。魚乾群沒有游往日光燈的光源深處。幾根連腿醃肉，也沒有發出豬的鼻鳴，被日光燈驚醒，在乾貨倉庫裡奔命流竄。一切都整整齊齊，沒有什麼需要整理。老管家指向沒有不鏽鋼架的牆面。那有兩道門，分別是冷藏庫與冷凍庫。門邊的溫度儀，顯示攝氏五度與零下十八度。老管家拉開冷藏庫倉門，達利閃過一個念頭——**把日春小姐放在冷藏庫，會不會因為低溫，就停止復活？停止的，是她的身體機能？或者進入冬眠的，一直都只有身體？**老管家遞上一整組的防寒衣物，打斷達利的思索，開始解說，冷藏庫的兩排不鏽鋼架，右邊是水果，左邊是蔬菜，全都用奈米技術的保鮮袋，真空包裝，堆放在黃色塑鋼籃。他請達利把下層的空籃疊放到角落，再將高層架的籃子，依序往下層擺放。老管家負責水果，達利搬移蔬菜。豌豆、玉米粒、紅蘿蔔丁，料理過的三色冷凍蔬菜的口感與氣味，已經在冰冷的氣味裡，消失好久了。花椰菜只剩下三個真空袋，最底層則被小黃瓜與青翠的蘆筍占據。水果架的最底層，還有一些蘋果，和最近還沒吃完的一籃柳橙。再上一層架位，則被哈密瓜填滿。除此之外，已經沒有其他水果了。

「剩下的這些水果，還可以吃幾餐？」達利問。

「這很難統計，要看怎麼安排每一餐的間隔，也要看所有先生的食量，還有健康需要。」

冷藏庫裡的水果，一籃接一籃被六個男人的胃液溶解消化。持續恢復血肉的日春小姐，沒有消耗任何冷藏庫的水果。現在的她，以上下嘴器舔吸體液和脂肪，皮膚毛孔張開，也可以喝水與呼吸，再加上融合的唾液，就可以慢慢活回來了……**只要持續這樣下去，就可以一直活著了吧**……筆記本在身邊，達利會再一次記錄，複寫這句話。如果可以在筆記本裡，再複寫一次、兩次、三次、四次……一定可以剪接出這句話之前的重複播放影像，或在沉睡中遇見知道這句話之後如何繼續往前走的陌生旅人。他搬移最後一個零星馬鈴薯的塑鋼籃。筆記本並沒有出現在不鏽鋼的架檯。

老管家從不鏽鋼架底，撿起一顆馬鈴薯，喃喃說，「達利先生，知不知道，一顆馬鈴薯從煮熟、磨成泥，一起和咖哩塊燉軟熟爛，需要多少時間？」

達利看了一眼骨董機械表。藍寶石硬度的玻璃蓋被水霧覆蓋。他請老管家等一會，抹去冰霧，表盤上的海浪刻紋凝結出水碎了的花霜。秒針沒有防寒裝備，凍在沙灘上，久久才能跨出一步。他脫下防寒手套，快速旋轉龍頭，K金材質的發條盒彈簧線都保持低溫，時針分針也裝聾作啞。攝氏五度，秒針無法正常飄移，達利也無法想像在熱水鍋底等待翻身的一顆馬鈴薯。

「老管家曾經計算過嗎？」

「……有好久一段日子，都只煮一顆馬鈴薯的咖哩。」

「那是多久？幾分鐘幾秒鐘？」

「不是這樣的。有時是刷一次牙，有一次，一關掉水龍頭，就煮好了。兩位魔術師下來之後，我只做過一次，也是最後一次，只煮一顆馬鈴薯。那時候，兩位魔術師正在比賽較量，要讓假髮變長，看誰的先碰到地板。」

「假髮？」

「偷偷說，兩位魔術師都禿頭，都戴假髮。呵呵。」

「看不出來。」

「待在避難室那麼久了，都在頭皮生根了。」

「是嗎……我看他們也都沒有戴手表……用假髮，怎麼計算時間？」

「兩位魔術師先生一直按摩頭皮，假髮就慢慢變長。它們幾乎是同時碰地，那一瞬間，我知道，馬鈴薯咖哩可以起鍋了。」

「就這樣？」

「在避難室裡，這樣就可以。」

「我也有幾個問題。」

「為各位先生解決問題，是我的工作。」

「老管家知道日春小姐的變化？」

「達利先生是說，日春小姐慢慢活過來這件事？」

達利點頭，開始協助老管家將哈密瓜填滿底層的空間。

「……達利先生有接觸日春小姐嗎？我是說，和其他先生一樣做相同的事，為她服務？」

老管家像學者論述，沒有害羞和尾隨之後的猥瑣。達利看見了，日春小姐的兩瓣嘴唇，和所有寫入筆記本的妻子一樣，活肉柔軟，不再是學生時期的她，以一種羞澀的彈性，含著他淌流的體液。還活著的唇肉，全都沉澱了口紅膏的編號色素。不知是誰的兩瓣唇肉，因為冷而抿嘴，說出過去在許多實業家的專訪中，經常提出的問題——效法某個誰，做一樣的事，相同的服務？每回丟出這類問題，他知道自己等待的，都是受訪人已經擬好的謊言。

「我不會碰日春小姐……」達利不知為何，脫口補充了一句附帶條款，「只要我是清醒的……」

「那沉睡之後呢？」

「沉睡之後，很多事……我們都無能為力。」

「達利先生曾經，在沉睡之後，試著改變什麼？」

「我想過，也試著做改變。可是就像玩拼圖，永遠都少了一塊……**也有可能，不止一塊**……」

少了的其中一塊是……我經常從一個漆黑的下水道，掉到一席永遠沒有拆掉塑膠膜的單人床。兒子的單人床。再滾到下一樓，另一張失去妻子的雙人床。一直從上一層天花板陷落到下一樓層，沒辦法停下來。停車場、表演廳，有時候是貨櫃車廂，有一樓，是一整層的游泳池。等摔落地面，爬起來，不管我是在租的套房公寓，在蝸牛溜滑梯的階梯上，還是在某個捷運站的長椅，我都會再一次睡回去，從一處不停向上繁殖的防火梯，開始往上爬。每多爬上一樓，就試著聽清楚一直追趕我的引擎聲，再爬高一樓，就摸索牆面裡的影子。能爬到頂樓，說不定，就可以看見那個一直等在頂樓天臺上的誰……會是誰……只是再閉上眼睛碰到的，不是同一個下水道。等我能喊出聲音，用力回頭，或是伸出手，抓住一個飛下來的日光燈，下水道就變成一條高速公路的隧道。喇叭聲一直響，不停響，把所有人嚇醒過來，我才發現自己怎麼會走進了隧道。我趕緊翻到路邊的工人維修走道，看著汽車衝過去。每輛車裡都是陌生人，每個人會看我一眼，質疑我，為什麼，沒有一次，一次都沒能改變什麼？

「達利先生，有改變什麼嗎？」

「……一次都沒有。」

「如果是我，會一直睡一直睡，睡到找到改變的可能性。」

「怎麼做？」

「睡著之後，不管達利先生在哪裡，一定要找到那個下水道的入口，想辦法進去之後，再試著找到困在下水道裡的你。那個你一直困在那裡，也只有那個你是受困者。如果一直遇不到，就要在下水道，再製造另一個達利先生，你再告訴他，離開那個下水道的路徑，要他想辦法走出來。我大概就會這樣做。」

「所以，都是我？」

「是的。也只有達利先生。」

「老管家有成功過？」

「呵呵，說來很心虛，我也一樣，一次都沒有。」

「真的很難。」

「一旦沉睡了，我們經常是無能為力的，是吧……只能盡力控制。」

「在這裡，就算醒著，也有很多事是老管家不能控制的吧？」

「是指在避難室裡頭？」

「比如停水、停電、瓦斯管線被挖斷，或是熱水系統出問題？在這裡，一定也發生過吧。」

「這些動力能源問題，我一開始也擔心過。那時候，我的鬍子都還不會扎人，現在鬍子都白了。不過水、電、瓦斯，從來都沒有出過狀況。」

「一次都沒有？」

「呵呵，一次都沒有。冷藏庫固定除霜，冷凍庫只要結冰太多，我都馬上敲掉。一段時間，我也不確定多久，高樓層管理人也會安排保鏢下來重灌冷媒，換新式恆溫控制器。這些蔬菜水果，跟外頭乾貨倉庫的日用品，也都固定送到，沒有發生什麼大問題。時間久了，我也忘了要擔心什麼，有什麼好擔心的……啊，除了那一次……對，怎麼這麼巧，也是下水道……」

「老管家，你說什麼下水道？」

「我真的老得沒記性了。確實一直都沒有意外，只有一次，高樓層管理人沒派保鏢通知，突然有幾個下水道維護工人，從螺旋樓梯走下來。那是唯一一次，真的讓我嚇一跳。」

冷藏庫開始降溫，一拳一拳的冷，重重擂打達利的每一根骨頭，讓他牙根都鬆落，透身打起寒顫。

「達利先生，太冷了？不舒服？」

「沒事……後來呢，那些下水道工人去哪了？老管家，他們下來之後，發生了什麼事？」

「這幾位下水道工人下來的時候，我正在準備食物。很開心有人下來，我就多煮一些。沒想到，都還沒吃到，保鏢突然下來，又把他們全都帶上去。我連他們的長相都還沒有記住。」

「他們被帶到哪裡？」

「這我就不知道了。應該是回到下水道吧。保鏢會護送他們回到首都市，可能從某一個馬路上的人孔蓋通道。當然，這只是我的推測。」

「下水道工人下來的時候……這個避難室裡，是不是還有另一個小男孩？」

老管家的搬運動作被低溫凍僵，臉色鬱結出灰，鼻息也被冰出白霜，吃重落地。等他深深吸入一口氣之後，才吐露霧氣。

「這個問題，我無法回答，請達利先生體諒。」

「……沒關係。」

老管家繼續整理工作。達利拍拍防寒手套，將小男孩的模糊身影，壓縮在掌心，變成一團熱氣，再輕輕吹散在攝氏四度的低溫中。

「在避難室，要說有什麼是不能控制的，大概是幾位先生和日春小姐吧。保鏢送誰下來，什麼時候送下來，不是我能決定的。我只能先看到個人資料，才大略知道你們是誰。」

「老管家是說，我們被送下來之前，個人資料就已經先送到避難室了？」

「是在你們被送下來的前一次。保鏢送補給物資，個人資料就會一起交給我。待在這裡的人，就會開始期待，究竟是誰被送下來。當然，我們多少還是會想知道，這段間隔的時間，首都市又發生了什麼事。兩位魔術師還偷偷進行精神感應，用盥洗室蒸霧的鏡子，偷看下一個人，長得怎麼樣，比賽誰看見的影像比較準。高胖先生被送下來之前，兩位魔術師都從霧鏡子裡看到，又高又胖的影子，等真的看到他，還是很驚訝，比霧氣鏡子裡的還要更高更胖。只有日春小姐是人跟資料一起送下來。為什麼改變，我也不確定。所有人被送下來，不是喝醉，就是睡著了。只有兩位魔術師很堅持，說沒喝醉，也不是睡死，他們是在進行活埋、表演永遠昏迷的時候，一前一後被送下來的。我故意踩他們的腳，他們痛得臉都抽筋了，還不願意張開眼睛，假裝昏迷，還閉著眼問我，是誰先睜開眼睛。最後沒辦法，我只好同時扳開他們的眼皮，兩個人才願意平手收場。他們都不認輸，都說自己才是首都市當代最厲害的魔術師。」

「兩位魔術師，出生在什麼年代？」

「出生年月日，個人資料上都沒有寫。我只知道他們被送下來的年齡。他們當時幾歲，沒有兩位魔術師先生的同意，我不能說。達利先生可以直接採訪他們。就像現在，達利先生從我這裡，問出想知道的事。」

「我沒有刺探的意思。」

「沒關係，我只是一個管家……兩位魔術師的脾氣很古怪，都不太說話，隨時都在比賽，都不是親切的受訪對象。」

「他們為了什麼比賽？」

「他們都說對方沒資格當魔術師。待在這麼小的避難室，還是什麼都比，什麼都能比。一轉眼，頭髮就拖地了。衣物才烘乾，他們的指甲就長成蕨類的嫩芽，全都捲起來。我偷偷在他們睡著後，用工具鉗剪斷，免得穿破沙發皮，跟彈簧打結就麻煩了。有一次，他們不知道生氣比賽什麼，開始吐線，抓著對方吐出來的線，拉出一條條的黴菌，黏到牆壁上，慢慢生出很多奇怪的圖案。我怎麼洗怎麼刷都沒用，只好用油漆，重新漆一遍。等打盹一睡著，那些黴菌圖案又偷偷浮出來。我不知道騎了多久的腳踏車，不知道流了多少汗，才讓那些黴菌圖案全部從牆壁剝落下來。還有一次，真的讓人生氣。兩位魔術師讓所有的日光燈都下雪，把避難室冰得像是冷凍庫，說要把對方永遠冰凍起來。中央空調來不及反應，差點就冷死我和高胖先生。還好，日春小姐那時候已經完全乾燥……我只擔心瓦斯爐、洗衣機這些器具會凍壞，才恐嚇兩位魔術師，說要請保鏢把他們送回家，兩位魔術師才趕緊融化冰雪。最後還是淹水了。我們四個男人，用抹布拖把擦了好久，才把全部積水吸乾淨。高胖先生說像是世界末日的大水……呵呵，現在想起來，也挺有趣的。」

老管家靠在不鏽鋼層架，沉入在幽幽的微笑。

「兩位魔術師，為什麼……」達利忍不住疑點開口詢問，「會擔心被送回家？」

老管家嘴角鬍渣的凹陷，沉落了一些。皺紋和黑斑也突然明顯起來。原來的微笑被凍裂破碎，掉落一塊等待被冷藏的拼圖。

「擔心被送回家的原因……都只是個人資料上的一塊記錄……**都只是另一塊記錄而已。兩位魔術師個人資料裡的厭惡欄，分別是對方的稱號。後頭的備註欄，一字不差，都記錄著他們厭惡彼此的事件。那是一次表演復活術的魔術比賽。他們請各自的助手一起參與魔術進行，決定以自己才知道的獨門復活術，把對方的助手變成童話裡的小木偶，外貌形體要跟故事裡的一模一樣，**

還必須是用軟布縫製的小木偶，方便操作，好進行下一個階段的魔術表演。他們彈了一次手指響，就立刻用自己的戲法，輕鬆把對方的助手變成布製的小木偶。這時，臺下突然有一位小男孩提出請求，要改變魔術比賽的規則，請兩位魔術師分別將自己的助手變回原樣。只是他們都猜不到對方使用的復活術技巧，又拉不下臉認輸。結果，比賽一直僵持到現在，都沒有分出結果……

『說話的人還在嗎？為什麼停止說話了？』我閉著眼，聽完這則訊息。在沒有光的冷裡，我看不見可以詢問的對象，還是用力呼吸。呼出的氣，一瞬間被降溫成霧。我開口說，『就算是這樣，也不需要如此厭惡彼此吧？』不知道是誰，叫喚說，『現在提出問題的，是達利先生嗎？』我只能回答那誰，『是的，是我，我是。』我睜開眼，眼前的冷藏庫，是美式餐廳的冷藏庫，沒有盡頭。無限延伸的不鏽鋼架上，堆滿了茄子陽具、番茄肥臀、洋蔥乳房、彩椒骨盆，和舌頭洋菇，全都散發霓虹一樣曖昧的光。接著，從沒有盡頭的延伸深底處，飄來紫的紅的白的褐的各種顏色的話語。冷藏庫裡瀰漫著蔬果香氣的顏色。是那位，誰，說話了，『……讓我告訴你，達利先生，那兩位助手，都是魔術師各自的兒子啊……那麼，達利先生唯一的兒子呢？』那麼……」體感溫度下降一度，聲音已經是老管家的聲音，「……達利先生，會擔心被送回家嗎？」

老管家靜靜看著達利，沒有開合的唇肉，凍出一條條的紫雲。冰氣穿過製冷的葉扇風口，在達利的門牙上凝結出鐵色霜晶，黏死兩片唇肉，讓他無法回答。

從氣孔落下的白霧，變得緩慢，很緩慢的滾動。恆溫控制系統，顯示溫度下降到攝氏三度。冷感低溫，把分居之後與妻子的幾通電話內容，凝結在一個空洞的塑鋼籃……是在哪一通電話裡？我詢問已經離開的妻子，最近，兒子有沒有提到我？妻子回答，這幾天，開始沒有了。另一通電話，我再問相同的問題。妻子說，兒子正跟同班同學和小時候的玩伴，在庭院的夕陽下，玩踩影子的遊戲。為了要保護影子不被同學玩伴踩住，兒子不願意接電話。我急著通知她，請兒子要踩好自己的影子。她很快就掛落話筒。最後一次接通吧，凌晨時刻，我在遠方的公墓，已經陷溺深層的酒醉。是最後一次接通。接電話的人，是剛好睡遊起來的兒子。兒子在電話那頭，聲音惺忪未醒地說，請問你是誰？你要找誰呢？我在手機的擴音器旁，不敢出聲。一點點呼吸，都努力遺忘。幾陣冰冷的夜風吹過，撫摸裸露在墳土外頭的年輕骨骸。我聽見了兒子的詢問，眼淚汩汩流出。我不是沉睡的，我可以嗅到跟著淚水一起抹在臉頰的酒精。只是，那些濃烈的酒精氣味，很快就被墓園的冷風吹散揮發。我抹平眼淚，墳頭一旁的仙人掌花苞，突然綻放開來。原來，哭出來的，是龍舌蘭。一會兒後，兒子或許是聽見了龍舌蘭花苞的綻放聲音，也開始壓抑著呼吸。兒子不再詢問我是誰，要找誰，靜靜躺回到泥塚裡的空棺，學習所有已知的死者，永遠沉默。直到兒子主動放回話筒，掛斷努力活著的螺旋電線。我連一個字都沒有說出口。一個都沒有。我忘了，忘了問他，還記得我嗎？忘了問，照片裡的他，那時，已經幾歲了？……忘了問他，在他所在的地方，是否被允許，看見我、聽見我、觸摸我、食用我，甚至是回憶我？

達利無法回答誰，持續將答案冷藏在攝氏三度。老管家檢查塑鋼籃裡的水果保鮮狀況，也沉默好長一段時間，才呼出白霜霧氣。

「每個人，都有害怕回家的理由。達利先生也是吧。兩位魔術師願意待在避難室裡，繼續吵架，繼續魔術比賽，有事能一直去做，也就不用想著回家……在避難室，我們都要找一件可以持續做下去的事。」

「我能做什麼？」

「達利先生，不是寫雜記很多年了？採訪的筆記、新聞故事、隨筆、一些奇怪的事件、陌生人物的描寫，甚至是沉睡之後看見的聽見的，都會記錄在筆記本。寫完一本，再換一本新的，對吧？」

低溫再次封凍達利的雙唇。這時掀開嘴，就會扯裂嘴唇一層皮肉。

「在這裡，達利先生，也可以繼續寫。」

「不會再有新的……筆記本已經不見了。」

「沒有筆記本，沒辦法寫？」

「之前的採訪側寫的初稿，都用電腦，一寫完交稿就忘了。真正能記住的，還是那些手寫在筆記本的東西……那麼多年了，很難改變。」

「要保持清醒，做那麼多年的採訪撰稿報導，很不容易。還要長期記錄睡著之後發現的，很不可思議。我很好奇，達利先生在下水道被追趕的那個片段，最近有新發展嗎？」

「什麼追趕？」

「就是達利先生被詩人寫出來的一群侏儒，一直在下水道追趕的故事片段。」

被發現私密的記錄，達利的肢體瞬間靠近攝氏一度。冷悸從心室壓縮輸送，把有名字的內臟，全都凝出一層白黴的霜。他撥開滯留的滾霧，找到了一片遺落在下水道的記錄拼圖——那些追趕的黑影，原本是棲身在一首科幻短詩裡的侏儒。他們是由一位前衛詩人寫出來的角色。我為《點線面》這本藝術文化雜誌，採訪這位前衛詩人。訪問快要結束之前，我趁前衛詩人離席，偷偷從他書桌上抽走了這篇手稿。詩人離桌之前，已經洞悉我的企圖，卻沒有警告或是阻止。他在期待我順利竊取。隔天，我在首都市都心森林公園的草皮上，讀出這篇手稿，其實還沒有完成。科幻短詩的主角，這一群不知數量的侏儒，無法得知接下來的命運發展，也無法預料完稿之後的下場。他們只好從詩人愛用的道林紙纖維裡，集體掙脫逃離。起初，仰賴墨汁水分維持形體的他們，躲藏在我每天填寫的「帶回家」的表格欄裡，偽裝成種種字跡——光碟收納盒、妻子的一公尺標準黑假髮、雜糧穀物麵包、全脂鮮奶、一位靠近年老的身體工作者、蒼蠅還沒賣出的綠艙消息、蛋、兩位像似雙胞胎的書店女服務員……直到一個深夜，我喝醉返回租賃的公寓套房，胡亂把自己的名字，寫入「攜帶出門卻沒有返家」的表格欄位，侏儒們才伺機從下一格的空白欄位，逃到我入睡之後經常前往的下水道。這群侏儒在支線分流的下水道溝渠，花了很多時間，在漆黑裡找到安全感。潮濕撐開他們被鋼筆墨水染黑的皮膚。撐開之後，原本矮小短胖的軀體，被溶化在同色階的黑。他們在牆面站立，在壁角斷裂，有些飄浮在空氣裡，有些滲入渠道污水面的油漬，以各種可能的身形，死命追趕突然跌落下水道的我。等球藻也進入下水道，侏儒們也害怕大量分裂繁殖的球藻，只好棲身長滿苔蘚的牆面，不敢落腳靠水，就怕被一隻偷偷擱淺在階梯面的球藻絲手纏繞。侏儒們受挫，也被激怒，在管狀牆面聚集成巨大黑影，啟動馬達，輪轉出集體吶喊，改以聲音追趕我。一波波的聲浪，有些凸出圓耳朵，有些凹陷出耳洞。這一波聲浪的凹凸，剛好與另一波聲浪的凸凹吻合，兩波聲浪就拼接起來了。後來，我進入下水道的次數越來越多，也撿起更多的拼貼聲浪。那些像是輕艇馬達的發動機聲響，嘩然隆隆，拼湊出這一族侏儒使用的語言。只是，待在下水道裡的我，無法理解，也找不到最後幾塊聲浪的拼圖塊。只能等，在不同的水道交流口，我醒著等待。如此劇烈的等待，跨界介入，從製冷的風扇葉片口，滾入避難室的冷藏庫。牆角的製冷馬達，突然運轉發出低鳴吵雜。我撿到關鍵的一塊拼圖，理解這些巨大黑影不停追逐，發出機械漩渦旋轉的語言，不是要逼我將手稿還給前衛詩人。這群侏儒要我完成這篇科幻短詩，給一個下場，留住這一族系的身分。他們的誕生與死亡，才不至於連一張模造紙都不如……

在接近冰點的低溫，達利衝動想找回遺落的筆記本，趕緊再次速寫侏儒們追趕他的緣由，但沒有筆，也沒有筆記本。老管家拉動一個塑鋼籃，同時也把達利拉回到攝氏三度。稍稍一回溫，原本瘀在橫膈膜的一團謎，又化成新的污漬。

「老管家，下水道的事，我的個人資料也有寫？」

「就這一個。是舉例說明，達利先生『有記錄習慣』的特徵。直接附加在後頭，讀起來像是一個小故事，可是沒有結局。侏儒、下水道、詩人和達利先生之間的關係很複雜，我還能記得清楚，所以很好奇，達利先生到避難室之後，這個下水道的記錄，有沒有新的發展？」

「……幾乎沒有。」

「為什麼？」

「這段時間……能看清楚的東西，越來越少了。」

「因為沒有筆記本？」

「醒來之後，筆記本不在，沒有第一時間寫下來，就慢慢模糊。」

「廚房抽屜裡還有幾支鉛筆，需要空白紙，也能想辦法。」

「我以前也試過，就是沒辦法在餐紙、紙巾、日曆上做記錄，就連空白的橫格紙，也是一個字都寫不出來。」

「這就困難了。」

「沒關係，我也不確定……繼續待在避難室，究竟要怎麼樣。」

「被送下來之前，達利先生的生活穩定嗎？」

「說不上，只是還知道自己糟糕在哪，日子壞在哪。在這個避難室，就像日光燈，亮著，看見了，卻抓不住。」

老管家用圈圍脖子的毛巾，擦拭額頭沒有凝霜的汗水。他停下搬移工作，從一個拆開的密封袋，抓出一顆哈密瓜，脫去手套以指尖肉繚繞瓜皮的紋身。沿著網狀迷宮走，直到迷路了，才把沒有出口的哈密瓜紋路，裝入失去真空的保鮮袋。

「我被送下來的時候，頭髮還是黑的，現在全白了。我已經忘了原因，不過我很快就決定，要永遠待在這個臨時避難室。我喜歡煮東西，喜歡看吃著的人有什麼表情。我喜歡東西整齊乾淨，就跟高樓層管理人溝通，這些蔬菜水果的種類不用多，分量充足就好。乾貨、工具、生活雜物，全都做到先進先出，我就很滿足。有空就煮點變化，不累就沖浴室洗廁所，想到了，就把舞臺拖洗一遍……這樣的日子是好是壞，我也不知道。如果蒼蠅先生手表上的日期沒有錯，我待在避難室已經四十多年，比感覺的還要更久。偶爾，也會想念首都市，想得難受了，我就翻翻保鏢送下來的二手雜誌……還有一些舊報紙。每次看這些雜誌報紙，外面的首都市就會變化很快。翻兩頁，電臺就全都地下化了。換一個欄目，植物園就多蓋了一座植物標本館……很難想像的空中纜車，才換另一本雜誌，就被地震垮掉了。前些時候，我才想，沒有輪盤的輕軌電車，什麼時候會飄在馬路上，蒼蠅先生說是一種新的原理……」

「磁浮。」

「對，就是磁浮。外頭的首都市，完全不是我記得的那樣。兩位魔術師進來之後告訴我，他們的年代，首都市薪資最好的工作是喪葬禮儀師，另外就是去養老院陪老人一直到死的臨時養子養女。」

「是的，已經立法通過，這些合法的臨時養子養女，可以分配百分之十的遺產，而且不用負擔老人死後留下來的債務。」

「這我無法想像……高胖先生被送下來的時候，首都市已經完全經濟獨立了。有些慢性病，可以選擇在器官裡，放各式各樣的藥劑晶片，長期控制病情。以前的市政府行政辦公廳，也移到城北地區。在我的記憶裡，那一區，除了稻田，就是中央控管的農業合作社集散中心。高胖先生說，還有一條地下道沒有盡頭，會一直往北挖，穿過海底，接上首都市管轄海域的一座漁業小島。蒼蠅先生也說，那是全國最長的一條海底隧道。一出海，就接上漁業小島的環島高架道路。首都市行政團隊還在計劃，讓這條高架道路沉入地底，挖過海底，通到另一個可以合法賭博的觀光小島，確保首都市的漁獲市場和觀光產業，可以結合在一起。不可思議啊，達利先生，外頭的世界，一定很多不可能全都變成可能了……就說這些水果保鮮袋。兩位魔術師剛到那時候，差不多醒醒睡睡二、三十回吧，保鏢就會送食物下來，一袋一袋的，水果青菜都撞熟撞爛。高胖先生被抬下來之後，保鏢送蔬菜水果下來的間隔，越來越長，每次的量也越來越多。是過了好久，我才發現原因，就是這些真空保鮮袋。高胖先生說，他們讓水果滾過一種奈米碳化水，風乾之後裝袋，再把空氣抽光包裝，新鮮的水果蔬菜幾乎不會長黴，也不會腐爛，可以冷藏放一年？兩年？還是更久，我也不知道……」

達利眉間突然老出皺紋，那些紋路，一如哈密瓜皮上織的網。

「呵呵，達利先生放心，有高胖先生在，我們不會吃到那麼久的食物。有一次聊天，他開玩笑說，自己被送進避難室的真正功能，是要讓食物快速汰舊換新。」

「老管家，我不擔心吃的……除了我跟蒼蠅，其他人都沒有手表，避難室也沒有任何計時器……保存期限怎麼辦？」

「避難室一直沒有時鐘。日春小姐也沒有，不過其他先生本來都有手表。我的是懷表，兩位魔術師是機械表，高胖先生的是石英表。可能是大家睡著醒來睡著醒來的次數太頻繁，有些彈簧斷了，擺錘也鬆開，兩位魔術師的魔術修不好，兩個小木偶也變不出石英表的電池。手表一停下來不動，很久之後，只好丟了。蒼蠅先生的是電子表，最後也會沒有電力。這一點，不管誰先被送下來，都無能為力。我有發現，達利先生會跟蒼蠅先生對時間，手上這只機械表，還能走嗎？」

「還能走，沒有壞。」達利感覺到秒針勾動了一次脈搏。

「達利先生的這只手表，也算是骨董了……吃進肉裡了吧，以後發條盒壞了，要剝下來，不用刀子可能很難。」

「壞了，也可以戴著。」

「是重要的人送的禮物？」

「不……是準備送給人的。」

「還沒有送給這個人，在這裡，就有困難了。」

「有機會離開……我也不確定，能不能交給他。」

「是達利先生的……誰？」

沒有誰，為誰回答這個問題。

老管家開始尾隨問題，開始溯溪逆上源頭，「家人嗎？」

達利吐出新絲，砌築一座繭城，「懷表壞了之後，最困擾老管家的是什麼事？」

「達利先生的問題，不容易回答。」

「可以舉例說明。」

「剛被送下來，還經常吃到罐頭水蜜桃。現在，只有偶爾睡著了，我才會嘗到那種甜到發膩的糖漿味道。保鮮技術可以讓水果蔬菜好多年都不壞，有沒有手表時鐘，就沒有差別。不用知道今天是哪年哪月的哪一天，也不用計算洗一次澡花了多少時間，更不用擔心，衣服明天之後、後天之後，會不會乾……在這裡，我的困擾都很小，只要瞇著眼睛久一點，就會過去。」

「老管家也是瞇著眼，看日春小姐慢慢活過來？」

「日春小姐能重新活過來，願意醒過來，我相信，一定有她的原因。」

達利本想繼續吐出更多絲，以交叉質問加厚繭城的城牆厚度，找出老管家這種接近信仰的想法。老管家口吻強烈的——我相信——這三個字，讓達利放棄了。過去，每當受訪者使用這三個字表達出絕對的信從，達利就停止追問。他也相信，如此之後的問答，再怎麼精采，都只專屬受訪者。老管家擦拭汗水，殘存在皮膚的薄汗，瞬間被冷蒸發。

沒有完整的網，被冷藏庫輕輕一凍，就截斷成短絀的提問與不合邏輯的回答，反撲達利——過去數十年來，首都市有什麼變化？招風的高樓大廈，在薄薄的安全島築起。計程車以回收的再生引擎組裝，統一車型，統一噴上白色。那些從外縣市試圖移居到首都市的人，都先視為偷渡者。蒼蠅的父親，也算是偷渡者吧？蒼蠅在首都市出生，他父親因蒼蠅的誕生，依法成為市轄區居民。這樣的首都市，也被國際認同，列名為高度開發城市？首都市追逐其他更先進的經濟獨立城市，玩著誰踩誰影子的遊戲。如果蒼蠅沒有被送進避難室？他還是固定去接連機場快捷的高架圓環下，跟一群戴著同款棒球帽、全身長出猿毛的年輕人，排隊搶購外星猿人的限量設計鞋。如果我沒有被送下來？每週四深夜，我還是會從三十八樓的公寓套房，被電梯吞嚥到一樓，跟蹤那天路面新生的水泥裂痕，一路晃到三重奏酒吧，先一杯前往天堂的特調雞尾酒，等幾位天使長出翅膀，飛到鄰座，再讓酒保自由配酒，喝到摘除天使的某一隻翅膀，共同墜落吧檯地面。我瞇著眼睛，天使也瞇著眼，盯看那隻躲入高腳椅底下的細腳蜘蛛。決定永遠待在這個臨時避難室？那曾經在首都市生活過的痕跡，會和那些高樓大廈的玻璃外窗一樣，同時被睡著也醒著的灰塵，撲粉弄髒。等這些灰塵剛愛上模糊玻璃的那天，又因一場連綿發燙的大雨，全部沖洗，讓穴居在室內的誰，看清楚對面大廈的另一格乾淨玻璃窗裡頭，也住著另一個誰的妻子，誰的兒子，都在等待這位誰，回家。首都市，會不會已經變成這樣的一座城市了？……老管家眼睛充滿老態疲憊，沒有跟達利走入首都市的任何一格高樓外窗。他繼續整理塑鋼籃，挑出撞出熟爛斑紋的水果，做下一餐的準備。

「有件事，跟達利先生的筆記本有關，我很疑惑……」

「老管家，你說。」

「如果筆記本還在，達利先生會記錄所有醒來之後、睡著之後的事，很誠實地寫下所有看見的、聽到的？」

「這些年，一直都是這樣。為什麼這樣問？」

「只是一個假設。」

「我也有件事……」達利沒有立即說出。

風扇氣口噴出的低溫煙霧，不時搖擺轉向，滾成洶湧的海浪。老管家停下檢查水果，站在接近零度的浪頭碎花，等待達利的詢問。

「老管家，沒有想過離開避難室？」

老管家的笑容突然年輕了。他回答說，「每一位先生都問過我，有沒有想過離開？怎麼離開？你們每問一次，我就再問自己一次。就連那些下水道工人，飯都還沒吃到，都問我怎麼離開？」

「為什麼不離開？跟高樓層管理人溝通，或是下次保鏢下來，一起想辦法，總有機會離開。」

達利說得激動，老管家拍拍他的肩，讓他坐穩在一個倒扣的空籃屁股。

「下一次保鏢送物資下來，達利先生還是想離開，我們就撥接電話給高樓層管理人，看能不能批准你離開。」

「避難室裡有電話？」

老管家沒有回答，沉默的長度足夠繁殖出無數下水道支線，讓達利深陷迷路。

「緊急需要時，有一支電話，可以撥接到外頭。」

「電話，放在哪呢？」

「鎖在廚房的櫥櫃。」

「可以……撥到任何地方？」

「只能撥接總機小姐，轉給高樓層管理人，批准之後，才會轉給接線生處理。」

「沒有接線工作者了，至少……二十多年前，首都市電信局又一次停止人工接線的服務。」

「沒有了？」

「老管家不知道這個消息？」

「沒有在送下來的二手雜誌舊報紙上看過……達利先生，又一次，是指什麼？」

「在我很小的時候，電話全面語音系統化，接線工作由電腦處理。可是為了解決一波公務員的失業潮，首都市電信局停止電腦語音系統，把電腦終端機改成人工接線，增加上千個工作機會。不過二十多年前，因為一位接線生的個人疏失，電信局癱瘓一整個星期，損失上百億，市政府只好讓所有的接線工作者，接受轉業輔導訓練，再全面停止人工接線，電話接線工作才又全部電腦化。」

「是嗎？又改變了……可是上一次撥出去，總機小姐告訴我，會轉接給接線生，請他們幫我們找人。」

「上一次是什麼時候？」

「好久了，高胖先生和日春小姐都還沒有被送下來。」

「是誰打電話給誰？」

「電話都是由我處理的。那一次，倒三角臉魔術師睡覺時突然心口疼，還好他的小木偶發現，軟趴趴在褲袋裡喊救命。我緊急撥接總機小姐，轉告高樓層管理人，馬上就批准了。我記得，睡著醒來兩三次，電話才響起來。總機小姐才把接線生找到的心臟醫師，轉接給我們。」

「怎麼處理？把魔術師送出去，還是把醫師送下來？」

「資料描寫的沒錯，達利先生一嗅到可疑問題，就會追到底。提出的問題，也很直接……」

老管家沒有調侃，達利也不覺得被戲謔。反倒因為這樣，讓達利感到羞怯，低頭沉默。老管家繼續說，「我在電話裡描述症狀，醫師說，可能是心律不整，可以動手術治療。倒三角臉魔術師先生不願意到外頭的醫院動手術，我們只好請保鏢把醫師送下來。」

「在避難室裡動手術？」

「需要的手術器材，全都運進來，還做了一個臨時無菌室。」

「臨時無菌室？」

「醫師是這麼說的。」

「我以前……沒有聽過這種技術。」

「這就奇怪了，達利先生應該知道才對。那次，是我第一次看到。無菌室是一種軟玻璃做的材料，用無菌空氣機一吹，就定形成一個透明的軟玻璃氣球。淡淡的綠色。拉開拉鏈，裡頭可以進去三四個人。魔術師先生直接躺在消毒過的餐桌上，就動手術了。還好，手術很成功。」

「……後來，那位心臟醫師去哪了？」

「醫師是在熟睡中，從樓梯送下來的。動完手術，他累倒在沙發，一睡熟，保鏢就把醫師和手術刀、氧氣瓶、沾血的棉花這些器材，全都送上去。」

達利滾入思索，撥開滾動中的低溫雲霧，沒有發現任何問題。

「也是那次手術，我才知道，醫療技術已經進步到無法想像。以前只能吃藥控制，那心臟醫師用一根鉛筆粗細的金屬軟管，直接切到胸腔，在心臟動脈旁邊黏一塊小藥劑片。就這樣，一輩子，都不用再煩惱心律不整。後來我聽兩個小木偶說，那位醫師就是他們住宅區的家庭手術醫師。我才知道，兩位魔術師是住在同一棟社區大樓的鄰居。」

「老管家，家庭醫師動完手術出去之後，沒有報案？沒有告訴兩位魔術師的家人？」

老管家抹去一個真空袋表面的水膜。裡頭飽鼓鼓的，是幾顆暫時遺忘了呼吸的蘋果。老管家一笑，蘋果全都紅澀澀，醒來顏色。他放回蘋果，額角皺紋又絆住幾條不知是汗還是冷藏水氣的淚腳，沉沉嘆了氣。

「達利先生，個人資料裡都有一格家庭欄。依兩位魔術師的請求，我已經把裡頭的記錄，用橡皮擦塗掉了……我不確定醫師被送出去之後，有沒有跟誰聯絡，只是真的聯絡上了誰，能改變什麼呢？……我看過一篇報導，內容裡被當作研究舉例的失蹤工人，可能就是那些走進避難室的下水道工人吧……」

「有過報導？」

「是一本……討論心理疾病的雜誌。」

「先問老管家，還記得是哪一年幾月號的雜誌？」

「那本雜誌送下來的時候，封面已經撕壞了……我也沒看其他文章。」

「沒關係，那內容寫了什麼？」

「有些忘了，我只記得，研究報導要說明的只有一點，就是那些下水道工人，最後還是失蹤了。」

「保鏢不是送他們回家了？」

「有沒有送到家，無法確定，保鏢至少會安全送他們回到路面。從報導看來，那些下水道工人，最後還是被列為失蹤人口。實際經過我不清楚，前因後果我也想不通。寫這篇報導的，是一位年輕心理醫師。他分析這些下水道老工人之所以列為失蹤人口，是一種新的城市文明病。」

「什麼樣的病？」

「名稱我記不住了……心理醫師的研究寫到一條報案規定，只要親人失去聯絡，超過二十四小時，家屬就可以到首都市轄境的任何一個警察局，備案失蹤。那些下水道工人的家屬，一過二十四小時，就一個接一個上警察局備案，沒有人自己去找找，也不願意再多等一天。備案之後，制度規定，就是警察的工作……我另外想不通的是，這些老工人回到家之後，到他們老了死了，也沒有去撤銷自己的失蹤備案記錄。規定是，必須本人親自出席，才能撤銷記錄。在戶政管制的電腦系統，這些工人的存歿狀態，在離開避難室之後，一輩子都被標記成失蹤人口。一直到那些下水道工人去世，他們的家屬去做死亡塗銷，這才發現，原本列入失蹤名單的人，怎麼突然真的死了……誰去領他們的福利年金？遺產分配給誰？為什麼沒有人使用公共醫療資源？最後，身分證號碼一輸入塗銷系統，這些老工人的個人資料，全部變成亂碼，電腦就當機……啊，我想起來了，『制度越健全，人就越習慣跟著流程走，最後變成流程的一部分。』這就是心理醫師說的新文明病。我很想了解這些事，可是保鏢不會特別選書送下來……為什麼呢？達利先生，一個簡單的程序制度，怎麼會讓一個安安靜靜活著的人，變成永遠的失蹤人口？」

老管家全身筆挺，像一盞夜間路燈，微弱昏黃，不管達利轉看哪裡，整個冷藏庫都有目光。

「這些規定……我不清楚。」

「首都市真變成這樣，那這裡，真的是……避難室。」

「下水道工人，為什麼不自己去撤銷失蹤記錄？」

「他們看來都是守法的公務人員，我也想不通。」

「為什麼不撤銷失蹤記錄……」達利進入呢喃。

「達利先生離開這裡，發現家人在第一時間，就依規定把你備案成失蹤人口，你有什麼感受？之後，會自己去撤銷記錄？」

這問題揪住達利，他找不到任何燈光的陰影裂縫，可以躲入冷藏。

「如果是我，也無法接受。自己去撤銷記錄，應該不難，難的是接受自己只要二十四小時，就由家人備案登記成失蹤人口。我想，那位心理醫師也是吧……對啊，我在後來送下來的一份舊報紙，看到另一篇有關這位心理醫生的報導。面對這樣的制度，他不願意再開業，放下心理治療諮商工作，躲在首都市的鬧區公寓，一個人靜靜寫詩。現在，說不定是一位很有名的詩人。」

「詩人？」

「我知道達利先生在猜什麼。我也想知道，會不會是同一個詩人，才對那篇下水道的記錄很好奇。」

「我採訪過的詩人都已經老了。」

「可能，不同一個人……不過就像第一篇報導，我也無法確定第二篇報導的報紙日期。」

「為什麼？」

「沒有雜誌報紙在身邊，不容易說明。都鎖在廚房裡，等達利先生借閱了，就會知道……達利先生，會想看看嗎？」

「會的，不過不是現在……我想先問老管家，高樓層管理人，是一個怎麼樣的人？」

「一個男人，我也沒見過，只在電話裡聽過聲音。說話慢慢的，就像公家機關的服務員，一個字一個字，都咬得很清楚。我提出問題，他簡單回答，我們很少閒聊。最後都是他決定批准，或是不可行。很久很久以前，聽得出來，他和我一樣年輕。現在應該跟我一樣，都滿頭白髮了吧……聲音，也是會老的。」

「如果我想離開，高樓層管理人可能不批准？」

「這有可能，只是之前沒有人提出，也就沒有不批准的前例。」

「那這個臨時避難室，比監牢還要像監牢……而且一定不是綠艙。」

「達利先生，在煩惱避難室是不是綠艙之前，我們可以先想一想，你非離開不可的理由。」

老管家開始搬移最後幾個塑鋼籃。達利也幫忙搬落最後的塑鋼籃，一轉身，更多冷藏庫的低溫白霧，漫入鼻腔深處，開始冰獵皮膜下的微血管。無力對抗低溫的血液，不敢滲出，集體越過腦門，逃向那個懸掛夕陽的頂樓天臺……沒有流出的微溫血液，願意被關在頂樓天臺的兒童遊戲區，期待夕陽能曬出多一些溫度。只是首都市的所有頂樓天臺，不論樓層高低，都是冷涼的。夕陽沒有留給任何等待者體溫，只在防撞的安全塑膠地墊上，曬出更長的影子。我告訴那位，誰，從大男孩腳底逃走的貪玩影子，已經被另一個夕陽，曬在兒童遊戲區了。它跨坐在坦克車上，看似用力無比地晃動。影子沒有體重，支撐坦克車的指粗彈簧，怎麼也不願意前後搖擺。影子失望垂落肩頭，我立刻上前推，讓彈簧擺動，讓坦克車擺動，也讓影子擺動。它夾穩雙腳，狀似緊張也開心，像鋼琴節拍器穩定擺動，永遠都不會疲累停止。遠方，城市天空中的夕陽，也跟著節拍擺動，晃到定點左，晃到定點右，曬出那兩位像似雙胞的二手書店女店員。一位抱著藍光海豚的背鰭，另一位騎在橘子木馬的駝背。她們不是影子，施力用勁到固定支撐的彈簧，海豚與木馬，就開始追逐坦克車的節拍。快速來回一次節拍，一秒？幾秒？或者，幾分之幾秒？當她們跟上節拍的定速，影子就找到和別人一起玩樂的方法，只是說不出開心的話語。定速搖擺永遠都不會停止，再多一會，無法估計的一會之後，夕陽立即就會被高樓大廈切割出來的天際海浪淹沒溺斃。影子趕緊問，是父親嗎？我立即回答，我不是影子。它又急著說，沒關係，那我們還有多少時間，可以一起玩？我趕緊解下手腕的骨董機械表，告訴搖擺的影子說，這支手表，是向兩位女孩買的，要送給你。手表裡有兩個地方的時間，有星期也有日曆，還有一顆小視窗裡的月亮。等它分清楚誰是秒針分針時針，就可以計算，我們還有多少時間，可以在一起玩。影子回答，可是，我現在看不懂……我擋下坦克車，停止定速的搖擺，告訴影子說，沒關係，有一天，你一定會找到長大的方法。我試著為它穿戴機械表，可是，它終究只是模糊的影子。就算死死咬緊不鏽鋼蝴蝶釦環，骨董機械表也不能套住半透明的灰薄手腕。我眨個眼，一鬆手，手表就掉了，直直墜落在沒有防撞墊的失溫地板。

達利蹲下身，試著要撿起什麼，只是沒有任何東西掉落在冷藏庫的水泥地板。

「還有多少時間……我可以想想理由？」達利說。

老管家直看達利腕背上的表，拖曳長長的無解。骨董機械表深深陷入手腕皮肉，無法脫開剝落，交給任何一個逃離的影子。達利一提手，秒針立即停止在現在的刻度，生出冰冷的彆扭。達利只好假裝夕陽還在，以還有餘溫的口吻提問。

「老管家沒有離開，一定有留下來不可的理由？」

老管家沒有立即回答，脫去禦寒衣物和手套，露出只有夕陽溫度的笑容，慢慢又被控制在冷藏庫的低溫點。

「我曾想過，會不會到我死去的那一天，這個臨時避難室裡，不會有人問我這個問題。沒有人問，也不會有答案。」老管家撫摸塑鋼籃裡的水果，溫柔得就像它們都是孩子，接著舒緩吐露幾個字，「……等人吧。」

寵物人

他不是誰，只是一位舞臺劇的演員。

他的住所是一間租來的小公寓套房。浴室和廁所以極簡設計風格的隔間牆分開。開放式廚房的櫥櫃都可以上鎖，鑰匙還在原屋主那，沒有交接，他也就從沒鎖過哪一個櫥櫃，也沒想過要打開。吸油煙機銀亮如鏡，邊上是小小的吧檯餐桌。餐桌上放著一個精細的室內設計模型——是一齣舞臺劇表演空間的縮小模型。馬蹄形的沙發和床，同在一個寬敞的空間。牆角還有專業健身的舉重檯，訓練心肺功能的飛輪腳踏車，還有給大男孩玩的二分之一比例的撞球檯。系統家具規劃出極佳的電視櫃收納空間，液晶顯示螢幕掛在牆上。在日光燈照明下，一切都很穩定。只是周遭的牆面，一直向上延伸，並沒有接連的天花板。

沒有天花板，他不介意。這就只是一個臨時租賃的家。

這天，他回到家之後，腦中不停縈迴導演的叮嚀，「你進不去，無法走入這齣舞臺劇，這次公演，一定會失敗。」

導演的意圖很簡單，希望他演好這次擔綱男主角的角色。他也希望如此。就連養在一朵玻璃花缸裡的巴西烏龜、兩尾活的凸眼金魚和一尾快要死去的凸眼金魚，都希望他能成功。他走近吧檯餐桌，餵金魚吃猩紅的飼料，再拿剪刀，剪下垂死金魚已經敗壞的背鰭尾鱗，餵食巴西烏龜。他說服自己，這尾黑色凸眼金魚還沒有死，鰓蓋還能一開一合，刈除那些會繁殖的腐肉，說不定有機會苟延殘喘活下去。牠翻起半邊魚肚，漂浮在玻璃花缸的水面，嘴巴開合，好像在跟誰對話。他翻看桌上厚厚的劇本，嘴形也是一開一合，不知道要說什麼對白，也不確定下句對白是什麼。手邊的筆記本，沒有嘴，只能密密麻麻記錄寫下，對於許多特殊對白要說出的情緒。他幾乎標示出每句對白的感情狀態。

距離公演的日子越來越近，原本已經牢記的對白，卻一個字一個字飛出公寓套房的玻璃窗，就連逗號、句號、問號、驚嘆號……也在他翻到下頁的同時，滾到劇本外頭，滾入水槽的下水口。這些問題，劇場導演都已經發現。他還沒有準備好，進入這齣舞臺劇。他打算在公演開始之前，都不再出門，只待在有限的公寓套房，反覆讀劇本，直到每個字與標點符號，又從下水口爬上來，每句對白，長出可以搧起氣流的翅膀，如光，穿梭對外窗玻璃，飛回公寓套房。

餐桌上飽食電力的筆記型電腦，困在待機狀態。他滑過觸摸介面，掛在牆上的液晶顯示螢幕就醒過來。畫面沒有自動播放，只等在暫停狀態。是一部影片，一部有關囚禁女人獨自生活的影像實驗作品。這是一位新銳舞臺劇導演的第一部跨界影像作品。根據一位前衛詩人的科幻短詩，改編而成。整齣劇，只有女主角一人。她是首都市唯一的女侏儒演員，皮膚像重度烘焙咖啡，躲著深沉美麗的陰光。她被囚禁在巨大的舞臺，進行生活細節的表演。被拍攝的舞臺背景，從整個首都市轄境取景，只是沒有人生活在這座城市。馬路上陸橋上，沒有行人，高架捷運系統繼續運作，只是看不見乘客。地下室夜店沒有樂團，音樂自動演唱，吧檯沒有酒保，酒精慢慢揮發，飄向天使手指著天堂的方向。二手古物店，有二手書有骨董，在夜晚嚴重犯睏時，可以聽見被鬼魂遺留下來的翻書聲。

女侏儒演員沒有透過任何媒介，尋找原來生活在首都市的任何一位轄區居民。她可以擁有最精緻的食物，最奢侈的地層泉水，瓶裝販賣的新鮮空氣，甚至走上頂樓天臺，欣賞已經罕見的夕陽。在影像拍攝的這座首都市裡，只有一件事令她感到憂鬱——首都市的所有計時儀器都壞了。先進的太陽能液態時刻器，和四大交通系統接駁總站的百年機械鐘，都沒有意願運轉。它們的時針分針秒針，分別停止在不同的刻度。她手腕上那支電子表，榨乾鋰電池最後一口呼吸，停止在沒有人記住的哪一天的某個時分秒。

想像如此，她陷落在不知如何老去的悲傷。

為了知道時間逝去多久，她曾經透過白天與黑夜的交替計算天數。可是，白天在某一次她沉睡之後，悄悄消失了。首都市進入永夜。夜的初期，她發現皮膚角質變厚，之後無法算數的永夜，從漆黑慢慢淡化，並不是往清晨的漸亮過去，只是城市的輪廓逐漸裸露。她無法判斷黑夜的走向與速度，最後，是透過生理期計算月份。每次血液從胯間流落，等血乾了，就是一個月過去。生為侏儒，生理期就是不規律的，加上頻頻失控的尿液干擾，沒多久，睡眠混亂，生理期混亂嚴重，時出血時絞痛卻不見經血。月份，也開始模糊。她只好保持睡眠，如果甦醒的瞬間，依舊是永夜，她就繼續表演睡眠狀態。直到一次，她惺忪看見了顏色與路燈的影子，永夜才離開。白天與夜都消失之後，首都市出現了滾動中的夕陽。她完全甦醒過來，盡可能讓微弱的光纖，畫出高樓大廈的天際線。她高舉手腕，直到微弱的紫外線，曬傷皮膚，在腕背上留下電子表的影子輪廓。電子表已經完全失去電能。她剝下手表，夕陽瞬間熔化了這支計時器。她開始行走，快速行走在首都市。每當看見一個鬧鐘、手表、掛鐘、懷表，她立刻在腕背上的手表影子輪廓上，用原子筆畫出相同刻度的三針，指向現在。遇上了高鐵、捷運、公車站的時間顯示器，她就擦掉藍色的時針分針秒針，在同一塊圓盤皮膚上，寫下時分秒的阿拉伯數字。她告訴自己，這組新的數字，就是新的，現在。

女侏儒擦掉手表影子輪廓的最新一組數字，20. 07. 0707……

就在這個現在時點，舞臺劇男演員再度暫停電腦的播放軟體，影片也停在紅橙橙的照耀下。他盯看螢幕，薄薄的棉絮雲片，製造夕陽正偷偷躲入高樓大廈背部的假象。深咖啡膚色的美麗女侏儒，活在暫停的夕陽下，活在暫停播放的時分秒上，沒有向前順轉，也沒有向後逆轉。等候過久，牆上的液晶顯示器，自動進入螢幕保護畫面。

他開始整理散落在桌角的資料。這些從報紙雜誌剪下的報導，都和綠艙有關。綠艙，這個名詞，最早是由一位文字工作者寫定，是一則有關首都市居民失蹤問題的新聞。他對這群失蹤的下水道工人，以及後續延伸出來的相關追蹤報導，十分感興趣。從事舞臺劇表演工作那麼多年了，他一直在尋找一個故事，編成一齣舞臺劇，由自己擔任導演，再演出其中適合自己的角色。他甚至覺得，完成這樣一齣自編自導自演的舞臺劇，這輩子就不會覺得沒有完成什麼。他找過不少故事，也發現許多迷人的角色，但只有綠艙這個故事，主動糾纏他，有時睡著，都還會發現適合綠艙的戲劇橋段與對白。

他把一張張的剪報，收納到分類資料夾層裡。那個資料夾裡，還有他曾經收集的其他故事剪報，一些散亂不完整的故事腳本，不穩定發酵，繁殖出大量的生菌，冒出無數二氧化碳氣泡……

他要自己放鬆，專心於即將展開公演的這齣舞臺劇。慢慢的，那些小氣泡變少了。

他端看餐桌的微型舞臺模型。那也是一間小公寓套房，只是等比例縮小。為了讓他更容易進入這齣舞臺劇，了解換場走位的需要，劇場的美術指導，也做出幾乎同款同型號的微型舉重檯、微型飛輪、更縮小比例的撞球檯，放入模型。童心無比的美術指導，額外設計了周邊的觀眾席，在階梯座位黏上幾個微型紙人觀眾。他算一算，五男一女，還有跳上椅子的三個小男孩，都被畫出簡單的五官，無須辨別長相。他拍手，小聲歡迎男主角進場，隨機拔起其中一位硬紙卡糊製的男人，從觀眾席走入舞臺。他推開微型廁所的紙門，放出了養在裡頭的博美狗。博美狗飛快跳出盥洗室，跳出微型舞臺。等牠跳落到餐桌底，狗就已經是狗的正常比例大小了。

博美狗跑在他的公寓裡，轉了一圈馬蹄沙發，又試圖趴上他的大腿，沒有成功，就用小型犬的後腿站立，用前腳合十拜求。他抱起牠，牠就猛烈舔他滿臉濕亮的口水。他把狗放上椅子，命令坐下。博美狗一動也不動，馴服時間稍稍久一些，狗就僵硬出紙卡彎摺後的皺紋，無法再動了。他放落雙手趴地，也繞著客廳的馬蹄沙發跑一圈，再回到博美狗的跟前，舔得牠一嘴濕毛。

他有點不以為然，自言自語，「變成狗，是最輕鬆的。」

他抱起僵硬的博美狗，放到馬蹄沙發邊角的一個狗骨頭造型床。那是牠最喜歡慵懶躺臥的軟墊。他接著走往廁所，打開門。那隻養了很久的短毛波斯貓，正蜷曲在馬桶水箱上，呼嚕嚕說出貓沉睡中的囈語。

喵喵。他說出一句劇本的對話，是貓的名字。他確信，劇本裡也有這句對話。喵喵。短毛波斯並沒有配合著演出甦醒。他只好輕放腳掌肉蹼，沒有發出聲音，光腳走進廁所，抱起貓。手心剛觸摸柔軟的鐵灰短毛，腳底就傳來一陣濕涼。馬桶的給水管線在滲水，在地面鋪了一層水膜，濕了他的腳底。水發出被踩踏的不滿，滋啾撐開短毛波斯的眼皮。貓看一眼他，呼嚕嚕盤了一圈尾巴，又懶在不知哪齣劇的舞臺，根本不理會任何觀眾。他踩出客廳，濕腳印立即一對對留落地板。有好一會，他晃動出奇怪的念頭——那些拼皮地板，其實是硬紙貼出來的，一吸水，就緊緊咬住濕腳印。只不過，公寓的中央空調一直送出涼爽，那些濕腳印很快就被風乾。

沉睡不醒的短毛波斯，在馬蹄沙發角落捲成毛枕頭。他開始舔身上的衣褲，把那些棉布纖維撫平，用舌頭梳理外露的線頭。他接著用肩膀手肘身背腳底，來回磨蹭短毛波斯。就像平常，貓醒著，他一回家，貓就上前，在他皮膚留下氣味。短毛波斯終於醒了，翻個身，翹高屁股，把橡皮軀體拉長一倍。貓正眼看他時，男演員正在學牠磨爪子，用十隻指甲尖，抓破一本雜誌封面，再把一份不知幾年幾月幾日發刊的報紙，撕成準備燃燒的長串冥紙。短毛波斯突然僵住，像似看見陌生的鬼魂，嚇出貓弓，所有短毛尖射上天。牠只回了一句淒厲的「喵」，之後躍過沙發背脊，在光滑的地板上，連抓帶爬，跳上餐桌，回頭瞪著他。

他有點火，怒罵短毛波斯，「學你？假裝做一些莫名其妙的事，就夠了。」

貓依舊只回了一句對白，喵，沒有再發出聲音，踩入微型舞臺，尖頭尖耳尖身子，鑽進還沒有關上紙門的微型廁所。整個貓身等比例縮小之後，又蜷成紙剪出來的毛團，睡在馬桶水箱上，只是不再呼嚕嚕。

他回到開放式廚房的吧檯餐桌。玻璃花缸裡，兩尾活得很好的凸眼金魚。牠們是兩滴誤入水缸的墨汁，被稀釋成淡淡的黑，不停抖動大朵的尾鰭，一遇上欺近的巴西烏龜，又再暈開幾片軟弱的腹鰭。巴西烏龜沒有追逐，浮上水面，游向那隻瀕臨死亡的凸眼金魚，啄食一顆只剩一條肉絲牽連的魚眼珠。平躺飄浮的金魚，只剩下一隻眼睛，向下看著底部另外兩尾。魚頭的另一邊，是不會流血的肉窟窿。巴西烏龜咬斷那條肉絲，開始追逐那顆魚眼珠。落單的魚眼像玻璃球，在水面滾動，時不時瞪看男演員，令他分心，無法默讀更多的劇本對白。直到烏龜咬碎那魚眼珠，大口吞嚥下肚，金魚才無法逼視他。他以手網撈起巴西烏龜，戳一下尖尖的鼻頭。牠遲鈍地把四肢、頭頸和短尾巴，縮入軟殼下方。不管怎麼努力，巴西烏龜並不能把露出來的肢體，全都塞入軟殼裡。他把巴西烏龜放在茶几，甩乾手心水漬，開始拉筋，伸展肢體柔軟。為了這齣舞臺劇，他持續練習瑜伽好長一段時間。現在只要軟身完畢，他就可以把雙腿盤上腰，雙手抱頭，摺疊到胸口，把自己縮得只剩下無殼軀體，和茶几上的巴西烏龜一起僵持，看誰可以躲藏更多。

「變成一隻巴西烏龜，沒有什麼不好。」他和巴西烏龜同調呼吸，耳輪貼著心，輕聲對躲成這種形體的自己說，「不過，金魚，才是活得最理直氣壯的。」

作為被飼養的寵物，金魚需要的飼料最經濟，生活空間也可以最小。沒有伴侶，金魚也不像貓狗熱愛發情鬧事，或是學巴西烏龜，破卵之後就註定哭喪著臉。牠們只能凸著眼球，期待染上水生寄生蟲，病死，或是自然死去。

讓男演員最安心的是，金魚的壽命也是最短的。

「怎麼樣才能活在水底？」

為了解決這個問題，他開始讀劇本。透過朗讀劇本的字句，身體器官也開始鍛鍊。舉重讓胸肌有力。血管擴張，增加血氧含量。設定高爬坡角度，不停踩踏飛輪腳踏車，加強心肺功能……時時刻刻都讓全身發汗濕透。隨後，他會先淋浴，等浴缸的水放滿，戴上有計時功能的防水表，潛入滿水的浴缸，潛泡缸底，計算每一次待在水中的時間。

手表計時碼表的記憶功能，儲存多次憋氣時間。每一次都是精準的。

第一次，停在一分四十五秒。溺斃的感覺來了。

第七次，停在兩分五十七秒。博美狗衝進浴室，雙腳攀在浴缸邊緣，舔水。才一會，博美狗的嘴巴舌頭和前腳掌都濕透，爛成一團軟趴趴的泡水紙。他一擔心狗，就被水嗆了鼻。

第十二次，停在三分零五十秒。尿意嚴重，無法忍耐。

第十五次，停在四十八秒。他從水底看見，短毛波斯的灰色貓尾巴翹得高高的，像魔術師的彎拐杖，飄浮，在浴缸四周徘徊。貓用尾巴尖觸點水面，像極了誘人的餌。他忍不住，浮起來啄了一口，咬下一小截短毛波斯的紙尾巴，又嗆了一鼻子水。他圓著嘴，吐出水，也咳出一團紙漿纖維做的貓毛。

第十九次，停在四分零十秒。超越四分鐘時，他先用鼻子吸入幾口水，之後，才感覺被嗆到……隨著憋氣的長度不斷累積進步，他可以在浴缸水底，從劇本的第一句對白，念讀到最後一個字，沒有遺漏任何一個停頓換氣的標點符號。

距離公演只剩下幾天了。他開始準備一些換洗衣物，寄出有關這齣舞臺劇公演的宣傳電子郵件，另外抽空，針對一組要專訪他個人的訪綱，在電腦裡擬稿簡答。為了放鬆心情，他同時扮演兩位不熟識、不過曾經合作的劇場演員，進行一場二分之一縮小比例的撞球比賽。最後，不管是誰把黑球打進中袋，計分結果如何，他都告訴自己，沒有人贏得比賽。最後一次撞擊，他讓白色母球，滾入底袋。他放下短桿，褪光衣褲，走入浴室。他沒有回想，這是第幾次淋浴，第幾次等待浴缸放滿水。他戴上防水表，閃過一個念頭——以目前的身體狀況，能否憋氣超過五分鐘？超過五分鐘，就會更靠近金魚那樣的寵物……他想了想，走到外頭，捧著玻璃花缸到浴室，把巴西烏龜和三尾黑色凸眼金魚都倒入浴缸。

「如果這次超過五分鐘，你們就是見證人……」

與寵物共游的橋段和剛才那句對白，要不要跟導演溝通，也加到劇本裡？他沒有把握，盡可能躲過壓傷凸眼金魚和巴西烏龜的角度，坐入浴缸。原本飽滿平衡的水皮膚，瞬間破了，溢落外頭，在地板抹出濕紙的水色。碼表的儲存功能喚醒記憶。這回，是第二十五次。裸裎的軀體整身潛入水底。水的皮膚又破了一次。兩尾凸眼金魚繞著白缸內壁，抖動花尾，沒有恐懼表情地逃竄。直到男演員躺平缸底，兩尾凸眼金魚才游到他臉邊，不停親吻。他在水裡觸摸皮膚，一抹才發現那些堵塞在毛細孔裡的細蟲，全都鑽出毛囊。蟲子一露頭，就被金魚當成飼料。巴西烏龜也潛到他的額頭，啄食幾顆紅腫的青春痘。烏龜咬破痘子軟皮，吸著吃著那些漂浮出來的黃膿和死去的瘀血。只有那尾遲遲沒有死去的金魚，不願意游向他。牠一樣平躺水面漂浮，用剩下的那顆凸眼珠，向下瞪著他，開合魚唇，不知道在說哪一句對白。

漸漸地，他感覺到強烈尿意。他趕緊看手表，這才發現無法判斷憋氣長短，也無法停止計時。潛水之後，他竟然忘了要按下啟動碼表的計時鍵。

這一次，他無法記錄，自己是不是更靠近金魚。

他不忍耐了，直接在浴缸裡排出尿液。那兩尾凸眼金魚，沒有喜悅表情，追逐由濃稠尿液暈開來的液態影子——它長成另一尾琥珀色的凸眼金魚。黑色一游近，黃色就急著逃跑。他岔氣一笑，鼻腔就淹水了。

他念出那句已經牢記的對白，「我可以在水裡呼吸。」

那尾漂浮在水面的獨眼金魚，跟上對話，「那就從下巴長出鰓吧。」

於是，男演員張大口，喝下水……沒有被水嗆鼻。雖然有微微的溺斃感覺，他已經可以在水裡呼吸了。他摸摸下巴，沿著鬍鬚生長的方向，下巴皮膚裂開了，分出幾條細細的縫隙，裡頭長滿了鰓一樣的肉刺。大量的水進入下巴的裂痕。他一驚訝，引發甲狀腺機能亢進的老毛病，兩顆眼珠慢慢向外凸出，瞪著一起活在浴缸裡的這些寵物。一會後，他開始懊惱，這一次，怎麼會忘了按下手表的碼表計時功能呢。

「正式表演的時候，一定要記得才行……」

他如此告誡自己，下巴的鰓口吐出無數香檳小氣泡。它們一離開浴缸水面，全都破成了一次次的掌聲。

小木偶布偶的成年禮

最後一粒小氣泡破裂，這個下水道的臨時避難室，和待在裡頭的所有人，都從一次集體睡眠，同時甦醒過來。

醒過來之後，高胖持續把餐盤的食物清光，蒼蠅努力維持好習慣，一定刷牙洗臉。老管家協助要理髮的人，修剪增生的亂髮。發現沙發皮革有龜裂紋路，老管家發給每個人少量的橄欖油，進行睡床的清潔與皮革軟化保養。偶爾，兩位魔術師吵得比較兇，他們便組織小木偶布偶開始二對二的撞球比賽，又不停詆毀對方技術性耍賴。

當骨董機械表停擺，達利會旋緊發條裝置，讓擺錘輕鬆搖頭，讓柳葉秒針繞著表盤潮汐線跑道飛奔，只是他不再找蒼蠅確認電子表的時分數字。不管舉啞鈴，還是騎飛輪，他也不再強迫達到疲累流汗。每次流汗之後，他依舊淋浴，在熱水雨呼出更多蒸氣之前，結束黴菌的繁殖。隨後，他換上乾淨的白內衣褲，再套上從首都市穿進避難室的襯衫休閒褲。換下來的內衣褲，洗淨之後，不再使用機械烘乾，改披在曬衣桿，任由中央空調戲弄吹乾。洗好澡，沒有其他特別事可做，達利一邊等待晾乾，一邊看著日春小姐緩慢扭晃脖子，復健膠質軟化的手肘。她撐在小便斗口，練習更細緻複雜的上半身動作，依舊一個字都沒說。

蒼蠅說，他曾經有一次在廁所手淫，故意把體液遺留在地板。離開後，又假裝肚子疼，再回到廁所。他小聲告訴達利，那些體液都不見了。達利示意，老管家會固定沖洗地板。地板是乾的，蒼蠅深信，那些射出體外的，是被舔光的。達利繃出不屑與疑竇，蒼蠅才補充描述，只有那幾塊體液凝結的地板，塗上一層薄濕水色。達利數落他，待在避難室太久了。蒼蠅支支吾吾指證，一定是用舔的，他也舔了地板，留下來的水漬痕跡一模一樣。

「真是這樣，蒼蠅，你是唯一不用驚訝的人。」達利給了這樣的結論。

蒼蠅自討沒趣走到娛樂區，譏笑高胖要用自己的睪丸當母球，才有機會一次將兩顆紅球，同時打入兩邊的底袋。達利看見了，日春小姐趴在地上，舔食遺留的體液，她的肝臟、子宮和脊椎軟骨，被激活滋養鮮嫩。在蒼蠅協助整理倉庫之後，其他男人比較頻繁進出盥洗室。不管是淋浴、大小號、洗衣烘衣，還是一次簡單的剔牙，他們都留下大量的濕腳印。這些濕腳印，細胞一樣分裂，很難判斷屬於誰。濕腳印大量增加之後，日春小姐也能算數指頭。腳背一扳直，她就站成芭蕾舞者，眼珠活靈靈懂得瞪人。等她的牙齒能咬出清楚的磨牙聲，蒼蠅、高胖與兩位魔術師，才漸漸不再逗留盥洗室。每一次用餐，老管家也開始禮貌詢問日春小姐，是否一起用餐。日春小姐不說話，老管家便把不知道是早餐、午餐還是晚餐的食物，整份送入盥洗室，增加老管家的濕腳印。

盥洗室有些積水，淋浴間彷彿一直在積水。主因是下水管被高胖分泌出來的脂肪堵塞，排水變慢，有時完全不下水。另外，兩位魔術師不知從何時開始，著迷以口吹氣支撐上下的伏地挺身比賽。他們每次比完都是全身汗，也增加了洗澡的頻率。淋浴間積水，讓那對逃脫的濕腳印，獲得永保濕潤的死水。它們不再慌亂行走，可以從容活在盥洗室。剛走過積水灘的濕腳印，顏色深重，走得越久，就踩得色衰單薄。這時，它們會走回淋浴間，打出完整的潮濕腳形。達利經常特意光著腳，走進淋浴間，把腳踝腳背都馱上一層帶有油脂的水膜，踩出新的濕腳印。他跟蹤那對無需方向感的濕腳印，濕的右腳踩出一步，他就把右腳踩上剛被留下的濕腳印。兩個右腳，沒有一次精準吻合，濕的左腳印，也不讓他無縫接合。它們一回身，他就停止步伐，假裝回頭檢視身後一對對誰也無法逃離誰的濕腳印。它們發現達利的奇怪舉動，開始繞走一個無線大的符號路徑。就在路線的交錯點上，達利突然跳到那對濕腳印的前頭，在被踩死的濕漉漉屍骸上，留下另一對不再向前邁步的濕腳印。它們被這蹦跳，嚇得水印發抖模糊。殘留油脂和含有死去精蟲的水分，並沒有讓它們長出嘴巴舌頭聲帶，出聲詢問，是誰擋在前頭？幾次阻擋，它們懂了，這只是達利的惡作劇。它們也開始踩踏狐步，在原地跳踢踏舞，向後拉出月球漫步的滑步線條，逼達利躲避，走出喝醉的腳印……這些，日春小姐都看在眼裡，她發出鼻息，像似不以為然，又像似竊笑，更像為了呼吸。不管怎麼戲鬧，它們一直避開達利新留下的其他濕腳印。他發現這點之後，走入淋浴間，以皮膚吸汲更多油脂水分，在乾燥地板，走出大量死去的濕腳印。盥洗室的乾燥空間越來越少，中央空調的風乾除濕也不夠快，那對濕腳印只好鑽進日春小姐沒有硬皮角質的新嫩腳底，躲著也移動行走。盥洗室裡，沒有摩天大廈的高樓風巷，內衣褲的布腳卻自行憑空走動。日春小姐吃力眨幾次眼，離開久居的小便斗，跨出不用攙扶的第一步。她顛簸走著，空氣把她這具肉身拎直身來，搖不出聲，一股勁邁向盥洗室的大門。她不看達利，眼角吊上玻璃天花板，臉頰盡是光滑的翦影。背部，從脖頸到腳踝，沒有一片乾屍的萎縮皮膚。少量的小屍斑也藏成不明顯的胎記，或者弱成瘀傷痊癒後的一片淺傷顏色。股溝的曲線，已是活的比例，比女僕充氣娃娃更美麗。扭走中的兩團臀肉，胯內腿縫隙，不經意便扎出一些恥毛的影子。

這一次，是第一次，日春小姐，走出盥洗室了。

那對躲入她腳底的濕腳印，也在外頭地板，濕出了一排腳印，像她的，也像他的。達利尾隨跟上，跨過門檻，一起回到避難室主要空間。

表演區的舞臺上，已經搭建成電視臺的節目錄製現場。錄影機設備、燈光器材與地線、推動攝影機的拼接軌道、無線聲控耳機……全都架設妥當。蒼蠅站在一號攝影機後頭，老管家坐在導播椅，端正坐好翻看一本雜誌。高胖腋下露出場記板與夾扁的提示字報，端著一杯熱咖啡，喝出滿身油汗。日春小姐走成一具螺絲鬆動的機械人。一到老管家旁邊，她坐上高腳椅，堆出微微僵硬的不耐煩。

所有高清錄影機的紅燈，全亮了。現場已經開始錄製收音。

老管家微笑，壓抑音量，「日春小姐，終於出來了。」

日春小姐哼出聲，尖銳不刺耳，有點嬌，卻不嗲聲嗲氣。她回身看一路走來的濕腳印，「不是我要出來，是它們拖我出來的。」

達利尾隨濕腳印，不知走往哪，坐哪好。所有人無聲催促，他也嗅出緊繃氣氛，快步坐到老管家另一側的高腳椅。

「老管家，怎麼了？」達利說。

「兩位魔術師先生決定進行一個新比賽。」

「什麼比賽？」

「我也不知道，看來很重要。我很久沒看他們這麼嚴肅了。」

「這些器材是哪來的？」

「兩位魔術師先生從工具房搬出來的。」

「那裡不是只有打掃用具？」

「呵呵，我以前也沒看過……他們說這次一定要錄下來，怕輸的人不願意承認，要我們擔任錄影工作和現場人員。」

高胖清了喉嚨的油痰，羞澀高喊，「有請臨時避難室的兩位魔術師。」

兩位魔術師從舞臺兩側的小布幕縫隙，踢正步走出來，彷彿舞臺後頭，真的有另一個後臺，那裡的空氣撲了黃粉，也有兩隊妝髮造型師，拿著吹風機，插著髮膠罐，勾著下一套表演服，等待換裝改變髮型。兩位魔術師穿著鑲了水晶紋路的燕尾服，挺直主持人的背脊，跟現場的三位工作人員問好，也向達利和日春小姐這兩位觀眾致意。

「謝謝各位，來到綠艙現場，見證這場魔術比賽。」

達利立即被「綠艙現場」絆倒，思緒雜亂。

兩位魔術師同步收音，分別彈了一聲手指響，舞臺正上方的日光燈組，就引爆一次鎂火，在玻璃天花板裡燒出夕陽的火橙，留下煙霧飄落。中央空調一滾，煙霧滾成棉絮。他們網下所有白棉，四個手掌一握，拉成一片白色床單。床單繼續抖動，先包裹空氣，在舞臺中央，蓋出一個方箱形體的東西。兩位魔術師抽開床單，變出盥洗室的洗衣機。避難室的廣播喇叭沒敢怠慢，同時播放預錄的驚訝讚嘆聲。達利聽出來了，他的驚訝哇哇，日春小姐的訕笑嗚咽，蒼蠅與高胖的嬉鬧，和老管家逗弄小男孩的歡笑，全都混音，裝在現場觀眾的聲效罐頭。

國字臉魔術師先說，「我們要先邀請一位綠艙現場的來賓。」

倒三角臉魔術師馬上接口，「這位來賓，已經在綠艙現場的舞臺上。」

國字臉魔術師迅速打開洗衣機的透明蓋，與倒三角臉魔術師搬出一具全裸身軀。是一位女人，也是一位軟骨雜技表演者。她把身體摺成洗衣機內槽的滾筒形。那標準黑的頭髮，一公尺長長垂落。兩位魔術師迅速把女人摺回到原形。是日春小姐！達利轉眼看另一端的高腳椅，只坐著透明空氣，沒有人形。舞臺上的日春小姐，沒有復健中的僵化。脊骨九十度彎曲，雙手從背後交叉再擁抱前腰，兩條腿一抬，就可以放在後頸，完全是活的瑜伽指導師。展示完軟骨身段，兩位魔術師邀請她擔任這次比賽的助理。

兩位魔術師再度張開白床單，覆蓋洗衣機，把床單滾成沙灘的碎花白浪。洗衣機不是陷入海沙，就是被浪花捲入深海。是的，它回到該去的地方了！兩位魔術師表情誇張，傳遞迅息。白床單繼續滾浪，在距離舞臺地板約三十公分的高度，碎浪休息了，飛毯也降停。兩位魔術師迅速用白床單，包裹出標準尺寸的雙人床墊。他們牽引日春小姐，趴伏床墊，把她調整成一隻剛睡醒的無毛貓，翹高臀部，拉出流線型的軀體。他們再彈一個手指響，她被催眠固定不動。老管家坐在導播椅，有點不知所措，突然喊停，稍稍嫌棄兩位魔術師調整的日春小姐貓步，前腳趴得不夠舒懶，後腿彎得不夠性感。兩位魔術師，就急忙調整。蒼蠅躲在一號攝影機後頭，單眼錄製，右手拖著已經充血成巨大野茄子的陽具。高胖忙著擦汗，遮掩偷窺的視線。看到現場這幾幕，達利也微微興奮起來，血液往私處匯集。無法完全勃起引來的癢，難受得讓他急於離開高腳椅。

「這位來到綠艙現場的達利先生，請不要走開。這場真人實境秀的魔術比賽，馬上就要開始。」

兩位魔術師揮手，招來達利的注意力，對他彈了一次手指響。達利一撐身，發現外褲內褲和屁股，都長出塑膠纖維，吸附在椅墊。他猜測，自己被催眠了，再用力拉扯，臀肉皮膚就傳來撕裂的疼痛。

兩位魔術師異常和諧，握手寒暄，展開笑容面向達利，異口同聲，「接下來，我們需要一位公正無私的觀眾協助，擔任這次魔術比賽的裁判，確保我們兩個人沒有誰犯規。達利先生，就是你。謝謝你的參與，這個重要的任務交給你。讓我們協助你到舞臺上。」

聽到協助兩字，高胖趕緊撲到舞臺邊，跪成兩段式肥油人肉階梯。兩位魔術師踩過高胖，走下舞臺，各出一根食指，把達利連人帶椅搬上舞臺。他們彷彿在搬一塊保麗龍雕塑，卻又假裝成夏天熱累喘氣的哈巴狗。廣播喇叭又自作聰明，混音響起罐頭掌聲與熱烈的口哨。

「請所有綠艙現場的工作人員，跟達利先生一起，為我們的比賽倒數。截至目前為止，濕腳印已經為我們計算出，它們平均走一步，剛好就是綠艙現場的三秒。綠艙的一分鐘、一小時、一天、一週、一個月、一年，這些換算單位，濕腳印還沒有走出一定的計時標準。說得準確一點，綠艙現場的時間，再一次進入疲軟週期。為了避免綠艙現場的時間，出現嚴重的彈性疲乏，導致出入閘門的鬆動，讓我們大家快速旋轉龍頭，拴緊每個人的生理發條彈簧，從一倒數到十……等我們說開始，大家就開始倒數。記得，是從一倒數到十。」

兩位魔術師遲遲沒喊，開始，卻開始褪去各自的衣物。從黑貓耳朵的領結、輪胎吊帶、鱷魚皮背心、白鑽襪子，到亮晶晶的白蟒蛇皮鞋，一件件，塞入光影縫隙。他們沒有比賽誰脫得快，都相當優雅一致，直到最後一件配發的白色內褲，飄入光影裡消失。他們裸身站在舞臺，私處蓬鬆著發捲的恥毛，可是都沒有陽具。廣播喇叭突然吹響口哨，在兩堆恥毛叢裡，緩緩腫脹出現他們各自的小木偶布偶。一個張著國字臉，另一個敲出倒三角臉，都尖起尿道口一樣的小嘴。它們都還沒有機會說謊，跟達利的私處一樣，軟趴趴的勃起不全。

兩位魔術師同時撿起無線麥克風，對嘴，「就是現在，讓我們一起倒數計時……」開始。一步、兩步、三步……達利無力解開催眠，只能待在舞臺中央，嘴巴被迫跟著倒數。定身在床墊上的日春小姐，只剩下一對眼珠子可以轉動。她盯著他，彷彿他才是魔術表演的助手，而她是不相信魔術的觀眾。四步、五步、六步……兩位裸身的魔術師算數倒走，從兩側爬上床墊，欺近弓著貓身圓屁股的日春小姐。七步、八步、九步……兩位魔術師連骨帶肉，迅速被私處的小木偶布偶吸收，一滴血一片肉一塊軟骨，都沒有外流。當所有人共同喊出「十步」這個數，它們瞬間硬朗挺身，鼓成緊繃的填充玩偶，依舊是軟布縫製成形，沒有膨脹變成真人的比例尺寸，只有無線麥克風的身高。兩個小木偶布偶的木皮膚、報童帽、吊帶工作褲、格紋襯衫、方領巾，統一由中央工廠生產，就連用來鎖緊大腿與小腳的膝蓋鈕釦，都是同一種紅褐顏色。如果不是它們的臉型，根本無法區分誰是誰。

「裁判先生，只有你，現在要請你從十數到一。」

「為什麼……只有我？」

「只有你的時間，不屬於綠艙現場。就是現在，從十數到一，開始。」

十、九、八、七……達利被反覆顛倒倒數計時的基數與順序，弄得發暈。他數得很慢，也不太敢念得太大聲。廣播喇叭立即發出不滿的噓唏。達利才加快喊數的速度，加大計時的聲量。小木偶布偶同時做出聆聽手表的動作。生產製造時，並沒有工人替它們縫製可愛腕表。它們還是做出調整時針、轉動發條的假動作。六、五、四、三……達利停止在，二，無法完成倒數最後的，一。他跳針了，再一次重新從十倒數，依舊停在，二，無法喊出，一。那對布嘴巴，嘛高不滿意，不再聽取無聲的滴答，冷冷說出，一。

它們共同大聲報時，「嗶，下面聲響，是綠艙現場的標準時間。請願意待在綠艙的各位，自行校對，調整體內的生理時鐘。」

校時一結束，小木偶布偶把日春小姐的裸體，當作有跑馬燈的背板，嚴肅說明，以下新聞，是首都市的重要頭條。達利黏在觀眾椅墊，繼續在舞臺上擔任裁判觀眾，聽它們進行報導。

它們異口同聲。

「首都市從此時此刻開始，時序與四季節氣，不會自行跳動。清晨已經登記備案失蹤，導致黑夜無法聯繫白天。白天為此提前決定結束生命，黑夜因而過度悲傷，也將慢慢淡化。最後，首都市將只剩下傍晚，也只有夕陽願意陪伴所有首都市出生的孩童，度過獨自一人的時光。」

國字臉小木偶布偶指向日春小姐的臀部稜線。

「城南的高山區，決定一直陰冷有雨。春天的雨水豐沛，花季會延長，賞花的假期也會視情況增加天數。為了對抗電力公司的不當調整，所有的公共路燈不願意再提供照明，前往賞花的居民，請自備手電筒，以免感染黑夜嚴重的悲傷病情。」

倒三角臉小木偶布偶的手掌滑過日春小姐薄薄的嘴唇。

「北邊的海口區，整個夏天，都會有內陸南下的空氣浮塵粒子污染。紫外線指數偏高，不適合完整美滿的家庭出遊。所有市民最好都把自己關在房屋內，不要開窗。需要呼吸，可以到各自住宅大廈的頂樓天臺，但嚴禁眺望夕陽。天臺如有附設遊戲區，所有父親都必須攜帶兒子前往，陪同玩樂，直到孩童影子出現窒息狀態，才能休息。曾經擔任心理諮商醫師的前衛詩人則呼籲，在污染粒子過去之前，最好還是待守家中。最適合的居家娛樂，只有談心和做愛。」

兩位小木偶布偶同時搶身鑽入日春小姐的貓腹下方，撫摸那灰暗調子的平坦肚皮，有些七嘴八舌。

「首都市的所有主要幹道，會面臨第三次交通黑暗期。這是行政管理上的人為疏失。主因是接連對外的高速鐵路支線和捷運機場線的設計有誤，要分別拆掉一段已經鋪好架設完畢的磁浮軌道，避免磁波交叉干擾，發生脫軌意外。依照首都市的道路施工法規——只能在夜間進行。還好，在白天死去之後，首都市所能擁有的每一天，都是淡化之後的黑夜。工程部有信心，可以大大縮短施工期。可是……」

不知何故，兩位小木偶布偶努力擠出布料能織出來的最大悲哀，語氣深沉執行下一則報導。

「我們的首都市，已經連續五年是全球生育率最低的城市。世界其他國家的經濟獨立城市，已經發出聯合首長聲明，期盼首都市行政首長與行政團隊，擬定增加生育率的辦法，否則會針對投資、旅遊、進出口貿易與原物料，施行一定的經濟制裁……以上，是首都市尚未發生的頭條新聞，報導到此，謝謝各位觀眾。」

兩位小木偶布偶都看向達利。

「裁判，你快看，布鼻子沒有變長，我們報導的這些，都是頭條新聞，一定會陸續發生。對了，我們在綠艙現場，對於首都市面臨的生育問題，還是可以做出貢獻。這也是進行這次魔術比賽的重點。」

兩具抬頭挺胸的填充布偶，開始不客氣推擠對方，搶先要爬上日春小姐的裸體。當它們碰觸到日春小姐新生皮膚的敏感帶，就搶先說，我先射出來了。接下來，它們運用日春小姐固定著的貓弓軀體。國字臉布偶把日春小姐高翹的臀部變成攀岩練習場。恥毛、外陰唇的瘜肉、肛門口的小疤痕，都成為手腳扣抓的施力點。倒三角臉布偶把光滑的背當成溜滑梯，從脊椎尾一路滑落頸椎。每完成一趟遊戲，它們馬上又搶著說，我又射出來了。聲音宏亮，把現場收音接受器震得耳膜酥麻。蒼蠅控制一號錄影機，不分小木偶布偶誰是誰，單手單眼跟拍。穿過日春小姐腹肚與床單細縫的是誰？一會又從她茂盛的頭髮匍匐前進的，又是誰？高胖的解說跟不上，少見不悅的老管家也露出微怒。達利揪著剛才播報的未發生新聞，一回想，首都市已經模糊了，也無法專心擔任裁判。

兩位小木偶持續運用日春小姐進行比賽，看誰射精比對方多。每回說，射精了，表情會有些微變化。它們受限於製作布料纖維，沒有萊卡彈性，都無法表達出特別複雜的扭曲。這種布織的高潮，看久看多了，達利感覺滑稽。他隱約猜測，這次魔術比賽的判斷標準，與數量次數有關。

「我射了。」

「我也射了。」

「我比你多射一次。」

「我才比你多射一次。」

「我射的長度比你的縫紉線還長。」

「我射的長度是生產線上所有你兄弟縫紉線的總數。」

「我永遠比你多射一滴。」

「不管怎麼樣，我永遠比你永遠多射一滴，還要再多一滴。」

「你有陰莖嗎？」

「你又有嗎？」

「你有，就拆線拿出來看看啊？」

「那你拿啊？」

兩位小木偶布偶一愣，都往各自的褲襠看。所有的口袋拉鏈都是布料製作，全都緊緊縫死。它們一直沒有機會檢查私處，是不是有布織陽具。就算有調皮的縫製工人偷偷縫上海綿體，布偶們也沒有工具，拆開縫合的拉鏈線頭。它們都犯啞了，停了好一會，才又開開夾線縫出的嘴巴，丟出另一個誰比誰更多射一次的詭辯說詞。不管說了多少次高潮，兩個小木偶布偶的褲襠，一直都是乾燥的。

伴隨越來越冗長誇張的描述，那兩根軟布鼻子開始一釐米一釐米變長。

「啊，你的鼻子變長了。」

「喔，你的鼻子才變長又變硬。」

「你說謊。」

「你才說謊。」

布偶們都用相同的證據，指責對方耍賴，說較量增加生育率的魔術比賽，又被對方的謊言搞砸。兩個小木偶布偶，不知道還有什麼女體運動，可以進行比賽。它們繼續以變長變硬的布鼻子，探索被催眠固定成無毛貓身的日春小姐。國字臉布偶爬到她趴伏姿勢後方，突然把長長的鼻子塞入生殖產道，倒三角臉布偶略顯懊惱，馬上就把鼻子放進她的排泄通道。舞臺下一聲呻吟，是蒼蠅，落單的一隻手沾滿體液，一臉傻笑，躲入錄影機的探看鏡裡，不願意出來。

「果然是低等昆蟲。不要擦掉啊，一會交給我們處理，日春小姐身上最後那幾塊斑，就可以完全恢復了……」兩位小木偶布偶又盯著達利，「接下來的比賽，只有達利先生能擔任裁判，一定要公正才行。」

它們學啄木鳥反覆啄動布鼻子，尋找藏在日春小姐私穴深處的蟲子。這一敲，露出抖動的笑臉，下一搖，又把整張布臉撞進日春小姐的股溝胯間。兩個小布偶把包裹日春小姐的一層皮下脂肪，撞得戰慄發抖。她的寒毛直挺挺，一根根甦醒過來，拉起一大片雞皮疙瘩。老管家有點不耐煩宣布，比賽已經分出勝負。高胖趕緊拿高提示字報，提醒達利，沒有足夠的拍攝錄影時間了。蒼蠅跟進，單手推近鏡頭，另一手張大掌心，穩穩托缽，擔心優格體液會滑落，讓飄浮中的浮游生物卵子受孕。達利一直黏在椅墊，直到一陣興奮不足而盜出的冷汗，濕透臀部內褲才解開催眠。他慢慢剝離，沒有酒精蒸發的血液，不小心匯聚胯下，勃起多一些，汗癢就更加難以忍受。

「停……停！比賽結束，已經分出勝負了。」達利說。

「說謊的人，鼻子會變長喔。」兩位小木偶布偶笑鬧指責。

達利摸摸自己的鼻子，還是肉做的，也沒有變長。

碰撞持續劇烈，兩個布人偶搖出六個同卵分裂的兄弟。日春小姐裂出六瓣臀肉，天花板的玻璃也生出重複殘影的厚度。就連舞臺牆角的擴音喇叭，都發出被搖得共鳴的罐頭驚嚇音效。混亂搖晃，整個舞臺變成了視覺殘影的一部分。兩個小木偶布偶突然停止啄木鳥的性愛衝撞，凍結所有晃動。

它們一個看著陰道，一個看著肛門，恢復從工廠生產線上就縫製好的定形笑嘴，異口同聲，「裁判先生，我們好像都為你找到，離開綠艙現場的出口了……你決定，是誰贏？」

「……不管避難室是不是綠艙，一定都會有出口。」達利話還沒說完，就看見自己肉做的鼻尖，往前凸出一小截。

「你的鼻子變長了。」它們說。

「我說的是真的……兩位小木偶布偶，不用再比賽了，一定有辦法，把你們變回兒子，只要一位魔術師願意先認輸，問題就可以解決。」

達利的肉鼻子又凸出一截，越來越長。

「鼻子又變長了，你真的在說謊。」它們說。

達利不用鬥眼珠向下瞧，也能看見鼻梁都延伸變長了。他捏一下凸出的鼻尖，上下左右，拉長的軟骨可以更加彎曲，依舊是血肉材質做的。就在鼻子停止變長時，一條鐵器刮上鐵器的長長尖銳，從廣播喇叭刺入達利的耳穴，激怒那隻沉睡的蝸牛。避難室的表演舞臺，一眨眼就失去平衡。一個陌生的孩童聲音，從喇叭網縫衝入天花板玻璃蓋，玩笑似地迴旋共鳴，「說謊，說謊……你在說謊，父親。」

短促與稀薄的淺層睡眠

頂樓天臺旁的高壓電塔
徘徊變電器周圍的女人鬼魂
停在地基水泥墩旁的黑色計時收費接駁車
鳥類羽毛燒焦的氣味
兩位高壓電塔維護人員試著安慰鬼魂的對話
調和威士忌的琥珀色天空

達利試圖記憶這些斷裂的。他看不到，嗅不到，聽不到，伸出手也抓不住。當睡眠靠近甦醒時，沒有深刻的連接，勉強睜開眼睛，這些還待在沉睡的元件，不會飄移進入臨時避難室，由光纖培養出新生細胞，種入記憶的培植土。高壓電塔沒有通電，鬼魂沒有悲哀的臉，接駁車上的收費器沒有計時收費裝置，維護人員沒有雙胞胎的體味，這片天空無法感染首都市，讓一整座城市醺醉。睫毛緊張顫抖，高壓電塔便向後傾倒，女人鬼魂與電力公司人員一同墜往沒有地板的頂樓天臺，黑色接駁車駛入漆黑的柏油，鳥類羽毛大量飄落成輕盈的雨……這些元件接連傾倒，直到最後一塊骨牌推倒由天使分享中的酒精天空。連鎖效應一開始，即便清醒了，達利也無法從中抽走哪一塊骨牌，停止沉睡元件的消失。他沮喪，並非不停倒下的骨牌，而是他無從知悉，被送下來避難室之後，有多少沉睡元件倒牌，來不及寫入筆記本？……這些雜亂的元件全倒了，最後一張骨牌上有什麼圖案？下一次睡眠，會不會響起切割溜滑梯的聲音？一群黑螞蟻，扛來了男性香水特有的麝香氣味？一輛著火的飛輪腳踏車，像活的動物一樣奔命？或者，某一封電子郵件的回覆文字，從不停變換顏色的天空，飛落首都市，撞擊我眼皮裡正仰頭探看太陽的人影。一位我倒下。我發現自己只是其中一塊骨牌？有誰願意說出這個事實？或是，多透露一些有關我的個人資料……

筆記本遺失，無法重複翻閱，搜尋可以回應這些問題的線索。

為了留住更多沉睡元件，達利必須讓真正的甦醒瞬間，趕在睜開眼的前一秒。

為了這一秒，達利第一次提出正式採訪請求——希望兩位魔術師進行一次有關催眠的比賽。勝負的標準是，看誰能在最短的時間，指導達利學會自我催眠入睡，並在睜開眼的前一秒，催眠意識甦醒。比賽一開始，他們分別在達利左右掌心中央，向外畫出透明的圓圈。每一條圓線，不能碰觸到上一個內圈圓線。指尖一直繞圓，間距越小，掌心會自動變大。直到這些透明的線，漸漸摳出紅，變成紅線旋渦。如同兩位魔術師聲稱的，當紅圈繞出的旋渦，自行螺旋，自轉了，達利就被捲入渦輪中心，滑入一次淺層睡眠。

我又來到那個有一艘單桅木船擱淺的城市。

眼前的城市消失了，空蕩蕩的，不，城市沒有真的消失，只是被稀薄的空氣細網，篩成白色的細沙，沉澱成一片人造沙灘。沙灘的視野裡，有一具活著的裹屍。不遠的遠方，還有一個匆忙行走的女人。她想搭上那艘已經失去風帆的單桅木船。我無法精準測量她距離我的時間，也聽不見她的聲音，只能隱約望見，她穿戴保守，沒有露出一片皮膚。她是想要急著離開這片沒有電線桿的白沙城市吧。在我伸出手可以捉住的時間範圍，突然出現三個女人。我辨認出她們的過程，疲軟沒有任何興奮。其中兩位是二手古物書店長得像雙胞胎的女店員。她們單腳高跪，向後仰，露出躲避我的厭惡表情。還有一位，是消失在河岸留言的女學生。不知道她成年了沒有？失蹤之後的她，為了什麼緣由，回到這片白沙城市？女孩撇開頭，看著身旁的女店員，一樣也不打算正視我。她們的穿著風格都統一了。上身全裸，只允許套上過長的紗織芭蕾舞裙，一層層的雪紡，欺騙了她們的下體。

我只要伸手，就能觸摸到她們。但我無法估測，這樣的距離，需要行走多久？

三對尺寸、形狀、膚色都仿造複製出來的青春乳房，透過粉紅色的乳暈眸子，望著我，直到有人終於開口。

「從這裡，是走不到那裡的。你只能在綠艙，等待下去。」是誰說的。

說完之後，年輕女孩濕潤的藍色身體，褪色了。她們的藍體色，被腳下的白沙城市吸吮，染出一大片的介於藍介於灰的區域，阻擋我想要靠近的詢問聲音。誰，會是誰？彈了一次手指響。荒涼的白色沙灘中央，出現逆時方向的旋渦，拖轉出蝸牛外殼的紋路……進入催眠的淺層睡眠多久了？達利閉著眼，無法確定。這種催眠入睡，經常是短促與稀薄的。誰的呼吸開始不順暢了。就像低溫三度的嚴冬寒流抵達首都市的那天傍晚，他站在公寓套房頂樓天臺，不是因為冷，而是空氣的含氧量稀薄，讓眼皮裡的人影也無法順利呼吸。不論是誰，彈了一次手指響，達利都醒了。人造的白色沙灘，裝在一個巨大沙漏裡，中央的螺旋開始沙漏到另一端的空瓶，慢慢塑造那個擱淺了一艘單桅木船的城市。他隱隱推測，當樓層街道全都恢復輪廓，就是倒數計算完全甦醒之前的那一秒。

如同兩位魔術師在耳邊叮嚀的，達利把手伸入眼皮，懸掛在天空，在琥珀色出現扭曲時，彈了一次手指響，通知眼皮薄膜裡等著誰的人影，這一次催眠結束了。眼睛自動睜開之前的這一秒，達利與眼皮裡的人影，以及他最後一個有強烈感官的連接點是——看見，白色沙礫的旋渦。

達利一陣精神抖擻，生出短暫的清晰，之後就陷在光的鱗片裡。

這一次，他獃坐在馬蹄沙發，困在一個裝置完美的沙礫旋渦，轉出最外一圈的質疑——保鏢怎麼還沒有下來？

他依稀記得，催眠淺睡之前，老管家請成年之後的兩個小木偶布偶，一起整理儲存肉品的冷凍庫。工作結束後，小木偶布偶拍去工作服上的冰霜，跳上餐桌，擔憂食物的儲藏量，沒有幾頓可以吃了。

「食量特別大的人，要節制才行。不然大家改吃素，要不搶著吃肉，才有機會在這裡活久一點……」蒼蠅特意提高聲量，都是說給高胖聽的。高胖原本在發愁，不知道撞哪顆球才好。聽完話，耳根被刺紅得像是火窯燒燙的瓦片。蒼蠅接著又說，「老哥，你有聽說過，打撞球也能控制體重？」

最後一線白沙通過沙漏中段細管，老管家開口，「各位先生，不用擔心，食物一定夠。保鏢快要送物資下來了。」

老管家不擅長圓謊，也不是安慰高胖。避難室不會收到任何形式的通知，顯示保鏢即將運送物資，進入避難室。達利走向廚房，反覆質疑的思路越來越強烈。他逗留在開放式吧檯前，探看幾眼廚房高處那個上鎖的櫥櫃。

「達利先生，要借閱雜誌了嗎？」

「不……還不想看外頭的事。」

「都是二手雜誌，都是已經過去的新聞報導。」

「沒讀過的消息，就可能是新的。」

「老哥，我腦子挖一挖，一定還有新消息。」蒼蠅插嘴。

「你那些，只能是買賣。」

蒼蠅先是得意笑了，抖抖尾節，才拉出有影子長度的苦笑。

老管家也是點點頭，淺淺微笑，反手把花椰菜硬莖和果核，倒入水槽的下水口。他打開廚餘處理器，水槽底部的馬達立即運轉。老管家說過，這台新式廚餘處理器，是兩位魔術師被送下來之後，保鏢才安裝的。在此之前，老管家進行垃圾分類，菜渣堆肥，沒有困擾，燃燒會產生毒素的垃圾，等下一次再讓保鏢帶走。加入兩位魔術師和可能恢復人形的小木偶布偶，產生出來的垃圾量，才慢慢造成避難室生活的微小不便。老管家撥接總機，請示高樓層管理人，加裝了這組可以絞碎牛骨、布料纖維、塑料物種種日常垃圾的廚餘處理器。為了安裝這條絞碎物的排出管線，廚房也進行一次小規模的裝修。拆卸舊水槽，換上新配套的分類小水槽組。抽油煙機也同時換上全自動清潔機種，透過料理產生的水蒸氣，可以同時進行油網清潔去污。本來連廚房瓦斯爐也要換成電磁發熱的機型，避免天然氣可能外洩的危險，老管家卻堅持，一定要用瓦斯火爐來料理。

老管家與高樓層管理人達成共識，保留現在的瓦斯爐。他們也約定，如果損壞，就要改成電磁熱能。為了擁有這具舊瓦斯火爐，老管家每一餐都進行簡單清洗，每隔幾餐，就拆卸內架徹底去污，避免母子點火的孔洞堵塞油漬。對於其他硬體器材，老管家也盡力維持設備使用功能，包括廚餘處理器。這種雙軸心絞盤的廚餘處理器，也是進入淘汰的老舊機種。達利被送下來之前，首都市資源回收部門，正在宣導推廣垃圾電子分解器，舊機換新，還有抵價補助。婚前，達利買下的第一間舊公寓廚房，裝潢預算有限，只能安裝中古的同型廚餘處理器。在第一顆受精卵停止分裂，二手廚餘處理器絞碎硬物的嘎啦炸響，潛入妻子的睡洞深處，不時將她驚醒。達利喜歡雙軸心雙絞碎葉片的馬達運轉，也享受硬物進入絞盤被壓碎的嘎啦炸響。他允諾妻子，等接下大篇幅文字工作，一定更換新機種的電子分解器。直到第二個胚體停止心跳，達利也沒有接到任何文字工作。微少稿費的生活，持續到第一個兒子說出，「父親，我真的討厭你。」

之後，他獨自移居到租賃的公寓套房。搬入公寓套房，頭幾天的午睡，都短促，也稀薄，達利聽見馬達運轉，便會拉出細節連貫的顯像……嘎啦炸響……第五位妻子在畫布上乾燥了。之後，新添加的油畫顏料，塗抹出第六位妻子。不管是第幾層顏料的妻子，都被曬落公寓的廚房背景。她們在畫布未填補的底色裡，與我討論剩飯餘菜的處理問題。每次討論的尾聲，不管有沒有共識，妻子們都會叫喚兒子到廚房。每一次畫料層疊出來兒子，都會比上一個短促與稀薄的午睡裡的他，再稍稍長大些成熟些。不管出現的兒子年齡多大了，當時的那位妻子，都會把兒子按比例壓縮成填充玩偶的大小，把他拎入水槽，打開那組中古的廚餘處理器，誘騙兒子跳入水槽的下水口。不管哪一位妻子，都只是想為我說明，這種雙軸心的絞碎葉片，一邊是向上螺旋，一邊是向下螺旋，在這兩組齒狀不鏽鋼咬合的縫隙之間，不會有任何人，可以活著從水槽口走下去，或是活著從水管口爬上來。妻子們，並沒有咧嘴的惡意，她們只是想印證這一點。

之後的租賃公寓生活，雙軸心馬達失去運轉力，醒醒睡睡之間，達利無法踩實地面。地面像跑步機履帶，持續向後帶離什麼。被送下來臨時避難室的前一天吧，或是再前一天，達利肯定自己還翻閱了筆記本，細細讀著妻和兒子，一起住在郊區舊公寓的生活點滴記錄。之後，在臨時避難室的日子，也如履帶般快轉。只是說不準，是向前轉，還是向後倒轉。一樣是睡與醒，約莫十多回，老管家會依照使用手冊，卸下廚餘處理器軸心，徹底刷乾淨葉片上的污垢，在轉承軸的芯裡，滴上新鮮潤滑油，避免鏽蟲腐蝕。一直使用到現在，那兩顆軸心，活得像是剛生產出廠，泛著水銀的金屬光。在那個郊區老舊公寓裡的廚房，那組二手的廚餘處理器，沒有人定期拆卸保養上油。說不定，妻子已經汰舊，換新成電子分解器。它永遠都不會再發出令他心安的，嘎啦嘎啦，炸響……老管家重新開啟電源，讓水流過旋轉的咬合葉片。斷斷續續的哨音，從下水口吹傳。清洗槽底，繞出渦輪一樣的聲圈。一聲一圈，從中心向外旋轉。老管家關去電源時，聲音的旋渦染上潮濕，出現水的顏色，不願意停止地自轉。

「舊機器拆下來，好好清洗，好好保養，再好好上油，一定比新的好用……」老管家的話語，一個字是菜梗，一個字是肉渣，再一個字就是果皮，全都捲向水聲旋渦的中心，拖入下水口，被扯進旋轉中的渦輪葉片，絞碎，磨裂出，嘎啦嘎啦，炸響……**眼前，是一個廣場，首都市行政辦公廳的獨立廣場。搭建在廣場兩側的巨大廣播喇叭，不厭倦播放預錄好的廣播，向走路經過的居民宣導，廣場最初的名字叫做玻璃廣場。因為那場經濟獨立的抗爭，才更名為獨立廣場。我只是一位經過的路人，也被廣播通知了——「正經過廣場的自由文字工作者，達利先生，請記住這段歷史，也請記住廣告誕生時的名字。」我沒有停步，繼續漫步到廣場中央。一雙巨大的黃銅雕塑，是人的腳，也是裝置藝術，立在辦公廳的大門入口。腳背的銅皮上，鑲嵌了一個沒**

有時針、分針、秒針的時鐘。在腳尖與腳跟的位置，有另外兩隻不同大小的黃銅人腳，它們一前一後，一大一小，牢牢各踩一步，永遠熔接在巨大的雕刻物上。在這三個人腳雕塑的前後，不管是在廣場的玻璃路面，或是黃銅的皮膚，都沒有留落上一個前後腳印。偌大的廣場裡只有兩棵樹，一棵栽在黃銅人腳的踝骨邊上，另一棵種在廣場看不見的外頭。除此之外，就只剩下一塊扭曲的鐵塊，在廣場的一角落，硬成椅凳。廣場的天空，沒有掛出夕陽，兩棵樹憑地生出影子，就連那塊熔鐵椅凳也生出影子。我坐上椅凳，感覺到它冰冷的實體，是由槍械與子彈殼鑄成。它的影子，也因此鐵沉鋼硬，無法隨著光源的角度，拉長或是縮短。廣場的鐘聲響起，無止境增加敲擊的次數，無法計算時刻。一棵樹影的尖端，變細拉長，刺中黃銅腳背上的熔軟變形的時鐘。整個廣場的玻璃地板裡，有人啟動了一具巨大轉動軸心的馬達……嘎啦嘎啦，炸響……眼前，是種了另一棵樹的那個廣場。路面由不同顏色的石塊，砌出無數的乳房波紋。這裡是首都市行政辦公廳剛完工時的玻璃廣場。整個廣告被玻璃框裱褙起來了。我一直繞著廣場走，想確定那棵樹，作為裝置的身分，是時針、分針，或是秒針？不是透過夕陽繁殖生出的樹影，無法回答我的問題。我選擇離開廣場，走上一條看不見盡頭的公路。這條公路，我曾經走過。路的盡頭，我也曾經到訪。我深信，一直走，一直沿著公路走，就會抵達首都市的獨立廣場。遠方，那阻擋天空的，是挖空的山。山洞已經建成一座立體停車場。我駐足在柏油馬路猶豫，要不要再走一趟這條公路。某位正在冥想思索的老者，忽然被運轉的巨大立體停車場，反芻吐出來。老者走向我，剛感覺他的遙遠，他就已經湊近到我的面前。老者通知我，他是我已經年老的兒子。在一樣沒有夕陽的玻璃廣場，他贖回了他貪玩的影子。這位年老的兒子，每走一步，靠近我一步，就試著吐露，我那青年兒子、中年兒子，還有年老之後的他的種種。公路那頭開始頻頻傳來劇烈的雜音……嘎啦嘎啦，炸響……眼前，是蒼蠅已經低價賣給我的那個廣場。五線譜一樣的輻射公路，從廣場中央穿過城西的招牌、城北的公車、城南的百貨公司、城東的巨大影城，一路銜接到首都市四面八方的齒輪天際線。在廣場輻射出來的整座城市裡，我沒有遇見任何一個人。公路的上空，如同蒼蠅描述的，飄浮著他父親的一顆巨大眼珠。它盯著我。看它的人，也是我。這顆眼珠，如同每一位父親，全都無話可說，無能解釋什麼。等它一閉上眼，眼珠的影子撒落在公路上，碎成一粒粒的黑色音符，不停在各條線譜上跳動與滾動。這個屬於蒼蠅的、不知在哪、不知叫什麼名字的廣場，射出氣箭摩擦空弦，演奏出小提琴音……嘎啦嘎啦，炸響……眼珠影子碎成的黑音符，依舊不停在五線譜公路上，向前滾動。進入第一個彎道，開始繞圓，向下圈出五線譜旋渦，不停牽絆迴旋，自轉成公路旋渦。沒有下雨，腳下的路面卻是潮濕的，五條分向線，也開始被公路旋渦拉扯過去了……在出現下一次嘎啦炸響的前一秒，達利伸出手，對著在半空中沉睡的蒼蠅父親眼珠，重重彈了一次手指響。眼珠闔眼入睡，達利就離開。眼前，不再是某個廣場，是臨時避難室的廚房吧檯。

老管家關閉電源，馬達繼續空轉。兩道絞盤葉片與清水對話，甩脫不願意離開的碎渣滓。達利向前傾身，探看廚餘處理器的水槽。那位與小木偶布偶一樣大小的兒子，懸掛在下水口，牢牢抱住螺絲帽。不知道是不是在夕陽下玩耍太久，兒子曬出一身鉛墨那樣的黑，看不出年齡。不知幾歲的兒子，順著馬達緩緩拖延的空轉，以下水道那些侏儒的語言，睜大眼質疑，「父親……那首短詩，還沒有完成。」

老管家關上水龍頭，兒子被最後一圈水旋渦，拖入下水口，交由微弱旋轉的葉片，遲鈍地扯裂絞碎。

達利緊張，脫口說，「我會想辦法處理。」

老管家問，「達利先生，看見什麼問題嗎？」

達利瞇小眼，讓視野的疊影模糊，再聽從兩位魔術師曾經教過的最後指示——挑釁內耳深處的那隻蝸牛，與牠共鳴，從一倒數到十，左右手同時彈出一次手指響。馬達靜默，蝸牛再度沉沉入睡，不管哪種顏色的轉變，哪一種圖騰的旋渦，全都停止下來。

「達利先生，在想什麼？」

「水槽的……漩渦，停止了。」

「是不是催眠沒有解開？」

「我一直醒著。」

「這種自我催眠，對入睡和醒過來，真的有幫助？」

「我還在嘗試，有不少訊息可以記下來了。」

「達利先生，已經開始了嗎？」

「開始什麼？」

「寫記錄？」

「沒有。只是有預感，透過自我催眠，能找到綠艙跟臨時避難室的關聯……說不定，會發現離開這裡的辦法。」

「堅持離開的念頭，其他留下來的先生，還有我，都幫不上忙。」

「沒關係，這是我個人的問題。」

「那自我催眠有什麼進展？」

「我先推算被送下來避難室多久了……要先釐清時間才行。」

「達利先生，會想要計算時間很正常……都要等到某個徵兆出現。」

「什麼樣的徵兆？」

「高胖先生是在一次上大號，發現馬桶裡浮著一層油，就不再去想待在避難室究竟多久了。」

「兩位魔術師的徵兆？」

「在小木偶布偶恢復之前，兩位魔術師都會繼續待在避難室吧……那蒼蠅先生呢，他有煩惱待多久的問題嗎？」

「蒼蠅沒有跟你說嗎？」

「我有問，不過他說這個消息是要賣的。」

「蒼蠅賣的，不一定是真的。老管家答應買了？」

「在避難室，沒有錢的問題，我們算是以物易物吧。」

「老管家拿什麼換？」

「我答應了，不能說。」

「那蒼蠅怎麼說？」

「蒼蠅先生說，送下來之後，他想不起來，有沒有幫電子表換過電池。好像之前，從來沒有換過電池。他一直戴著，沒有壞，一直有電，就沒想過換電池的事。如果手表永遠都不會壞，都有電力，在意這樣的時間，還不如安心待著。」

「這樣的消息也說要賣？」

「沒關係，也不是什麼重要的東西。能跟各位先生多交流，才能做好服務。目前來看，蒼蠅先生的電子表，還是最穩定的。」

「他那支手表，只是戴好看。我們認識的這幾年，沒看過他在意今天是幾月幾號。他就是醒來睡著，醒來睡著，還有喝醉，白天晚上都一樣。」

「所以很快就能適應這裡。」

「對，他是蒼蠅。」

「達利先生，需要喝點什麼？」

「沒關係……那老管家你呢？」

「我才擔心，下一個會問到我，還是日春小姐。」

「日春小姐提過這件事？」

「沒有。只是計算日春小姐待在這裡多久，是一件危險的事。」

「為什麼？」

「假如日春小姐沒有乾燥成屍體，那她至少是跟我們同一個方向。」

「老管家的意思，她會越來越……我換個方式說，如果她有手表，可能是逆時方向，倒著轉？」

「把手表機芯倒過來安裝，秒針分針時針，就可以逆時方向旋轉，這是有可能的技術。只是……時間可以逆轉回到過去，也不能肯定，死去的人，就能活過來。這點，達利先生能接受？」

「我不懂，老管家的意思是？」

「沒什麼。」

「我的個人資料裡，寫了什麼嗎？」

「沒什麼特別的，我只是覺得，日春小姐會停在完全恢復的那一瞬間，不會變老，也不會變年輕、變回小孩。她可能會停在完全復活的那一秒。」

「為什麼有這種感覺？」

「這只是一個管家的猜測……那達利先生覺得，時間可以怎麼呈現？」

「這很難回答。」

「用畫的好了。」

老管家以小碗盛水，擺上吧檯，示意可以用清水描繪可能的圖騰。達利沉默許久，才以指尖蘸水，在木質桌面畫下一條微微彎曲的線。

「不是直線，只是接近直線，就只是看不見弧度的曲線。」達利解釋。

「如果有一點點弧度，最後就有可能變成一個圓？」

「可能吧，最後，在不知道哪裡的最後，會連成一個圓吧。」

「那這條線的前後呢？」

「前後都不屬於我，跟我沒有關係。老管家會怎麼畫？」

老管家沒有考慮，快速以指尖蘸水，卻在吧檯的臉上，極緩慢地哭出一小截延展開來的螺旋。達利無法確定那隻手，是因為老了，還是有意，將螺旋線顫抖出細紋。

「很像彈性疲乏的彈簧，被拉開來。」老管家說。

「那這個螺旋的，之前之後？」達利說。

「沒有之前之後，也沒有哪一段是屬於我的……」老管家先在褲頭擦乾手心，抹過吧檯桌面，一次就擦乾疲倦的彈簧螺旋水紋，「剛被送下來，懷表沒壞，我每天都推算，今天是哪年哪月哪日，也每天計算，待在這裡有多久。慢慢的，這裡的每一天，都變成某一天。避難室的時間就越來越……軟趴趴的。」

「軟趴趴？」

「是，感覺就是軟趴趴。煮一碗湯，水怎麼樣都不會滾。平底鍋冒煙了，魚也煎不熟。晾起來的衣服，永遠不會乾。清洗小便斗，都要先去睡一覺，那些清潔鹽酸才會溶解起泡沫。就連撞球滾動的速度，都變得特別慢。用力推桿，也一樣，好像那些絨毛長了手，拖住每一顆紅球，就是不讓它們順利的滾……什麼都軟趴趴的。」

「聽起來，只是感覺不一樣。」

「有可能。」

「老管家最後不在意時間，是因為什麼徵兆？」

「懷表壞了。」

「就只是懷表壞了？」

「呵呵，是的，只是一個管家，沒什麼特別的。兩位魔術師送下來的時候，也有戴機械表，我總覺得那不是我的時間。很奇怪，對吧？我看過一本科學雜誌寫的，每個人都有一個生理時鐘，不跟格林威治的世界時間走，也沒有統一標準。要身體的時鐘正常運作，需要找一件想做也擅長做的事，穩定持續進行。達利先生，為什麼不試試擅長的事？」

「什麼事？」

「跟另一個人聊天，就像我們現在這樣，再記錄下來。」

「那是我的工作。」

「不喜歡嗎？」

「……確實是我擅長的事。」

「那就很好。」

「跟誰聊呢？」

「這裡的每一位先生，都有自己的故事。說不定，達利先生可以聊出我不知道的祕密。」

「聊什麼？」

「找一個你感興趣的主題……透過自我催眠，找到避難室跟綠艙的關係。這就可以是達利先生的主題。只是不知道蒼蠅先生告訴我的綠艙，是不是真的。」

整個臨時避難室，亮成靜謐的溫室。蒼蠅飛舞的嗡嗡聲，纏繞達利的頭顱，飛過一圈接一圈，旋轉出蒼蠅透露給老管家的消息——聽說，綠艙是一顆顆墨綠色的玻璃球。因為溫室效應，太陽曝曬的首都市夏天，會超過攝氏四十五度。有一種微生物，叫做玻璃蟲，活在馬路柏油裡。溫度一超過四十五度，牠們就會分泌出油油的體液，熔化自己死去。牠們的體液一遇熱，就會被燒成玻璃。一隻玻璃蟲死去，柏油路面就會亮出一顆玻璃結晶。無數的蟲，分散在柏油裡，就會死成一片結晶。入夜之後，路燈、汽車大燈一照，就可以看見撒滿路面、密密麻麻的玻璃屍體。如果有大量的玻璃蟲，聚落在一起，集體曝曬死去，這時候，遇上滾來的一陣熱旋渦地風，就會在柏油路面下，燒出一個玻璃球。聚集的蟲子越多，燒出來的玻璃球就越大越厚。燒出玻璃球的同時，厚厚的玻璃層會撐開柏油路面下的水泥，或是土壤。等吸附潮濕的水氣冷卻下來，也會凝結出無數的小氣泡，躲著那些來不及離開的空氣。不只是這樣，在玻璃球成形的過程，還會有菸屁股殘留的口腔記憶、高壓電塔發電的吱吱聲、被輾斃的蝸牛碎殼屍肉，甚至是一顆完整的受精卵，都有可能被包裹在玻璃球的空心體內。這些被包藏的，繼續說話，繼續飄浮與墜落，繼續維持死亡，或是繼續分裂出新的細胞。不計量時間，持續等待某一個首都市居民走過，為了某種原因，重重踩破……

「踩破？」達利忍不住插話了。

「是的，蒼蠅先生說，死掉的玻璃蟲被燒成玻璃球，很容易破。有人重重跺腳，或是有超重的卡車經過柏油路面，那埋在下頭的玻璃球，就會馬上破掉……就是這樣。」

「被踩破之後呢？」

「蒼蠅先生就告訴我這些。」

「那玻璃球裡頭裝的東西，會繼續怎麼樣？」

「接下來，就沒說了。」

「蒼蠅又來了……一定是把我說的球藻，還有他聽來的什麼，全加在一起。他有時會這樣，東加西加亂編消息，賣給那些八卦雜誌。」

「沒關係，聽這些消息，很有趣。」

「這個消息，他又要老管家拿什麼東西換？」

「蒼蠅先生猜得真準，他說你一定會這麼問。」

「拿什麼交換呢？」

「沒有。這個消息，免費。」

「不用錢，也不用東西交換？不可能。」
「他也說，達利先生一定不相信，呵呵。」
「老管家，蒼蠅之前的工作，是賣消息。他的話，你聽聽就好。」
「我知道，個人資料裡寫得很清楚：消息工作者。不過，蒼蠅先生真是一個很有趣的人。」
「一定是亂編的，才願意免費。他告訴我的綠艙，不是這樣。看來，我要重新評估那些綠艙消息。」
「剛剛達利先生提到的球藻，是筆記本裡，那個下水道故事裡的球藻？」
「不……是在首都市下水道的球藻。送下來之前，我寫過一篇球藻的報導，有點長……總之，那些球藻在首都市下水道裡，蔓延繁殖得很嚴重，不過也出現新的水質平衡，很奇特的共生系統。」
「很難想像，在外頭的下水道，長滿了那種球藻。」
「……臨時避難室、下水道的球藻、綠艙、玻璃蟲……好像都有……」
「繼續待在這裡，不就有機會弄清楚？釐清問題，這不也是達利先生擅長的？」
「或許吧。老管家，蒼蠅有跟你提過我的事？」
「蒼蠅先生跟我說過一個老記者的故事，很特別。個人資料沒有提到，所以不知道是不是跟達利先生有關。」
「老記者的故事？」
達利環視避難室，不知蒼蠅飛去哪。他搖晃上半身，繞一圈，探看盥洗室。嗡嗡聲從半掩的門洞飛舞出來，又開始繞著達利飛，一下左耳，一下右耳，微弱，不停轉出螺旋聲渦。

「蒼蠅先生說，那是一位又衝動又內向的報社記者。六十多歲了，還是跑在第一線的社會新聞。老記者一直在收集首都市經濟獨立運動的資料。他在遷址前的舊行政辦公樓，發現一本筆記本。老記者發現的筆記本，是一位醫師的醫療記錄。一路追，查出醫師就是提出經濟獨立那位老市長的心理諮詢醫師。筆記本詳細記錄，那位老市長的種種施政難題，面對中央國庫可能破產的新稅捐壓力，也有老市長描繪的沉睡意識。有一些記錄，甚至是老市長接受催眠治療時，說出來的內容。老記者交叉比對更多行政資料，發現其中有幾個催眠記錄，跟首都市經濟獨立的行動，完全吻合……」

「你指的是，寫在筆記本裡的治療記錄？」

「是的。蒼蠅先生說，那位老市長決定與中央分裂，要求經濟獨立，一邊慫恿首都市居民走上街頭，訴求中央與地方分割，再拉攏中央立法機關的重要決策官員……整個獨立運動的進展，好像是老市長被催眠之後，斷斷續續描述出來的一個行動計畫。」

「什麼行動計畫？」

「這個計畫……沒說清楚，好像就是一個讓首都市行政制度崩解的行動。」

「我讀過的歷史課本，有這場經濟獨立運動。我記得，獨立行動並不是在提議的老市長任內完成，而是接替的新市長完成。這位新市長，是老市長的兒子。新市長連任到經濟獨立運動完成。推動經濟獨立的主要原因是，首都市越來越富有，中央國庫卻對外國借貸負債。首都市擔心連帶破產，決定效法其他國家的獨立城市，取得經濟自主。透過好多年的街頭運動，地下抗爭行動，轄境合法居民的公投，最後在中央的立法機關獲得支持，明定特別法，才取得經濟系統的分割運作權。爭取經濟獨立那幾年，整個首都市就像旋渦，把所有相關的制度，都捲入中心。核心問題，其實是如何與國庫切割，不負擔對外國的連帶責任。中央不用撥款給首都市，首都市也不繳稅給國庫，自成一個單獨的預算中心。使用中央資源，就都要付費。現在的研究學者已經確認，當時首都市的經濟獨立，相對地更能以一座城市經濟支援中央國庫。首都市變成了國家對其他外國的擔保人，避免中央經濟體系的真正破產……」

「這些變化，對一個管家來說，太複雜了。」

「簡單說，就是一個兒子要脫離酒鬼父親，決定搬離家，自己工作養自己。只是，這麼多年過去，首都市的經濟開始窘困，也有破產危機……兒子，到後來還是變成了，一樣的父親。」

「我倒覺得，是父親希望兒子獨立，把善意偽裝起來，卻扭曲成一場詭計。」

「這個論調，我倒是沒有聽過。」

「我待在首都市的時候，這場經濟獨立運動，根本還沒有發生啊。」

「我也沒有遇上，只是在學校的課本裡讀過。」

「呵呵，好巧，之前之後。」

「剛好，一前一後。」

「這場經濟獨立運動，我們都沒有真正的記憶……達利先生，這場經濟獨立運動，會不會只是一個假消息？」

「都寫進歷史課本了。」

「就是不小心寫進歷史的假消息……課本不能造假改編嗎？」

「只是經濟獨立，沒有死亡，制度確實是那樣的，不需要造假改編什麼……那兩位市長都去世很久了，也沒有看過心理諮詢記錄、醫療筆記本，和什麼行動計畫的新聞，就連八卦報導也沒有。這樣的消息，真的有資料源頭，蒼蠅怎麼可能沒有賣出去？」

「說不定，整個經濟獨立運動，真的是老市長接受催眠治療，隨口說出來的，或是捏造出來的故事。心理諮詢醫師如實寫入筆記本，筆記本又不知怎麼轉手到新市長，變成了老市長的心願。新市長按照那個行動計畫，真的完成改變首都市歷史的獨立運動。」

「這樣很……」

「真這樣，我們都要慶幸沒有經歷過那一段。」

「真有這樣的消息，只要賣掉，蒼蠅這一輩子，真的可以安心混吃等死了。」

「也是，這麼重要的事件，不可能是一個催眠治療說出來的記錄計畫。」

「蒼蠅說的很多消息，都不能當真……還有其他更值得寫出來……」

「如果需要紙筆，可以撥總機，跟高樓層管理人申請，讓保鏢帶下來……保鏢就快下來了。」

「不是紙筆的問題。繼續待在這裡，蒼蠅編不出更真實的消息。在避難室，也不會發生什麼事，變成真正的新聞……消息可以造假，可是我能真的記得？什麼又值得寫下來？」

「我能了解。」

「在這個臨時避難室，睡著，醒來，什麼都會被日光燈騙走。」

「每一秒變得軟趴趴之後，我也擔心，過去的，好像輕輕一碰就會垮掉。等我不介意日光燈有多亮，才發現，其實什麼都沒有少，都只是光影的問題。」

「光和影嗎……」達利說著，被恆久控制發亮的白光騙入恍惚。

「時間、記憶，都沒有錯亂，只是髒了。就像避難室的這些牆，我都漆成白色。白色最容易髒，也最簡單。髒了，再漆一次，又是全新的白。」

「只要再漆過一次……」

「剛才我們聊的，達利先生可以慢慢想。在一個不知道在哪的下水道避難室裡，時間和記憶，能去哪？」

「能像日春小姐，停在某一秒，是最好的……不認識的人，會被往前走的時間帶走，離我更遠。所有我認識的人，也可以安心留在過去。這樣，時間跟過去的記憶，就可以分開，分別保留下來。老管家表達的，是這個吧？」

眼前的老管家難得笑開來了，他站定定，沒有風吹拂出其他回應。達利也沒看見其他人靠近前來。彷彿又是一次短促與稀薄的淺層睡眠。睜開眼之前的那一秒，達利聽見了，一段在眼皮底傳來的囈語——**「那就需要像日春小姐一樣，脫水死去，風乾成一具屍體，再等待活過來。」**接下來，達利看見了，老管家伸出雙手，懸在吧檯的半空，在他的兩耳外，重重彈了一次清脆的手指響。

達利脖頸突然鬆軟，一仰頭，看見了首都市的天空。那雲線稀疏的淡藍布幕，已經失去所有的電線桿和電纜線。首都市的所有電纜線，在達利年幼時，就完全光纖地下化。什麼年代了？不，不應該再質疑年代。他眨眨眼，有光有影。眼前這幾條舊街，緊鄰首都市的行政廳辦公大樓，他很熟悉。與妻子兒子分居之前，經常全家三個人，一起在這些巷弄街邊散步。不特別做運動，也不觀賞路樹花草，就只是走路。鄰近的八線馬路對面，是藝術表演廳，再往前右拐，是那位前衛詩人經常舉辦朗讀作品的人工白沙廣場。好不容易再一次走上這段熟悉的巷弄街道，達利不想拐入那個廣場，再經過那片造假的人工沙灘。視野開始向後褪去了。眼前，路樹的樹蔭底下，微光曬出一卡全裸女模特兒的招牌，她的瞳孔正對焦他。她的肩胛是葡萄酒專賣店，她的肚臍是進口設計家具名品，她的膝蓋是美式餐廳，小腳踝的著地點，是有露天陽台的咖啡廳。現在是白天，她全身上下，從頭到腳，依舊亮著霓虹。白天的光，在路面曬出招牌的影子，霓虹在這些乾燥的影子輪廓，交錯塗抹色料。達利低頭檢視柏油路面，那些電線桿和電纜線，埋葬在哪裡？那些不同粗細的電纜裡，有些流動著各種電視節目的影像。有些遊走的，就只是沒有思想的電。有些是聲音，包裹無數情人或是一對父子的對話。達利繼續走，沿著騎樓的雨水線，算數左腳右腳，再仰起頭，同時看見騎樓的天花板，還有被招牌鑿出矩陣邊角的首都市天空。

幾個陌生路人，穿著公務西裝經過他身邊，紛紛飄過眼來打探。被陌生人看見了，讓達利感覺心安。他繼續仰著頭走，不再低頭，直到兒子的疑問，突然從柏油路面傳上來。

「為什麼這樣走路？」是兒子的聲音。

「電線桿和電纜線，都不見了。」達利沒敢低頭，仰起頭，看著天空。

「為什麼不見了？」兒子追問。

「因為城市裡的人，都想要多一點天空。」達利依舊只落下回答。

「那電線桿和電纜線去哪裡了？」

他停下散走的步伐，在柏油路面，重重踩了一次腳，聽見一聲清脆的玻璃破碎之後，才篤定給出回答。

「都埋在柏油馬路底下了。」

達利沒往下看。有人推開他，在剛剛跺腳的柏油路面位置，再重重踩踏幾步，碎出更多的玻璃破碎聲。隨後，飄出兒子的另一個質疑。

「為什麼要埋在馬路底下？」

「因為……城市裡的人，擔心電線桿會長出根，就像竹子，在夜裡偷偷長出新的電線桿。他們也怕電纜線切開天空，就會有很多東西，從天上掉下來，砸傷人。」

「什麼東西？」

「掉下來的東西，要等你長大，才會看見。」

「我不會長大了。你又說謊。」

「我沒有說謊。」

「你有……電纜線埋在地下，是因為有電磁波。用柏油馬路包起來，才不會弄壞我身體裡的晶片。」

「那是很久以後才會發生的事……不是現在。」

「你又說謊。我的手腕上，已經有一塊小晶片了。」

「是嗎……我也有嗎？」

「你也有。」

「在哪裡？」

「在你不想看見的地方。」

首都市的天空，什麼都沒有。達利止不住好奇，不停摸索身體，一直問晶片在哪裡。沒有人回答。兒子呼出年老之後才能懂的唉聲嘆息。達利無法接續對話，也不敢轉身，深怕一轉身，發現妻子並沒有跟在身邊。達利繼續仰頭，試著出聲詢問，可能陪在一旁的妻子。

「以前，我們曾經像現在這樣，看著電線桿，沿著電纜線，走路散步嗎？」

等了好久好久，所有的柏油馬路突然嘎啦炸響。妻子的聲音，才從看不見的遠方，一個波浪，湧過人工沙灘漫來。

「這樣散步，要走去哪裡呢？」妻子反問。

「沒有特別要去的地方，就只是一直一直走下去。」

暖水的聲浪，沒有拍來下一波。達利一直等，等到紅橙橙的顏料染上天空，都沒有飄過一團稀鬆的雲。廣場的擴音器，突然嘎啦嘎啦，卻沒有播放任何重要的消息。哪怕是一連串完全不認識的失蹤人口名單。只是突然之間，什麼都沒有了。首都市的天空，失去電線桿和電纜線，就連剛露臉的夕陽，也被蔓生的低溫白霧全都占據。達利慌了，用力跺腳，又踩出柏油路面一聲玻璃碎裂，緩緩傳來兒子鬧脾氣的詢問。

「為什麼不低頭，看著我說話……父親。」

達利深深吸口氣，一低頭，果然如他恐懼的，幼小的兒子並沒有跟在一旁。腳邊的柏油路面，有幾個被踩破的球狀洞穴，布滿了碎玻璃。在這些碎玻璃洞穴裡，連一個陌生的男孩影子都沒有。巨大的驚慌逼迫達利。一轉頭，柏油路面又飄來了老管家的詢問。

「達利先生，一直走下去，要走到哪裡呢？」

達利沒敢眨眼，同時看見避難室的日光燈，與頂著玻璃天花板的老管家。

「達利先生躺在這裡，好長一段時間了……」

達利起身，發現自己不在廚房的吧檯前，而是躺在舉重檯的軟墊上。老管家有點玩笑意味，連續彈了幾次手指響。這幾聲彈出的手指響，在避難室的白牆之間，迴盪旋繞。幾次彈跳之後，逐漸微弱，手指聲響行走的時候，切開了日光燈的光，溢出濃稠的霧影，籠罩他，讓他無力疲倦。達利又遺落了前一秒努力追蹤的什麼，也忐忑擔憂，即將說出口的，像似囈語，也像似誰的提問。

日光蜉蝣

「如果沒有其他問題，我們一起看部……電影？」

高胖提出這個建議之前，達利以聊天方式，對他提出十幾個問題。高胖沒有提及任何綠艙消息。一個連結點都沒有。高胖羞於回應，不停道歉，也嚴重盜汗。達利沒有責難，環顧四周，別說立體液晶投影機、平面電視，連被淘汰許久的映像管電視機也沒有。他聳聳肩，不知表達什麼意見。

「確實好久沒有集體觀賞了……」老管家露出喜悅，沒有停下手邊的清除工作，持續以剪刀，將那些舊黃破洞的白色內衣褲，剪得更破碎，方便廚餘處理器吞噬。達利等在一旁，內衣褲是新的，穿進臨時避難室的襯衫休閒褲，布料久洗變薄，衣形也偏斜走版。一旁的高胖，還有繞著舞台踢正步的兩位魔術師，穿著同款不同色的休閒服。這些衣服尺寸都合他們的身，也都繡了名字稱謂。蒼蠅最特別，已經穿上配發的精梳棉工作服。等衣褲破出第一口，達利打算就跟老管家換上配發的服裝。老管家運轉絞盤馬達，同樣織線數的白碎布，順利送往漂浮無數球藻的下水道，等待被捕捉，被吞噬，分解成棉絮，被消化。

老管家關掉廚餘處理器，打開廣播擴音器，透過小麥克風廣播，「各位先生，我們將進行觀賞投影電影的集體活動。」

蒼蠅上身裸露在工作服外，練習舉重，說出好，岔了氣，差點就被舉桿壓出體液。兩位魔術師將各自的小木偶布偶拋落舞臺。它們張開四肢，衣料張成定點跳傘的飛行翼，撐著中央空調的微風，一路滑翔到廚房，對老管家揮手打招呼。當它們飛過剪刀上空，一緊張就剪斷了風，摔落地面撞皺兩團布。高胖愉悅地猛點頭，搖晃出三四層甩手的下巴。日春小姐待在盥洗室，老管家側耳等了一會，沒有聲音傳出。麥克風再次廣播，請兩位魔術師協助準備集體觀賞所需的器材。

老管家悄悄對達利說，「等一會，日春小姐希望我們一會去接她。」

達利還在納悶，兩位魔術師跑下舞臺，各撿一個小木偶布偶，看一眼，責怪對方拿錯，在快步移動中，迅速交換它們。他們向老管家拿了鑰匙，解放被鏽蝕蛀食了環釦的倉庫鎖頭。一進入乾貨倉庫，就生出鐵器重物拖地拉移的尖銳，接著傳出硬物被扭曲的敲擊。老管家從脖子上拉出一條項鍊。上頭垂掛一把達利沒見過的小鑰匙。老管家拉來小梯子登高，用小鑰匙打開上鎖的高層櫥櫃。如老管家曾經形容的，櫃內立擺著一排雜誌期刊，膠裝騎馬釘都有，開本大小厚薄都不一。從書脊看不出是什麼雜誌，外包裝與封面紙張多半有破損。另外還有一落發黃的舊報紙，整齊疊出十來公分厚度。達利的視角裡，還有幾個資料夾露出頭角。

「送下來的二手雜誌與舊報紙，全都鎖在裡頭？」達利說。

「都在裡頭。達利先生，準備要借閱雜誌了嗎？」老管家提出反問，也看見達利的猶豫。他抽出一本騎馬釘的薄雜誌，背對著達利，聲調沙啞說，「在避難室裡，一樣可以接觸外頭……」

保鏢送物資到避難室，時不時會夾帶雜誌。都是拆封的二手雜誌，期號不一定完整，刊物也經常受損。從《經濟家》、《世界周刊》、《浮華人生報導》、《塑膠動物世界》、《立體真人電玩》，到《透明女人》這類色情雜誌都有。有時候還會出現中央的黨員期刊，和大學碩博士的論文發表合輯。達利猜測，保鏢就是走進某家二手書店，沒有篩選，隨手從不同分類架，拿落一些雜誌，隨手翻翻後，綑成一疊，送進臨時避難室。兩位魔術師和高胖一開始也經常借閱，後來就沒有太大興趣。很少人讀完整本雜誌期刊，都只是翻閱。老了的老管家，睡眠時間短了，等所有人沉睡之後，他就會抓點時間閱讀，不影響生活服務。老管家也是拿到哪本，就看哪本，沒有特別的嗜好選擇。老管家手捲不知名的雜誌說，曾經在一本時政社論周刊，讀到一對強盜夫妻即將執行死刑的新聞。不久後，在另一本時尚雜誌，看到歌頌一對鴛鴦大盜在穿著上創造潮流的報導。不久後，在首都市廢除死刑聯盟的內部刊物，讀到聯盟執行長與一對假釋男女，在旅館面談的報導。最近一次，在一本人物周刊發現，這一對鴛鴦大盜就是那對假釋男女，也是那對已經被注射安樂死藥劑的死刑犯夫妻。

「跳著閱讀的？」達利插話。

「是的，跳著讀。原本以為是不同的陌生人，繞了一圈，才知道是同一個故事，只是不知道誰先誰後。」

「封面或是雜誌裡頭，都有出刊時間和期數，不是嗎？」

「有些雜誌還留著期號，不過都沒有出刊日期的年月日。」

「不可能沒有。」

「原本有，全都被剪掉了。」

「被剪掉？封面、版權頁、內容頁裡頭，全部的日期？」

「是的，所有寫到日期的地方，都只剩下一個洞。」

老管家將手中的雜誌遞給達利。是一本《生物》雜誌。封面邊緣已經乾裂破碎。在比重過大的「生物」二字底下，有一個被切割掉的細長紙洞。那裡原本躲著這本雜誌的出刊日期，現在只剩一長條的空無。達利翻到版權頁，在羅列出版公司、社長、發行商、所有編輯業務團隊職稱與姓名的底下，出現更細更小更精準被切割摘除的長條紙洞。

「這些雜誌是什麼類型，報導什麼內容，什麼時候發行出刊，對我來說，其實不重要。不過，保鏢也很偷懶。」

「怎麼說？」

「這些雜誌都蓋了同樣的印章。」

「店章戳記之類的？」

老管家翻開《生物》雜誌的封底內頁。一個簡單的圓形印章，墨綠色的印線圈著兩個墨綠色的字：綠艙。達利噤聲，倒抽一口氣，不張開嘴巴，無法順利吸取足夠的氧氣。

在上一次討論，避難室究竟是不是綠艙，老管家沒有想到這些印章。最近一次其他男人同時睡熟之後，老管家抽出一本雜誌，才確認這個印章，蓋的就是綠艙。綠色的印泥，很少見。二手書店家賣出去，蓋上戳記，就不會再用最早的標價回收購買。只是，達利也不確定，有什麼樣的關聯。舊發電廠地下二樓的緊急避難室，早已被改建成二手古物舊書店，但他無法確定那店名是否是綠艙。**如果那二手古物舊書店，真是綠艙，會是臨時避難室的出入口？綠艙消息，蒼蠅還賣給了誰？兩位雙胞胎長相的女店員，好像在頂樓天臺失蹤了？保鏢送物資下來的日期，也被剪成**

空洞了？會不會是高樓層管理人親自為二手雜誌蓋上印章？像這種下水道的臨時避難室，只有一個嗎？問題，如同灰黑模糊的幻燈片，一張張在腦頁轉盤快速切換。播放器的圓形轉盤，旋轉繞完一圈，又回到最初的那張底片，幻照出最簡單的問題——臨時避難室是不是綠艙？達利一時間無法拉出更多問題，擴大轉盤的圓周。他停止思索，避免投射問題的幻燈片開始自行旋轉，出現不願意停止的旋渦。他重複在手心寫入，綠艙。每寫一遍，只發問一次問題，直到久未曬到太陽的白掌心，浮出發抖的紅暈，這些問題才串成鏈形，沒有變成旋渦。過去面對文字企劃，達利也用這種方法，避免有關係卻一時無解的連貫問題造成失眠。分居之後，他也用這種方法，將全家人到過哪裡遊玩、經常哼唱的幾首歌、拍過照片裡的怪動作，編成一串問題鏈，以此記憶兒子的五官和微笑小動作，也鏈上妻子年輕時的撒嬌姿態，以及跨在他身上蠕動的肢體。後來，只要在入睡前詢問自己這一串鏈性問題，妻與兒子就會走上他不停兜圈子的頂樓天臺，陪伴彼此，直到夕陽與影子都消失。

腦內的幻燈片停止切換，聯想的鏈子慢慢牢固，達利決定追問。

「老管家，那些舊報紙的日期，也被剪成洞？」

「也是坑坑洞洞。」

「老管家，日期都被剪掉，意思是送下來的二手雜誌舊報紙，高樓層管理人都審核過了？」

「臨時避難室所有的東西，都是配發的。」

「舊報紙也是？」

「可以這麼說。」

「後來的每個人，也是……配發下來給老管家的？」

老管家沉默許久之後才回答。

「我只是一個管家。我的工作，是在避難室裡服務各位先生。」

「老管家，我沒有其他意思。」

「達利先生只是提出問題……舊報紙全都是在雜誌裡發現的？」

「夾在雜誌裡？」

「是，可能是看完報紙之後，想要留下來剪報，或是覺得特別，才夾在雜誌裡。我也想知道，為什麼只送雜誌……達利先生是文字工作者，你覺得？」

「……雜誌出刊的週期，有一週一個月，有時是雙月刊，或是一季才出版。報紙是每一天……比較靠近時間吧。」

「如果是這樣，就能理解。我也注意到，這些舊報紙，剛好都有一篇報導，跟發現它的雜誌內容有關。這樣就可以知道，閱讀它們的人，特別關注哪一個新聞。這些舊雜誌，究竟轉了幾手，我不知道。也有可能，買雜誌跟夾報紙的，不是同一個人。買下這本舊雜誌的人，可能沒發現裡頭夾了報紙，或者買報紙的人，發現二手雜誌裡，剛好針對當天報紙裡某篇新聞，進行過深度分析報導，是他感興趣的……這些前前後後，有很多可能。不管這些人，彼此認不認識，是不是陌生人，我是最後一個人，發現他們關心同一件事。」

老管家迷轉在過去閱讀發現的旋渦。達利聽著，也被這一串臆測，拉向旋渦的邊緣。他在老管家沉穩喃喃的字串裡，觸摸到一張紙。在光滑的紙面，隨著旋渦奔跑著無數的顆粒。這些凸點，不規則，打點出某種訊息，像是盲人點字書。達利看見白紙的光和影，無法讀懂這些滾過指心的興奮微小乳頭。達利伸回手，偷偷彈了一次手指響，在螺旋繞轉的中心點，打斷老管家的思索，擱淺在一張陳舊的字海淺灘。

「老管家，這本《生物》雜誌，也有夾了報紙？」

「我有做記號，可能要找一找。」

「沒關係，先不用找。老管家，我們每個人的個人資料，也都鎖在櫥櫃吧？」

「都鎖在裡頭。達利先生放心，這些資料只有我和每一位先生，自己可以看。如果想看，我們另外找時間吧。」

兩位魔術師這時從倉庫門縫擠兌出來，國字臉與倒三角臉都擠得變成不規則形，十分慢動作，只有八分之一秒的播放速度。大拇指被空氣扶正，示意一切準備妥當。達利又彈了一次手指響，他們瞬間恢復常軌。他們還是小孩似地推擠對方，又開始較勁，誰先忍不住或不得不使用肉嘴說話，誰就輸。

老管家出聲詢問兩位魔術師，「還需要燈嗎？」

兩位魔術師都以手刀，比劃切斷喉嚨。老管家再次登梯，伸手到櫃內深處。一聲開關切換，乾貨倉庫的管狀白太陽，瞬間死去。昏暗的倉庫，出現一盞老舊黃燈。這是第一次，達利在避難室發現可以控制的黑暗。老管家解釋，避難室沒有電源總開關，只有乾貨倉庫有電源開關。很久以前，倉庫儲藏很多乾料食物，那些臘肉、燻肉乾、醃漬物，長期光線探照，會吸引過多漂浮在氣體裡的原蟲細菌寄生，加速肉質腐壞。擔心已經死去的燻豬乾魚，再一次嚮往死亡，倉庫才安裝控制開關，方便切換日光燈，保存食物。之後陸續送下來的煙燻醃漬物，漸漸不怕潮不怕熱，也不畏光，高樓層管理人沒有將倉庫照明改變成中央控制，與老管家協議，將切換開關鎖入櫥櫃……說明到這，老管家先關上櫥櫃，再以鑰匙鎖住，啟動廣播器。一聲高音頻碎落出一地的嘎啦炸響。老管家請所有人帶上各自用餐時的椅子，進入乾貨倉庫，準備集體觀賞投影電影。

「在改建這個臨時避難室之前，這個倉庫原本就安裝了一盞黃光燈泡。保鏢是直接用舊的電路來接線，沒有把舊的那條黃光燈泡的電線剪斷封死。我請兩位魔術師，偷偷用魔術把電源迴路拉線到櫥櫃。平時亮著，一關掉日光燈，就換成黃光燈泡。」老管家稍稍貼近達利私語。

「高樓層管理人知道嗎？」

「我沒有回報上去，達利先生不會笑我吧。」老管家羞愧靦腆。

「我也希望，在這裡，還能保有一些祕密。」

「這件事，其他先生也都知道，特別是怕黑、有光又會失眠的高胖先生。」

高胖剛好搬椅子經過，「老管家，這件事，我自己來說好了。」

進入乾貨倉庫，高胖就斜著頭告訴達利。他怕黑，可是睡覺時點一盞燈，就會失眠。剛被送下來避難室，恆亮的日光燈導致嚴重失眠，老管家怎麼也不讓他睡在至少可以關掉日光燈的倉庫。高胖失眠持續了好幾趟保鏢送物資的週期。睡不著，只能吃，吃得更飽更好，才能餵肥更多睡蟲。那時候，老管家已經老得不怎麼入睡，其他人醒醒睡睡兩三回，老管家才淺淺入睡一次。剛好陪伴失眠醒著的高胖，為他準備食物。達利最近也曾經計算，經常睡著醒來四五次之後，才會發現老管家隨意往廚房牆角一靠，瞇上眼睛，站著就沉入睡眠。等達利快速淋浴出來，老管家又精神抖擻，醒著擦拭撞球檯的球，保養墨綠絨毛。高胖在失眠時期，有人全職料理，他倒是無憂無慮地失眠起來。體重也一直頂著兩百公斤上限。植入的體脂肪控制器，每一秒都在運作，每一秒都振動著神經元，傳遞錯誤消息給大腦。大腦被假消息欺騙，下達指令，將超過標準的脂肪排出體外。馬桶經常浮著一層油。高胖的尿道也被脂肪塊塞得抽疼抽痛。油膩的皮膚輕輕一刮，指甲縫就摳了一層乳黃脂肪。好不容易淺睡了，高胖又被中央空調冷凝出一身的黃油，在舞臺上躺成一尊肥碩的蠟像流浪漢。這段失眠不適應避難室的生活，分配給高胖睡覺的表演區舞臺，總會裂出一地的脂肪碎塊，讓老管家掃滿整個畚箕。

從舞臺上一路飛進倉庫的蒼蠅，打理長過下巴的頭髮。他溜溜油油插話，「讓你睡倉庫，我們還會有吃的剩下嗎？你睡在冷藏庫不用擔心凍死，睡在冷凍庫就不行，血脂肪可能會凝固，反而容易心肌梗塞。」

乾貨倉庫的均溫，比避難室低幾度。高胖依舊滿臉紅皮呼呼，無法確認是被羞辱燙熟，還是等待集體觀賞而興奮。兩位魔術師又在爭搶同一個放置椅子的位置。老管家沒有理會，請達利跟他一起去協助日春小姐過來。

進入盥洗室，達利第一眼沒有發現日春小姐。定眼一看，日春小姐在曬衣桿上，夾在男人的內衣褲之間，晾成一條毯子。她的手掌是肉夾子，緊緊握著不鏽鋼管，兩條已經恢復彈性的臘肉腿，自然垂落。那一叢恥毛上，有一坨被風乾的濁白體液，開成一朵塑膠花。胯間中央有一珠沒有斷裂的體液，從陰道裡哭出一條晶瑩剔透的長形淚滴。

「日春小姐，我們準備好集體觀賞了。」

老管家說完，日春小姐鬆手掉落。著地瞬間，塑膠花凋謝了一地的白濁瓣蕾，那滴眼淚也和寄主道別，在地板上毀壞形體，濕出潮了的顏色。日春小姐已經可以靈活運用全身關節，調整站立前的搖晃。老管家弓著手，等待她搭放。

「日春小姐，需要我幫你拿件衣服，或圍一條浴巾？」老管家說。

「不用穿，我很習慣了。」

日春小姐一絲不掛的行走姿態優美，關節深處不再響起生鏽金屬的摩擦，臀部皮下脂肪也有沉手的視覺感。她向前跨步時，雙腳交錯牽引地面的粉塵飛揚。一直是如此，即便在不知地底多深的下水道臨時避難室，死去的日光燈光纖，依舊被燒成骨灰，靜靜沉澱出粉塵。死去的光塵，被腳風掃活，盤著日春小姐的踝，繞出粉末旋渦。自轉旋渦牽動的粉塵，一粒粒變粗，聚集出另一個達利。他在馬蹄沙發上，躺成打點好穿著與化好喪妝的死者，雙手在胸口合十，僵硬，沒有禱告。日春小姐踩出下一步，老管家便跨騎飛輪腳踏車，衝入抿著嘴的白牆裂縫。蒼蠅、高胖與兩位魔術師，四個男人，全裸在舞臺上，繞著跑著，轉出另一陣旋渦，包圍軟布製的假火燄。他們跳著祭典的祈舞，單腳單腳抖落依嗚的唱誦。假火燄因為他們的聲音劇烈向上燃燒，在玻璃天花板周邊燒出更多光的骨灰。骨灰在日光燈的光影之間，慢慢編織出一根海軍繩索，還綁上了一個銀色鐵環，以及另一位日春小姐。她長長的標準黑假髮，把她綁掛在銀環上，一樣一絲不掛，表演著馬戲團的空中肢體雜耍。軟布假火燄慢慢增溫，滾動著不同顏色的火，將半空中的日春小姐烤得滿身濕汗。她一腳趾一夾，就夾住另一條突然垂落懸掛的輔助海軍繩索。她張開一字馬，雙腿轉成螺旋槳，灑落無數汗水。這些汗，飛入假火燄的芯蕾，馬上就發出滋滋的蒸發沸騰，引誘四個男人發出更狂亂的動物嗚咽。在男人們學狗學狼的歡祭聲裡，那一頭假髮，慢慢變長了，將日春小姐圓潤的臀部，降落到乾貨倉庫的椅子上。並沒有誰，彈了任何手指響……達利跟在後頭，也是一步就走進乾貨倉庫，默默坐入她旁邊的空椅。乾貨倉庫沒入黑暗，只剩廚房日光燈，偷渡微弱的照明。達利前看後看，那些跳舞的男人都在倉庫裡，或靠站，或正坐，顯露不耐煩的漆黑輪廓。達利假裝調整座墊，悄悄把椅子往前移，確定那具溶解在黑暗的全裸女體，不會出現眼角餘光。

兩位魔術師早先移開一組不鏽鋼架，清空一面內牆作為屏幕，卸下躲藏在牆角的黃色燈泡。他們用乾貨紙箱做成一個紙筒喇叭，包住燈泡，搖出幾片黃光。老管家就從黃光晃過留下影的瞬間，走出那面屏幕牆。老管家彈了一次手指響，倒三角臉魔術師將紙筒喇叭對準屏幕牆，國字臉魔術師指尖接觸燈泡屁股，立即通上電流。一次鎂火閃光，燒出白煙，黃光從紙筒喇叭擊發，沿著光滑沒有旋渦的彈道，在牆幕上照出一片光圈，變成一顆沒有瞳孔的魚眼珠，神經質東抖抖西抖抖，探勘乾貨倉庫裡一顆顆沒有五官的黑頭顱。從喇叭口投射到牆面的色帶裡，只有光，沒有任何依戀跳房子遊戲的粉塵蟲粒。老管家藉了暖暖的黃光，翻閱雜誌前頭的目錄頁，頹頹垂釣一會，說出決定。

「各位先生，我們這次觀賞《生物》雜誌的一篇昆蟲報導。不知道是第幾期，我推測是夏季號吧。主要的內容是，蜉蝣的一生。」

老管家小心撕下這篇昆蟲報導。一共三張紙，雙面排版，是柔軟的雜誌紙，幾張蜉蝣圖片彩色印刷，文字是鉛墨的黑。按照頁碼順序，他將撕下的雜誌一頁一面，沐浴在黃色光帶。暖暖的黃光把紙張照得更透更軟。彩色圖片上的蜉蝣，還能抓緊紙面，黑鉛文字卻攀抓不住，成排成列滑落。鉛字們一失手，就被紙筒喇叭的光槍打上牆，貼在魚眼珠光圈，活成眼球薄膜上的浮游生物，蠕動著新細明體的體幹。魚眼珠為了看清楚飛奔過來的鉛墨字蟲，迅速轉動，想要眨眼，卻沒有眼瞼。倒三角臉魔術師疲累，一換手，魚眼珠就不知是看還是躲。漸漸地，晃動靜止了。所有的鉛墨字蟲出現新的排序，有些詞彙被揉合，有些文字也出現怪異的筆畫重組，無法辨識。國字臉魔術師用力指尖，摩擦燈泡的屁股，黃光在魚眼珠上漆出一層眼病白膜，更炙熱融化一隻隻的鉛墨字蟲。完全融化後的字蟲，向四方蠕動，扯出粗細不等的黑線。黑線拉長成水絲，水又流成小河。以線條表現的溪水，出現清澈的立體水深。有一些字蟲生出手腳，在魚眼珠光圈裡跑動起來。新的線條拉扯畫面，河水就流動起來。乾貨倉庫靜闃，沒有水聲，只有呼氣吸氣，微微仰動幾顆黑頭顱。牆面烤焦出滋滋。一隻蜉蝣的幼蟲，從魚眼珠光圈的一道裂縫，黑鬼鬼爬出場現身。溪流有點湍急，蜉蝣幼蟲攀住一根枯枝，被不成形的水流漩渦，黑溜溜打轉，不知道下一步該踩落哪裡。黑線越拉越快，也越來越細。河水凶狠成浪，撞上河岸的碎石泥壁，炸開一朵綻放的衝擊光波。蜉蝣幼蟲趁勢用力蹬腳，跳開枯枝，衝破了影像的光影，馬上又被吸回衝擊光波。衝擊波的光紋像是原爆的傘狀蕈，從蜉蝣幼蟲底盤，不停向外滾出新生光紋。蜉蝣幼蟲困在傘蕈中央，僵硬的六隻細腳與叉尾頭絲，不停游移掙扎。沒多久，牠放棄了，以假死狀態，靜止不動。軟軟的外殼硬化成繭皮，衝擊光波湧出的速度也變緩慢，顏色從淺淺的霧，凝成重疊疊的鉛墨。這些鉛墨是從蜉蝣幼蟲肚盤的某個裂縫滲漏出來的。傘狀蕈被染黑，蜉蝣幼蟲僵硬的外殼反倒變淺。直到幼蟲外殼全都變得髒濁乳白，黑色傘狀蕈也停止擴湧。原本的魚眼珠光圈，變成一個比周遭暗牆更加漆黑的洞，不知道通往哪裡。那隻蛻變的蜉蝣幼蟲，在中央透成一點白，飄浮在詭奇的影像空間。所有人都憋住呼吸，連尿意都忍住，等待接下來即將要發生的羽化。躲在硬殼的牠，不再是幼蟲，是一隻亞成蟲。牠知道這是一個短促的階段，就連生出來的悲傷都嫌淺薄。牠抖動假死的頭鬚，原本期待在年輕時死去的白色外殼，從頭頂裂開一小口。這微弱的破裂，擾動黑幕，鉛墨波紋從中心點向外，繁殖一圈圈柔軟的漣漪。最前頭的幾圈漣漪，甚至爬出圓形黑洞，擾動光感黑幕之外的牆面，再潛入周邊的接合牆角。漣漪一靜止，就暫停出樹木年輪的等高線圖，一輪輪向外扭曲，剛剛好二十四圈。蜉蝣成蟲剪破亞成蟲的乳白軀殼，撕裂那原本是自己的屍骸，當作墊腳石，踐踏迴身。如此掙扎出場的蜉蝣成蟲，翅膀一會就高高聳立，尾鬚也挺挺伸直，在漆黑裡散發陰森的光感。牠環視倉庫的集體觀看者，一對黑洞眼睛，瞪得高胖恐懼也興奮，分泌大量油脂；讓蒼蠅擔憂起政客父親最終還是會找到他；逼迫兩位魔術師趕緊召喚各自的小木偶布偶躲入口袋；也引誘老管家打哈欠，像需要長睡的孩童犯睏。當牠望向日春小姐，那尾鬚性器瘋狂勃起，日春小姐挺身坐著，僵成一塊人形立牌。蜉蝣成蟲的視線，最後穿透黃色光帶，落在達利身上。影像裡的牠，側身斜睨達利，立即發現那些躲在他小眼窟窿裡的黑影。蜉蝣成蟲一逼視，無數黑影逃竄到更深的陰暗處。牠開始跑動，把圓幕轉成老式的黑膠唱盤，用頭頂的觸鬚，勾出達利眼洞裡一些來不及躲藏的黑影。被抓出來的黑影們，被暖暖的黃光，打上不停旋轉的黑膠盤。唱盤不停自轉，沒有背景音樂，也沒有對白聲音，只是增加了一塊又一塊的鉛墨黑。最後，蜉蝣成蟲伸出一隻後肢，將帶有倒鉤的腳刺，踩落黑膠旋渦，整個黑牆屏幕就播送出一段無關蜉蝣的子畫面影像——

由黑白畫素線條構圖出來的達利，對前衛詩人提出問題，「評論界將你歸類為『面貌模糊的一代』，你自己認為呢？」

詩人翹起只有黑白顯像的雙腳，嚴謹回答，「我需要說明，『面貌模糊的一代』一直都是錯誤。首都市經濟獨立之後，面貌不再是標示自我的工具。醫療技術進步，讓每個女人男人可以透過手術，變成喜歡的明星。百分之九十，一模一樣的五官。兩個長相不同的歌迷，可以整容成同一位明星，誰需要再去迷戀另一張臉呢？就連明星都彼此微型整容，削出對方的顴骨弧形，在瞳孔裡注射同樣的顏料。眉毛形狀都出現移植毛髮的集體趨勢。面貌已經失去身分辨識的功能。那些僵硬的臉頰肌肉、眼周神經，可能連哭笑都是一個角度。」

「你是說，連表達細微情緒的能力都失去了？」

「隆鼻、切割眼型、抽脂墊厚嘴唇、扭曲耳骨的線條……這些臉型長相的基準，都已經定出幾十種標準，再用電腦做出排列組合，最後，可以表達出幾種不同的情緒呢？」

「五官基準款式夠多，一樣也有無限可能，不是嗎？」

「這只會讓面貌模糊的問題，越來越嚴重。」

「會不會是美麗的標準太少？」

「一千位歌迷，以十位明星最美的眼睛鼻子嘴巴，拼湊出想要的組合。這一千張臉，越努力表達屬於自己的情緒，那些原本會出現情感落差的臉，就會被淹沒，也會失去最珍貴的微小差異。」

「在你看來，怎麼辦？」

「你是問解決的辦法嗎？」

「應該這樣問，作為一位曾經是心理諮詢醫師的詩人，你的建議治療方法？」

「一點解決辦法也沒有。只能盡可能分類，分別關入不同的房間。就像寵物店，集體圈養。」

「把人當成寵物？」

「人本來就可以是另一個人的寵物。只要學會貓狗的習性，就算是金魚烏龜，也可以。你一定聽過，開始有人繁殖野生刺蝟當寵物，初生刺蝟只要熟悉主人的氣味和手心體溫，就願意繼續活下去。」

「貓、狗、金魚、烏龜……還有刺蝟，都是不同種的寵物。」

「所以要先分類，而且要細分。以狗來說，有些人和拉不拉多一樣不需要意志力，有些是自以為是的柴犬，有些人喜歡假裝成還有野性的土狗……都是寵物狗。也因為這樣，最好分類，養在不同鐵籠。」

「這樣就能被治療？」

「只有博美狗才會知道，跟牠幾乎一樣的另一隻博美狗，為什麼會突然神經質狂吠……」詩人神情落莫，像似一條剛意識到被主人遺棄的某種狗。

「你和過去當心理醫師的時候，不一樣了。」

「我老了，我的臉，有百分之九十也動過手術，整容成現在這位詩人的臉。」

「你想成為這位前衛詩人？」

「不是成為這位前衛詩人，而是取代他。」

「你覺得自己做到了嗎？」

「是的，幾乎完全做到了。」

「那剩下的百分之十呢？」

「我早就厭倦當醫師做心理諮詢時候，殘留的那百分之十。」

「這一點點些微差異，沒有價值了？」

「我本來以為還有。只是這些躲在模糊背後的微小特質，也被晶片系統榨乾。經濟獨立運動之後建立的晶片管理制度，讓每個居民在各個領域，都需要透過辨識。從身分證、通訊條碼、醫療卡、交通通行感應器，還有特定網路註冊姓名和個人財務密碼。這些東西，才是我們的五官，才是現在首都市居民的長相。」

「這也是引發你持續寫詩的原因？」

「還能替我繼續苟活下去的東西，就只剩下詩了。不管你多麼努力把記憶全都寫下來，拍攝多少數位影像，甚至用珍貴的底片，沖洗出多少照片，就像那些已經永久失蹤或是死去的家人和朋友，我們這一代人的面貌，最終都會是模糊的。」

「因為這個想法，你才不排斥被評論歸類在『面貌模糊的一代』，是嗎？」

「為什麼要排斥呢？替我分類的人，也活在這一代。只是他們不願意看鏡子，也不承認自己看見的，只是一隻跟我差不多的博美狗吧。」

「這一代的集體命運是面貌模糊，那還有什麼值得寫成詩呢？」

「很可悲，就快什麼都沒有了。現在寫詩，也只剩下入睡之後，那些……招牌燈男人的輪廓、霓虹鬼的哭聲、咖啡豆被烘烤的小孩香味，或是因梅雨發了霉的女人顏色……」

「這些沉睡之後遇見的人，面貌五官清楚嗎？」

「達利先生，你現在醒著，能清楚描述那些你熟悉的人嗎？比如，你的妻子，還有你的兒子，能清楚為我描述出來嗎？」

「我的妻子，我的兒子……醒來之後的那一秒……之後，全都是模糊的……」

達利看著宛如紀實影片裡的自己，在這段對話的停頓橋段，演活了猶豫不決。採訪當時，他是假裝的。特別假裝出猶豫不決，露出給詩人看，就像那些有病識能力的心理病患。

「是吧……就算清醒，也很困難描述。沉睡之後的世界，並不喜歡主人了解它。如果要成為一隻寵物，我希望是由它當主人來豢養我。這樣沉睡之後的我，才有機會更接近我的詩，也更靠近我願意活的首都市。」

「那麼它……就是面貌清楚的了？」

「這個問題，是一個陷阱。」前衛詩人演出可能掉入陷阱的表情，微微忿怒回應，「我沉睡之後遇見的那些人，就算是五官鮮明，所有的事件細節發展，全都邏輯清晰。只要完稿刊登發表，就會被歸類在『面貌模糊的一代』……所以我說的，並沒有矛盾。這也說明，為什麼我詩裡的角色，經常是侏儒，大量大量的侏儒。」

「既然你提到，我也想問，這些想法，與最近發表的科幻短詩，有什麼關聯？這一系列的主題，為什麼都圍繞著侏儒？」

「面貌模糊，是侏儒與生俱來的特徵。多少世代了，侏儒一直是天生的面貌模糊者。」影像裡的詩人，模仿改革運動者，揮舞拳頭，同時也震懾扮演訪問者與倉庫觀眾的達利。達利一時想不起，有哪一位認識的侏儒，擁有和其他侏儒不同的臉型相貌。詩人放落拳頭，繼續播放說法，「除了正常的矮人族，不管是染色體異常的唐氏症侏儒，遺傳性骨骼問題和內分泌疾病造成的侏儒，或者是漂浮在子宮羊水就已經面貌模糊的宮內侏儒……他們大都只能活三十歲左右，有些更短。相較於我們，排除人口老化的問題，以首都市現在的生物技術工程和醫療福利保障，可以讓有行為能力的居民選擇，要不要活到一百五十歲的平均年齡？不過，侏儒依舊是無法解開的遺傳工程之謎。一個跟他們長相一樣模糊的謎。當我們正常人活得越長久，侏儒就更接近……昆蟲界的蜉蝣吧。」

蜉蝣。詩人說完這兩個字，不管採訪者達利，還是觀眾達利，都發現那隻剛完成原變態蛻殼的蜉蝣成蟲，並沒有結束牠短暫的一生。牠又浮出畫素表面，占據屏幕光牆的中央，一對平行眼，分別盯著兩位達利，不允許他們離開座位。蜉蝣成蟲往外圍匍匐爬行，留下的亞成蟲的屍殼，軟化成數字。牠每爬出一圈年輪線，中央的乳白阿拉伯數字，就從二十四開始跌跤，一個數一個數遞減，倒數計時，或者，順時計算時間。越過數字一，牠鑽進某條不起眼的牆面裂縫。

「像蜉蝣一樣的生命……連侏儒都會為另一個侏儒，感到悲哀吧。」

聽詩人如此嘆息，影像裡的達利，不知為何，垂落臉面隱藏容貌。

詩人突然看向觀眾席，從牆面上凝視乾貨倉庫裡的達利，說出判決。

「達利先生，你願意離開這裡，面對已經離開你的家人，和那些自願死去的朋友？」

紙筒喇叭輕微搖晃，散光輻射，在倉庫地板上照映出其他人的倒影。倒影全都點頭，贊同詩人審問的動機。扮演觀眾的達利，也趕緊點點頭。

「那我的科幻短詩呢？你能看懂詩裡頭，那些天生面貌模糊的侏儒們，為什麼還要活在只有你一個人的下水道？」詩人取得支持的優勢，反撲追問。問話一停，詩人伸出手掌，慢慢塗抹影像裡的達利，將他黑白畫素的五官，全都揉成黑糊糊白皺皺的泥團。詩人氣燄高張，踩出一步逼供，「達利先生，也是一個面貌模糊的人。連你沉睡之後，都開始模糊。連這點都不能看清，你連我寫的侏儒都不如……」

詩人起身離開，走出光的圓幕外頭，不知道消失去哪了。螢幕裡的達利，演出從羞愧慢慢轉生怨憤。就這一瞬間，他伸出手，取走了詩人書桌上的那張科幻短詩手稿。不要拿！達利的聲音一脫口，迅速被捲入黃色光帶，每一個字都飛向牆幕，清楚打成了採訪者達利的對白字幕。

「你偷走它，我就沒有遺憾了……」乾貨倉庫裡迴盪著詩人越來越遙遠的對白。

「達利先生，要不要先坐下來？」老管家輕輕搖晃達利。

觀眾達利不知不覺站起來了。一轉身，紙筒喇叭射出無數的黃光刀片，刮得他猛眨眼。所有人都背光看著他。在黑暗的乾貨倉庫裡，無法分辨誰是誰，只有達利是光亮的。他的臉皮被投射的黃光撲上霧妝，只有輪廓清晰。兩位魔術師保持操作紙筒投影機的姿勢，牆幕中央的阿拉伯數字，在達利沒留意的縫隙，停止在數字一。

「達利先生，播放已經結束了……」老管家壓低音量，同時也謝謝兩位魔術師播放的辛勞，請他們將燈泡裝回牆角的燈座。

那隻蜉蝣成蟲，活了多久？二十四秒、二十四分鐘，還是二十四小時，或者頑強演出了二十四天？達利轉想，要以什麼基準單位來計時。不知是誰，彈了一聲清脆的手指響，日光燈全亮，倉庫又恢復成失去陰影的空間。達利緊緊閉著眼，抵抗光亮。眼皮洞裡迅速增加無數黑影。他看見了，所有黑影輕揉眼睛，也聽見了，一張張椅子拖地擺回到廚房。達利睜開眼，日春小姐巨大的魚眼瞳孔，靜靜探看著他。老管家將《生物》雜誌夏季刊交給達利保管，也交代不要翻閱，要閱讀其他內容，等他回來之後再看。

「日春小姐，喜歡這次集體觀賞的影片嗎？」老管家咳了幾口氣。

日春小姐有點倦容，沒有回話，露出了少有的微笑。

「喜歡就好。日春小姐接下來要回盥洗室，還是想留在外頭，吃點東西？安排給你的馬蹄沙發，我一直都有清潔保養。」

「我回盥洗室，小睡一下。」日春小姐轉身看著達利。他的瞳孔還來不及縮放對焦，她已經貼近他的側臉，對耳蝸吹送微弱黏性的輕聲氣息，什麼也沒說。

達利把最後兩張椅子，拉到廚房歸位。他坐著等待，捲起《生物》夏季刊，不讓任何一隻昆蟲，不論黑白彩色，從內頁裡逃跑出來。日光燈探照著，雜誌捲軸沒有流出油料色墨。他鬆開手，把雜誌攤在吧檯桌面。那隻蜉蝣，出現在雜誌封面。〈蜉蝣的一生〉這篇報導，是雜誌的封面故事。靜止在封面的蜉蝣，不是稚蟲，也不是成蟲，而是亞成蟲的照片。牠在夕陽落下之後，開始羽化，安靜趴著立體的身形，倒出影子，長出茂密的緣毛，偶爾彈動一次不透明的乳白色翅膀，拒絕其他沒有意義的動作。牠不進食，不說話，也不願意在沒有年輪的岩石苔蘚上，多遊走一步，經歷了卵、稚蟲、亞成蟲、成蟲，四個完整的變態階段。封面的亞成蟲，才是蜉蝣一生中壽命最短的狀態。短則幾秒鐘，長也不過幾分鐘。牠像貪玩的影子，急著逃離原本共生的軀體，留下硬化的外殼，變成更自由一些的成蟲，度過另一個為了交尾的短暫生命。達利默念著詩人的回答……像蜉蝣一樣的生命……連侏儒都會為另一個侏儒……感到悲哀吧。

那三張被撕去內頁的紙張，從雜誌夾層凸出幾個小角。他沒有打開雜誌，直接抽出它們。全篇報導，只剩下幾張蜉蝣卵、稚蟲、亞成蟲與成蟲的彩色照片，其他所有文字，全從紙面消失，剩餘空白。達利閉上眼，指尖輕撫過空白處，還能感覺到鉛字印刷留落的細微凹凸。

「達利先生，喜歡這次集體觀賞嗎？」老管家回到廚房了。

達利只是點點頭。

「我也喜歡，沒有多餘的對話，把蜉蝣的一生描述得很好。看來這次集體觀賞，帶來了一些震撼……」老管家望一眼那三張失去文字的雜誌內頁，問說，「看了其他的報導？」

達利搖搖頭。老管家微笑先收起雜誌，接手那三張〈蜉蝣的一生〉。

「這些二手雜誌和舊報紙，只要有人借去閱讀，或者請兩位魔術師播放成影片，讀過的，都要銷毀。」

「這究竟……有什麼原因？」

「倒沒有特別的原因，只是高樓層管理人和我的協議。要說有什麼目的，只是不讓避難室堆放太多沒用的紙張，占據生活空間。」

「雜誌報紙並沒有很多？」

「每一次送下來的二手雜誌，只有一小疊。從我被送下來到現在，都沒有銷毀，各位先生可能要站著睡覺了。」

「每一則報導看過就要銷毀……每個人知道的訊息，會不會不平衡？」

「不用擔心那些報導，多少人看，有誰看過。遺漏了什麼新聞，還是想知道雜誌的其他消息，大家就有話題聊聊。就像蒼蠅先生會說一些消息，不管是不是真的，要拿什麼換，都很好……我也很少用集體觀賞，消耗這些二手雜誌。集體觀賞之後，大家就對蜉蝣的話題，不感興趣了。」

「是嗎？」

「經常這樣……就像我一直擔心，那個有關再生紙張的印刷規定……不知道以後會不會禁止印雜誌報紙，保鏢送下來的二手刊物，就越來越少了。達利先生，應該知道那個規定？」

達利在某份報紙或某本雜誌，看過這項規定的相關報導。一被提醒，還能挖出對這項規定的無奈和淡化的憤怒。老管家等了等，開始描述，如何在一張已經被剪報的舊報紙，發現這則新聞。夾著那張舊報紙的那本雜誌，像是某公家機關的內部刊物，其中還有一位教授學者與一位作家出版人的對談記錄，呼應報導。之後，老管家沒有收到接續的發展。其他或大或小的相關消息，是在不同時期送下來的刊物讀本裡發現的。老管家自行拼湊出這系列消息的總結——雜誌報紙依法必須使用再生紙印刷多年後，為了穩定再生紙價格與減少再生紙二度耗盡，首都市市政府又頒布有關雜誌報紙開本大小、紙張磅數與發行印刷總量的限制規定。那些細節數字，老管家記不住，只不過，由雜誌報紙來報導自身即將受到嚴重限制的命運，真的很矛盾，也無法想像那樣的未來。

「對達利先生這樣的工作者來說，應該更難接受，更感到悲哀吧……」

老管家啟動廚餘處理器，打開水龍頭。不管哪一階段的蜉蝣，都開始一張張餵養給快速旋轉的雙軸心葉片。那些透過照片電分、曬版、印刷出來的卵與稚蟲、亞成蟲和成蟲的圖片，裂成一片一塊的彩色屍塊，和破碎的空白紙張，一起漂浮在下水道的淺溝。纖維慢慢發脹泡爛，被球藻以墨綠絲手纏繞，二度吞噬到囊體，直到分解消化。也有可能，會有幾個卵，或是一隻印刷得比較小的蜉蝣，沒有被撕碎。依植物學者的研究推論，這些四色印刷的蜉蝣與卵，不管是哪個生命階段，哪種狀態，只要牠能及時從紙張裡逃出來，再進行一次蛻變，仍然有機會活在球藻的體囊內部，活在有泉水指數的乾淨水質，繼續下一階段的變態體生命……絞盤聲在水槽裡空轉蹦跳，沒有嘎啦炸響。達利沒拿筆，也沒有筆記本下落，犯起了採訪時的小習慣。他在吧檯桌面以指尖潦草寫字，追逐那些從下水口傾聽到的。畫寫一輪，再以眼睛平章印刷，那些木紋裡的蝌蚪尾巴、蚯蚓頭身，就會浮繪成影像畫面。

老管家關掉馬達電源，眉間陷出深深的皺紋，對達利說，「達利先生，還是不想撥接電話給高樓層管理人，提出紙筆的申請？最近，保鏢應該快要送物資下來了，說不定……有機會把筆記本送下來。」

達利以指紋擰出數字，標示檯面的影像，歇了一會，才蹦出問題，「老管家，筆記本，會不會有生命？應該說，寫在筆記本裡的那些消息、側寫雜記，或是醒過來之後的沉睡記錄，會不會是活的？」

「為什麼這麼問？」老管家驚訝。

「如果是活的，球藻吞了也不會被消化。當然，這只是植物學家的推測。」

「有那種……超音波掃描器，是不是可以看到球藻的內部？」

「老管家怎麼知道？」

「我在一本《音波母體》看過，可以透過無電磁的超音波，二十四小時觀察子宮胎兒，不單可以拍照，還可以把十個月的懷孕過程，錄製成影片儲存起來，真不可思議。」

「老管家說的辦法，先要有機器，還要找到那顆球藻。」

「我倒是有另外一種想法，只是……和小孩有關……」

「老管家不用擔心，直接說。」

「醫療科技進步，可以看見還沒有出生的孩子，一直長大。只是孩子會希望父母一直盯著他？還沒有出生的他們，其實沒有能力拒絕父母的偷窺。說不定，這就是達利先生和筆記本之間的關係。」

「那就是很糟糕的關係。」

「真故事也好，假消息也好，甚至只是陌生人的描寫，那些被達利先生寫在筆記本裡的，如果有生命，會不會不希望被記錄下來？」

「因為……寫出來，就等於死了？」

「不一定是死了，也不一定能……繼續下去。」

「新聞一曝光，消息就慢慢死去……」

「類似這樣吧。」

「過去我寫的那些報導，一出刊，報紙一天，周刊七天，月刊雜誌一個月，之後，不管引起多大騷動討論，最後一定會被垃圾分類，分解成紙漿，再變成空白的再生紙，不停地一直重複。只有那些沒被寫出來的消息，才能繼續活著……」

「所以，才能養活蒼蠅先生這種消息工作者？」

「是，他就養活他一個人。」

「我們的壽命都不夠長，可能永遠等不到，那個不願意被寫出來的……孩子吧。」

「知道自己的孩子，會從什麼時間點開始死去……老管家，你能承受嗎？」

老管家沉落臉面，沒有再回應。許久之後，兩人都淺淺微笑，吐落一口氣。

達利走回到馬蹄沙發，躺臥著，想像避難室在柏油路面下頭多深的位置，想像柏油路面上頭的首都市。說不定，現在的天空，正從厚厚的灰色積雲垂落無數的梅雨絲。它們彼此推擠，等各自都拉長到不堪負擔空氣的重量，就扯斷線的身體。他閉上眼，睜開眼，又再閉上又再睜開，凝視天花板。原本以為首都市的梅雨會製造出綿密的細網，但日光燈把一切都過度曝光。說不定，首都市沒有被溫涼的梅雨擁抱，那願意短暫過活的千萬隻夏蟬，聚集在都心的森林公園，抓緊了樹皮發情求偶。說不定，還會有一場午后雷雨，逼出怕死的飛蟻，不停追撞地下停車場的日光燈。說不定，達利確實醒著，不犯睏，臨時避難室裡還是這些男人和日春小姐，沒有停放高級休旅車，也沒有城東街邊的小攤販，大家只能枯著臉等待耗損時間。他一直望著玻璃天花板裡的日光燈，像在等待，卻沒有真的特別要等待的。達利意識到，接下來是被送入臨時避難室之後，第一次發出微量聲音，對自己低語呢喃。

「說不定，會有一隻外頭的蜉蝣，剛結束交尾，從日光燈的影子裡，飛進臨時避難室……那就可以在這裡，靜靜等待死。」

舊報紙的一日想像

「姓名、戶籍地址、通訊地址、永久電話、聯絡電話、電子郵件……達利先生，這幾點我們是不是直接跳過？」

老管家拿著個人資料夾，坐在達利馬蹄沙發位置的另一邊。蒼蠅不時從後頭探出來看，吸引舞臺上的高胖，也拉長粗脖子。達利揮手驅趕這隻沒有翅膀卻能嗡嗡飛舞的蒼蠅。

「個人資料雖然不是什麼機密，還是要請你迴避。不然，我們也把蒼蠅先生的個人資料，提供給其他先生借閱？」

老管家簡單的威嚇，迫使蒼蠅飛往舞臺。沒一會，蒼蠅請高胖躺平，測試一分鐘呼吸幾次、心跳幾次。達利有點憂慮，不知蒼蠅要怎麼作弄高胖。老管家要他別擔心，說蒼蠅不是真正壞心眼的人，越是專心捉弄高胖，反而不會發生意外。

「達利先生，我們繼續？」

這是達利主動提出要求的，要看一起被送下來的個人資料。老管家本來要直接把資料夾交給達利，他則請老管家快速介紹他的個人資料內容。

緊急聯絡人姓名：（空白）

緊急聯絡人電話：（空白）

婚姻狀況：已婚。

家庭狀況：一妻一子。與妻子申請法定分居，已經通過審核。目前獨居在首都市的租賃公寓套房。

原生家庭狀況：無兄弟姐妹。父母在其幼年時，被判定為永久失蹤。

經濟能力：無固定收入。主要來源，文字稿費。近三年平均年收入，不足支付全家三口健康醫療保險的最低基數費用，也無法繳納兒子的國民教育學雜費。

生涯規劃：（空白）

職業：文字工作者。

工作經歷：雜誌編輯、報社記者。（備註欄）曾經獲得新聞記者的優良報導獎。

專長：人物採訪。報導撰述。

嗜好：閱讀。獨自前往小酒館喝酒。（備註欄）微醺酒醉之後，常與已經逝世的鬼魂進行對話。

私生活狀況：與妻子分居之後，與一未成年女學生有短暫的性愛關係。

性傾向：（空白）

個性：話不多。思想左傾。社會理想主義者。遇事追根究柢，鑽牛角尖。

交友情況：鮮少與過去不同成長階段的朋友主動聯繫。（備註欄）目前沒有朋友。

習慣：固定攜帶筆記本。多年的隨手書寫習慣，記錄所有人事物。

「達利先生，每一項後頭都有備註欄。習慣後頭的備註欄，就是你寫在筆記本的那個下水道故事，要我快速讀過一遍嗎？」

「這部分不用。」

「這些就是資料裡的簡介。」

「就這些？」

「還是有很多空白。」

「只有這些？」

「是的。有不對的地方嗎？」

「……沒有。」

「達利先生，為什麼要看這份資料？」

「其他人不看？」

「其他先生對自己的個人資料沒有興趣，都只想看別人的。」

「老管家自己呢？」

「保鏢交給我之後，就一直鎖在上頭，我也不知道寫了什麼。達利先生是第一位，要看自己的個人資料。」

「只是想……複習一下。」

「那現在……會想改動什麼？」

「老管家是說重新改寫？」

「過去沒做過，高樓層管理人也沒有規定不行，呵呵。」

「那就交給老管家處理。」

「由我寫出來，沒關係嗎？」

「老管家這段時間觀察到的，或是用猜的，都沒關係。」

「那我就來試試。達利先生，有沒有要特別寫明的補充？」

「補充？沒有什麼意義。」

「有特別的期待，可以寫到備註欄。」

老管家從襯衫口袋撈出一支食指長度的橘皮鉛筆。筆尖是削過的不工整切面，露出一截漆黑的短鉛芯。老管家沒有嬉鬧，坐穩沙發，抓穩短筆，請達利給一個資料上沒有記錄的——達利，對自己的客觀描述。老管家表明，要從這點開始發想，也會記錄在備註欄，不影響重新改寫的。老管家唯一的要求是，還記得什麼，就寫下什麼。達利接來個人資料夾，握著短鉛筆。筆身過短，手微微發抖。短筆尖嗅出荷爾蒙，在姓名欄後頭備註框，顫抖出一圈繞過一圈的黑線。那是某隻螞蟻行走留下的體腺氣味。達利停住呼吸，不被捲入氣味旋渦，爬梳出一段還不曾被誰寫出來的……

批准

法定分居

原因，收入困難，無力

扶養家人。法定分居後，妻與兒子

醫療保險由市政府全額補貼。法定十二年

國民教育，學雜費全免。心因性酗酒，導致長期勃起不全。曾經接受戒酒治療與心理醫師諮詢，沒有成功。

備註的黑線旋渦開始轉繞，牽引文字散落，堆砌成截斷的階梯。向上走，會遇上轉動的鉛筆圓線；向下走，沒有接連，都是空白的備註欄，沒有落腳處，不知道通往哪裡。幾個字的部首被扯開了，少量的勾撇筆畫也開始斷裂。達利在這些字梯崩塌之前，闔上資料夾，推回到茶几對面。老管家沒有翻閱，說了謝謝，淡淡補充了一句話。

「在避難室裡，不用對過去太嚴格。」

達利落入另一個猶豫——**站在字梯最後一階的句號上往下跳，墜落之後，可以抵達哪裡？**

「資料夾裡，緊急聯絡人的姓名電話，要我補上嗎？」

「老管家就寫，無、或是沒有……繼續空著，也沒有關係。」

達利鼻頭微酸，眼眶沒有濕紅，不會流淚。他偷來一口深呼吸，軟化這陣酸澀。他這時發現，資料夾半透明的乳白外殼裡頭，夾了一些繁彩紛亂的紙張，隱隱透出眾多剪報的輪廓。

「老管家，裡頭是不是還有其他資料？」

老管家撥開一顆外釦，抽出那些零散的紙張。這些剪報，不是達利的個人資料，都是一些他過去寫過的報導，或是人物專訪文章。老管家把其中一張象牙白、黑白印刷、估計是八十克磅重的黃道林紙推到達利面前。

「達利先生寫的這一篇，是我個人很喜歡的報導。」

達利一看到受訪人的照片，瞬間重新側寫刊登在《新首都市生活報》上、那篇球藻植物學者的訪問。

在下水道發現的球藻，根據植物學者的了解，它們是活的，是有動物性格的植物藻類。它們如同細胞分裂的出生、成長過程，漂流行走的模式和路徑，目前依舊是植物界的謎。少量的研究文獻指出，球藻多半群聚在大湖的淺水沙灘，與出海口的河床潮汐間帶。它們透過水的搖動進行漂移，也隨波盪起墨綠絲手，纏繞失去心跳血流的小魚、小蟹和浮游生物，更多是無生命的垃圾渣滓。球藻的消化器官會分泌一種罕見的溶解液，只消化沒有生命的東西，變成養分，再分裂出更多的球藻，捕捉更多不想躲開它們的無生命體。

幾次解剖研究發現，球藻的體內有活的小魚蝦蟹，還發現不知存活多久，也沒進行原變態蛻變羽化過程的蜉蝣稚蟲。學界推論，球藻可能會捕捉那些想結束生命的小生物，但並不消化牠們。球藻會與牠們共生，也限制這些小動物小昆蟲在肚囊空間，一直存活。

滾動原理讓它們變成球形，也以圓形有機纖維體，過濾淨化水中雜質。截至目前，沒有植物學家可以確切說明，球藻是如何進入首都市的下水道系統。市立大學研究小組最新一份調查報告指出，因為球藻，下水道才沒有異味惡臭，由它們淨化的水質接近已經禁止再挖掘的地層內天然泉水。可以預見，這樣的檢測報告，將會使水利局官員頭疼。在與中央達成借貸協議之後，是否要下令清除所有下水道的球藻，開始進行重建污水處理的再生循環系統？還是利用球藻，開發新的再生水資源循環系統？這個問題短期內無法出現定案，球藻問題將變成燙手山芋，下水道整治工程，不可避免會一直延宕下去……

在剪報大標題下方的明顯處，達利看見了，達利。

「這篇採訪，好像不是我寫的。」

「不是印著達利先生的名字？高樓層管理人應該不會弄錯。」老管家猶疑。

「我不是這個意思……以前寫完稿子，出刊之後，我不會重讀報導。」

「讀了會生氣？」

「負責的編輯，還有校對的主編，都會進行修改。改的不像是我寫的。生氣跑去報社編輯部吵架，稿費可能就會被調降了。」

「有一篇報導，我不知道達利先生有沒有看過。」

達利以為會從資料夾內層，看見另一篇剪報，老管家卻起身走入廚房，以脖子的小鑰匙，打開上鎖櫥櫃，抽出一張對摺多次的舊報紙。老管家回到馬蹄沙發，就把這張舊報紙推送達利。

「就是這張舊報紙。」

「怎麼了嗎？」

「……希望達利先生先看一看。」

鏘鏘。休息區的玻璃天花板，憑空發出兩次飛蟲撲撞燈管的聲音。達利仰頭看，沒有蜉蝣成蟲在光纖裡飛翔求偶，也沒有驟雨之前嚮往溺死在積水灘的飛蟻，更沒有一隻喜歡捉弄人的蒼蠅。達利只看見正在融化的光纖，飄落一些死去的粉塵。

「櫃子裡的舊報紙，老管家都看過？」

「都看過了。」

「報紙……不用銷毀嗎？」

老管家浮出老態的羞赧，像是偷拿一塊餅乾的小孩，坦承動機。雜誌送到之後，老管家都會先抖抖每一本，看會不會掉出什麼來。從老管家被送下來避難室，到現在，只累積櫃子裡的那一小疊報紙。其他雜七雜八的還有書籤、乾燥的葉子、寫著聯絡電話和地址的紙片、標示今天要完成多少工作的便利貼，還有寫給死去情人的短詩，以及一封寫給所有不特定人的遺書……這些夾雜物，早些年，老管家會在鐵鍋裡將它們燒成灰燼，沖入下水口，後來，則直接餵養廚餘處理器。就陳舊斑駁、日期也被剪成小條空洞的舊報紙，老管家捨不得燒，也不讓絞盤葉片磨牙。老管家不怕達利笑，雖然是老得忘了死的年紀，雖然都是不知多久以前就死去的新聞，每次他閱讀一張舊報紙，依然會想像出刊那一天，外頭的首都市和其他城市，發生了什麼事。老管家覺得，能一直待在臨時避難室，也是因為抖出了這些舊報紙。

「為什麼？」達利問。

「避難室裡，沒有今天，每一張報紙，都可以是這裡的今天。」老管家把舊報紙，再推近到達利手邊，「試試看？讀一讀這張報紙？」

達利解開對摺多次的舊報紙。泛黃的這一天，有些抵抗，不願意被攤平成全開版面。達利依著摺痕，小心撐開舊報紙。最後，舊報紙立成骰子正立方體。他選了某一面報導，一行一行讀字。在沒有讀完結束的行尾，他轉動骰子方便閱讀。今天，也開始旋繞滾動。

一點。擲出首都市的文教區。一位少女，身高不到一百公分，體重不足十公斤，卻出生二十七年了。她懂得爬行，會笑，但還不會說話。少女還擁有完整的乳牙，骨骼的發展只有十歲狀態。已經選定結束生命時限的年老父母，向本報資深記者表示，曾經在入睡之後，聽見少女的自由意志，表示她不老化，是因為不願意長大。首都市生命工程研究中心取得少女DNA，發現她控制老化的基因發生突變，才導致少女的生命遲緩老化，慢於常人的三到四倍。研究人員將進行突變基因與正常基因的比較，期待能更進一步破解衰老之謎，為首都市居民帶來更長的壽命，增加居民平均年齡，以及選擇死亡的年限。第二圈繞到修行地下道。一如往常，大量宗教人士沿著紙張階梯，走入地下道，聚集修行。這當中，出現了一位聖人。根據一旁的修行者說，這位年近九十歲的老者，已經一個月不吃不喝，也沒有排遺，只透過日光燈的光與熱，取得身體所需的能源。研究小組徵得老者同意，將他移往市立醫療中心，進行實驗性軟禁，並透過精密儀器監測調查，全程錄影。最後證實，這位老者除了在監看下的漱口淋浴時接觸水源，這額外的一個月，也毫無進食飲水。研究小組進行分子生物研究、檢測老者的荷爾蒙、酵素、新陳代謝，數據都在健康安全標準之內。「這是人體的奧祕，生命的謎。」研究小組的首席調查官發表結論，同時也指出，將會試著找出這位修行老者不吃不喝而能存活的祕密，希望用於災害發生時，協助困於密閉空間的受難者。市政府行政部門以禮車接送這位修行老者，回到都心的修行地下道，繼續進行冥想。面對本報資深記者的採訪，老者回應，「沒有特別的冥想技巧，我只是試著改變一天的長度。」骰子報紙滾動出，三點，本報資深記者發現，位於東邊山區的一棟別墅內，藏有巨大的——諾亞方舟。屋主是一位年輕的海洋學教授，他搭建一艘可供全家人搭乘與安身的單桅風帆木船，希望能在聖經預示大水淹沒的世界末日來臨時，有機會活下去。油亮的墨綠色船身十分精緻，前艙儲存油料能源、照明油燈，和各式自製曬乾的果類乾糧，可以存放十年。艙身剛好可容祖孫三代七個人休息棲身。後艙儲備清水，設計了雨水收集器，也配備小型動力引擎。年輕教授的妻子，與唯一的兒子，都堅定支持這項計畫。他們回應本報，「我們不知道世界末日會不會來到，我們只能相信。」資深記者向這位年輕海洋學教授，提出一個重要的問題——大水真的來了，一家人將前往哪裡？教授面露憂愁，特別回應本報，「已經出生在這樣的城市了，還能逃到哪？」不知擲出多少點數的第四篇，逃到市立藝術大學。該校傳統視覺與美術系的所有女學員，以群體之姿，發表了「冷藏青春」的裝置藝術展。她們褪去所有衣物，以特製的假髮，將自己的裸體，綁掛在大型肉品貨櫃車內部。冷藏貨櫃特別以老舊的綠玻璃改製，方便觀賞。她們在攝氏三度的低溫中，進入沉睡，緩慢心跳速度，癱瘓新陳代謝，再由這輛半透明的玻璃貨櫃車，進行花車遊行。這一輛「冷藏青春」，將不停地行駛在首都市的各大主要街道，完成為期三個月的巡迴展覽。一位即將沉睡的年輕女藝術家，告訴本報資深記者，「女人可以是活著的美麗屍體！」她們宣示，以此對抗身軀必然一秒一秒腐化與不再美麗的命運，也藉此表達現代女性有「冷藏青春」的自主權。

達利沒有旋轉到骰子報紙的第五個面向，察看其他報導，是否有出刊日期。他意識到，一張報紙會在版頭標示出刊年月日，內文裡不會再重複寫出，今天。這個今天，被快速閱讀，咖啡香氣凝成薄霧，瀰漫大學城區，連顏色都是深度烘焙的咖啡。一飄入修行地下道，那些修行者從冥想裡甦醒過來。交錯層疊的高架道路與高空捷運軌道，在玻璃冷藏貨櫃車經過時，從橋墩抖落消防用水，不知是哭的淚，還是興奮滴漏的體液。這樣的今天，沒有被絞碎的憂慮，但出刊這一天，紙質乾黃易裂，稍微用力一捏，就會碎成紙瓦。這樣的今天，即便是無比年輕的高齡少女，都可能不願意再活下去。年輕海洋學教授可能溺斃在單桅風帆木船的儲水後艙，他的家人，等不到末日大水，就都登記提前生命結束的時點，只剩下某位本報資深老記者，獨自四處奔跑，無法停止採訪工作……達利只是觸摸這張舊報紙，與它一同落入鬆脆的沮喪，直到翻轉出一篇有關舞臺劇的報導，臨時避難室的今天，才又激起達利新的閱讀慾望。

「這一篇，就是我要告訴達利先生的報導。」

老管家壓抑微微興奮，指向的報紙區塊，約略八分之一版。版塊裡，有一張男人的黑白照片，有遺照的壓迫感，彷彿這男人的鬼魂，迄今還徘徊在冥河橋頭。這男人西裝筆挺，梳理整齊分邊的頭髮，泛著高級髮油的光澤，一對銅鈴眼珠，一對童話精靈才有的招風尖耳朵。照片裡的男人就是那位舞臺劇的男主角。他扮演一位與幾隻寵物共同生活的中年首都市居民，在長期獨自生活之後，發現當個寵物比當人輕鬆，便學習如何成為一隻理想的寵物。當時，達利想要寫一篇男演員的專訪，賣給某一家藝術表演雜誌。達利主動聯絡劇組公關，雖然過了前置宣傳期，男演員仍願意接受專訪。訪問題綱以電子郵件寄出了，專訪終究沒有完成。訪問前一天，男演員被發現在承租的公寓套房裡溺斃。泡在浴室的他，發脹浮爛，不知道度過幾個今天。旋緊的水龍頭，一直滴滿浴缸的水。浴缸裡還棲息著當時一起演出舞臺劇的寵物道具——三隻眼珠浮腫的黑色凸眼金魚，和一隻永遠躲在甲殼裡的巴西烏龜。金魚與烏龜啄食主人泡爛的皮膚與眼珠，存活下來。男演員合法飼養的一隻博美狗和一隻短毛波斯貓，餓得啃牛皮沙發座墊，吞貓沙，甚至分食了紙製的舞臺劇微型模型。牠們都努力活著，盡力陪伴男演員。解剖後，法醫判定男演員沒有任何外傷，死因是溺斃。負責的檢察官也沒有發現任何他殺跡象，從指定的家庭醫生那邊得知，在公演之前，男演員在佩戴手表的腕心皮下，植入抗抑鬱症的長期藥劑晶片。案子最後以抑鬱症自殺結案。這齣每個週末兩場、連演長達半年之久的熱門舞臺劇，因此停止公演。達利的專訪，也在拔開水栓後，與整缸水流入排水管，進入下水道。

老管家希望達利閱讀這篇相關報導，是舞臺劇劇組決定公開徵選新男主角，準備重新公演的消息。內容粗略提到這齣舞臺劇當時連演的轟動盛況，真正牽引達利的，是接在已故男演員生平概述之後的一篇專訪。

舊報紙刊登的標題文案——**最後一位寵物人**。

達利栽進這篇編了十個數字序號的專訪。這十個問題，是當時達利以電子郵件發給劇組公關，代轉給男演員的訪問大綱。現在來看，一整組提問，都有些稚拙，只是避開了是否簡答與把握了開放性問話的基本標準。男演員的回答也機械平實，每一段落獨立或是接連一起閱讀，也都可以。

在寵物人公演結束之後，未來是不是有演出其他舞臺劇的計畫？

標號八的問題。達利覺得有機會推測出，男演員潛伏的輕生傾向。

目前沒有其他舞臺劇演出的計畫。經紀人正在和一位獨立製片的導演溝通，如果談成，可能會接演由一篇科幻短詩改編的電影男主角。對這類實驗電影很感興趣。我不認識那位詩人。在上個月的《點線面》讀到這位風格前衛的詩人最新發表的幾篇科幻短詩，還有一篇他的人物專訪。已經買了其他的舊詩集。還沒有時間讀。

男演員的回答，看不出消極，也沒有談及未來的不安。達利抿嘴，嚼著還鮮嫩的下唇軟肉，濕潤的唾液重組當時的可能發展腳本——達利在分居後的公寓套房，列出訪綱，以電子郵件寄給劇組公關。經手的公關應該轉給經紀人，或直接轉寄給男演員。男演員打開網路信箱，速讀問題，沒有刻意組織回答，想到什麼就打字寫出來，方便面訪時提示自己。之後，今天結束，再過一天，再隔兩天或者再多幾天，男演員意志堅決，把自己溺死在一坐起來就可以呼吸的浴缸裡。直到經紀人前往男演員的公寓套房，提醒他準備接受專訪，這一次特殊的自結生命事件，才曝光成新聞報導。

在此之前，男演員就看過詩人在《點線面》的那篇專訪？

是的。

男演員讀的科幻短詩，是不是還沒有完稿？

是的。

男演員在《點線面》看到「採訪：達利」的著作署名，才決定接受訪問？

是的。

為什麼呢？

想聽聽你對詩人這首未完稿的科幻短詩，有什麼看法。

那為何在前一天結束生命？

我沒有……我已經死了嗎？

只是想結束生命，為什麼不登記提前結束生命的時間點？

為了什麼要結束生命？我只是走入那齣舞臺劇，進入那個角色。

只是這樣？

只是這樣。

那是什麼時候，才真的死去？

我最後一次在水裡呼吸到氧氣，是在解剖的前一天。前一天，那會是哪一天呢？

最後，以這樣的方式死去，會需要多久？

有誰能回答這個問題……

一串潮濕的問答，將達利泡得浮腫發爛。他擦乾嘴唇，從那座已經被貓狗撕裂的劇場微型舞臺模型，逃脫出來，再次旋轉這張舊剪報，想要確認出刊的日期。原本一直待在刊頭的，今天，確實被剪成一條細方的空洞。失去年月日的洞穴，現在只有老管家局部的臉。達利移動報紙，讓舞臺上的高胖蒼蠅，也住進長方形的孔洞——熟睡中的高胖，被全身汗腺分泌出來的脂肪困住，蒼蠅伸出長長的象鼻嘴，吸食那些淹沒鼻孔的脂肪，保持高胖呼吸暢通。達利移高報紙，框住了正在比賽飄浮的兩位魔術師——國字臉魔術師要倒三角臉魔術師先認輸，飄浮需要改變心跳節奏，不然又引發心律不整。倒三角臉魔術師一派輕鬆，消遣國字臉魔術師整身盜汗，才要小心。兩人都在發抖，達利出聲規勸兩位魔術師，真的有一位魔術師比賽死了，另外一位會願意解開魔術，把對方的小木偶布偶，還原變回兒子嗎？兩位魔術師看著對方，都沒敢立即回答，一轉臉怨懟，一轉臉又渴望對方會點頭回應。達利再度恐嚇，兩位魔術師真要分出高低，那就看誰願意，在對方死去之後，解開對方小木偶布偶的變身魔術。兩位魔術師飄落各自的馬蹄沙發，不知怎麼開口多說一句，也無法進行那樣的比賽。達利深吸一口氣，放落這張無法再擲出點數的舊報紙。方形的細紙洞，一受到擠壓，嬰兒的哭聲從紙洞裡傳出來。哭鬧聲很陌生，彷彿是剛出生的兒子，被一位陌生的粉紅護士抱入這一天的紙洞。兒子全身都是胎毒殘留的紅疹，只用一條印有首都市鼓勵生育口號的毛巾毯包裹，手腕戴著一圈手表形狀的紙環，上頭標示一串阿拉伯數字，是兒子在首都市出生的證明序號，卻少了數字編列的時間。這位無法分辨長相面貌的粉紅護士，哄著兒子，走往洞穴深處的頂樓天臺。一到兒童遊戲區，她就鑽入蝸牛溜滑梯的塑鋼內殼，放開襁褓中的兒子，任由他順著滑道螺旋而下。兒子並沒有溜出最後一段滑梯，只有陌生的嬰兒哭鬧，衝出被剪掉的紙洞，抵達臨時避難室。

這張剪報的，今天，就是兒子誕生日嗎？

沒有誰回答問題。那年那月那天，全都被剪空了。達利也完全遺忘更加貼近誕生的幾點幾分幾秒。

「老管家還記得這張舊報紙，什麼時候送下來的？」

「一直都沒有方法可以記住。」

「也夾在雜誌裡頭？那本雜誌還在嗎？」

老管家先是一愣，起身快步走回廚房，打開上鎖櫥櫃，翻找一會，終於抽出一本嚴重殘破的雜誌。整本雜誌彷彿泡過水又緩慢乾燥，生出浸在冷水過久的皺皮。發刊日期與期號一樣被剪空。有些內頁已經在借閱之後，餵給了廚餘處理器，或者焚燒成灰燼。封面圖片是一幅超寫實風格的油畫——**一顆肥胖的頭顱，形狀像是一個斷了一小截尾巴的巨大精蟲。它沒有耳朵鼻子眉毛嘴巴，只有眼睛，卻緊緊閉合，像似沉睡。不知道是誰，用一支鐵桿撐起這顆精蟲頭顱，偽裝成一面旗幟，飄在荒涼的、末日之後的首都市。它的表情因為沉默過久，或者沉睡過久，軟趴趴變形了。原本就單調的泥土，敷滿這整張臉，令它看來更加模糊。它一直都拒絕任何人提問：不管清醒，還是沉睡，是否曾經看見一座飄浮在光亮裡的城市？**

泡水的損壞讓印刷顏料渲染成新的水漬，讓這張閉眼的巨大肥臉，暈出更嚴重的模糊。這本雜誌被擰乾過，扭曲過，也害怕發抖過。刊頭上「點線面」三個刊號大字，依然清晰看著。達利小心翻開目錄頁，出現一些工整的紙洞。目光瀏覽索引，他發現前衛詩人發表的幾首新詩，以及那篇專訪。專訪的標題，已經不是達利記憶中的——**〈依舊面貌模糊的侏儒世代〉**，而被修改成——**〈這一代面貌模糊的前衛大師〉**。

達利擱淺被修改標題的微微忿怒，順著紙張纖維殘存的柔軟彈性，快速翻到標示的頁碼處。就在抵達落版指定頁時，夾頁突然敞開翻平。這篇企劃報導，一連八張十六頁，包括前衛詩人發表的短詩與專訪，已經被撕去。達利淌口氣，剪開一個失落的空洞，發現緊接著沒有被撕去的下一頁，還留著一首前衛詩人直接以手寫稿刊登的短詩。一直以來，達利不喜歡雜誌報紙出現這種作家手寫稿。達利喜歡以筆書寫，但無法理解刊登這種「作家手寫稿」的意義。它們被手寫在紙張上，經過掃描器解析成圖片，再設計上版面，印刷在低磅數紙面。那扭曲沒有邊框的線條，破壞版面的整體性，也違背現代媒體刊物的設計美學。他攤開雜誌壓平書脊，沒有忘記那潦草風格的筆跡，確定專題的最後一頁，刊登的就是他從詩人書桌上偷走的科幻短詩。那張還沒完成的手稿，達利一直夾在筆記本，而刊登的科幻短詩，就停在達利偷走時的那一句的最後一個字，沒有寫出新的下一個字。

頁底，有一塊字級較小的楷書粗體印刷：

這首科幻短詩已由國內知名獨立製片導演買下版權，即將改編成一部高度實驗的影像作品。這首詩的原始手稿，日前遭人偷竊。在尋回手稿之前，詩人表示，無法繼續進行這首詩的創作。在手稿失竊之前，本刊因編輯需要，幸運地掃描了這張未完稿的短詩原件。經詩人同意，一併於這次的專題進行發表。（編者）

達利的怒意漲高，失控脫口，「誰會把還沒有完成的作品刊登發表？沒寫完，編劇改編的結構基礎怎麼處理？導演要拍出什麼樣的電影結尾？根本就是在做宣傳，製造新聞……」

老管家安撫達利，依稀記得這篇報告是高胖借閱翻看之後，絞碎沖入排水管。高胖聽見有人說了他的名字，瞬間掙脫一身的冷凝脂肪，裂出一地油渣滓，拖著兩百公斤的巨大身軀，走到休息區的馬蹄沙發。他擔憂是不是又犯了什麼錯，直接從惺忪跳入緊張，又再抖裂夾在脖子肉層裡的脂肪碎片。罰站了一會，高胖才結結巴巴，詢問事情始末。老管家提示《點線面》的雜誌封面，要高胖想想，是否記得那幾頁報導，寫了哪些內容。高胖的腦微血管被成塊的血脂堵塞，完全沒有印象。達利一看，他又緊張得流出大量乳白樹脂，從額頭、下巴、腋窩、胯間，沐浴新的乳油汗雨。達利緩了情緒，請高胖先回到舞臺，擦擦汗油，也請他原諒自己失控帶來的困擾。高胖離開之後，達利撕下那張刊登手稿的雜誌內頁，闔上《點線面》，推還給老管家。

「這張雜誌內頁，請讓我先保管，可以嗎？」達利說。

「這首詩，對達利先生一定很重要……不銷毀，應該也沒關係。」

「等我釐清疑問，一定會交給老管家，進行銷毀。」達利對摺這張雜誌紙，把另一頁的銀行廣告，摺出救贖的十字痕說，「這是待在避難室的生活規定，沒有例外。」

「那些舊報紙，可以例外嗎？」老管家說。

「這些舊報紙跟二手雜誌不一樣，是老管家撿來收集的私人物品，不銷毀也沒關係。」達利被這個原則與例外的陷阱，逗得生不出氣。

「如果我沒記錯，這本《點線面》，是在你送下來之前的那一次，保鏢搬物資時，一起帶下來的。」

「在我跟蒼蠅被送下來之前……」

「是的。這張報紙也是那時夾在裡頭，不過完全沒有泡水損壞。買這本雜誌的人，留下這張報紙的人，應該不是同一個。雜誌實在太破舊，我沒有特別拿出來看。不過，我仔細讀過報紙。之前沒有拿出來，是有件事一直不明白。不知道達利先生，剛才看到沒有？」

在老管家的提示下，達利回到舊報紙，翻轉舞臺劇男演員最後兩組問答，直接停在採訪稿文末的一段粗體小標註：

〈最後一位寵物人〉的採訪者，達利先生，是本市優秀的資深自由文字工作者。經常與本報合作，提供優質採訪與撰稿。達利先生登記失蹤備案許久，日前，已經判定確認，列為永久失蹤

人口，等同死亡。經達利先生的家屬授權同意，本報全文刊登。（編者）

看完這段註腳，達利的每一個毛細孔張開嘴，努力學習那三隻守在浴缸的凸眼金魚，調節魚膘上浮，把魚嘴擱出水面，張嘴閉嘴，竊取更多活命氧氣。他必須呼吸，只有呼吸，才能繼續看讀下去。他一直呼吸呼吸，直到聽見年老兒子曾經詢問過的一個問題。

一個人失蹤多久之後，就會跟真的死亡一樣，等同死亡？

我願意回答這個問題，我已經老去的兒子。曾經，我也提出相同的疑惑，詢問一位警務廳檔案室的管理員。我為《首都行政季刊》採訪他，季節還沒有過去，他的面貌就模糊了。就和老了的你一樣模糊。那是一個巨大的倉庫，位於警務廳地下第六層。成排的鐵櫃在地面下近四十公尺的空間，貼緊平牆，整齊延伸出更多的檔案收納抽屜。他告訴我，首都市經濟獨立之後，所有失蹤人口資料都網路化，建檔歸檔集檔。之前累積的各種不明原因失蹤人口原件，都有一份紙本在檔案室留底。那次採訪，我拿著貼有照片的臨時晶片通行證，五度進入管制電梯，降落地下檔案室，採訪那位開始快速落髮的中年管理員。結束後，再五次離開那個地下檔案室的唯一電梯出口。寫完這篇報導後，我寄給市政府新聞行政編輯，又被轉載刊登在市政府網路部門公辦的《機關電子報》，獲得了第二份稿酬。雖然額外收入不多，我年老的兒子，如果你沒有遠離，就會看見這段記錄，就會遇見你年輕時的母親，因此發現，未來只是一根不懂累的秒針。

至於我的疑惑，檔案室管理員回答了兩段重要的說法，你應該要懂得。

他說，檔案室裡的每一個人，每一個姓名，都可以擁有一個編號。

他說，等到送入這裡之後，那些列為失蹤人口的人，不論父親還是兒子，才會真正消失，真正等同死亡。

靜靜遠離的你，沒有試圖尋找，那中年禿頭的檔案室管理員，一定會遺忘我。另一份由你母親口述記錄的「達利」個人資料，或許已經送入地下檔案室，只是不知道擁有哪一個編號，擺入哪一格牆櫃。直到某一天，你也拿著那張儲存我面貌的晶片通行證，搭電梯抵達地下第六層的巨大倉庫，提醒那位老得忘記死去的檔案管理員——我的編號。最後最後，由你拉開那一格提供躲藏的檔案抽屜。如果有那一天……不，我會一直等待到那一天。

達利繼續呼吸。幾次偷氣呼吸之間，依然無法接受自己——判定確認，列為永久失蹤人口，等同死亡。腳掌汗水鋪出一片涼，光腳踩落乾燥地板，會再生出一對活的濕腳印。他盡可能客觀地串起一條長長的問題鏈。

男演員溺斃自己之前，已經把回答寄給劇組公關經紀人？

那封電子郵件，是多久之後發現的？

誰發現的？

公關試著聯絡我，找到分居的妻子？

妻第一時間就去失蹤備案登記了？

沒有分離，妻會不會晚一天？

過了法定時間，也如已經討論過的，妻就會提出等同死亡的申請？

是不是立刻可以領到穩定的救濟福利與長期醫療保險？

誰陪妻子去聆聽判決？

是妻子授權報紙刊登的？

編者指的日前，會是多久以前？

永久，從哪一天開始起算？

兒子是不是有詢問……什麼是永久失蹤？

窸窸窣窣。老管家沒有出聲打擾，在個人資料摩擦鉛筆尖，寫出達利的新記錄。達利看著，似乎想問什麼，沒有開口。

「達利先生，想說什麼嗎？」

「沒什麼……」

「報紙最後寫的那段，有什麼想法？」

「現在沒有……很抱歉，我剛才發呆很久了吧？」

「還能發呆回想，是很幸福的。」

「一個快四十歲的男人，不，可能已經超過四十歲了，還這樣發呆。在外頭，應該很可笑吧。」

「我希望能這樣發呆，說不定也能走進資料裡寫的那個下水道，遇見那些墨綠色的球藻……」

老管家又想到什麼，握著短筆，將某個記錄寫入達利的個人資料。達利看不準是填入哪一個欄位，也不知道是關於他的睡姿、喜歡的菜色、酒癮來之前的脾氣、喜歡的女人，或者只是可有可無的生活習慣。老管家什麼都沒說，再一次抽出那張達利側寫植物學家研究球藻的剪報，隨意瀏覽。

「達利先生，那些球藻，真的有動物個性，會吃東西，也會消化？」

「很多食蟲植物都有動物個性。有一種植物，就叫捕蠅草，專門吃蒼蠅吧。也會吃螞蟻、蜜蜂、小蜘蛛，有時候小青蛙被抓住，也會被消化掉。不管動物個性還是植物個性，都只是為了……分類吧。方便我們辨識。」

「只是，這些球藻不消化活的昆蟲，只分解那些漂在水裡的垃圾，還有死掉的東西，這很奇怪。」

「這是還沒解開的謎。我還聽蒼蠅說過，有些球藻解剖開來，裡頭還有分解到一半的塑膠玩具輪胎皮和玻璃娃娃。從外型看，球藻只是因為形狀像顆球，被定名球藻。說不定，它們一點都不覺得自己像顆球，反倒希望被叫成螺旋藻、潮汐空間胃、綠海毛，還有其他更怪的名字。」

「這樣就有趣了，呵呵，我來取名，就叫它們……綠艙，那就更特別了。」

「老管家，如果被定名為綠艙，在下水道發現的時候，一定會有太空學者和幽浮專家，開始研究它們的……」達利露出淺淺的笑容。他隱約發現老管家後頭有幾根觸鬚黑毛，浮升出現。他暢快喊出聲音，「不要躲了，出來吧，你真的是蒼蠅啊？」

這位被暱稱為蒼蠅，不是一隻蒼蠅，而是一個男人。他晃頭晃腦，模仿失去頭顱的蒼蠅，就像兩位魔術師曾經比賽過的魔術，飄浮，離開地板，飛起來了。

侏儒的臨時句點

高胖再一次出現無法入睡的失眠問題。只是一次無法成功入睡，他的眼袋就凹陷成一個黑青的小坑。蒼蠅站上舞臺，教學講課，解釋每個人體內的生理時鐘，都會按比例分配吃、喝、玩、樂、運動、睡覺這些基本生活，不管多肥的胖子，都同樣公平。高胖把該花在運動、玩樂與人相處的時間，都花在吃東西上面，比例亂了，就會導致失眠。蒼蠅煞費苦心，決定要幫高胖制定一個新的日常作息表，說不定，可以減肥，也可以治癒失眠。老管家安慰高胖，說年輕時失眠，就盡可能閉上眼睛，久一點，生理時鐘就會遲鈍，等它更加軟趴趴，就可以從眨眼的休息和跳累了的脈搏裡，騙出更多一些睡眠時間。一輪意見之後，高胖在舞臺上翻滾，依舊無法入睡。兩位魔術師難得聯手，四隻手，重重彈出手指響，加上兩個小木偶布偶不停撫摸高胖的肥耳垂，也只能協助他瞇睡，短短幾次日光燈閃爍的長度。還沒有聽見鼾聲，他又蠕動巨大蒼蠅幼蟲的環節身軀，甦醒過來，在凹陷的眼袋裡，裝滿擱淺的淚腺分泌物。老管家在接下來的每一餐，都多準備一人份的肉類主食，也備製大量高甜度的水果茶，穩定高胖失眠之後持續醒著的焦慮。這一次失眠，高胖沒有因此暴食，反而迅速瘦了二、三十公斤。

高胖停止眨眼之後，臉頰凹出盆洞，腋窩生出幾層彼此覆蓋的軟皮。達利坐在舞臺上陪伴，謹慎詢問，「是不是有什麼事？」

高胖平躺在舞臺中央，指著正上方的玻璃天花板，怯懦說，「……有一根日光燈管，一直閃……跟我打摩斯密碼。」

達利看向指示的方向，沒有發現閃爍著特殊明暗節奏的日光燈。

「它想告訴我一些事。」高胖再重複一次。

「說你應該要肥回去嗎，胖子？」蒼蠅不知何時，飛到高胖視角的盲點，露出一臉荒謬。他接著對達利說，「老哥，一個賣油的死胖子，怎麼會懂摩斯密碼？」

蒼蠅的這一根腳刺，戳紅了高胖肉垮垮的臉。蒼蠅叫喚其他人，看看哪支日光燈閃爍，又發送什麼可能訊息。其他人陸續聚集舞臺，出現病態的高胖，更加膽怯地推銷這個消息。

「日光燈在閃，表示快要壞了，死了，掰掰，要結束了，不是什麼摩斯密碼。我看你改行賣消息，我去推銷高級油算了……」蒼蠅搓搓手，摺出細刺。

老管家第一時間站上舞臺，仰望天花板，看不出日光燈有燒傷自殘的徵兆，露出憂慮。避難室並沒有備用燈管，所有器物損壞，都要先通知，再等保鏢下來進行更換維修。

「老管家，要撥接電話通知嗎？」達利說。

「還不需要……只是確保日光燈正常運作，是重要的生活協議。」

「跟誰的協議？高樓層管理人嗎？……我一直想了解，為什麼一定要全亮？」

老管家試著還原高樓層管理人的說法——**日光燈可以製造白天。特別是散發自然日光感的白**

燈，延長了白天的生命。在這個柏油路面下不知多深的臨時避難室，誰都無法擁有太陽，也沒有月亮掛天，灑落有韌度的光暈。白天與黑夜，在臨時避難室裡，只能是想像，連記憶都不是。關了燈，只有黑暗，會困擾日常生活的進行。要能在這裡一直生活下去，只能有光亮。日光燈全亮，唯一的困擾，就只是入睡前的習慣，一旦熟悉，光亮並不能阻止入睡……老管家走入恍然。

兩位魔術師一起湊上舞臺，對某一根日光燈管，搬弄優雅的手指舞蹈。兩個小木偶布偶祈雨似合十布手掌，一邊說著新式催眠的咒語，另一個呼出器物喚醒的禱告。光亮在布織出來的聲音裡，興奮腫脹了一些。合作才運作，它們又開始把話語插隊到對方的話語縫隙，爭論日光燈是否閃爍，有沒有摩斯密碼——日光燈有閃爍，才能發送訊號，才可能判斷是不是摩斯密碼。沒有閃爍，怎麼有密碼，怎麼傳遞消息？聽見對方的話，不停堆砌在自己的話間，它們就是不願意停止爭論。

「不要……吵……不要吵！」圓滾滾的高胖躺著，慢慢喊出一句嚇唬，驚訝所有人。兩個小木偶布偶鑽回衣褲袋底，軟成兩團布。所有人盯著高胖。那張有鼻子有眼珠、厚嘴唇，連眉毛都沾染油光的大臉，又回到猥瑣羞愧。「對不起……我說的，是真的。燈管真的在閃。」

「是是是，燈管真的在閃，只對你一個人打摩斯密碼。」蒼蠅說。

「高胖先生，只有你睡在舞臺，要請你多留意，真的閃爍嚴重，請立刻通知我。」老管家說。

達利仰起頭，興起質疑。玻璃覆膜的天花板，至少挑高十公尺。一般的A型三角梯都不夠，如何更換燈管？

「這樣吧，我們來賭？」蒼蠅鬼祟鬼祟。

「賭什麼？」達利說。

「賭日光燈……用摩斯密碼跟高胖說什麼？」

「內容只有高胖自己知道，有什麼好賭？」

「也對，除了當官的，胖子是說謊第二名。」

「嘴巴不用那麼尖，蒼蠅。」

「老哥，這是真的，這是有統計學依據的。」

「這種鬼消息，不用說給我們聽。」

「老哥，你為什麼管我說什麼？」

「你再這樣繼續下去，我就要管了。」

「老哥……你變了，真變了。」

「我沒什麼可以改變的。」

「以前你不管這種事……」蒼蠅看了一眼老管家，「除非，你的個人資料……」

達利緩緩轉頭看著老管家，不知道要說什麼。老管家並沒有因此改變他對日光燈的擔憂。

「有嗎？」蒼蠅又多飛舞一圈。沒有誰試著回答。

「……這樣吧，我們賭高胖說的這支日光燈，會不會壞？快壞了，就可能閃爍，開始閃爍，那才有可能是摩斯密碼。」

「好，老哥，是你自己說要賭這個的。拿什麼當籌碼？」蒼蠅轉頭看著兩位魔術師問，「兩位，賭什麼？」

國字臉魔術師與倒三角臉魔術師，彼此對看一眼，幾乎沒有考慮，一翻手，轉出各自的小木偶布偶，由它們自己發言，「我們賭，日光燈不會壞。壞了，我們就把我們自己送給高胖當玩偶。」

「老管家呢？」蒼蠅追問。

「高胖先生，我不希望日光燈壞，如果壞了……我幫高胖先生單獨煮一頓豐富的特別料理，其他人，包括我，就餓那一餐吧。」

「老管家，幹嘛把我們拖下水……」蒼蠅有些抱不平，「沒關係，願賭服輸，不知道日春小姐會不會想賭一賭……」

「蒼蠅，你自己呢？」達利問。

「我當然賭它不會壞！見鬼了，日光燈才在閃什麼摩斯密碼。」

「那你賭什麼？」

「真壞了，我就待在這裡，當高胖的傭人，不調侃他，永遠服務主人。我們要是贏了，高胖就要變成兩位魔術師，不，就要變成兩位小木偶布偶的玩偶，餓一餐，再當我個人專屬的傭人。怎麼樣，胖子，賭不賭？」

高胖猛點頭，怎麼樣也要賭上這把。近來快速消瘦而留下的橘皮組織，在皮膚上走出紋路。這些裂紋就快要被撕破，裂出油凍凍的脂塊。他青黑的眼窩被蒼蠅的腳刺，勾破眼皮，分不清流出來的是淚汁還是膿油。

「老哥，那你呢，怎麼賭？」蒼蠅搖出一道微笑。

「我賭，日光燈會壞。而且就今天……在這一輪所有人睡著之前，這支日光燈就會壞。」

達利額外加上的時間限制，把所有人，包括老管家，都驚嚇出金魚凸眼。獲得如此支持，高胖爬出酸鼻涕，眼角擰出含油的淚水，把眼袋弄得更髒更濁。

「所有人睡著之前，怎麼可能？」蒼蠅提了氣，「老哥，你真變了。看來只有你跟高胖站同一條線……好，賭什麼？」

「跟高胖一樣，也餓一餐。以後，不管你賣什麼消息，我全都買來寫報導……真的輸了，就請兩位魔術師把我變成小布偶，永遠都不可以解開魔術。」

「你變成布偶，怎麼跟我買消息？」

「放心，在這裡，你不會吃虧。」

「好，要是你不小心贏了呢？」

「如果日光燈真的壞了……」達利落入沉思。

「老哥，以前你上牌桌一定輸，現在賭這麼大，要倒楣啦。快說吧，你們不可能贏的。」蒼蠅站開了三七步，同時抖起兩隻腳。

「我贏了，所有人都要想想怎麼離開這個避難室。」

「沒有人知道怎麼離開，這個很難當籌碼……」蒼蠅的複眼同時滾動。

高胖受到過大的驚嚇，瞬間分泌出油脂，流灌耳洞，淹死了一隻肥肉蝸牛。兩位魔術師慌張從褲袋抓出一把白色的細海沙，餵給空氣的嘴網，篩落更細緻的白色粉末。所有粉末緩緩落地，它們也躲藏到小木偶的布織軀體，一絲真皮真肉都沒有外露，不敢接下賭注籌碼。

「我只說，『想想怎麼離開』，沒說其他的……怎麼樣？」

達利說得異常輕鬆，像是懵懂孩童進行打賭遊戲。賭注是生命，或是有關一輩子的，所以幾乎無感。

「好，就賭這個。」落入沉思許久的老管家，突然大口一聲，允諾賭注。皺紋的波浪，拍打著衰老的嘴角。臨時避難室抖了一次硬邦邦的寒顫。他拎起趴在舞臺上的兩個小木偶布偶，捏捏它們飽滿的身體，「沒關係的，兩位魔術師先生，已經過去那麼久了，說不定真的能離開避難室。」

兩個小木偶布偶異口同聲，「老管家，就讓他們躲著，我們兩個都願意賭。」

老管家笑開了，邊走往廚房，邊喃喃自語，「睡著之前，日光燈真壞掉了……呵呵，挺好的，好久沒有想過這件事了。」

蒼蠅獃獃停飛，一顆小腦子和翅膀，都被蜜糖紙黏住，無法運轉拍動，只剩那兩條長滿倒鉤刺毛的細腳，停不下抖動。失眠嚴重的高胖，又再嚇瘦了幾公斤吧。就這時，擔任關鍵工具的日光燈管，閃爍了兩三回。這一陣閃爍，扎實壓出光的影子，所有人都看到了。不管日光燈同意與否，這場賭注已經勾過小指頭。兩個小木偶布偶擠出布織的不可思議與期待，坐在老管家的肩膀，指著對方的鼻頭，以腹語術為賭注加碼。

「誰說謊，誰的鼻子就變長，永遠不能變回一個兒子。」它們告誡彼此。

老管家打開廚餘處理器，絞盤空轉了好一會，才發現並沒有垃圾菜渣要絞碎。他的聲調年輕了，也快了一拍，對肩上的兩個小木偶布偶說，「好久沒有心跳這麼快了，呵呵，這樣反而不容易睡著。」

一轉眼，蒼蠅又不知道飛到哪去了。舞臺上，高胖起身坐正，視野從油膩的眼屎淚灘裡，慢慢活過來。他紅著眼，不敢正看一旁的達利，在馬達空轉摩擦空氣的縫隙，支支吾吾，「對不起，讓你這麼困擾。」

「一點也不會，難得想要賭。」

「餓一餐是小事，可是永遠變成小布偶？」

「也是小事。」

達利再檢視困在玻璃天花板的那支日光燈，凝視高胖那對不安的鴿子眼珠。

「是我牽累了達利先生。」

「變成小布偶，比失眠輕鬆很多，而且我們也不一定輸……只是我很好奇密碼的內容？」

「……日光燈要我……別愛上日春小姐。」

「因為這樣失眠？」

「最近，我一閉上眼，不管有沒有睡著，都會走進盥洗室……整個盥洗室飄著熱呼呼的白霧。每一朵霧裡，都包著日春小姐的粉紅色的嘴唇、舌頭，還有她的手指，就像魔術師，把我旋轉起來。濕濕熱熱的水蒸氣，把我整個人抱起來，身體就慢慢靠近天花板……我好像不能沒有她。」

「這些話，你告訴日春小姐了嗎？」

「在盥洗室裡，都告訴她了，我還說了……」高胖臉皮被蒸熟。

「你說了什麼？」

「那個字。」

「其他的呢？」

高胖感覺不再高大，也不再肥胖，蜷縮得更小一號。他捏起乳房的垂皮和腰間的脂肪層，展開成一對老狗耳朵，沮喪說，「醒過來之後，就這種樣子，還要說什麼其他的？要怎麼證明，我不只是想要她的嘴唇手指？以前，我還是食用油的推銷員，現在，連一個健康的胖子都不是。」

「日春小姐有什麼回應？」

高胖傾身，貼近達利耳邊，極微弱輕聲，「她用嘴巴問我，會不會為她……殺人？」

中央空調永遠不懂耗損的累，穩定吹送涼爽的風。達利卻感覺冰冷，從地板抓住腳掌，凝結剛掛上釦環的一個問題──殺誰？下一秒，達利拉出視線，勾出一個袋狀瓶子草，栽種到馬蹄沙發的牛皮土壤，散發甜甜蜜味，等待一隻不知在尋找什麼的磨腳蒼蠅。廚餘處理器被切斷電源，雙軸心葉片與絞盤並不咀嚼蕩蕩的空氣。避難室沒有因此安靜無聲，開始迴盪出不同音頻的馬達運轉。緊接在馬達旋渦後頭的，是一團沉物被鐵器敲打的重鈍，在白牆、水泥地板、天花板的玻璃罩之間盪漾。前頭的流竄，後頭的追逐。等達利找出聲音的規律節奏，高胖已經搖晃著洩了氣的輪胎人皮肉團，在舞臺上站起，看向某處。達利發現老管家的目光僵在一個仰角，把所有男人的目光，引誘到角落的螺旋樓梯。

保鏢下來了……達利聽見包裹在高胖肥大心室裡的回音。

從不鏽鋼階梯回報的音質與節奏數量判斷，這次下來送物資的保鏢不少。腳聲踢踏，從樓梯高遠的漆黑深處，在螺殼範圍內旋轉下降。踩在前頭的鞋跟，不停催促還落後在上一階的鞋尖楦頭。避難室裡，沒有人靠近螺旋樓梯，都在原地等待。那些腳步發現所有人都壓抑了呼吸，也乍然停止踩踏。整個臨時避難室突然變得特別窄小，連呼吸都嫌棄如此擁擠。等呼吸一碰撞到光亮，整個空間又敞開，變成一處沒有停放屍體的醫院太平間，只能剩下冷。低溫靜謐搔起達利大片的雞皮疙瘩。他察看手表，也驚訝這動作如此陌生。骨董機械表深植在腕背，隆起如一塊金屬骨頭，外露的只剩少量的不鏽鋼表殼與透明的寶藍表蓋。玻璃騙來光亮，三支寶藍色的柳葉針，指示十點十分三十秒，將盤纏表盤的時間切分三等分。白銀月亮依舊掛在月相功能窗，被三波金屬海浪高高拱著。星期與月號，遙遠而沒有價值。第二地時區的短針感覺親切一些，和避難室的時間區一樣，都指示十，只是不知道誰是亮晨，誰是弱夜。他定眼一看，並沒有真正的白天與黑夜。原以為僵死的秒針，並沒有因為達利的疏離忽視，真正死去。它發出微弱吶喊，停在三十秒與三十一秒之間的空白格，像是妻子那隻從病床垂落的細骨手臂，不知要握住三十一秒的浮雕刻度，還是要躺回到三十秒。達利認真注視的下一秒，秒針又完全停止。就在這秒與這秒之間的空白處，那些腳步聲紛紛往下跳躍，暴落在不知幾步之後的階梯。重踏巨響，第一雙腳出現在螺旋樓梯的光亮處。螺旋樓梯一共繁殖出十二條腿，六位保鏢。保鏢們全穿著漆黑的皮鞋、褲子、襯衫與薄背心。那些外露的皮膚頭髮擁有泥煤的深褐，馱著的沉重背包也都躲伏著群聚的烏鴉，彷彿他們經過螺旋樓梯的黑暗時，噴漆了染色了，日光燈卻無法替他們洗滌乾淨。如果他們沒有閉緊眼皮，眼球的白也會被黑給淹沒。誰也無法分辨，他們誰在盯看誰。

保鏢們走下螺旋樓梯，也洩露了另一個體態特徵——他們都是身高不滿一百公分的侏儒。

達利低頭打量他們，擾動已經沉澱的疑惑——**這真是一處臨時避難室，那螺旋樓梯上頭，究竟通往哪個下水道？**

領頭的侏儒彷彿聽得見達利寫入心窩的質疑，先是狠狠盯他一眼，再領著其他侏儒們，魚貫成串，一路直達廚房外頭，落下大背包，等待老管家開鎖推開倉庫門。侏儒保鏢的手指短，鞋版短，幾乎沒有脖子，走路時快速扭曲臀部。他們飛快進入倉庫，又飛快出來，一切搬運、裝卸、擺放的動作，也都縮短簡化。卸貨完畢，領頭的侏儒仰起身，把一小疊綑綁的二手舊雜誌交給老管家。跟在後頭的侏儒，張開一口口喝了報廢機油的黑嘴，頻頻咬碎黑牙，伸吐泥軟的黑舌床。

避難室又響起瘋狂的輕艇引擎聲。達利清醒著，聽見了在下水道裡被追逐時的飛奔馬達。

他突然理解，這些輕艇馬達運轉聲，就是侏儒保鏢溝通的語言。

「那首短詩必須被完成。」領頭的侏儒擊發母火。

「那首短詩不是我寫的。」達利回答。

其他侏儒一對對的大黑眼珠，露出死盯達利的眼白角度，集體發出強退一檔的運轉咆哮。所有人都掩耳，嚇退了一步。

「達利先生和保鏢們，是不是有什麼誤會？」

「那首短詩必須被完成。」領頭的侏儒再次進油點火。

「那首短詩……啊，撕下來的那張雜誌，還在達利先生身上，對吧？」老管家緩和說。

「在這裡，沒有筆也沒有紙。」達利說了，自己聽來像似一句囈語。

「我們可以現在撥接電話，提出申請，再請保鏢盡快送下來？」

達利不再低頭，也沒有正眼看這幾位侏儒保鏢。視線被兩根拇指轉動滾動，織成一團毛球。在爆裂的引擎運轉下，他搖頭說，「老管家，在避難室，我不想再寫些什麼，也不想完成什麼還沒有完成的……」

侏儒們引發憤怒，聲浪宛如數輛方程式賽車，在起跑線發現綠燈。他們集體排出數千匹馬力的氣缸壓力。幾個站在後頭的，站前幾步，把手臂肩膀拱成橋，欺近達利。

老管家站出來，說了一句，「各位應該知道，在避難室裡，沒有誰可以強迫另一個人，這是我和高樓層管理人的協議。」

這群侏儒保鏢退回到領頭侏儒身後，恢復成站立的黑影。他們跺腳挺胸的洩忿力道，把整個避難室擂得咚咚鼓響，把高胖壓迫到舞臺角落。如果他們轉身尋找發洩對象，兩個小木偶布偶可能會選擇自行跳入廚餘處理器。

「達利先生，之前我們聊過，等保鏢送物資下來，你還想離開，我們就提出申請。現在，需要我跟高樓層管理人通個電話嗎？溝通你的決定？」

「老管家應該理解……這不是我現在想做的事。」達利肯定說。

老管家對領頭的侏儒輕輕聳肩，表示尊重達利的決定。侏儒領隊鼓起腮幫子，與墳頭草皮粗短的鬍渣，音叉共鳴，發出引擎千萬轉數的憤恨排氣。他轉身，火怒離開，其他侏儒全跟上短腳，一路往螺旋樓梯快速狐步。掃過馬蹄沙發時，兩位魔術師被排出小木偶布偶的體外，黏了滿臉棉絮。他們經過舞臺，高胖立即全身盜汗，已經消瘦的身體，再次被分泌出來的濃稠乳白脂肪包裹。如不是鼻孔還有液態泡被吹大破開，會誤以為他已經放棄呼吸。就在領頭的侏儒準備踩上第一格階梯，蒼蠅從螺旋中心的圓柱飛躍出來，兩隻手張成捕蠅草的寬葉，企圖一把夾住所有矮黑的侏儒。

「抓住他們……」蒼蠅大叫一聲，但沒有人知道怎麼回事。

本來寫成一串的侏儒們，瞬間在水泥地板分開，散落成黑色星座標，在白光晃晃的地板留足空隙，讓頓時失去翅膀的蒼蠅，一頭栽撞硬地。六個不到一百公分的黑影，散開之後又迅速集中，圍成一個句號，困住一隻以為有攻擊力的蒼蠅。又是一陣集體引擎爆裂。蒼蠅圓鼓鼓的頭顱和身軀，被十二隻短腿踢得咚咚悶響。侏儒們的短腿又踢又踹，扯動漆黑的褲布臀部，有種奇特的默劇喜感。達利剛察覺幽默，一個小小的環狀物被踢飛起來，羽化成一隻長出薄翼的蜉蝣成蟲，沒弄清楚這一生的求偶對象，就急急飛向光源，穿過那層透明天花板，撞破玻璃，再撞毀舞臺正上方那根管狀白太陽。日光燈燈管爆炸，震破一整片方形玻璃罩。掉落下來的燈管與玻璃碎片，剛好插入高胖的胖臉肥脖子。高胖想要除去玻璃碎片，油膩的厚掌一抹，卻把臉頰脖子的油皮全都劃開。鋒角割得不淺，還好脂肪厚實，沒有紅血染色，只從破口縫隙嘔出更多軟趴趴的肉塊脂肪。

達利正準備出聲阻止，盥洗室白門蹦出巨大的踹門聲。門內傳來一聲高頻率、冷調尖銳的問話。

「你們這些小黑鬼在吵什麼?」

日春小姐的罵聲，阻止侏儒們的群毆。蒼蠅已經昏迷過去。所有侏儒保鏢都靜止了，他們獃望著盥洗室門口這具裸裎的女人，一腿一步都動不了。日春小姐的皮膚微微抖動年輕的緊嫩，長長的黑髮自然垂落，發出假髮才有的完美光澤，足足有一公尺長，標準的黑，無法完全遮掩那對堅挺的乳房。小腹活成正在發酵的白麴麵團，臀部和大腿接連的皮膚，被一層皮下膠質綳成琉璃瓦肚。她走向高胖，胯間的恥毛發出蜉蝣成蟲整理緣毛的窸窣。她先清除刺在高胖臉頰的燈管破片，拔去脖頸上的碎玻璃，再把流出的脂肪肉凍盡可能塞回傷口。失去光熱的白太陽碎骨和玻璃裂片，在舞臺上扎出更多碎掌聲。高胖向臺下揮手，表示沒事。落下的光和影，增長出兩倍的女體恥毛。高胖的視線無法撥開濃密的毛叢，走出毛根毛囊的迷宮，回到舞臺，禮貌向那些驚訝的觀眾鞠躬致意。

「一會去沖個澡，把脂肪洗掉，請老管家把傷口縫合起來……別擔心，不會有事的。」

日春小姐溫暖的語調，將停留指尖的脂肪融化成油液。她打量一下昏迷不飛的蒼蠅，扭轉美好的臀部，把侏儒保鏢和其他男人的眼珠，全都帶往舞臺正上方的日光燈罩。那盞爆裂的燈管，分成兩小截危危垂落。與它同一組變電器點亮的其他五支日光燈，突然間，全都開始明暗閃爍。亮亮暗暗，快快快，慢慢，快，慢與慢，快與慢和快快慢慢……達利剛想到高胖編造的摩斯密碼，這組燈罩的其餘五支日光燈管就全都灰滅死去。

「連日光燈都不想幫你們，一群讓人討厭的小黑鬼，現在燈全壞了，怎麼辦？打算怎麼處理？我一定會跟管理人說，就是你們弄壞的，看你們怎麼解釋？」

日春小姐說得親密，又一臉憤怒，指責每一個侏儒保鏢。侏儒們露出墨黑的緊張，全員爬上小舞臺，一個爬上另一個的肩膀，下一個站到更高一位的肩膀，比馬戲團的小丑更加強壯，完全不搖晃，向上堆疊。短短的矮黑軀體，頂成一條站立的蜈蚣。他們像遇熱的黑鐵向上延展軀體，直到最高的侏儒領隊靠近天花板那組損壞的日光燈組。領頭的侏儒一一摘下五根完好但失去光亮的燈管，傳給腳下被踩踏的侏儒。拆下整盞燈罩之後，他們把蜈蚣身體一段一段拆卸，回落地面又排列成一個縱隊，在不順暢與磨損嚴重的馬達空轉下，左腳右腳，笨拙走上階梯。幾次跳腳，侏儒們從明亮處消失，隱身進入螺旋狀的漆黑旋渦。腳步聲在看不見的高處蹦跳，飛快向上抽離，連螺旋樓梯都無法察覺，侏儒保鏢們究竟從哪一段黑暗的縫隙出口，離開了避難室。

日春小姐撿起剛才被踢飛、擊中燈管的環狀物。是蒼蠅的電子表。她嬌柔嘆了氣，喚醒蒼蠅青黑的眼皮，睜開無數蜂巢格子的複眼視界。蒼蠅從脖頸到眼角嘴唇，都嚴重充血腫脹，沒有一格蜂巢裝了清晰的東西。瘀傷一秒一秒興奮起來，麻麻的哎呀，也在地板上擲出滿點數。日春小姐沒有上前關心腫脹與癱軟的蒼蠅，先察看電子表，再看一眼空出一格水泥方洞的天花板。她拍拍電子表面被電火燃燒的焦黑粉末，等了好一會，看著達利說，「怎麼辦……真的壞了？」

「壞了……」蒼蠅使勁爬起身，蜷縮螺身，疼成一隻失去殼的蝸牛。他喘著氣在笑又抽搐喊哭，一對翅膀和六隻腳，全都被頑童折斷拔除，怎麼也無法痛快死去，只好在水泥地板上翻轉罵聲，「這支表，從來就沒有準過……你們相信嗎，我都不知道我家老頭，為什麼送我一支永遠不準的電子表……媽的，痛死了。我從來就不相信這支手表顯示的時間，現在……壞了……媽的……我家老頭送的……」

沉睡儲藏室

老管家罕見的以廣播通知所有人，處理完雜菜燉肉的廚餘與清潔工作，他將閱讀剛送入避難室的《100全宇宙》雜誌。過去，保鏢不曾送這本雜誌下來，老管家特別感興趣，也為這段時間無法進行生活服務表達歉意。《100全宇宙》是一本報導奇聞軼事的月刊，薄薄的一百頁，騎馬釘全彩印刷。達利翻閱過這本老調的八卦雜誌，也聽說已經停刊，唯一還記得的是宣傳語，也是雜誌刊名提供讀者的粗糙聯想——每月一百頁，發現全宇宙。這類雜誌，經常浮編消息，或是編輯挖掘怪力亂神題材，自行編寫故事。達利並不感興趣，只是老管家每看完一頁，便不時露出驚訝的嘴角與不可置信的眼神。達利忍住好奇，因為另外兩件事，在眼前的日光燈裡飛繞，無法獲得解決。達利坐入兩位魔術師的馬蹄沙發，提出採訪的意願和一個請求。打開話頭，他對接下來提問的內容，沒有把握。這種採訪前的不安，達利感覺陌生，以前也鮮少發生。

「請問兩位魔術師，最近……」達利問話停滯，調整成播報新聞的口吻，刪減提問的用字遣詞，降溫冷藏，才提出第一個問題，「兩位最近有跟日春小姐做愛嗎？」

兩位魔術師立即表演出僵硬的表情，設定同聲道，「不知道從什麼時候開始的，日春小姐都用手幫我們……已經很久沒有了。」

「兩位都是？」達利追問。

兩位魔術師坐在各自的沙發上，沒有看對方，被梭織的縱橫織線拉緊臉皮。他們握拳藏住空氣，一次旋轉，翻出小木偶布偶。它們彼此推擠，扭捏害羞，「那時候比賽……看誰可以忍耐比較久。」

兩個小木偶布偶譏笑對方，互揭對方挺不住久一點的時間。

達利改看著兩位小木偶布偶，冷靜提問，「日春小姐最近有拒絕你們嗎？」

兩位小木偶布偶和魔術師們，都被凍得發顫，彷彿這個提問是威嚇，「你是說，我們進去盥洗室找日春小姐，她不願意再跟我們做愛……不用手……」

「直接一點說，日春小姐有沒有拒絕你們提出來的任何做愛要求，或是說，她不願意用那種方式做愛？」

它們和他們，都陷入思索。一會兒後，一次旋轉掌心，兩位魔術師把小木偶布偶藏入拳頭，開始東一句西一句。

「那次我說用乳房，是你不願意，日春小姐也沒說不行。」國字臉魔術師說。

「不是我不要，是你不願意輪流的，用乳房就只能一個一個來，誰先誰後？」倒三角臉魔術師說。

「後來那一次，我說從後面，日春小姐也沒說不行啊。」

「那時候你問我，要怎麼計算時間，誰比較久，我怎麼知道，又沒有時鐘，蒼蠅說他的電子表根本不準……」

「他說不準，你就相信啊？」

「他上次說，老管家趁我們睡著之後，騎著飛輪腳踏車，穿進牆壁裂縫，跑到紅燈區小巷口的便利商店，買了一疊舊報紙……這樣的消息，你也相信？」

「你不是也相信他賣的消息？他說日春小姐是專業合法的身體工作者，只要訂下合約，就一定會履行約定好的身體工作。她就是訂了合約，到避難室來陪我們，我們不提出要求，她要怎麼履行……」

「等等，」達利打斷兩位魔術師的一來一往，趕緊插入問題，「蒼蠅說，日春小姐是合法的身體工作者……她跟誰訂合約，才被送下來？」

「高樓層管理人……這也是，」他們異口同聲，「蒼蠅說的……」

蒼蠅說的。有一個週末，他在父親的豪宅醒來，不知道什麼原因，有慶祝活動。黨內初選根本就還沒有結果，派對規格卻如同勝選。染色的寵物貓與狗在走廊奔跑。窗櫺上，一根根細線綁著浮印的女偶氣球人。男侍穿著整齊的傳統燕尾服，端著香檳、白酒紅酒、威士忌穿梭在交際廳、書房、開放式廚房與不同大小的客房臥室。可能有一位女性身體工作者，端著一整銀盤的分子甜點，趴在矮櫃上，全裸、雙腿敞開、外露張著嘴的性器，等待上半身襯衫領帶西裝、下半身只穿襪子與牛津鞋的男議員，摘起一顆草莓塔送入口中，在咀嚼同時，也將勃起的陽具沒入女體。蒼蠅沒有刷牙梳洗，就連舔理吸器、梳整體毛都沒有。他走到準備食物的內廳，褪光睡衣，剩下一位男侍上半身的燕尾服，穿上，再端起一個空的銀盤，走到有撞球檯的娛樂間，坐落在中世紀仿古的摩登躺椅。一位只穿蕾絲內衣的女議員走近，先是瞪了全空的銀盤一眼，接著以手撫摸蒼蠅交尾的性器，直到勃起，再跨坐到他身上蠕動。蒼蠅說的，他是假裝的，所以無法像那些受過訓練也訂了契約合同的男性身體工作者，維持勃起，卻又能忍住高潮不射精。在女議員劇烈上下擺動下，蒼蠅突然喊出一聲高潮，跨坐在他腹肚的女議員愣住，驚訝，趕緊抽身離開。蒼蠅立即轉成笑臉說是開玩笑的。蒼蠅說的，那其實也是假裝的，他真的射精了，只是不確定那位陌生的女議員，是否處在排卵期。這段過程，撞球間裡另外一位女性身體工作者，全都看在眼裡。她趴在撞球檯上，張開雙腿，捧著裝著幾杯香檳與一封信的銀盤，表演默劇，靜靜等待下半身光裸的男議員進來。

蒼蠅捧著空銀盤，察看她的下體私處，問了一句，「你要一直保持濕潤？」等了好一會，這位女性身體工作者才悄悄說，「是的，在合同約定的工作時期，要保持濕潤。」

這位女體工作者端著的銀盤晃了一下，上頭的香檳搖出更多氣泡。在玻璃杯裡向上持續生產出句點。一粒粒包裹氣泡的句點，飄出液體表面，真的破裂成細弱的掌聲。

受到掌聲的鼓舞，蒼蠅再追問，「怎麼做到的？」

又過了更久一些，她才更小聲、有點羞怯回答，「一直想著自己愛的人……」

「盤子裡裝的那封信，是什麼？」

「一封遺書。」

「誰寫的呢？」

「一個父親。」

「寫給誰的？」

這次，過了很久，她才說，「寫給他無法出世的兒子……」

她說的，依舊是蒼蠅說的。

回答剛落地，撞球間的門被推開。她立即僵成人形托盤，趴伏著張開腿等待。走進來的是兩位戴著黑高帽、穿著整齊的魔術師。一位國字臉、一位倒三角臉……

「真的，都是蒼蠅說的……」

他們再次異口同聲，也同時伸出手，端起銀盤上的香檳杯。他們拿起來準備品嘗，小木偶布偶鑽出他們的嘴，把上下顎撐開成河馬。當香檳倒入布口。它們全身布料填充棉絮，立即把香檳吸乾，一滴都沒有逃過，流過兩位魔術師的喉嚨。他們氣火火把它們咳出來。兩個小木偶布偶，在茶几上醉醺醺東搖西擺。它們戲謔兩位魔術師沒喝醉，不會說出真話，呵呵笑說，「有一次是被拒絕的……那次，日春小姐口氣很專業說，肛交沒關係，可是不能再正常性交了。」

「為什麼？」達利追問。

日春小姐沒告訴兩位魔術師原因，小木偶布偶也害羞沒有追問……之後的提問回答，如達利預期，都在解釋的原地兜圈，轉得連螺旋樓梯都不耐煩彎了腰。達利十指交叉輕握，隨口丟出問題，垂落的指尖在桌面按出一點濕氣。兩位魔術師東一句西一答，又多濕出幾個指尖印。他將一連串提問與回答的濕氣點，連線……兩個點，一根永遠勃起路燈，照明傍晚。三個點，連成一支酒杯小陽傘，下滿雞尾酒。四個點，扭成一個窗框，只鑲嵌空氣，無法遮掩窗外的首都市。五個點，建起一座五角高樓的頂樓天臺，落在較遠處的一層光暈，開始發霉橙皮，養著最後的夕陽。六個點之後……連線開始亂了。指印濕點有些糊了，有些蒸發了。雞尾酒杯倒了，小陽傘被吹飛到城市天空，在視覺的錯位點，遮掩嚴重昏眩的夕陽。那些柑橘酒的藍、塑造梅果的紅、咖啡焦了的黑、香草烘烤的黃……好幾種顏色的調酒基酒，從頂樓天臺流落到三、四十樓層之下的街道，遭遇冒煙的柏油馬路。新鮮燃燒的柏油被這些酒釀的大水澆熄。酒的浪，慢慢淹沒一切，沒有任何居民來得及堆築沙包。一杯雞尾酒倒出來的酒水深度，埋了首都市的所有二樓，壓破所有玻璃，流入窗框，醉倒那些居住二樓、一樓、車庫與地下道的修行者。他們都帶著甜美的笑，溺斃死去。一輛特製的玻璃冷藏貨櫃車，懸掛著年輕女學生，綠綠藍藍，漂過漫酒的街道。她們以假髮吊掛裸體，浸泡在雞尾酒裡沉沉熟睡，酒釀著死亡，延遲了腐爛。牽引的酒水波浪，帶來漂游的無人摩托車，彩色的機油，又帶來漂流木，上頭載浮載沉一些還活著的親人，一些已經醉倒，一些已經死去，一些已經登記好失蹤備案。所有的三樓，都有人探出頭笑著求救。一位遲遲不肯老化的老齡少女，被上揚的酒精撫摸皮膚，墜樓跌入城市的酒海，終於安心淹死。夕陽隨著小陽傘，飄往大廈稜線的後頭。首都市就是在這一次傍晚之後，進入永夜。之後，月亮困在機械表的月相窗裡，酒海因此沒有漲潮落潮。預言中的末日大水，真的來了。那艘安置在別墅屋頂的方舟，落實成一艘單桅風帆木船，一浬一浬靠近這棟只有三、四十樓層高的大廈建築。單桅木船由夜風駕駛，幾盞忽然閃爍、堅持亮著的路燈頭，浮出水面，照亮水面，引導航線。前艙滿載著乾糧食物，後艙儲備的乾淨飲水，讓船身緊緊吃水，只是甲板上沒有一個人。年輕海洋學教授一家人，都泡在獨棟別墅的二樓以下了。誰？是的，是誰，在頂樓的天臺弄倒了這一杯雞尾酒。

達利沒有針對誰，緩緩說，「兩位魔術師，曾經站在頂樓天臺，看過首都市嗎？不是摩天大樓，就只是三、四十樓高的頂樓……」

兩個小木偶布偶走上茶几，布縫的鞋子踩著雜亂的濕氣指印。它們回答，「在變成布偶之前，都沒有。為什麼只是三、四十樓高的頂樓天臺？」

「不是最高的頂樓天臺，才能看見整個首都市。平視的城市，向下看的首都市，還有向上看的角度……」

達利順著光的毛流，離開租賃公寓套房的頂樓天臺。他察看被老化角質包裹的骨董機械表。牛皮表帶圍繞在手腕，蛇皮紋路活成一層蛻皮的蛇鱗，壓印成表皮組織，改變了一些寒毛的生長方向。表帶的不鏽鋼蝴蝶釦，焊烙成橫向骨骼，沒有排斥，接黏著真皮組織下的筋肉肌腱。蝴蝶釦貼著淺淺的動脈，偵測到不停彈響的脈搏。

達利突然推出手腕，對兩位魔術師說，「可以請兩位，幫我把手表裡的針……拿出來？」

達利覺得使用「拿」這個動詞，有一種精準。這項請求挑起兩位魔術師的比賽慾望，在彼此眼珠滴入不同螢光劑的伏特加，辣出溜轉的火光。

國字臉魔術師先問，「所有的指針，都拿出來？」

倒三角臉魔術師濃濃不滿，馬上搶話，「就秒針、分針、時針、日期針、星期針和第二地時針，這六根，對吧？穿透取物，這個簡單。」

國字臉魔術師對倒三角臉魔術師的埋怨，全都寫在臉上，「這種技巧，我是首都市第一個表演的。」

「我才是穿透取物的第一位魔術師。」

「你能穿透玻璃，這機械表的表蓋，不是玻璃，是藍寶石，硬度不輸鑽石，你那隻手，不行的……」

「兩位不用爭，一起同時拿，一人一根針。」達利說。

「三根長針，先拿走哪兩根？」兩位魔術師又願意異口同聲。

「……先留下秒針吧。」

兩位魔術師都說好，同時操控各自的小木偶布偶。布手指的大小剛好占滿表蓋。布料接觸的瞬間，藍寶石軟化成矽膠果凍，兩隻小手輕鬆滑入凹陷的透明，分別拿出時針、分針。它們拉出布手指，玻璃果凍抖動了幾次餘波，才安靜成硬邦邦的藍寶石。接著，又是一陣不知道誰是誰、誰贏誰的布織布調侃。

「你拿的分針，跟你一樣瘦巴巴。」

「你拿的時針，才像你，做什麼都慢一步。」

「我慢？你走一圈累死了，就是為了讓我走一格。」

「所以我比較持久，你動一次，我已經動六十次。」

「持久有什麼用，你拿的那根那麼細，動再多次，日春小姐也不會有感覺。」

「你的才又粗又短。」

「還沒結束，還有另外三根短針……」達利說。

兩位魔術師彼此不認輸，先把小木偶布偶手中分針時針交給達利，大聲說，「快說，要先拿哪兩根？」

達利沉思了許久才說，「……先留下第二地的時針吧。」

嘆息還沒有落盡，一眨眼，兩個小木偶布偶已經拿出日期短針與星期短針。兩位魔術師看著這根長短厚薄都一樣的短針，無法分辨誰取走星期，誰取走日期。

「這兩根不算，還有兩根，我們再比一次。」它們都同時說。

「不，剩下的兩根針……我想留下來。」

失去比賽項目，它們都啞口了。布的身體，肉的身體，僵硬在馬蹄沙發上，不知怎麼繼續爭辯，又爭辯什麼。達利接手日期和星期，掂著這四根柳葉形狀的寶藍色細針，走到廚房坐上高腳椅。老管家剛好闔上《100全宇宙》，把雜誌鎖入櫥櫃。檯面留著幾張撕下來的雜誌內頁紙，達利立刻被第一頁的大標題給吸引。

你相信嗎，沉睡之後的世界？

你相信嗎？——是這本雜誌的標題慣例。是怕讀者還沒看內容，就已經相信接下來的報導。這樣的內容，死了一樣，不值得印刷出刊。有段時間，這句話還是某個撞鬼說鬼綜藝節目的開播口頭禪。主持人會帶領所有專家來賓與明星藝人，面對閃爍紅燈的攝影機，大聲說，你相信嗎？再走位進入一連串親身經歷的談話。達利不覺得這個深夜節目真的嚇人，雜誌標題底部的小副標，卻讓他泌出一片冷汗。

——**綠艙，首都市的沉睡儲藏室**。

「達利先生，應該會想看這篇報導。」老管家說。

達利一隻腳陷在標題與副標的釐米行距之間，「是不是馬上要銷毀了？」

「這是和高樓層管理人的協議。」

「老管家……能告訴我報導的內容？」

「很高興達利先生問我。」

老管家的笑容在光影裡綻開，彷彿等待這一刻很久了。臉皮的老人斑被震碎，笑紋也被拉成麵皮。

《100全宇宙》的出刊日與期號，一樣被剪成粗糙的空洞。幾乎全新封面的右上角，有一個以數個土星環的燙銀光圈，包圍球體內的宣傳文案——全新復刊第四彈。這篇撕下來的報導，是封面故事，主要是幾位神祕學專家的人物專訪，幾位知名精神醫師的臨床分析，和大量心靈研究與腦波分類的統計圖表，建構這個專題。另外還有六位主要當事人接受訪問。老管家立即點破，達利不會相信的報導內容——這些受訪人就是當時走進避難室的下水道維修工人。後來，他們都從所屬的水利機關單位靜靜退休了。還活著的幾位，一百多歲高齡，都很健康。其中兩位，已經去世多年。雜誌社偷偷邀請那位被市政法規禁止的兩百公斤肥胖靈媒，透過焚香通靈，專訪那兩位已經死去的下水道老工人。其中一位受訪的亡靈，是當時因為腳傷、沒有進入光亮空間的老工人。專訪內容有一大塊圍繞在他們失蹤後返回家中的生活。都是一些瑣碎無用的生活細節。他們也忘了，當時為什麼沒有尋找彼此，也沒有去撤銷失蹤登記。有些人的孩子慢慢長大，也有人孤單終老，也有不少人經常申請到外部城市觀光旅遊。但沒有人離開首都市，移居到其他城市。進入光亮空間的那五位老工人，被問到一個共同的問題——當時如何進入那個下水道？最後，又怎麼離開那個光亮空間？不管是老的牙齦黑亮的活老人，還是透過肥胖靈媒嘴說的死者亡靈，全都回答了一個相類似的描述——**從那個發亮的蝸牛樓梯走下去之後，有一對父子，不知道住在那裡多久**了。其餘的細節，大多分歧不統一。那位沒有走進光亮空間的老工人亡靈，透過肥胖靈媒，說了一段讓老管家不停咀嚼的描述——**那一次維修工作的行程，被時間磨成了一把光箭，沒有辦法用手抓住。我只能每天躺成肉靶，等待光箭射中沉睡之後的我。這樣，才有機會再一次找到那個不知道編號多少的人孔蓋，走入地下道，發現那個一直在關閉的水閘門。**

達利插話，簡短發問，「這位死去的老工人……一直重複看見睡著之後的，同一個事件？」

老管家停下眼球自主轉動，安靜閃爍的眼影說，「一位心理諮詢醫師分析這位老工人的靈魂記憶，可能只是一個故事，或是電影橋段，透過潛意識的鏡面，暫存下來的影像，甚至不是有儲存價值的記憶。」

這些下水道工人們離開避難室之後，活著的生活，沒有戲劇性的改變。就像老管家已經拼湊的，在知悉死亡走近臉前了，他們也沒有前往警察廳，提出申請，撤銷被判定為永久失蹤人口的身分。離開之後，他們一直一直等同死亡。只有兩點微小的變化，由雜誌編輯成兩條重點抽言——**這些下水道老工人，不論活著死去，都察覺到，返家之後，身邊人事物的逝去，快了一些。**老管家透過自己的嘴，盡力還原另一位有進入臨時避難室的老亡靈說詞，「**沒有特別快，就只是快了一些些。像院子裡的杜鵑花，開花的時間感覺早了幾天，花期也短了幾週。還沒看到蜜蜂來，就凋零了。落地的花蕾花瓣，睡個覺醒過來，就完全腐爛了，掃起來直接倒到花盆裡，就已經是肥料了。**」

「不過這位老工人說的話，是透過肥胖靈媒的嘴……」老管家突然補充一句，「我以前就覺得，靈媒一定會被禁止。」

達利緊握拳頭，那分針、時針、日期短針、星期短針的四個尖端，都扎刺掌心。流出來的不是血，是更大量的冷汗。他不再提問，請老管家繼續描述雜誌報導。

另外一條重點抽言——**不管白天還是黑夜，只要老工人們進入沉睡，那些跳躍的旋轉的，也變得更複雜一些。**

老管家推測，下水道維修工人的工作穩定，經常一覺睡到醒，沒有多餘打擾。從光亮空間返家之後，活到一百零八歲的那位老工人，連睡個午覺，都被戴著各色假髮的嬉皮鬼魂嚇醒。夜睡裡，最常驚醒他的，就是突然漲潮淹沒所有街道的一場大水災。

「老管家，那位沒有走進去的下水道工人，一樣也感覺時間變快了一點，也睡得不安穩？」

「是的，報導還特別寫說，他雖然沒有走進去，可是靠近綠艙，就可能被影響腦波。」

「被影響腦波？」

「這是另外一篇報導。不過這半頁綠艙小組的報導，我覺得是雜誌社自己拼湊出來的。」

老管家帶著不相信的笑意描述，市立醫學中心的團隊是分類分組的。其中有一小組，專門從醫學科技角度，進入首都市居民的睡眠，運用特殊頻率的電磁波，將入睡後的腦波，轉化成光纖，再掃描粒子畫素，投影到液晶顯示屏幕。雖然運用千萬級高清畫素技術，播放出來的沉睡腦波，絕大部分只能呈現黑白拷貝帶的影像，品質很粗糙。這些腦波影像，一旦多次重複播放，很容易磨損，嚴重一些，甚至直接出現老舊膠卷自焚燒燬的畫面。這個小組，聘請少數願意接受實驗的首都市居民，將他們的沉睡，以影像檔儲存在一顆結合微型生物工程的人腦資料庫，進行各種實驗。這個實驗室，就叫做綠艙。研究團隊，就叫做綠艙小組。這篇側寫還引述另一位神祕學專家的證詞，他沒見過綠艙小組的成員，卻認識首都市一位負責財政預算的高層官員。這位官員朋友曾經私下告訴他，每年都有上億元的研究預算，編列給綠艙實驗室。綠艙小組中的腦科醫師和心理醫師，宗教學者和神祕學專家，也會定期出現在市政府議會，進行年度研究進度報告。一直都只有少數高層官員列席，每年的年終會議，首都市市長還會親臨會議，聽取研究成果。只是這位財政官員的進出卡權限，無法到達市政府各區域的地下室一探究竟。神祕學專家推測，綠艙實驗室就在首都市醫學廳的地下室空間，只是不知道在地下幾層的深處。

「而且，只能以一種特殊的方式進出。」老管家說得神祕。

「什麼方式？」

「神祕學專家沒說，採訪人也沒寫出來。我想他們寫到這裡，也不敢再往下亂編吧。首都市的長官看到，會查辦的。」

「有可能，有一段時間，首都市確實出現過媒體管制。」

老管家接著描述，這篇雜誌報導最後的結論——**綠艙，人造實驗室。在出現睡眠集體延長的趨勢之後，綠艙將成為首都市最巨大的沉睡儲藏室。**

這些因果推理的報導，精神醫師的臨床分析圖表，神祕學專家的引證，或者是雜誌社買通肥胖靈媒的陰陽說法，都支撐著這篇專題。這些內容共同胡謅，達利也不感意外。先前串在腦葉的綠艙問題，分裂繁殖出新的問題鏈。右眼看見一組單位，左眼又獨立出一個問題核，各自提問，也都擁有詮釋，一次交叉印證，又把達利拉扯到廚房吧檯。

「達利先生，還想知道什麼？」

「老管家已經說得很詳細。」

「覺得這篇報導怎麼樣？」

「這種雜誌寫出來的報導，我一直都無法真的相信。這種不信任的懷疑性格，就算老管家改寫個人資料，也無法改變吧。」

老管家淺淺笑了，靜靜洗著手。少數水滴飛落在桌面，散成水滴，不願意流入下水口。薄薄的防水乳膠黏住木紋的嘴，一時間也無法吞嚥它們。水滴活成大小不均的點，等待顯圖。達利沒有碰觸它們，點連成線。他翻開緊握的拳頭，汗液在掌心窩成鹹鹹的水灘。四根寶藍色的柳葉針，像是失去桅杆與風帆的船群，彼此碰撞。達利伸長手，將它們導航到檯面的雜誌紙面。

「這四根針，一起銷毀吧。」達利說。

「這支表……」

「不重要了。」

「怎麼處理，達利先生都可以接受？」

達利沒有猶豫點頭。老管家遲疑了一會，端起那幾張雜誌紙，搖起一陣紙波浪。分針撞翻了日期短針，星期短針穿毀了時針。一陣側翻浪，四艘針船滑入老管家擦乾的手心，全都擱淺在粗糙的老皮灘。老管家轉身，打開上鎖櫥櫃，從一個奇怪的角度深處，拎出一個老舊的木盒。是一個煙燻顏色的雪茄盒子。五十根裝的那種小雪茄。老管家一一拈起寶藍色的分鐘、小時、日期、星期，把四根針全都停泊在雪茄盒子，再鎖回櫥櫃的深處角落。

「我們永遠不會知道，雜誌裡頭，夾了什麼……」

老管家的話，送來一波有陽光餘溫的光浪，浸泡達利。那幾張有關綠艙的雜誌紙，在沉睡中過水染濕，經過廚餘處理器的絞盤，儲藏在不知何處的下水道。跟隨空轉的馬達，達利拉起龍頭，快速旋轉龍芯，運作定位撥針的槓桿與彈簧，讓離合輪上弦，讓上弦桿撥針。鼓壓推動定位彈簧，駕駛鼓車，進入日光燈的白晃鐵光，與鐵影裡的小鐵車結合，生出傳動輪。一壓下龍頭，鼓車與小鐵車分道，結合另一輛鼓車，上弦了，發條緊繃了，撥動剩下的秒針。達利抖一抖手，那個被摩擦乾澀老硬的滾珠軸承，勉強被水泥地板裡的重力挑逗，不怎麼情願，自由運動幾圈，讓發條再吃多一點緊張，讓唯一的短針指向臨時避難室外頭的第二地時間。長了一顆寶石眼珠的止逆擋，沒有眼皮，時時刻刻監看秒針順時方向飄移，否則自動盤斧頭一砍，離合定位發條一斷頭，第二地的時間也會跟著死去。這些齒輪牙，比廚餘處理器的軸心葉片咬得更狠，連空氣都擠不過身。一組齒輪帶動一組齒輪，與之後嘴嘴咬合的數十組裝置，全都轉起來了。所有轉動，全部困在幾釐米厚度的表殼硬肚，繞出無數糾纏的旋渦。達利聽見了，秒針發出沉睡之後撫摸恥毛的窸窣，蛇紋表帶蜿蜒履走，傳遞到真皮肉下的蝴蝶釦，觸擊脈搏。每跳動一次，只能上弦千分之一圈，連死去的角質硬皮，都觸摸了唯一的機芯。

艙與艙的銜接

兩位魔術師飄浮在半空，從袖口抖出蜜粉和緞彩糖球。好不容易入睡的高胖忍不住又爬出睡眠，閉著眼，醒過來，舔舐飄落下來的粉，張大嘴巴含住那些彈跳的糖球，沒有嚼就吞嚥，再躺平舞臺。蒼蠅眼角還留有褪色的瘀青，躲過一顆墨綠糖球，從螺旋樓梯口，飛上舞臺，放輕步伐走，擔心打擾介於睡與醒的高胖。蒼蠅揮手擾動空氣，招來了所有人的目光。蒼蠅躺下身，慢慢把頭蓋滑近高胖的頭顱。蒼蠅的軟髮和高胖油膩膩的髮條，被靜電挑逗得巍巍顫立。軟髮與油髮一接黏，蒼蠅頭開始被拉向高胖。當兩人頭皮一碰觸，蒼蠅馬上被感染睡眠。嗡嗡的呼吸和心脈跳動，才彈一秒就跟隨肥胖的節奏。

蒼蠅的說法是為大家準備一種新的舞臺表演。他大方告訴其他人，這次的演出定名為「沉睡銜接術」。目的是一起入睡，協助高胖進行減肥。大家都知道，這是蒼蠅打賭認輸之後，擔任高胖專屬傭人的第一份工作。蒼蠅把工作說成表演，比較容易執行。高胖曾經私下告訴達利，一直以來，他都擔憂自己會在入睡狀態，心肌梗塞，獨自死於沉睡，身邊卻沒有認識的人發現他已停止呼吸心跳。這種輕微恐懼來自首都市宗教區的一位地下道命理師——一個人死於睡眠，那一刻他看見的是一種美麗，就有機會輪迴到美好的軌道；入睡之後鋪滿噩耗歹路，那下輩子的命途肯定悲慘；從心跳停止到腦死的短短幾秒幾分鐘之間，如果什麼都沒看見、沒聽見、沒嘗到、沒嗅到，那死者靈魂會受困在一顆骷髏頭裡。那裡沒有腦漿泥淖可以隱身躲藏，沒有水晶眼珠可以偷窺行走城市的親人，也沒有腐爛的舌床協助興奮高潮，即便棲身在耳洞深處的三半規管，也會被蒼蠅的幼蛆分解消化，害亡靈失去平衡感，永遠在蝸殼形狀的旋渦迷路，無法落胎成新生的嬰兒……這是高胖怕黑的原因，才要蒼蠅發現他可能入睡，立即到舞臺陪伴。

兩顆頭顱銜接的正上方天花板，那盞被拆卸的日光燈罩，要等下一次侏儒保鏢下來才能修復。失去這批白太陽，舞臺上空出現一塊多邊多角的灰暗，這片曖昧又可透視的陰暗，增加了高胖入睡前的壓力。達利走上舞臺，正在進行沉睡銜接表演的蒼蠅，睜開眼竊竊說，這次入睡，又遇見高胖了。蒼蠅鋸開自己的頭蓋骨，發現高胖趴在他的腦葉，撿拾那些陌生女體分離的身幹與落單的乳房。高胖還抓走了一隻燙熟的、火橙橙的塑膠龍蝦。這些徵兆被拿走，作為僕傭的蒼蠅無話可說。高胖拿走一瓶裝在玻璃球裡發酵成烈酒的精液，以及政客父親留在前額腦葉的一顆巨大灰色眼球，讓蒼蠅不得不抱怨。那顆眼球憤怒瞪著端著一片頭骨的蒼蠅，冷冷責怪他，連這一點點小東西，都無法保護好，還能寄託他什麼，仰賴他什麼。最後，高胖的大屁股坐爛蒼蠅的腦漿，把發抖的影像果凍團團塊塊吞嚥入肚，大剌剌陷入豆花腦漿，爽呼呼進入另一次沉睡。蒼蠅氣不過，知道現在只是沉睡之後的銜接，趁高胖睡熟，偷偷掀開高胖的腦蓋骨。白肥肥的脂肪油水，瞬間洩洪出來。一起沖出腦殼的，全是日春小姐的乳房、嘴唇、屁股、脖子、腳踝。她被解剖切割開來的肢體，只有傷口，所有的血管都還在輸送血液，膀胱一壓縮，就從尿道流溢出黃汁，染了高胖的腦漿。

「死胖子，竟然什麼東西都沒有……」蒼蠅依舊睜著眼。

達利伸出手掌，貼近心臟，測探著蒼蠅的心跳頻率和呼吸的力量。

「說主人是胖子，應該不是調侃吧？他胖，是事實。」蒼蠅沒眨眼，語氣鬼祟。

「這可能是高胖失眠的原因……」達利出聲回答了。

「你是誰？」

蒼蠅一回問，達利才意識到，蒼蠅沒有醒來，只是囈語。三重奏酒吧老闆說過一個吧檯煙霧裡的禁忌——**可以向死者吐露心事，不可聆聽沉睡的囈語，更不要和沉睡者對話。醒著的人，永遠不知道睡著的人，正與誰對話。一個不小心，沉睡者說溜嘴了，醒著的人有可能發現，原來自己已經是一縷亡靈，死於某一次往返甦醒與入睡的縫隙。**

囈語嗡嗡，達利不管禁忌，傾身靠近聽。他剪短後又再度覆蓋耳朵的頭髮，被躺平的靜電牽扯。達利用力起身離開舞臺，留下蒼蠅繼續履行賭債。

老管家已經履行承諾，弄了一頓豐盛餐點，還鋪了白桌巾擺出十道菜。一整桌精緻料理，高胖醒著也吃，睡後則繼續讓蒼蠅餵食，連雞骨頭都咬碎吞嚥，讓廚餘處理器也餓上一餐。這一餐讓嚴重流失的體脂肪獲得補充。兩位魔術師則用各自的血肉脂肪，填充小木偶布偶。交給高胖之後，他們一起癱瘓在馬蹄沙發，不進食不飲水，兩張臉都憂愁地比賽假裝人偶。高胖匆匆瞇眼一回，兩位魔術師一動不動地瘦了。國字臉凹成沙漏，倒三角臉餓成馬丁尼杯。高胖憂心再短睡幾回，兩位魔術師會餓成兩塊帶骨的皮革，趕緊把小木偶布偶還回去。小木偶布偶握住癱軟的魔術師指頭，它們身上的血肉，回流餵養兩位魔術師饑腸轆轆的皮囊。等鼻頭一挺拔，他們又開始互相指稱對方不知羞，回收送出去的禮物。沒有參與賭局的日春小姐，主動幫高胖清洗那頭油膩膩的黑髮，直到每一根髮絲全都分開，擦乾之後，也不會滾成麻繩。幾次短暫入睡又醒來，高胖才靦腆告訴達利，那幾次日春小姐為他洗完頭後，都用三根手指，讓他飄浮到盥洗室天花板，穿過玻璃罩，被炙熱的光纖不斷融化，直到射出大量的脂肪體液，肥碩的身軀才落回到潮濕的地板。

高胖一站穩發軟的雙腳，就鼓起勇氣，再一次羞愧表白。

日春小姐總會提出反問，「真的愛我……會為我殺人嗎？」

頭髮自然風乾，又分泌出薄薄油脂，再度糾結油膩的髮髻，高胖也沒敢答覆日春小姐的反問。達利走到廚房，回望舞臺上的兩具身體，一大一小，一胖一瘦，會為了日春小姐，殺死另外一人？達利也問了自己同樣的問題。盥洗室的門打開了，日春小姐一絲不掛走到廚房，要求一杯果汁，老管家便搾出鮮純的果汁。

「達利先生，準備要討論了？」老管家說著，把果汁遞給日春小姐。

「討論什麼？」達利說。

「就是，『想想怎麼離開這裡』……」

「老管家曾經有什麼想法？」

達利以眼光示意，邀請日春小姐加入討論。她以舌頭追逐水杯裡的果肉。一會是味蕾吸盤黏住它們，一會是它們的纖維抓住她的唇肉。乳房沒有晃動，也沒有回應意向。老管家開始熱衷描述，過去，娛樂區的鐵捲門壞了很久。老管家有想撬開，但沒有合適的工具，也怕會破壞避難室，感覺不好。就算有工具撬開，也不知道後頭還有多少道電動鐵門，就怕也都年久失修。剛被送下來時，老管家無聊，也走過幾次螺旋樓梯。那幾次摸黑爬樓梯，都走不到頂，階梯永遠也走不完。等兩位魔術師被送下來，就沒有再爬上樓梯了。天花板有空調排氣口。老管家沒把握裡頭的管線，通往哪裡，抵達哪裡。

「男人進不去……」

老管家說到這，與達利一同看往舞臺正上方的天花板。內嵌式的中央空調排氣口，剛好有一組，安裝在失去白太陽的天空旁邊。

「像那些侏儒一樣疊起來，說不定可以把整個空調拆下來……可能只有小木偶布偶和日春小姐可以鑽上去。」達利喃喃說。

日春小姐靜靜搓揉乳房下緣。死去的角質層剝離，像似橡皮擦抹乾淨白紙，留下殘存的細粉條。隨著搓揉的律動，那片裸露水泥結構的天花板，出現一小灘黑影，滲水壁癌長了黴，染出更大片的水漬。那一片深黑，慢慢向下弓出半顆橄欖球大小的軟膠弧面。老管家發現它，面露緊張狐疑。漏水了嗎？達利也這麼認為。它垂落成的大水珠，至少有一個人頭顱大。日春小姐再搓揉鎖骨地區的角質層，未完整成形的大水珠，就長出毛茸茸的髮絲。不管粗細，每一根都是活的，全部向下用力拉生根鬚，把它拉出天花板，拉出巨大淚珠的形狀。就在它要哭出聲音時，蒼蠅的某個複眼，在沉睡裡看見，天花板上正要滴落什麼的危險，瞬間從銜接表演工作裡，驚醒過來，想與高胖的頭顱分開。糾結在一起的頭髮，被重重拉扯。

斷裂前一秒，從高胖還有呼吸的喉管深處，拉出一段囈語，「父親……不管你的官位多高，有一天，我會殺你。」

毛茸茸的大淚珠也應聲斷裂，直接砸落高胖的肥臉。炸散多餘的水分，它軟成一顆潮濕的毛線球。起初，無數毛鬚被驚嚇，靜止僵直，等所有人回神，它們瞬間伸展絲手，爬滿高胖的整頭全臉。高胖被通上電，如一頭等待自動化宰殺的巨大牲畜，不停抽搐。達利扭倒高腳椅，快步上前。起頭兩三步，他就看見——一個和他面貌相仿的男人，奔跑靠近舞臺的過程——也曾經被寫入筆記本。如果不是回頭，看見正趕過來的老管家和待坐觀望的日春小姐，踏上舞臺前的最後幾步，他就可能踩住了那個男人的倒影。

那掉落的，不是長毛的水滴，也不是誰的頭顱，而是一顆蔓生在下水道的球藻。它伸出所有墨綠絲手，纏繞高胖頭顱，慌張進行吞噬。幾滴有生鐵汽油味的餘水，從天花板滲漏，滴落在蠕動中的球藻。老管家隨手握來一把切水果的鋼刀，達利立即取拿，一時間也不知怎麼下手用刀。老管家囑咐，不管它是什麼，要小心處理。不知道高胖的狀況如何，先不要傷害它。兩位魔術師與小木偶布偶，協助壓制通上鬼電的顫抖肉塊。達利沿著臉頰輪廓，以手為刀，以刀為手，拔斷割斷墨綠絲手。斷裂的絲手迅速乾枯死去。他用力剝開扁扁的球藻。高胖的眉毛、眼珠、鼻梁、嘴巴、牙齒、舌頭，已經被分解下來，黏在球藻的表面緩緩被吞噬。分開的眼珠慌張轉動，鼻孔自行撐大呼吸，上門牙微微顫抖，卻無法咬合下門牙。

球藻表面上的高胖，以差點分裂的嘴唇和舌，劈頭一句詢問，「你們怎麼都在轉……飄在地板上……怎麼了，發生什麼事？」

兩個小木偶布偶一溜轉躲進魔術師的內衣褲袋。

「見鬼了，哪來的東西啊？」蒼蠅喊聲。

老管家拈起一截乾死的墨綠絲手，丟出提示，「達利先生，這東西，是不是要靠水才能活？」

「是，球藻不能沒有水。」

老管家快步到倉庫，不知從哪個架櫃私處，翻出一個玻璃燒成花苞的水缸。玻璃花缸看得出陳舊，不招惹灰塵。老管家將它盛滿水，搬上舞臺。被剝開的球藻，纏住達利的手。那些絲手尖端開始鑽進手腕表皮。有幾根粗絲手，鑽破包裹骨董機械表的韌性死皮，纏繞機芯的止逆擋齒輪，強迫懶散的秒針，逆時針方向倒退，倒退，一刻度，兩秒，三滑步，四格彈跳……他抓握的球藻，觸感是一顆長滿野性鬃毛的矽膠乳房。它打算自行移植到腕背，活成另一個假的性器。達利連挑帶剝，把球藻刮入玻璃花缸。那些堅持留在掌背和鑽入骨董機芯的絲手，轉眼就收乾枯萎。扁球藻泅入玻璃花缸，立即吸水飽滿，比原來又再大一些。綠泱泱的藻皮上，停泊著高胖的鼻頭和幾顆大臼齒，等待藻囊的下一波反芻吞噬。高胖這時坐起身，臉部失去感知器官，部分頭皮也被分解分離，刈成幾片光裸的癩皮禿。面皮光滑平整，沒有傷口，凹成一個有骷髏輪廓的臉盆子。兩側的耳朵還在，更顯得肥碩厚肉。

蒼蠅靠近玻璃花缸，假裝用手指戳戳漂浮的球藻。沒有臉的高胖軀體，同時往後仰，做出躲避動作。

「戳什麼戳，死蒼蠅，總有一天打死你。」

怒斥從球藻囊體奔出。向來害羞、總是擔憂帶給別人困擾的高胖，這一頓恐嚇，把所有人都嚇啞。每個人都靜默下來，直到達利打破。

「高胖，你還好嗎？」

「發生什麼事了？」高胖聲音從玻璃花缸的球藻體囊裡傳來。

「你的嘴巴、鼻子、眼睛……都在一個……」達利說不出口。

「一個球藻。高胖先生，你的臉，現在在一個球藻裡。」老管家說。

「球藻是什麼啊？」高胖說。

「那些植物學專家叫它球藻。一種有動物性格的藻類。」老管家說。

「什麼動物藻類？我的臉在一個球藻，這是怎麼回事？」

「你的身體在那邊。」蒼蠅指示。

球藻漂浮著，滾動半周，一看見那具失去顏面的軀體，搶出數百粒小氣泡，劇烈膨脹成一隻被刺激的河豚，把無數絲手刺成針。墨綠色的細針軟成觸手，攀附向外綻開的花瓣，準備要爬出玻璃花缸。

「高胖，不能爬出水缸。你的臉，在球藻裡，暫時不會有危險。離開水，球藻就會枯死，這樣你也會有危險。」達利一半安撫，一半嚇阻。高胖控制情緒，球藻也浸入水面。整顆泡水，很快就穩定下來，乖順浸泡在玻璃花缸。

「高胖先生，在裡頭看得見嗎？」老管家問。

「很清楚，只是你們在外頭，轉來轉去，搖來搖去的。」

「呼吸呢？」達利問。

「這東西裡頭都是水，呼吸沒有問題，只是聞起來……」球藻突然凹陷，又擠出一些碎氣泡，「還是說，喝起來吧……好像是甜的。」

「甜的？」

「可能是我剛才睡著之後，吃了一堆不知道哪來的果凍。現在肚子很撐，完全不會餓了。」

「你吃的那些，是小時候，我家老頭塞到我嘴裡的成績單，不是什麼果凍。」蒼蠅突然插話。

「輪到你說話了嗎？」高胖說。

蒼蠅躲到達利身後，立成影子，辣紅了傭人削瘦的臉。小木偶布偶從國字臉魔術師的褲袋探頭，詢問老管家，「是不是要通知高樓層管理人，說明狀況？」

老管家沒多考慮，回到廚房，打開上鎖櫥櫃，從另一個奇怪的角落，拎出一具骨董電話。機身全是陳舊卻騙來光亮的硯臺黑。撥號轉盤是半透明的塑膠。零洞的旁邊是9，每個孔洞裡都住著一個阿拉伯數字，一路順時方向，降轉到1。黑光話筒上，橫躺一尾熟透的裝飾龍蝦。在日光燈照耀下，牠囂張著紅橙色的塑膠外殼，頭頂的骨鬚不停偵測避難室。盤座中央燙金焊烙著骨董電話的名字，鐘鈴電話。老管家的身形，微縮投影在這具鐘鈴電話的表面。他抓起龍蝦話筒，一連撥了三個零，龍蝦伸出螯臂，夾斷耳朵上的一束白髮。撥號轉盤繞出三個沒有完整成形的旋渦。無聲撥接中。所有人等著，等到空氣都沉悶嘆氣，老管家才頓了頭，拘謹說話。

「您好，打擾了。我是臨時避難室的老管家，麻煩轉接高樓層管理人，謝謝。」

老管家掛回龍蝦話筒。接下來的等待，久得讓空氣燒出焦味，兩個小木偶布偶都以為有機會長出鬍鬚尖了。這一次，可能需要等得更久一些……老管家眼角才分泌出這道訊息，高胖的怪叫怪喊，在球藻體內共鳴，以玻璃花缸的清水為傳遞媒介，爽朗朗直呼出來。

「達利，這裡頭有一個黑色筆記本……書皮縫了你……」

「縫了誰？」達利驚訝問。

「你，達利。書皮上縫了你的名字。這裡頭太擠，筆記本好像要被吐出去了。」

球藻先凸出一塊黑角尾巴，整個黑本子在一次不知道是誰的反嘔聲之後，被吐落到玻璃花缸。達利趕緊走上前，凝視漂浮在玻璃花缸的筆記本。以玻璃花缸為框，清水、球藻、筆記本，構成三位立體的異鏡油畫，可以看穿立體透視的後方，卻又無法逃離立體的花苞畫框。達利沒有驚動球藻，快速取出水面的筆記本，觸摸那熟悉的蟒蛇皮紋路壓印。達利，被奇特的織機工法，精緻縫在塑膠假皮上。幾滴乾淨透明的清水，從筆記本夾層滴落，在水泥地板炸醒幾塊濕。達利醒著，看見光纖裡的無數浮游生物，集體扭出晃晃的質疑。又一滴清水落地，分裂出更多細胞核問題。接下來，從內層夾頁滲漏出來的水滴，不再清透，攙染了墨水的似藍似黑。達利不讓任何一滴墨水逃出筆記本，趕緊平擺蛇皮，順手撥開還夾著鋼珠筆的皮帶釦釘，小心翻過幾頁內頁。

所有被寫下來的記錄，全都在泡水的紙張上暈開。首都市街道的速寫、無聊採訪時畫的圖騰、沉睡後的囈語、對某位藝人明星的厭惡，與妻和兒子的重要對話，全都歡娛雜交配色，繁殖出幾段沉睡與甦醒之間的破碎——**擱淺在白沙灘城市裡的一艘破損單桅帆船，失去了帆布。酒釀的末日大水，沖擊它，航行到大鬍子老人沉思的辦公室。一群居住在柑橘蜜糖紙張上的黑頭蟻群，把寫在同一頁的肥胖印度女人，搬移到肉電梯長出嘴巴的跨頁裡，讓那些原本待在階梯旁邊、無事可做的十三顆灰色黑眼珠，盡情觀看這位全裸的印度女人。**達利翻過一小疊緊緊濕黏的紙張。這些被夾住的內頁，曾經寫下什麼記錄？他才剛浸入濕紙纖維，立即看見——**那些劇烈燃燒著的地下二層捷運車廂裡，載著滿滿的、登記為失蹤人口的年輕人，停靠在一處沒有站名的月臺。所有車廂的火燄向上竄逃，沒有年輕人願意下車。酒香四溢的末日大水，又漫浪過來，滲透紙的纖維，推動捷運開始奔馳。一節節的車廂掙脫泡酒的電力軌道，最後駛抵已經更名的獨立廣場。那三個鑲嵌在人腳裝置藝品上的時鐘，全都重新組裝上分針輪與時針輪。沒有秒針輪的帶領，它們依舊無力啟動。寫在其他頁面的兒子們，有些是剛出生的哭聲，有些是青年的影子、老**

年的白鬍鬚，也都無法抵抗酒水，被沖積到廣場。不同年齡的他們，一抵達獨立廣場，不論是以音量顯露，還是有膿液腐爛的形體，都感染了廣場時鐘的疲倦，軟趴趴排著隊，魚貫走入捷運車廂，瞬間被火化。達利看著那一具具焦炭的身軀，眼眶泛著淚光。一段描述骷髏頭煉獄的短句子，隨著一滴鹹鹹的淚水，悄悄鑽進書脊的裝訂縫線——**那些躲在骷髏頭顱裡的人形靈魂，集體吶喊，想逃出硬厚皮製裝幀，卻發不出聲音。**達利恍惚失手，筆記本直接攤開到封底。這一頁內皮，出現一個沒有泡水暈開的墨綠方形戳印，框著墨綠的印泥字——綠艙。

蒼蠅被喚回舞臺，依照球藻肚囊裡的高胖吩咐，幫肥胖的身體按摩。他壓低聲量說，「老哥，真是你的筆記本？」

「你能專心好好做一件事嗎？難怪你父親不把你當回事。」高胖一嚇阻，球藻就呼出無數小氣泡。蒼蠅露出僕役該有的猥瑣懦弱，低頭尋找脂肪層下的另一塊緊繃肌肉。

「達利先生，還能用嗎？」老管家說。

「要先晾乾……」達利停了很久，才緩緩說，「老管家，是不是……在我的個人資料，改寫了什麼？」

「最近一次，在習慣欄後頭的備註，補充寫了……沒有筆記本，無法書寫，也無法記錄任何事物。也就這樣。」

潮濕的綠艙，濕淋淋的一團疑惑。達利抹去了餘存水分，想提出問題，卻無法撥接連線。乾爽的避難室，此時響起奇怪的報時聲。是擱在廚房吧檯的那具鐘鈴電話。熟透的龍蝦辣辣地疼著殼身雙螯，不停彈跳黏身的黑色話筒。就像它的名字——電話響亮的聲音，是掛鐘擺錘的整點敲擊聲。左搖右擺一回，就響一聲鐘鈴。老管家不知為何發愣猶豫，沒有第一時間抓起龍蝦話筒。

要響幾聲？要讓鐘鈴一直響到什麼時候？鐘鈴電話無法回應達利的困頓，持續響起。一聲一小時？又響一聲了……達利跨出步伐，想走入廚房接電話，停止不停累積次數的鐘鈴聲。

「達利先生，還是讓管家做好他該做的事……」老管家出聲制止，抓起龍蝦話筒。手溫讓龍蝦話筒更加熟透發紅。牠想掙脫掌握，彈了一次尾巴，無法脫逃。他謙和有禮地說，「是的，高樓層管理人，您好。我是臨時避難室的老管家，不好意思打擾您……我的工作，應該的……是的，很久沒有通電話了……」

老管家先提出日光燈損壞的問題，再帶入出現漏水，突然掉落一顆球藻，以及這顆球藻把高胖顏面五官分解吞噬的事件始末，就像公家機關公務簡報快速解說。接下來，是另一陣讓所有人閉氣的禁聲聆聽。達利困在被蓋印綠艙戳記的筆記本內頁。一些迷糊的墨汁，在紙張纖維的縫隙，培植出億萬隻浮游生物，包圍他，也令他閉氣等待。達利有股衝動，要搶下鐘鈴電話的話筒。他直覺，話筒另一頭的高樓層管理人，不管多麼蒼老，聲音多麼遙遠微弱，一定知道筆記本為什麼沒有被分解消化，也能解釋，為什麼在筆記本上繡他名字，又蓋了綠艙戳記。盤踞話筒的龍蝦，爬梳修剪老管家的鬚毛，揮舞大螯示威警示。達利看一眼高胖，無法在光滑的臉皮上，找到任何協助。蒼蠅變得懦弱，被龍蝦的巨螯一恐嚇，趕緊飛入無臉的軀體後頭躲藏。兩位魔術師，一二三，進行木頭人的比賽。一直坐在吧檯的日春小姐，靜靜聆聽可能的對話，也無意理會達利。只有兩個小木偶布偶，偷偷擠弄布料眼角，用上軟布手腳，比劃指著他的筆記本。一輪對話之後，老管家淡淡沮喪，垂低肩膀，抖抖龍蝦的尾巴，掛落話筒。被龍蝦占據的鐘鈴電話，又回到櫥櫃的角落深處。老管家沒有和任何一對等待的眼睛接觸，打開廣播器，說明高樓層管理人已經知道避難室的問題。保鏢們確實回報了日光燈的損壞。高樓層管理人已經安排，下一次保鏢運送物資時，安裝全新的日光燈組，修補碎裂的天花板玻璃罩。由於這次損壞，是由蒼蠅引起造成，他希望不要再發生這類不禮貌的行為。有關天花板的漏水，他會第一時間知會市政府的相關部門，進行水路管線檢查。如果管線老舊漏水，也會很快被更換修復。至於高胖的問題，高樓層管理人請所有人密切注意觀察，有任何變化，就立即撥接總機通知。他也會同時尋找藻類專家和醫師，看看能不能找到治療方式，或是安全的處理辦法。

「……請所有先生與日春小姐，都耐心等一等。」

蒼蠅從高胖軀體飛出一張瘦臉，怯生推測，「老管家，高樓層管理人不會是公務員吧？」

這一次，高胖沒有責罵蒼蠅，老管家也沒有回話。這一秒，所有人被摘除聲帶。臨時避難室回到沒有豢養人的狀態，空蕩蕩的一個真空箱子，連聲音都無法傳遞。球藻沒有呼出小氣泡，兩位魔術師真的變成了木頭人，小木偶布偶沒有血肉，趴成軟布，等待誰來操弄。濃湯沉默從老管家的臉皮掙脫，執意要單獨持續固執下去。達利先回到馬蹄沙發，將闔上的筆記本躺成一口黑棺。他看著它，直到封面的黑紋蛇皮被風乾，才串連依舊遺失中的問題——那張未完成的科幻短詩手稿，並沒有夾在筆記本裡。脖子混亂鐘擺達利的頭顱，他不知道找誰好，最後瞥見了日春小姐。她端著失去奇異果肉汁液的玻璃空杯，在高腳椅上張開雙腿。那毛茸茸的私處入口，敞開層疊的嘴唇，對達利說了什麼。他什麼也聽不見。他沒有擁抱的衝動，大量血液卻往下腹群聚，沸騰海綿體。黏稠汗液也急切從每一個毛細孔溢出皮膚。被送入臨時避難室之後，達利第一次完全勃起，感覺無比陌生。乾裂裂的辣，滾過肚皮，燒出一整片火油洒海。中央空調的除濕機制，無法偵測達利體內的潮濕與燥熱，為了避開雙腿間的凝視，達利撥開筆記本，找到不再積水的一張跨頁——**已經乾燥的岩石，很久以前，就被鑿成階梯。只是一陣盤旋的焚風吹過，岩石階梯就扭**

曲成螺旋，慢慢向下凹陷，落基成地下捷運的入口。電動手扶梯不停旋轉運作，重複輸送履帶，載運著一具具的焦屍，從地下抵達地面。焦炭般的軀體，失去性器特徵，一列列走向奇形的三角錐祭壇。祭壇的最高一層，一對活著的男女，裸身進行著的某種祭祀……一片漂來的水光，提前熄滅了不能說話的焚火……一雙浮現靜脈的細手，被燒得通紅……那些原本喜愛食用脂肪的黑色螞蟻，被水漬逼迫，開始分泌唾液，分解一支骨董機械表盤上的數字，作為度過嚴冬的儲藏食物……跨頁的記錄，多處水溶雜交，生出更多的浮躁。達利把食指放置這處內頁，再闔上筆記本。他無聲等待，悼念等待也能沉默下來。日春小姐坐落在馬蹄沙發的對面。那對乳房一直晃動，一直晃動，彷彿永遠也不會再靜止。達利無法從那光溜溜胸脯，看見活的呼吸起伏。他不理她，施力壓迫筆記本。潮濕的紙葉緊緊咬合那根手指，疼了痛了。紙張無法絞碎血肉與骨，把他捲入電動手扶梯的履帶，拖往不知站名的地下捷運月臺。

「你是不是有事，想問我？」日春小姐打破了沉默。

「……這麼久了，你不打算穿上衣服？」達利抽出被筆記本咬著的食指。

「會困擾你嗎？」

達利不再避諱，直視眼前的乳房。其他男人，包括老管家和高胖失去五官的臉，此時都看向他。

「你以前做什麼的？」日春小姐說。

「幫雜誌報紙寫點東西。」

「你的手指很漂亮，一定很敏感。」

達利張開手掌，沒有一塊厚皮硬繭。那位在河岸留言廁所裡做過愛的女學生，也曾經調皮玩弄他還沾體液的手指，說他的手像小孩的手，一直不願意長大，可以在年輕女孩的皮膚上體內，一下就彈出高潮的響聲。

「你呢，之前是做什麼？」達利壓低音量。

「身體工作者，有合法工作證的，訂好契約才工作。」日春小姐說。

「這樣有保障。」

「要繳的稅，我沒有少過。」

「有固定的營業點？」

「我跟另一個姐妹，合租一間營業套房。」

「她不會找你嗎？」

「我不在，找她做事的客人更多，怎麼會找我？」

「沒有其他人找你……家人？」

「他們躲我都來不及。」

「總有常合作的熟客找你？」

「我沒有那種熟客。」

「不想……離開這裡？」

「在這裡，就算不訂契約不工作，也有吃有喝。要男人也有，出去外頭，不會比這裡好……你是在採訪我嗎？」

達利無法搖頭，也不能點頭。一連串的提問，還欠缺某一塊拼圖。他專注維持勃起，無法有效編織問題陷阱。

「被送下來之後，你知道自己發生什麼事嗎？」達利說。

「我全身乾燥，又活過來……你說的是這件事？」

達利只是點頭，伸出右手接住一個緩緩墜落的光織人形。那是他自己。

「我這種身體工作者，在你看來，跟死了一樣吧？」

達利右手握拳，捏碎微型縮小的光形體。掌心裡的他，被捏得變形，沒有碎，只是如同軟紙製的自己。

「沒問題了嗎？」

紙製的達利搖了搖頭。

「那換我問你。你要大家想想怎麼離開這裡，是你真的要離開？」

血肉達利沒有點頭，也沒有搖頭。

「是外頭有人在找你？還是有人等著你回去？」

筆記本濕濡濡的，無法落筆悄悄寫出回答——**這兩個問題，我都沒把握**。他選擇石化等待。

「沒有把握回答，為什麼不留下來？」

日春小姐從粉粉透透的皮膚反射問題。她呢喃溫柔，身軀扭出S形腰線。達利又看見了，這種專業體態也曾在另一位中年身體工作者身上看過。分居之後，他曾經與這位接受採訪的中年女性身體工作者同床。他違反規定，沒有訂定合約，在她首都市市立大學圍牆邊的營業房，睡過一晚。那晚，他無法完全勃起，她透過嘴唇與舌尖，也找不到他溺斃已久的高潮，只能碰觸拂灘擱淺的浪花。她說，找她訂定性交合約的年輕學生，也經常因為恐懼，像他一樣無法完全勃起。隔天早晨醒來，他把身上不足數的錢，交給這位中年身體工作者。這次換她違反規定，沒有訂合約，卻收了錢。達利記得，那時的首都市還有白天。他和她，一起吃了早午餐。她說是她主動邀請，由她付費。結帳時，達利黏在椅墊上，無法站起身付錢。最後，她留下已經老了的笑容，剛好融化銀盤裡沒有吃完的奶油。此刻，坐在對面的日春小姐，等不到任何答覆的苦笑，剛好也有融化奶油的溫度。

達利決定了，不再回應任何人的問題。

老管家從日春小姐身後出現，「達利先生……會需要筆嗎？」

達利攤開剛才沒能把他吸收寫入其中的筆記本，找到一處空白跨頁，抽出鋼珠筆，在潮濕的纖維紙面，一沉手滾動，黑墨汁從筆尖的鋼珠哭出來了。筆尖的眼珠無意識地哭出兩個字：綠艙。接著又抹出一個符號：？。

「鋼珠筆沒有壞……」達利說得疑惑。

「說不定，永遠都會有墨水。」老管家這麼回應，似乎是聽見了。

紅石榴公墓

日春小姐頻繁走出盥洗室，加入餐桌一起用餐。她坐在安排好的座位，面對失去眼睛、鼻子、嘴巴、舌頭、牙與唇的高胖軀體。光滑微凹的臉盆，沒有影響她的食慾，反而增加食量，乳房也變得更豐滿，乳頭經常站成軟木塞，腹肚也胖成母魚白肚。這一餐，她弄濕光腳丫，把那對濕腳印帶引出盥洗室。濕腳印在馬蹄沙發、撞球檯、舞臺上胡亂奔竄，直到含水量稀少了，才用緊張的距離，快速跳回盥洗室。它們大膽踩上螺旋樓梯，在階梯面留下水分。水分太輕，沒有傳回腳步聲，達利也不知道它們踏上幾步、走了多高。老管家把分給高胖的馬鈴薯燉肉，倒入玻璃花缸。熟肉與馬鈴薯塊立即被墨綠絲手拉進球藻肚子，直到餐桌這邊的高胖軀體，摸摸飽食肚子，混淆浮油的水缸水，又恢復成透明的淨水。

「現在吃馬鈴薯燉肉撐死了，也沒什麼好遺憾……」

高胖在玻璃花缸裡大呼過癮，而越來越適應僕役工作的蒼蠅，整個人變了樣。他擔心另一個球藻在陪睡時掉落，把頭顱面貌分解吞噬。他時不時催促老管家，趕緊聯絡高樓層管理人，請保鏢早一點下來，補充新的物資糧食，換裝新日光燈管組。每一回蒼蠅提出請求，老管家會盡速清洗碗盤，收拾殘餘菜肉，擦乾廚餘處理器的葉片，之後，透過鐘鈴電話撥接高樓層管理人，報告高胖的狀態，也進行瑣事溝通，最後一定補問一句——是不是可以讓想離開臨時避難室的人，回到過去的居住地？差不多短短幾秒，老管家掛落龍蝦話筒，把黑亮的鐘鈴電話鎖回櫥櫃，看著蒼蠅，就只是搖搖頭，沒有多說其他。蒼蠅剛開始滿心期待，幾次陪睡醒來之後，他蹲在螺旋樓梯下，仰看著漆黑，直到脖子僵硬出疲累。有一次，他被走下螺旋樓梯的濕腳印微弱摩擦聲，逗弄得不知如何自處。幾次用餐之間，每個人的呼吸被日光燈烘軟了。兩位魔術師由各自的小木偶布偶，以攤開的拭手紙巾覆蓋，多次對摺，收入它們工作服的胸前笑嘴口袋。直到下一頓飯，它們才將他們放出來吃飯。

達利癱軟在馬蹄沙發，捕捉近來每一次沉睡之後看見的。每一次，他醒來，便抽出鋼珠筆，等待能寫落什麼。等不到保鏢的蒼蠅，總會飛到達利身邊，秀出十指。長長的指甲縫裡，都是他幫高胖洗澡後留下的脂肪，完全乾燥後也無法剔除。蒼蠅拍動薄翼，把兒子告訴達利的玩伴的姓名，搧得姓氏名字重新組合。沒有清晰的蝸牛溜滑梯，沒有飄浮的妻子肢體，也沒有女學生私處的濕潤金屬氣味……能寫下記錄的字，一個都沒有。

達利放下鋼珠筆，闔上筆記本。看見這個動作，一直繞著飛的蒼蠅，就會坐落沙發，一個字都不說。

「蒼蠅，你要當僕人到什麼時候？」好幾次了，達利都這麼問。

「很快，很快到了。」

「還沒結束嗎？」

「我當然希望快點結束……應該也沒有那麼快吧。」

蒼蠅望著沒有液晶顯示數字的電子表，有點賭氣意味，「賭輸了，反倒有事做。」說完，蒼蠅尾隨濕腳印逃回盥洗室，繼續為剛甦醒的高胖軀體搓去背油，沖洗油髮，換上新烘乾的超大尺碼服裝。

「知道嗎……蒼蠅越來越認真了。」

這段話，是某次蒼蠅離開沙發之後，屈膝在桌几底的日春小姐，告訴達利的。那時，達利躺平試著追蹤兒子的那位玩伴，究竟什麼姓名。餘光裡出現一位裸裎的女人，他閉上眼，也能看見已經成形的肉體。達利不回應任何話，靜靜翻閱已經乾燥的紙頁，又翻到一頁完全沒有被水蟲蠶食的紀錄——腳底是紅石榴果肉熟透之後的泥土，有些已經腐爛，有些剛生出新肉質，層次斑斕，沒有盡頭，向天空填充生地。遠方，最遠的那一條線以上，都是正常的城市天空，只是找不到雲。我躺在紅石榴泥地上，猜測這片荒地，是首都市最後一片允許土葬的公墓。這裡埋葬了一位我的朋友，他是選擇提前離開，自行永遠失蹤的居民。站在這點位置，眺望遠方，可以看見第二層高架捷運系統的疏導交流橋。沒有焚風，連結機場快速道路的迴旋立體車道發出的引擎聲，就不會被燒製成玻璃結晶。下一秒，焚風如果同情我，就可能聞到西城區那位百餘歲老闆手沖的咖啡香……只是，什麼都沒有。沒有焦糖香氣，沒有渦輪共鳴，那位朋友也不打算讓我找到他，以及他棲身躲藏的墓穴。

從光的厚度來猜，是下午了吧。首都市被稀釋，慢慢消失在紅石榴公墓眺望的視野裡。焚風也一度一度沮喪，直到涼風真的吹來，施捨難得的盆地乾爽，也把剩餘的高樓大廈輪廓淡景全都捲走。這種舒適，讓我不安。更有重量的睡意來了，我坐落在一個墓頭上，撫摸刺肉的草尖，緩慢陷入濕軟的肉泥，墜落到土中不知名的空棺。還好，棺木裡的首都市還在。所有的柏油馬路水泥地，也開始熟成不同深淺的紅石榴果肉。我翻轉空棺，立起身，再推開棺木的沉蓋，跨一步，就走入首都市了，又一步，就遇見了一位少年。應該是我的兒子吧。他光腳踩在一條失去水流的小溪河床，半個腳踝陷入熟爛的紅肉泥裡。我嗅不到落葉枯樹的腐爛味道，也沒有呼吸到金屬化學的新鮮生鏽空氣。我聽見，外頭的紅石榴公墓，開始下雨。水從木板的接縫，滲漏到空棺裡的首都市。我擔心河床上的兒子會被傾倒的雨水沖走。他察覺到我的擔憂，笑得很燦爛，說他玩得很開心，只是不知道，自己要叫什麼名字才好。

「父親，你忘了，要給我一個名字……」

兒子依然燦爛笑著。我從空棺裡驚醒過來。一睜開眼，還是躺在原來的紅石榴公墓，消失的首都市輪廓，又回到眺望的視野裡。在很遠很遠的一條街邊，我看見了妻子。她正走出一座電影院，正準備穿越馬路。她走一步，就抵達了我所在的紅石榴公墓。

「為什麼還待在這個墓園？」妻子問我。

我一抹，嘴就光滑成一片封閉的皮肉。妻子只是嘆息，說她剛看完一部喜劇電影，憂傷告知我，不知道為何，她懷孕了。唯一可以確定的，是個男孩。

「男孩需要一個怎麼樣的名字？」

兒子究竟可以擁有怎麼樣的名字？讓我感到恐慌。我旋身，背對她，面對東倒西躺的亂葬墓碑，希望那位提前選擇了永久失蹤的朋友，可以挖開腐爛的果肉屍體，告訴我，接下來應該怎麼辦……只是，什麼都沒有。整座公墓，連聲音都靜寂死去了……這一頁，密密麻麻記錄著標寫「紅石榴公墓」的細節。達利翻過這張紙，下個跨頁的左頁，所有的文字，卻又都暈眩成心理測驗的墨畫圖案，另一邊的右頁，又是字字清晰的細節——裸身的妻子飄浮在一個石製的棺木上方，彎起右腳，把膝蓋以下的小腿全都隱藏在大腿後頭。妻子撇開頭，不願意多看我一眼。她身後是首都市北邊出海口的霓虹夜景。遠方的半空中，飄著一顆被掰開的紅石榴，從果肉裡飛出一尾背鰭在發怒的機械魚。機械魚吐出一隻嘶吼的黑熊，撲向她。這隻黑熊的喉嚨深處，又奔出另一隻體型小一點的幼熊，張牙露爪，撲向妻子。那幼熊只要伸直前腿，就可以撕下妻子的皮肉。一把來福槍突然出現，在瞄準妻子的瞬間，機械魚和大小黑熊，都被嚇阻在飛躍動作，靜止在空中。我真的甦醒了。我躺在頂樓天臺的蝸牛溜滑梯裡，很多個夕陽把塑鋼的巨大蝸牛殼照成七彩顏色。滑下溜滑梯之後，我很清楚，一大一小的黑熊，被豢養在首都市市立動物園。那隻大眼珠的機械魚，是兒子畫在素描本上的海洋遊樂園塗鴉。那顆紅石榴待在一本二手的植物圖鑑上，一直重複上油，一直滾動顏料，四色印刷在臨近海口的半空。差別只是，圖鑑上的紅石榴，果實飽滿，停在海口空中的紅石榴，已經被出海風的鹽分，長期風乾，失去豐盛的汁液感覺……其實，我發現了，在更遠一點的出海口上空，還有一隻大象或者蜘蛛之類的動物或者昆蟲，在長槍出現的瞬間，也靜止在越過海面的行走動作上。

這一頁的記錄，寫到這結束。沒有日期，沒有標文，只知道當時醒來的所在。達利翻到下一個跨頁，下一段描述記錄，也浸泡在被淹沒的紙面儲藏室，死成一團不規則的黑灰圖騰。

「你能聽見我說話嗎？」

日春小姐敲打蝸牛溜滑梯的外殼。達利閉眼睜眼，餘光裡的日春小姐和妻子一樣面貌長相，一樣厚薄的皮脂，一樣舒服慵懶躺臥，等待著槍彈擊發，或者等待黑熊把她撕碎。只是什麼都沒有發生。日春小姐反倒欺近平躺沙發的達利。一個鼻尖就快要頂到另一個嘴唇。他往後仰，拉開距離，闔上筆記本，把醒著的臨時避難室壓扁收藏。日春小姐如此貼近，就像妻子曾經那樣貼近。達利這才留意到，她黑褐的左邊乳暈裡，紋了一個刺青。紋身刺青的圖騰只有輪廓，沒有上色，小小的，不大。初看，是隻大象，細看，大象的軀體順身覆蓋乳頭，在圓鼓的乳暈裡，長著蜘蛛細長的四條腿，少骨少肉，不近距離認真看不會發現。似曾相識的記憶燒燙手心，達利有些懷疑，這個紋身就是記錄在紙頁裡的不確定影像。在闔上的瞬間，這隻似象似蜘蛛的刺青，滑出筆記本縫隙，或者在更早一些，就跟著他滑出蝸牛溜滑梯，迅速被空氣的秒針尖扎入日春小姐的乳暈。因為沒有乳汁可吸吮，牠只能有輪廓，挨了餓，沒有體力，無法承受要紋入乳暈皮膚的顏料，還有可能的疼。

「你盯著看的……是蜘蛛象，一個朋友幫我刺的。」

「蜘蛛象……」

「我朋友的店，就在行政廳辦公大樓的地下商店街角落。你應該也去過吧。」

記憶夾頁快速導遊那個地下商店街。那些菜商果販、從老貨街遷過來的老招牌南北貨、其他城市的特色美食、衣鋪子糖果店、皮鞋修理老師傅……快速寫真，如此清晰，將過去無數次前往的記憶，全都剪接在同一圈影像膠卷。達利確實聽蒼蠅賣過這樣的消息——在行政廳辦公大樓地下一層，有家公設立案的刺青店，專門為合法的身體工作者紋身。達利快轉經過商店街所有角落，就是沒有日春小姐說的公設刺青店。

「為什麼刺這個圖案？」達利說。

「看過這個圖案，你會忘記嗎？」

過去，達利也曾提出這個問題，一字不變。他重複那位一起吃了早餐的中年女性身體工作者的回答，也是一字不變，「蜘蛛象是工作徽章。」

「這是市政府給的說法，要我們學蜘蛛，好好結網，耐心等，客人就會來訂合約，誰都不搶誰的。還要我們學聰明的大象，懂得避開獵槍，一有危險狀況，像一個家族，集體對外，保護同樣工作的其他身體。」

「不是已經允許做激光治療？」

「那是我被送下來之前，才頒布沒多久的規定。真的去激光美容塗掉蜘蛛象，工作證改成一年一簽，每三個月，還要到指定的防治醫院報到，做各種篩劑檢驗。更麻煩的是，沒有蜘蛛象，老客人反而不敢來訂工作約。」

「為什麼？」

「首都市的男人不擔心死。他們害怕的，是不合規定。」

「是嗎？」達利盯著那隻蜘蛛象，等待著。

「算了……你上次看到蜘蛛象，是在哪裡？」

「一個女人身上。」

「需要這樣玩遊戲嗎？我是問，在她身體的哪裡？」

「肚臍下。」

「那她是最早一批申請登記的。那時候，刺在肚臍下面，好像怕訂工作契約的客人看不見……」

的確看見了。那個分散開來的，薄薄皺皺的，鬆弛了疲倦了，像塑膠花瓣偽裝出青春的肉瓣唇片。那位中年女性身體工作者，願意不訂合約，願意長時間口交，願意同床共眠到白天恢復過來，願意等待著達利甦醒過來的前一秒，出聲問他要不要一起，再吃一次早午餐。

「你是第幾批申請的？」達利詢問。

「我排到第八梯次。很多人抗議了很久，最後才把蜘蛛象藏在乳暈。」

「痛嗎，還是……」

「你們永遠只能懂一半。」

「感覺很糟？」

「刺哪裡，都有好有壞。刺在右腳腳踝那批，客人要檢查時，脫鞋子就好。不過，夏天就不方便穿涼鞋逛街……」

日春小姐的尾音掉落桌底，一撞上水泥地，就生出疲倦。達利換左手枕著頭，右手撫摸老舊堅硬的桌几底。木紋表面浸了防腐防蛀的化學油料，生出一層滑溜。橫切面的樹木年輪，被薄薄的膠困住，二度死去年齡，一圈圈在微灰裡抖動線條。

「這種感覺會讓人困惑。」達利說。

「什麼感覺？」日春小姐

「有一小部分的身體，不自由。」

「現在我們在這個臨時避難室，不自由？」

「不會想到以前的生活，朋友家人？完全不會？」

「我們接身體工作，只要有客人，到哪裡，都可以適應。只是我不會形容，你應該比我知道怎麼形容。」

「就像……在報紙上，看見童年玩伴的訃聞……」

達利如此形容，真的看見一位曾經出現在報紙訃聞消息欄的童年玩伴。他淡淡的失落，淡淡的憂鬱，不是因為那位已經陌生的玩伴死了，而是擔憂，在來不及參與的喪禮過去後，永遠也無法再記住玩伴的名字。

「你們真的是聰明人。」

「不能離開這裡，你想做什麼……」達利越說越小聲。

「在這裡，我有該做的事。」

「什麼該做的？」

「讓這裡的其中一個男人愛上我，然後……免費吧，為他在避難室裡生一個小孩。」

日春小姐在光亮的桌底，慢慢臉紅。害羞緩慢爬下脖子，再爬上乳房，將困在乳暈圈的那隻蜘蛛象，紋上一片紅潮。她鑽出桌几，走往盥洗室。那兩瓣臀肉是一對嬉鬧的少女，顫抖著推擠著彼此。達利環視一圈。蒼蠅和無臉高胖，啞然面向他的馬蹄沙發座。老管家杵在倉庫口，端著下一餐的馬鈴薯與冷凍豬肉，一臉紅通，不知道是被低溫凍紅，還是聽見了日春小姐的話。就連小木偶布偶都興奮得搓揉自己的布料褲襠，斥喝摺疊在笑嘴口袋裡的兩位魔術師。

達利不打算理會這一幕，知道錯過了這一次規律的入睡點。他解放筆記本，翻到妻子與機械怪魚與黑熊的那一頁，隨便找了一個空行，以鋼珠筆寫下——**妻子可以為誰，生一個小孩？**他帶著輕微恐懼，走入——**在長槍出現瞬間，也靜止在越過海面的行走步伐上**——結束的句號之後，那片乾淨的土丘高處。他在那空白裡，三百六十度環視，看見整個臨時避難室，與凹陷在同一個白光玻璃球體裡的盥洗室，落筆寫入記錄——**妻子再度困在圓球體的光亮盥洗室。她光溜溜的軀體，學著大象豐腴搖擺。行走的四肢，拉長成花蜘蛛的長腳，小心踩在蜘蛛網的每一根卦象線**

上。她每踩一步地板，桌面的樹木年輪線，也跟著騷動一回。緊密的四季與酥軟的雨水天氣，以線傳遞到我的手腕，欺騙了蝴蝶釦觸摸脈動，伴隨表盤上孤零零的柳葉秒針，逆時針方向，留下行走的藍色殘影。逆轉的齒輪組，回擊擺錘，混亂了我的末梢神經元，操弄我的掌心手指，寫下新的記錄。妻子再度打開盥洗室的門，跨越門檻，走入某個下水道的臨時避難室主要活動空間。這時，她已經是日春小姐。沒有人發現這件事，只有桌面上一粒黑黑的蟲子，為此騷動。是那隻活在《生物》雜誌裡的蜉蝣成蟲。黑褐色的牠，黏在桌面的樹木年輪網線。這片網線，是那隻蜘蛛象偷偷吐絲編織的。蜉蝣成蟲變成落網獵物，不停掙扎，扯斷幾根年輪線，也扭曲這棵已經停止呼吸的樹，還有樹的記憶——在那幾圈年輪之間發生的記錄，因此都失蹤了。

在原木桌面的年輪線的中芯，冒出一小截老邁的稚芽，翻開兩瓣葉子的嘴唇告訴我，「樹是在死了之後，才開始保存記憶的。」

蜉蝣成蟲更加劇烈掙扎，多處腳節骨折斷裂，依舊笑著面對正在凝視牠的我。牠笑著，像似那些孩子，他們從高樓墜落地面，面對攝影師的鏡頭時，也不吝嗇付出摔出來的天真笑嘴。我分神猜臆，那酒釀的末日大水提早來到這一頁，那些陌生的孩童能否免於肢體裂離，至少，能溺斃在美麗的酒水波浪裡……我兜一圈桌面，想像著，等待著，再多等一會，說不定可以看見那隻蜘蛛象從桌几底爬上桌面。我知道，牠終究會偷偷逃出乳暈，踩過樹木的年齡，走到破網處，在蜉蝣成蟲折斷最後一隻腳的瞬間，按下快門，留住我現在開始寫入的記錄吧。

達利張開眼睛，鋼珠筆哭出最後一段描寫……終於，可以開始寫了。

他把每個字都寫得小一點，剛好在這一頁空白的最後一行結束。他憂慮會待在避難室很久，也可能就只有這一本筆記本的空間。性器微微勃起，依舊無力充血達到硬挺。究竟是什麼時候開始的？每次一篇記錄開始時，私處的毛囊會引誘微血匯流，在停筆之後，又慢慢散退。

我閉上眼睛，如此告訴達利……終於，可以開始寫了。

墜網的蜉蝣成蟲肢腳，全都解體四散，只剩下長長的蟲身，連上長長的尾梢。牠持續笑著掙扎，彈動記錄樹木記憶的線圈年輪。蜘蛛象似乎並不饑餓，遲遲不願意露身。這股騷動挑釁舞臺上的玻璃花缸，在水面生出漣漪波瀾，一圈圈輻射抖動，記錄下達利飄來的陌生目光。

球藻的墨綠絲手興奮黏著花缸四壁與底座的玻璃，少許伸出水面，探測濕度，捕捉草率結束生命的浮游生物屍骸。球藻施力，一整顆毛茸茸挺出水面，撐入空氣。無臉高胖甩開還在按摩的蒼蠅，躁動離開舞臺，大步走向盥洗室。無臉高胖在門口兜兩圈，衝進日春小姐的棲息處，連門都沒有關緊。蒼蠅瞪著玻璃花缸裡的球藻，達利與老管家都留意到，也走近舞臺一些。兩位魔術師被小木偶步偶放出笑嘴口袋，軟禁在馬蹄沙發，由它們代替觀看。一會兒後，球藻緩緩沉入水中，裡頭的高胖開始喘息。那些全舒展開來的絲手，把圓的球藻變形成橄欖球。綑綁在水中的呼吸，咕嚕咕嚕，滾出無數小氣泡。球藻被拉扯，毛球表面長出好幾顆活著蠕動的小腫瘤球。就在一聲滾出水面炸開的高潮嘶叫，玻璃花缸裡的球藻，撕裂成幾個小球藻。蒼蠅見到這一幕，縮成受到驚嚇的跳蚤，不知要跳多高，也不知跳往哪裡好。

一二三四五六。球藻分裂成六顆，玻璃花缸顯得有些擁擠。達利趕上舞臺，花缸的水面上空，還飄浮著高胖喘息的油膩餘味。

「怎麼了，高胖，發生什麼事？」達利問。

「放心，怎麼會有事呢？」

高胖聲明剛落，盥洗室的門也打開了。那無臉的巨大軀體，提著褲頭，正在替皮帶尖尋找穿越的孔洞縫隙。

「死蒼蠅，過去幫我把褲子穿好。」高胖從玻璃花缸裡指示。

蒼蠅幾個箭步飛上前，把主人的皮帶串上，把拉鏈鈕釦都拉上勾結，把襯衫內衣下襬都整平……所有的動作熟練無比。無臉高胖走回舞臺坐穩，雙手一撐，身子往後靠著滿滿的舒暢體態。

「高胖先生，球藻現在變成六顆，你在哪裡？」老管家問。

「我分開來了。兩顆眼睛、鼻子、嘴巴、舌頭、牙齒什麼的，都分開來了。還好當時耳朵沒被吃進來，身體還能聽話，做點事。」

達利一提眼角，老管家趕回廚房。他打開上鎖櫥櫃，站在小高梯上，撥打鐘鈴電話。話筒上的龍蝦沒有掙扎。這一次，總機很快就接通高樓層管理人。老管家匆匆報告球藻分裂成六顆，與高胖的五官分散成六等分的狀況，同時也詢問，是否要直接將高胖移出避難室，尋找醫學研究人員或者植物學家，進行治療分析。這一次，老管家依舊在沉默中掛落那隻熟透的龍蝦。

這同時，盥洗室半掩的嘴，並不打算沉默，直接吐露日春小姐的追問，「還有人要進來嗎？」

整個臨時避難室，瞬間又沒了聲音。連呼出的二氧化碳，都忍住了發抖打牙。老管家趕緊鎖上櫥櫃，躡手躡腳鑽入乾貨倉庫。兩位魔術師持續閉眼，屈膝，進行雙腳不能落地的比賽。兩個小木偶布偶鑽回他們的褲襠，像家貓磨蹭兩位魔術師勃起的陽具，留下布料的體味。達利口吻平淡，要高胖小心，不確定接下來還會如何。他夾著筆記本，回到馬蹄沙發，剛剛冷卻的私處，又開始呼出淺層搔癢。無法完全勃起，依舊難能忍受。大腿內側呼吸熱氣，燃了皮膚，內褲一摩擦，馬上又燒出癢，逼著他張開雙腿，引來中央空調口墜落的涼風，減少性器的壓迫緊張，等待一切都慢慢軟化。桌面那隻身陷樹木年輪的蜉蝣成蟲，放棄了殘體，放棄了逃脫。牠挑釁，扭動一次蟲身，那些樹輪圈線就彈起一次日春小姐的詢問。

還有人……要進來嗎？還有人要……嗎？還有人……嗎？

詢問的聲音一直在等待。等所有人都放棄了多餘的微小動作。蜷縮在舞臺角落的蒼蠅，怯懦出聲，詢問玻璃花缸裡的高胖。

「請問……我可以進去嗎？」

無臉高胖轉臉面向蒼蠅，雙下巴搖出潮濕沙灘的多層浪紋。那顆最靠近水面的小球藻，一次劇烈的伸縮壓榨，擠出無數的細緻香檳氣泡，穩定向上漂抖滾動，離開水面，破裂成一粒粒無法停止的呵笑。

沉睡是羞於重複的蟲

達利在盥洗室裡刷牙時，已經醒了。

他凝視洗手檯小方鏡，生出一串疑惑記錄——**之後，是不是讓筆記本裡的第一人稱，我，消失呢？讓我消失，以此畫出一條細線，區分進入臨時避難室之後所寫入的新記錄。真的要排除，我，那取代的會是，誰？還是，他？還是直接以擁有的稱謂，達利？就像烙印在牙刷背上的這兩個字。筆記本裡的我，不是消失，而是輕輕與安靜死去，會不會讓那條細線更加粗深黑？排除我之後，一直守在空白頁的妻子，會不會再度離開？那些溺斃在潮濕紙張纖維裡的兒子們，還能認出我嗎？**即使清潔了每一根刷毛根部，達利也無法發現，「我」沉睡之後的視角是否改變，又還能留下什麼記錄。達利擠出一截牙膏，不小心掉落腳邊的玻璃花缸。六個小球藻的墨綠絲手急躁捕食，紛紛擠出無數薄荷香的小氣泡。高胖還在睡，達利為玻璃花缸更換新的清水。鏡面發霧了，鏡裡的劉海還滴著剛才淋浴的熱水雨。那對濕腳印躲在鏡子後頭的深處，一步步停滯壅塞，最後回堵成歪七扭八的印記。等它們走入鏡面看不見的角落，是否要排除筆記本裡「我」的不安疑惑，也跟著走出鏡面裡的盥洗室。

坐在馬桶上的日春小姐，出聲說，「還是不想和我做愛嗎？」

達利沒有回話，避免和鏡面裡的日春小姐四目交錯。他擦乾額頭的汗水，把牙刷、刮鬍刀收回到口腔清潔器的牆架，用漱口杯裝滿了水，一轉身，找到就堵在他腳邊的濕腳印。

「一起去嗎？到外頭走走。」達利對它們說。

外頭的臨時避難室，也是醒著的。

達利有把握，閉上眼睛行走，也不會碰撞飛輪腳踏車、舉重器、撞球檯，和老管家固定擺放的高腳椅。舞臺的落差、乾貨倉庫的門把高度，即便他失明了，也不會感到困擾。達利端著裝滿水的漱口杯，跨出盥洗室，沿著白牆，順時鐘方向行走。心底算數步伐，走過一面寬一點的白牆，就回頭灑落一些水，給尾隨在後的濕腳印。他沒有在螺旋樓梯口慢下步調，也沒有踏上去，直直走上舞臺。差不多數到五十來步，蒼蠅正專注表演沉睡銜接術，繼續陪伴無臉高胖入睡。累計到一百八十步，就是空無一人的馬蹄沙發座。漱口水杯剩下一半清水，他與那對濕腳印，抵達沒有新鮮汗味的運動區。一拐入娛樂區，兩位魔術師都替撞球桿套上工作褲褲管，變成第三隻腳，站成滿臉疑惑的蠟人像，放任兩個小木偶布偶在撞球檯的綠絨皮上，進行踢球入洞的足球比賽。達利繼續算數，撫摸那道已經壞了的電動鐵捲門。這是第一次，他從老舊的鐵質紋路，讀出讓盲人也感覺迷茫的連續凸點。經過鐵捲門的開關按鍵，達利停下腳步，算數的步數混亂了。等秒針爬過一圈，他伸手輕輕按下了深綠色的啟動鈕。啪吋一聲，刺耳的，嘎啦炸響。他等了一會，電動鐵捲門並沒有被聲音撐開嘴，向上捲動，也沒有人投來目光，只有身後的濕腳印踢了他的踵後跟。一邊算數，一邊走在日光燈裡，突然止步，默默凝視一顆撞球的表面，竟然能在光滑的球體表面看見，光，與它爬行的姿態。有時候光會向中央淹沒，有時候會集體輻射到撞球的背部。過去，這種光的蹤跡，只會爬行在沉睡後的眼球表面。現在，醒著，達利也能遇見了。有點刻意的巧遇，久了，頻繁了，他也擔心是否因此失去閉眼之後才能看見的光。濕腳印跳離地板，踢著他的小腿肚催促。它們繞走在前方，像是一對領路的導盲犬。達利把清水灑落在前方的地板。一踩到水，濕腳印抖擻趾頭，開心搖擺腳跟，繼續沿著牆走向廚房。原來避難室的白牆，並不如清醒時看見的那麼方正，那麼規矩，有許多角落與轉折地，藏著結構墩和強化支柱，還有不少工字鋼骨，被厚厚的防水膠漆藏在純純的乳色後頭。濕腳印轉入廚房，達利也跟進廚房。他沒有請老管家打開乾貨倉庫，和只容轉身的清潔打掃工具間。

「達利先生，現在才計算避難室的空間大小，會不會有點遲了？」老管家禮貌詢問。

「不遲，只是忘了去做。」

「為什麼突然要做？」

「……筆記本回來了。」

達利繞出廚房，沿著白牆走回到盥洗室門口，一共是三百二十五步。走完工具間、乾貨倉庫和冷凍冷藏庫，再加上盥洗室的沿牆一圈……會不會剛好是一年的天數？他越過盥洗室門檻，濃濃的熱霧呼出，濡濕每一根寒毛。濕腳印逗留在外頭的避難室，不敢入內。達利獨自走入無法測量深淺的熱氣濃霧，睜著眼，卻像是沉睡之後的路徑。

水聲嘩啦，達利走近，是日春小姐在淋浴間沖洗身體。她被熱霧烘成了影子。近來，她漸漸肥胖豐肉，仰頭沖髮，腹肚拉出泥丘墓塚的小弧形。日春小姐全身淋漓，手一撥，濕霧像重落的門簾，中分出裸裎的軀體。她走向達利，擰乾頭髮上的水膜。達利開始軟軟的腫脹。他不願意直視蓬鬆的裸體，一撇開頭，發現有人在窺視——高胖躲在滾筒洗衣機的內槽，無臉的他，太高太胖，在機蓋的強化玻璃上，擠出一張忘了喜怒哀樂的福神臉。蒼蠅躺成日春小姐的影子，不停被濃霧翻身滾動。兩位魔術師從廁所上方露出頭。三角的頭尖與方形的平髮，同時裸露。達利定眼一看，才發現他們分別是被數根童軍繩圈綁脖子和肢體關節，掛成一對人偶。老管家待在洗手檯的小方鏡裡。鏡子那頭是廚房，老管家正在準備一會要吃的，早餐、午餐或者晚餐吧。瓦斯爐一點火，轟出氧氣被烤熟的氣味，整個盥洗室的濃霧也瞬間蒸發。兩個原本飄浮在霧頭、拉弄童軍繩的小木偶布偶，重重摔落到廁所地板。它們猛烈搥打潮濕積水的地板，翻鬧著孩童失去玩具的彆扭，一同哭喊。

「父親，你就快要忘記我了……」

它們一哭喊，達利的胸口就緊緊壓縮。兩個小木偶布偶，每一次搥打地面，避難室就翻轉一次，就像骰子，只是無法確定滾動之後朝上的點數。蓮蓬頭持續下著的熱水雨，嚇出更多團塊的霧花霧菇，立即被爐火烘乾。兩位魔術師從馬桶上重重摔落。蒼蠅差一點被逼出地板，浮現不是影子的軀體。洗手檯的小方鏡脫落，掉落地面，碎出一地的廚房。每片破碎玻璃鏡面裡，都有一位形體不規則的老管家。無臉高胖困在洗衣槽，預設的脫水功能開始啟動，螺旋轉動的離心力，將大量脂肪從毛細孔甩脫出來。只有日春小姐穩穩站立，沒有被不停滾動的空間骰子搖出動態的殘影。那對濕腳印出現了，頻頻從地板上鬆動剝離，還好積水潮濕，牽住腳印形狀，免於爐火蒸發。它們飛快從一團熱霧裡踢出一根陽具造型的遙控器。達利抓住乘坐霧氣飄近的陽具遙控器。這根陽具遙控器上，只有一個深灰的大按鍵。按鍵中央是一個紅紅的圓點，沒有任何指示或是說明文字。骰子又滾動，一直滾動。他在層疊的殘影裡推測，這個按鍵的功能是……

定時關機——那要設定多久之後，永遠進入沉睡，永遠不再醒過來？

立體雙語——就與那位，誰，對話吧？

頻道往返切換——願不願意，自由往來首都市與臨時避難室？

刪除——我，會因此死亡？

回前頁——上一頁記錄下來的清晰沉睡是什麼？

雜訊抑制——請消除老管家、高胖、蒼蠅、兩位魔術師與他們的小木偶布偶……只留下日春小姐？

錄製——只有筆記本能活到最後，是吧？

向前快轉——未來，試著與自己，一直也一起，共同活在球藻的體囊裡？

向後倒轉——可以是這個按鍵嗎？不要被送入臨時避難室？讓妻子能再愛我？兒子不要誕生在有我活過的首都市？更沒有成為一名自由的文字工作者，沒有採訪另一個人，也無須學習，像某個人一樣過著生活。

再生——如果還能擁有這個功能……我，或者達利，有什麼值得繼續的？

秒針只是走了一步那樣的久。達利觸按那顆紅色鈕，盥洗室裡所有殘影消失，不再搖晃。眼前的一切不是停止，只是暫時靜止。接著，換成日春小姐開始劇烈顫抖。裸裎的軀體摩擦靜止的熱霧，才一會就老化皺皮，駝了背。她更加劇烈摩擦不滾動的蒸氣，又喚醒新生的緊實皮膚。達利不願意錄製眼前變化，起身退出盥洗室。盥洗室外頭，沒有靜止的人體，也沒有暫停的秒針。光的浮游生物爬上眼膜，他的手裡多了一杯滿水的漱口杯，身後一樣跟著那對濕腳印，沿著牆，又重複走了一遍。玻璃花缸的小球藻們，持續擠壓出細緻的小氣泡。蒼蠅的沉睡銜接術，繼續在舞臺上公演。兩位魔術師真把身體變成撞球動作上的蠟人像。小木偶布偶同時被母球一顆星撞入底袋。經過電動鐵捲門的電源開關時，達利沒有按下深綠色的啟動鈕。經過廚房，老管家又一次禮貌詢問。

「達利先生，現在才計算避難室的空間大小，會不會有點遲了？」

達利笑著，**拿掉，不遲**，只回答，「……只是忘了去做。」

老管家有些遲疑，一會兒後，還是提出達利預先已知的問題，一字不差。

「為什麼突然要做呢？」

達利決定不回答，沒有說出已經記錄腦葉的回答——**筆記本回來了**。老管家遲遲等待，露出無法接受的疑惑。達利沿牆繞走臨時避難室，又回到盥洗室門口，卻忘了一共走了多少步數。身前的濕腳印蒸發無蹤，手心端著的，不是滿水的漱口杯，而是那隻熟透的龍蝦，揮舞要脅著兩隻紅斑大螯。龍蝦夾了達利的虎口肉，他疼了鬆手，牠一個彈跳就躲入光的夾層。達利回頭，面對老管家，想說的話黏在喉管肉壁。老管家走到運動區，躺穩在舉重長椅，一口氣來回幾次挺舉，突然停止在雙手向上的等待。

「達利先生……這時候放棄，好嗎？」

這個問題重重落在達利胸口，無力向上挺舉。他揉揉虎口的微微疼痛，走到運動區，踩踏腳踏車，讓飛輪不經心空轉。

「達利先生，已經想清楚離開這裡的理由？」

這個問題的重量，讓老管家鬆弛的臉皮都微微顫抖。

「為什麼這麼問？」達利說。

「猜測達利先生，會想問這個。」

「老管家曾經想過？」

「我是確定了要離開的理由，才決定繼續留在這個避難室。」

「老管家的理由是？」

老管家放落槓桿，呼著氣，沒有回答，只願意反問，「你的理由是？」

「筆記本回來了……如果重寫那些糊掉的記錄，再寫一些新的……不知道會不會遇見以前的妻子，說不定，兒子會願意讓我陪著他長大，至少願意讓我看見長大之後的他。」

「是一個理由了。」

「或許吧。一直想問，老管家在等什麼人？」

「等誰……」

達利啞啞無語，錯亂了問題與回答。

老管家調節呼吸，繼續舉重運動。呼出的聲氣與二氧化碳躲入槓桿兩側，累增鉛餅的重量。

達利不再追問，設定最高阻力，用力踩踏腳板。一圈、七天、十二個月、六十年……漸漸地，某一道白牆裂紋，小小開了嘴，沒有擴張成首都市市政廳邊上、那條沒有盡頭的長巷。白牆嘴縫的後頭，反倒投射出捷運車窗的影像。避難室的白管陽光，薄了影像粒子，只能看見淺淺的模糊窗框。達利加速踩踏腳踏車，投影顯像才能清晰。飛輪飛快螺旋轉動，門上的玻璃窗，浮出面對面的兩個人形剪影。一邊是長髮女人，另一邊是背著書包的清瘦男孩。兩人都薄如膠膜，輕如熱熱霧氣，看不清楚面貌。達利用勁踩踏，堆積在腫脹雙腿的乳酸，又降低了影像解析度。在停止踩踏前，氣動閘門嘆了口氣，捷運啾啾啾啟動，駛離縫隙裡的月臺，開往不知在哪的下一站。渦輪腳一停，牆面瞬間冷靜成水泥。達利的內衣褲熱得濕黏。他把飛輪的設定歸零，一站地，氣力透支的雙腳，抖出害怕的影子。如此搖晃走向盥洗室，如此似曾相識，彷彿在哪張紙頁寫過，也像是某一次儲存的避難室沉睡。他走著，編織一組答覆，可以回應「有關留在臨時避難室」的所有問題。

答覆一，要完成那首偷來的科幻短詩。

答覆二，待在這裡，就可以放下勃起不全的無力。

答覆三，為了，不再與年輕的女學生和二手書店的女服務員們做愛。

答覆四，成為一位判決確認永久失蹤的丈夫，以及等同死亡的父親。

這一次，再進入盥洗室，達利轉想一遍可能的答案，避免日後有哪一個問題，突然從日光燈罩裡抖落，墜落成另一顆球藻，以墨綠絲手包裹他，將身軀全都吞噬。

日春小姐不在盥洗室。濕腳印三級跳，躍進洗手檯的小方鏡，奔跑在鏡面那一邊的盥洗室。它們奔出盥洗室，跑到那一邊的避難室活動空間，頑皮踢破無臉高胖與蒼蠅的鼾聲，踩扁了撞球檯上幾顆紅球，還把兩尊蠟人像踩得水亮光滑，鮮活假皮肌膚，彷彿兩位魔術師永遠不會死去。它們最後落腳在舉重檯旁，跳舞踢踏，陪老管家喘氣，踩出無數腳跟腳尖的水漬亂碼。老管家從鏡子裡，把視線丟向螺旋樓梯，手指向上挺舉指示。達利這才離開他所處的盥洗室，走到這一邊的螺旋樓梯口，把耳朵探向高處的幽暗。他沒有聽見光腳丫子踩上踏下的撲肉聲音，觸摸扶手桿，冰涼的不鏽鋼也沒有傳來一絲搖晃顫抖。雙腳累顫的達利，輕輕彈了一次手指響，濕腳印立即從老管家腳邊，奔走靠近主人。左腳印像是博美狗，水漬散發成蓬鬆的毛絲，搖擺尾巴。右腳印則一身短毛波斯，貓樣地來回摩擦他的小腿肚。達利趕集它們，一起回到盥洗室，關上門。

他違反老管家口頭交代過的生活管理規則，按下了喇叭鎖，還掛上邊條鏈鎖。日春小姐不在這個盥洗室。達利剛打開蓮蓬頭，落下第一陣溫度舒服的熱水雨，熱氣還沒氤氳，洗手檯小方鏡裡傳來了日春小姐走下螺旋樓梯的腳步聲。她在鏡子那邊一敲門，這邊盥洗室的門嘎啦炸響。鏡子裡的日春小姐猛敲門，羞得氣得兩團圓圓的乳房都哭垂了。她大聲叫喚老管家，有人鎖了盥洗室的門。淋浴間的熱水雨凶猛得把每一滴落水聲都排流到盥洗室外頭。達利假裝沒有聽見喇叭鎖被反覆大力轉動，也沒聽見門角急撞鏈鎖鐵條。

「你害怕我嗎？」蓮蓬頭落下一句日春小姐的話。

「達利先生，門不可以上鎖。」門外，老管家也出聲了。

達利停歇熱水雨。耳垂滴著水，毛茸茸的囊袋接存雨水，簡單一擦一抹，草草穿套乾淨的內衣褲，看起來是剛犯了一次不難受的盜汗。他旋開喇叭鎖，落下鏈鎖，大步跨出盥洗室。

「你害怕我嗎？」

達利聽見了。不是日春小姐重複提問，而是那位中年女性身體工作者的提問。不管是在營運房間，還是這個臨時避難室裡，沒有誰回答她的問題。那女人的聲音被光包裹，快速從中年老去，呼出瀕死前的最後一口氣。

「這件事過去……蜘蛛象也無法原諒你吧。」

日春小姐再往前一步，被巡邏的水蒸氣包圍，一臉潮濕的哀傷，蹲下身逗弄濕腳印。它們一左一右繞著她奔跑，幾圈之後，興奮奔跑在幾朵緊張的熱霧團上。有幾次，落腳的熱霧不夠緊張，無法凝聚水分子，差點讓它們摔落破碎。濕腳印最後撞進日春小姐的心口，把乳溝暈濕，把乳暈裡的蜘蛛象紋上淚水色澤。多餘的眼淚一哭落，就流向飽滿凸出的發亮肚皮，輸送到已經封閉的肚臍洞裡。這一幕，達利都看見了。他偷偷躲回小方鏡相對另一邊的盥洗室門口，突然叫喊濕腳印，走入了鏡子裡的盥洗室。日春小姐含水的光滑皮膚，無法讓濕腳印攀附。它們驚嚇著，猶豫著，緊張踩踏著那對乳丘。她護著它們，一路走入廁所，坐落馬桶，關上了門。她小便的落水聲，響徹小方鏡這邊與那邊的盥洗室。達利逼近他所在的廁所，再度呼喊濕腳印。日春小姐則在自己的廁所裡，抽取衛生紙，擦拭沾在恥毛上的尿液。濕腳印不小心從乳溝滑落，從門縫溜出廁所，又奔跳進入到洗手檯的小方鏡。它們無腦計算，這是第幾次來回穿梭鏡面。左腳印右腳印，互相重重踩踏對方，不時回頭穿梭，向鏡面那一邊的日春小姐搖尾乞憐。達利生氣忿怒，打開滾筒洗衣機，連續彈了不知幾次手指響，要濕腳印跳入不鏽鋼內槽。等它們兜幾圈，不情願奔入洗衣機內槽，達利關上門蓋，設定烘乾功能，刻度十的計時長度，毫不遲疑按下啟動鈕。濕腳印被滾亂身形，左與右都奮力衝撞厚厚的強化玻璃蓋。如此魯莽只讓它們碎裂得更快。日春小姐離開廁所，整臉趴上了小方鏡，卻無法穿越到另一邊的盥洗室。

「你要害死它們嗎？」

達利待在鏡面的另一邊，冷靜說，「它們是從我腳下走出去的……」

日春小姐重重跺腳說，「這就是你最擅長的？」

濕腳印跑得像是發電實驗的白老鼠。高速自轉的內槽，渦輪旋轉，時間鈕沒有被誰切斷停止，無方向地向所有方向螺旋延伸。達利凝視滾筒洗衣機，那種永遠分離的熟悉悲傷，在鼻頭凝了一堆酸水。強化的透明玻璃表面，開始升起薄薄的熱霧。日春小姐將門外的老管家拉進盥洗室，哀求協助。

老管家對鏡子那邊的達利說，「是不是讓它們自己決定……」

不知是鏡面的哪一邊，哪一個玻璃花缸，哪一顆小球藻空肚裡的高胖，透過擴音器，傳來睡意濃濃的詢問，「吵什麼呢……什麼事呢？」

不知是誰，彈了一次手指響。

達利默默中止烘乾進程，打開強化玻璃蓋。一整朵霧花烘得綻放，稀薄濕印呼飛出來，無法分辨剩下哪一隻腳趾還是踝骨。它們奔向洗手檯，衝入明亮的鏡面，撲出水的蜜粉，讓鏡子兩邊的盥洗室都生霧了。其他人陸續走進同一個盥洗室。老管家說明狀況，所有人都靜靜等待。日光燈慢慢撥開霧氣，讓廁所無從隱瞞，連晾衣架細桿子都不敢多生曖昧。蒼蠅指著乾燥的地板喊，在那裡，在那裡。那裡是一片濕氣刷過的地板，一朵稀釋只剩薄粉的濕氣飄落其間，無法判斷是右腳還是左腳。日春小姐趕緊進入淋浴間，不管雨水溫度，以蓮蓬頭製造最大雨量，四周灑水。下一步的濕腳印，沾了水，顯現幾根不成形的腳趾輪廓。在下下一步，勉強恢復腳踝的半圓肉感。多了這幾步水，濕腳印總算返回淋浴間。它們沒有多打擾一個小漣漪，棲身在積起來的淺水灘，一步都不敢發抖。之後，所有人都靜靜走出盥洗室，不管是從小方鏡的哪一邊。

妻子殼

如果有水，這對濕腳印會活得比我們每個人都久吧……

在新生的睏盹來臨之前，達利把這段話記錄在筆記本。

他靠坐在馬蹄沙發，擔憂濕腳印對他可能生出的恨意，會把盥洗室的地板全都踩濕。他眼睛一閉上，兒子突然撲上身，通知說已經分派到紅石榴公墓，擔任守墓園丁。兒子又再向他乞討一個名字，他卻沒有一個名字。一睜開眼，蒼蠅接過老管家的工作，盡責餵養玻璃花缸裡的六顆小球藻。秒針越走越快，達利只好靠著半坐，又沉睡了光蟲漫步一趟眼球的長度，沒有遇見誰。等他甦醒過來，還是清晰聽見兒子乞求一個名字的聲音。幾隻光蟲跳過靠近的秒針，他瞇著眼皮，把這些散亂的浮游生物抓入筆記本的空白夾頁。

濕腳印差點烘乾消失的事件之後，日春小姐持續以裸背面對達利。她頻繁離開盥洗室，引誘兩位魔術師、小木偶布偶們、蒼蠅、無臉高胖，在避難室的各個角落，以雙手、嘴與舌、推扶集中的乳溝，堆疊水溜溜的高潮呻吟。每一次，她都要兩位魔術師進行比賽——誰能忍耐她比較久的愛撫。日春小姐沒有褪去兩位魔術師的衣褲，拉出他們的小木偶布偶，左右各握一個，分別挑逗兩具已經浮腫的織布。日春小姐的左手勾起一條布大腿，倒三角臉魔術師的大腿也憑空吊高。她的右手食指揉搓另一個布肚臍，國字臉魔術師就把嘴唇框成舒服的圓杯口。他們都努力不讓血液流向私處。軟趴趴的小木偶布偶，長出不少骨肉，不完全受他們控制。小木偶布偶全身的縫紉線和鈕釦鉚釘，被充血的海綿體撐裂出傷口。兩位魔術師每次都是同時僵成人條，搶了幾口空氣，癱瘓在馬蹄沙發，躺成布料自然時候的軟柔。他們與它們在肢體抽搐時，舞臺上的蒼蠅也共同忍耐。蒼蠅頂著硬邦邦的褲襠，把最後一杓燉飯，抖落玻璃花缸。一團黏稠色飯，化開成凋零的落櫻，撫摸水乳再攤成更細緻的米粒。小球藻糾結張網，燉飯很快被墨綠絲手捕抓吞食。一缸濁水，很快又透析成潔淨的透明。蒼蠅用指尖湊近漂浮在水面的那顆小球藻。小球藻伸出一根墨綠絲手，盤住指尖肉與粉紅指甲，包裹住指紋，試探著蒼蠅的體溫。一次僵直，蒼蠅醒著高潮，扯斷了那根球藻絲手。高胖喊了一聲疼，那截綑綁蒼蠅指尖的藻類纖維，迅速枯萎，乾燥成焚燒後的冥紙，等蒼蠅茫然幾次眨眼，就被壓成灰燼。

達利也眨了眼，從淺層的沉睡表面甦醒過來。他注意到，有一小截枯死在皮層裡的絲手，活出了動物性格的靈魂，領著鋼珠筆的小圓嘴，說出一段他在沉睡期間新培植出來的記錄。

離去之後的妻子，終於嘗試了。

兩個小木偶布偶在她的鎖骨皮膚磨蹭爬行。達利，無法面對妻子陶醉的表情。在臨時避難室裡的，我，只能閱讀泡了水的筆記本，困在紙頁的裁切邊緣，回想受潮之前的記錄，或者學會一位陌生路人的目光，看著妻子享受布製手與腳的撫摸。達利與我，都無能堵住鋼珠筆的嘴，誰醒來，都無能撕去已經寫下的這一頁紙，也無能在這一次淺層的睡眠裡，放下筆，改寫另一個正在發生的記錄。這種無力感，讓達利連喘息都難受，而我的勃起不全，也讓秒針一刻度一刻度，將疲軟堆疊成無法孵育的累卵。

幾乎每多寫一字，翻至下一頁，早先一些的記錄，都會墜地，如玻璃般死去。

就在高潮來臨之前，妻子突然抖落兩個小木偶布偶，一眨眼，就站在我與達利面前。妻子是如此靠近，達利與我，都被那散發魚鱗光的裸露皮膚壓迫窒息。妻子是如此興奮，兩邊的乳頭，就如日春小姐，長時間立正站成一對護哨的螺絲帽衛兵。妻子靠近心臟的那個乳暈，不知何時，豢養了另一隻蜘蛛象，是活的象身，嫩的蜘蛛長腳。在沉澱的黑色素的圓皮圈裡，一樣只有刺上簡單輪廓，來不及紋入色料。這隻蜘蛛象，戴著馬戲團小帽，身背上披著小座毯，那細長的蜘蛛腳，頻頻嘗試越過妻子的乳肉山溝。牠始終沒有勇氣，跨出達利與我都不再吸吮舔舌的這一小塊牢籠。這隻蜘蛛象，如此憂鬱，請求達利與我，再一次嘗試，那些已經陌生了的吸吮動作與舌尖的愛撫……達利與我，能否再一次擁有「繼續錄製」的功能鍵？

達利闔上筆記本，剪斷了一條記憶線。切斷的同時，他無法確定，寫在筆記本裡的「達利與我」，是不是指涉另一個男人。而攀抓著這條線任性繁殖的問題，一如過去，開始追逐甦醒之後的他。

這隻只有線條輪廓的蜘蛛象，要走去哪？

牠會願意移居到腳踝，或者遷徙到肚臍下方？

妻子皮膚一直有種黏性，蜘蛛象能完整逃出乳暈的網紋？

真的逃脫，失去皮膚的刺青，又能怎麼活下去呢……

成串的問題從白太陽的玻璃天空，雪花一樣飄落。掉落下來的光纖，一開始是白晶粉，飄搖過氣流的縫隙，染了光影體色，墜落地板，撞成黑色的霜雪。被中央空調揮發死去的濕腳印，活成乾燥的靈魂。它們集體走過黑雪，踩出懂得哭泣的腳印。全裸的日春小姐，跟隨在它們後頭。她每走一步，就有一根手指、一綹假髮、一類表情器官，慢慢蛻變成妻子。每走一步，那影像不停重疊的下腹，就漸漸垂落成人體葫蘆。達利不願意相信，那像是一座墳墓的肚皮，不管是誰的，裡頭已經埋了一棺滿滿的羊水，躺著誰的，或者不知是誰的，未成形嬰兒胚體。

由日春小姐變成的妻子，也曾經說過，「為什麼不願意和我做愛？」當時，我答覆妻子，「你說過，懷孕的時候，不會引誘我和你做愛。」

走到眼前的妻子，接走了話，「那時候我們三個人都醒著。現在，我們都沉睡在你的筆記本，只有你一個人醒著，醒在一個不知道在哪裡的臨時避難室。」

達利無法移動躲避，只能反芻聲音，「可是，你不曾真正愛我，不是嗎？」

「一直待在這裡，剩下的問題，只是時間……」

妻子說完，僵硬凝視著達利。她的頭顱像被擠壓的葡萄破裂表皮，準備下一個週期的蛻變。在膨脹的靜謐中，日春小姐全身汁液地爬出妻子的外殼，再滑溜溜鑽入達利的眼洞窟窿，被瞳仁深處鍍上漆黑，消失無蹤。

就這一秒，他聽見了手腕內側的脈衝，慌忙襲擊不鏽鋼蝴蝶釦。

最後一根柳葉秒針，蒂結在表盤中央，依偎著脈搏的衝動速率行走。兩地時間視窗裡的短針，逆時鐘方向快速飄移。達利趕緊拔起龍頭，軸芯並沒有阻止發條彈簧與齒輪機械組裝置。又一次脈搏，秒針順時彈一格刻度，第二地短針則逆時繞走一圈。機芯序號已經失去誕生出廠的那一年。不再量產的骨董機芯，透過深埋皮肉的蝴蝶釦，偷走了達利全部的心跳，與秒針一起叛逆。他無法判斷秒針的步伐，與第二地的時間是否還活著。慢的秒針，快的短針，都在日光裡生出千萬條發光的蚯蚓。牠們爬行，拉扯管狀表皮，融化留在眼前的妻子膠造的乳白軀殼。達利推想，在天花板後頭靠近柏油路面的土壤裡，真的困住了那些光體蚯蚓……**牠們張開尖口，拉動皮膚，滑行前進，不停將泥土吞入油亮的管體，消化排泄出來的，卻是時間。從吞食到排泄，一條發光的蚯蚓，這一生究竟能過濾多少泥土？誰都無從計算。大部分的生命期裡，所有蚯蚓都只能不停吞入最大口量的泥土。牠們只能待在土壤裡，活成一條屍體，直到落下熱水雨，才紛紛爬出陽臺花盆、黏在下水溝的壁縫，或是吞下大量死去的玻璃蟲，鑽出柏油路面，渴望被太陽曝曬成條條乾屍……**日春小姐依舊躲在他的眼窟窿裡。半透明的妻子殼，慢慢軟化，躺在黑雪地上，再被新落下的黑雪覆蓋出一層薄霜。就在妻子殼被黑色霜雪埋葬之前，秒針偷偷許諾她的乞求，讓她棲身在表盤的刻紋淺灘。軟化之後的妻子殼，搖晃著崩裂開來的頭皮，對抗機芯裡的止逆擋，使勁推動秒針逆時方向行走。每倒轉一格刻度，妻子殼就多活化一吋肌膚，多分裂增生肌肉。等秒針逆轉一圈，就繁殖出一顆胃囊或是幫浦心臟。妻子殼稀疏的白髮，重新灌染機油的標準黑色光澤，就連受潮久年之後生出霉味的私處，都氤氳繚繞低溫鮮奶的香氣。秒針在海浪沙灘的潮汐帶，逆轉，直到妻子殼重新填滿血肉器官。天花板玻璃罩終於不再抖落光粉，妻子殼躺在表盤裡的沙灘，被一層黑雪覆蓋埋葬。終於，她願意停止呼吸了。達利撥開霜雪，妻子殼裸裎的表皮，凝成一層不透明的乳白軟脂肪，再次硬化成一具安全的軀殼。沉默的長度，剛好讓蟲體完成羽化。第二地時間的短針錐尖，在妻子殼的額角，劃破一小口。低溫乾冰從破口湧出，一個全裸女人，第二度掙扎爬出妻子殼，蛻變出另一個日春小姐。新生的日春小姐穿越藍寶石透明表蓋，牽引達利，回到馬蹄沙發。她解開他的褲襠拉鏈，掏出微微腫脹的疲軟陽具。她跨坐，導航那艘失去風帆的單桅肉船，划入被洶湧海潮填滿的崖洞。達利無法阻止日春小姐蠕動，也無法停止逆時繞圈的柳葉秒針與短針。更多血液流向陽具，卻一直沒有達到硬挺。肉船抵達洞穴最深處時，撞毀了一次不完整的射精。如此淺層的快感，連最輕微的痙攣都沒有。她看一眼他，他避開她，看著癱躺在表盤裡的妻子殼。日春小姐撫摸飽脹皮脂的下腹與恥骨，沒有多說一句，抽高身子，離開交尾的馬蹄沙發。褲襠拉鏈張大了嘴，啞口無言。垂落在外的陽具，如懸掛死者吐露的舌頭，開玩笑似地，淌流一團濃稠白濁的唾液。日春小姐伸出手指，穿進藍寶石玻璃表蓋，拈出那具妻子殼，摺疊成洩氣的橡膠娃娃，交給老管家。她彈了一次手指響，廚餘處理器啟動馬達，一聲嘎啦炸響，妻子殼的膠囊皮身，被雙軸心絞盤撕碎消化，排泄到不知處的下水道。

達利看著，某一個眼角，汩汩爬出一條落單的淚蟲。這時，蒼蠅也踩過黑雪走靠過來，湊近他的耳朵，小音量口吻堅定。

「老哥，我真的愛上日春小姐了……」

達利把黏答答的垂死舌頭收回褲襠，那個鮮少張口多話的拉鏈嘴才補充說著，「**沒關係，誰說的，都不用介意，這只是另一次羞於重複的沉睡。**」

達利不相信拉鏈嘴的提醒，癱軟全身緊閉眼睛。光悄然鑽進內耳，在那隻蝸牛軟肉上撒落鹽粉，讓牠慢慢潰爛，溶解出體液水分，淹了溺了聽覺與平衡。這一次，蒼蠅沒有嗡嗡飛舞，日春小姐也不在，其他人全在臨時避難室裡失蹤，就只剩下老管家，還有那具憤怒渦輪旋轉的廚餘處理器。小得無須眺望的避難室光亮空間，在白牆裡生出遙遠。達利走到廚房吧檯前，在高腳椅上翻開筆記本，撕下一張空白內頁，將這張紙攤平在桌面。

「達利先生，以前曾經撕過筆記本？」老管家問。

「從來沒有。」達利按壓筆記本鈕釦。

「這一張是空白的，為什麼要撕呢？」

「不撕下來……我無法醒來。」

「發生什麼事？」

「……全都寫在這張紙上。」

達利把內頁紙推上前，老管家拿起這張空白的紙，凝視著也猶疑著。達利不敢閉上眼瞼，擔心一次眨眼，就會看見空白的內頁，被誰，寫滿——時針分針分離之後哀傷，星期窗與日期窗的短針抱怨，以及光體蚯蚓往返爬行的疲倦，可能還有妻子殼不停羽化面對快要來臨的交尾恐懼……老管家翻到背面，再一次凝視與猶疑，直到達利的眼珠強迫凸出，分泌還沒爬出的淚蟲。

「真的只是一張空白頁，撕了，沒關係。」達利說。

「筆記本裡會重複的，其實只有空白頁，是吧？」老管家問。

「空白會一直重複，長出新的空白頁，筆記本卻不會變厚……這件事，我也是剛剛發現的。」

「這張空白，達利先生希望怎麼處理？」

「跟那些讀過的雜誌報導一起……」

「那寫在這張紙的記錄，怎麼辦？」

「重複的，不能再寫。」

「不停重複寫和記錄，不會更深刻，更能牢牢地被記住嗎？」

「那會是一種懲罰……以前記錄的細節，在懂得害羞之後，它們就會交尾，繁殖出新的東西。」

「新的記錄嗎？」

「新記錄……」

「就像各位先生被送下來之後，告訴我的一些事，會慢慢取代我以前的記憶……」

「如果是這些，那我真的不需要它們。」

「那在絞碎之前，達利先生是不是要給這張紙一個日期？」

「為什麼需要日期？」

「那些雜誌報紙都有過出刊日，就像嬰兒出生，接生醫師會為他們決定，是哪一天的幾點幾分幾秒，寫在兒童健康手冊裡。」

「在這個臨時避難室，需要嗎？」

「不用精準正確，只是給這張空白紙，一個開始，或是曾經開始活的日期。」

「記錄出生的那瞬間，嬰兒不就一秒一秒往死的方向過去。他們只是開始活著而已。」

「好吧……這是達利先生的決定……」

達利凝視深植在角質皮肉裡的骨董機械表。留存的大秒針與兩地時區的短針，不再像博美狗神經質地在原地螺旋繞圈，追蹤鬼狗影子的尾巴；也不再反骨逆時行走，自體繁殖出改寫的胎盤素。兩根針繫在鬆緊未知的發條彈簧裝置，一個刻度一個刻度，持續疲軟趴趴。

「老管家，寫在筆記本的東西，開始回頭看我了……這一頁會接連前幾頁，或是後幾頁的記錄。它們是想混淆我……它們就像跳蚤，不管是睡著還是醒著，我都猜不到，它們要跳什麼方向，跳多高，跳多遠。」

「是因為泡水的關係？」

「泡水只是讓它們更自由。」

「這些方向、高度、距離，聽起來，像是達利先生沉睡之後的時間？」

「應該是沉睡之後的計時器，就像碼表，按一次開始，再按一次就停止。不管計時幾次，只要一按歸零鍵，又會回到原點。碼表顯示的，不只是時間的長短。」

「達利先生覺得，那會是一個軟趴趴的碼表？」

「不管過去的記錄寫得多清楚，現在都沒有力氣了。只要我待在避難室，這個碼表，最後也會累得不再按下計時……記錄沉睡的哪一天，在筆記本寫入時間點，這些，一點意義也沒有。」

老管家回以淺淺的微笑，兩人都沒有再多說一句。

臨時避難室裡，光纖裡，空氣裡，發光的透明蚯蚓樣微生物，再度攀爬達利的虹膜表面。這些以浮游姿態而活的原蟲，以軟體的體毛觸感器，刮出達利鼻頭深處的酸澀。他緊閉眼瞼，不讓染上螢光酒劑的淚蟲爬出縫隙。老管家打開廚餘處理器，熟悉的馬達運轉聲，不再憤怒空轉軸心齒葉。眼皮裡的光體原蟲在氣旋裡空轉。空白紙張被沖入下水口，撕裂，分解得更細碎更細碎。達利放生乾燥枯竭的浮游屍骸，打開筆記本，在撕去的那一頁空白之後的空白頁裡，以鋼珠筆的圓尖，爬行出墨色蚯蚓——絞碎聲，是從紅石榴墓園後頭再更遙遠的另一個土葬墓園傳過來的。

說不定，比下水道的漆黑盡頭，都還要遙遠。也說不定，如此遙遠的不知名墓園，才是適合死去與草草掩埋的地方。不管是我，或者是達利，怎麼無視羞愧，安心待在這個臨時避難室，等待某個不屬於沉睡也不是甦醒的縫隙，盡一切可能，從這裡發光的空間出發，一直步行，走到自然死去的最後一秒鐘，達利與我，都無法抵達那個已經刻好我們墳塚碑文的遙遠墓園。

沉睡之後誕生之前

在球藻分裂之後，蒼蠅漸漸不再拍動翅膀，也不發出飛蠅聲，經常潛身在玻璃花缸的視線死角，躲著，回味偷嘗過的糖果甜味竊自發笑。停止不知為何的癡呆鬼笑後，蒼蠅經常蹲在廁所馬桶，喃喃自語，僕人不是保母，也不是男性身體工作者，沒有任何紙訂契約，更不應該陪伴入睡這類的話。淋浴的無臉高胖聽見了，沒有搭理。小球藻們，不管什麼觸感器官，一擠出群體小氣泡，蒼蠅還是乖乖躺平在舞臺。高胖的頭髮緊貼頭皮，展現興奮的油膩生命力。蒼蠅一躺下，頭髮引起靜電，自動結起扎實的辮子。這幾回，蒼蠅不時擰捏大腿內側的皮肉，疼得不犯睏，直到無臉高胖懶得再翻身，玻璃花缸裡冒出包裹鼾聲的小氣泡，他就偷偷拿出工具間借來的小剪刀，鍘斷那些糾纏睡意的髮絲。離開舞臺回到馬蹄沙發，蒼蠅穩穩沉睡，不再讓很多個胖瘦不一的高胖，鑽進趾甲縫，吞噬他的父親，還有那位和他上床睡過的女祕書。

這一次，中斷睡眠銜接表演，蒼蠅猥瑣湊近打撞球的達利。正在預估母球滾動路線的達利被打擾，生出厭惡不想搭理。

蒼蠅顧不得鄙棄，搗著手，抖著音，「老哥，你聽我說，我偷偷上去了……」

「你偷偷什麼？」

「老哥，你不是要我們『想想怎麼離開這裡』？」

那是多久以前的事……達利無法判斷。他晃動不滑順的球桿，撞得白色母球也不耐煩，躲入底袋。被撞的紅球兩顆星之後，又硬碰另一顆紅球的火氣。他大動作轉身，球桿敲中壞廢的電動鐵捲門，引起門後空蕩蕩的回響。

無臉高胖翻身了，小球藻罵出沉睡中的囈語，「那個誰，去哪裡啦？」兩位魔術師則被鐵捲門後頭的空心回音驚嚇，從醒著的避難室，潛入小木偶布偶用布織出來的深度沉睡。

蒼蠅繞到檯桌另一頭，用力指向螺旋樓梯，小聲說，「我偷偷上去過了。」

達利放下球桿，望著已經長出衰頹鄙夷外型的蒼蠅，「什麼時候？」

「老哥，我當然不知道多久以前……反正在上次保鏢下來之後吧……也可能，我開始當僕人之後沒多久的時候。」

蒼蠅有點賭意氣，敲敲那支失去動能、晶片也失去日期記憶的電子表。

「你那支表，不打算請老管家幫你處理掉嗎？」達利說。

「它是壞了，很爛……我家那個白癡老頭，就只給過我這支表，也沒有真的一次準過，還是直接從他手上撥下來給我……反正只是習慣了，沒戴著怪不習慣。」

「戴著很好……」

「老哥，你沒聽見我說的？我上去了。」

「所以……你走上去了，出去外面了？」

「當然沒有。我是走上去了，可是走不到頭。摸黑走了好久，最後累到走不動，我怕會渴死餓死，只好下來。真的會累死。」

「有發現什麼？」

「什麼都看不到，全是黑的。一個鬼一個門都沒有。」

「你現在告訴我這些，為了什麼？」

「老哥，你不想離開這裡？」

「現在不談這個了……」達利俯身撞球檯，以一顆紅球瞄準另一顆紅球，來回抽動兩次，就草率撞出一顆星。沒有任何色球滾進中袋底袋。他繞過撞球檯，從底袋撈出白色的母球。一擺上檯面，達利就發現了，白色母球等比例縮小了三分之一。他拿起母球，端看，接著說，「……樓梯確實是出不去的。」

「沒有走到最上頭，誰知道樓梯最後通到哪裡？日春小姐之前也走上去了，你不問她？」

達利搖頭，把小二分之一的白色母球，藏置底袋。尋找另一顆紅球，再撞擊另一顆一模一樣大的紅球。蒼蠅拽了一把空氣，搶下球桿，拉著達利，輕手輕腳走到螺旋樓梯口。達利沒有反抗，只是被拉著走著。兩人一起仰看漆黑的高處。達利忘了有多久不再這樣盯看螺旋樓梯的深處，看著看著，螺旋而上的階梯紋路，他突然生出猜疑——**會不會，這上頭其實就是首都市的天空，只是失去太陽、失去白天、連夜晚都失去所有光的天空……**盥洗室的門突然打開，日春小姐走出來，半邊身軀黏了潮濕的泥粉細沙，另外半邊則是完全乾爽。彷彿她剛才側睡在潮濕的沙灘軟泥，只是忘了在哪片臨海沙灘，還是首都市的哪一條灣河灘。

「你要離開了？」日春小姐提出問題。達利沒有準備答覆。

老管家離開乾貨倉庫，也走到螺旋樓梯口。老垂的眼袋，睡出一對願意永遠冬眠的肥蛹，充滿水與蛋白質的浮腫。只要蛹沒有破，就不會洩露任何沉睡時發生的。肥蛹的眼袋周邊，在這次沉睡期間，繁殖出大量黑褐色老人斑，可能是癌症病徵，也可能只是再一次提醒，老管家不知道多老了。乳暈裡晃動的蜘蛛象，用光纖織了網。達利緊閉嘴唇，擔心溜出嘴角的一字一句，還沒寫入筆記本，就墜落蛛網，被牠的象鼻與嘴捕食。

日春小姐移開臉，聲調穩定告訴老管家，「我懷孕了。」

蒼蠅啞然，倒吸一口氣，退了一步，腳踝撞上了螺旋樓梯的第一階。蒼蠅馬上一個大步，遠離螺旋樓梯。躺臥舞臺的無臉高胖，乍然起身。小球藻們沒有動靜，無法分辨高胖是否甦醒，還是繼續耽溺在誰的腦葉，啃食著誰的父親埋骨殘肉。兩位魔術師也從小木偶布偶的布料纖維鑽出身體，梳高肉耳朵，同時拉長布耳朵，警戒接收飄搖過來的窸窣。

老管家垂落肩膀，露出以為老朽不堪使用的驚喜臉皮，「那……會多一個人……」

日春小姐闔上兩片糌粑軟的唇瓣，學達利先前的沉默，一個字籽都不願意吐出。她只是盯著達利，鑽進他深褐色瞳孔裡少量的標準黑。

「不可能……我是唯一不可能的人。我沒有跟你做過愛。」達利說。

「醒著的時候沒有。那一次你睡著，我剝掉身體的避孕器。之後，月經就沒有再來了。」

之後，是哪一次？

在那之後，入睡與醒著的時光，在恆久照明的日光燈下，全都紛紛說謊了、遲到了？當日春小姐一入睡，那些偷偷留在陰道深處的精子，開始偷偷游向子宮，與輸卵管釋放的一顆卵子，

完整結合成機芯。子宮圓盤上，沒有數字也沒有刻度。精蟲頭咬合肉床的齒輪軸，不順時也不逆時，忙抖著未斷落的尾巴。那唯一一根的尾巴尖針，不確定要指示秒分時、日期星期，還是躲起來的弦月滿月。這顆受精卵，懂得害羞，是不是會透露首都市與臨時避難室，這兩地的時間，是否出現落差？不懂害羞，它會不會任性地開始往死亡的萬年曆，進行分裂？

這顆受精卵任性地做出躲藏的決定，不打算任何回應。當日春小姐醒來，它就暫停分裂，睡成一粒不會腐爛的乾燥種子，沉沉等待日春小姐下一次悠長的沉睡到來。它則悄悄地甦醒過來，竊取宮肉的牆壁、臍帶、羊水與所有可以讓它繼續分裂的養分，害羞任性共同附生，偷偷活下來。一點都不覺得，離開之後，會感覺到什麼疲累。

不管是否離開，達利望著看來只是發胖的腫脹肚皮，被巨大的疲倦壓出睡意。

「在避難室裡，沒有誰可以證明，誰也不能證明什麼。」達利說。

「沒錯，我是在騙你，不可能是你的。」日春小姐說。

「日春小姐，為什麼把事情模糊了？」老管家問。

「老管家，是誰的不重要……」

「我無法決定，其他先生是不是永遠待下來。我們也不能確定，出生之後的孩子，願不願意留在這個避難室……達利先生，不是嗎？」老管家提出問題。

達利不願意翻出準備好的答覆，一隻腳尖，擱置在螺旋樓梯的第一段階梯，提出反詰。

「老管家，孩子是你的，會阻止他離開嗎？」

這個問題，安靜滑入不鏽鋼扶手欄杆騙來的光亮。達利落眼螺旋階梯面，一同靜默等待下一個追問，或者值得寫入筆記本的另一個眼神。

老管家垂落頭望著日春小姐的腹肚，斷續重複，「我的孩子，如果是我的……我……」

「不要說！」日春小姐憤怒阻止老管家，對達利說，「全都離開這裡，最好全都躲回到首都市，永遠不要再被送下來。」

她流出淡淨的淚，回到盥洗室，關門扣上喇叭鎖，加掛鏈鎖。沒有人上前敲門，規勸有關鎖門的生活公約問題。

「老管家……我想走上去。」達利說。

老管家沒有阻止，也沒問登上螺旋樓梯的緣由，只是禮貌詢問是否需要水和乾糧。達利沒有考慮這些，搖搖頭，追上一格階梯，開始向上踩踏。就像過去，前往報社、雜誌編輯部交稿，他不搭電梯，習慣走有火警求生功能的樓梯通道。很簡單的動作，踩上第一步之後，只要不停下第二步，就可以接連到第三步，再踩上第四步……不管要到第幾樓、有多少階梯段，只要一直往上提起另一個膝蓋，向上踩踏，最後總會走到應該抵達的樓層。十來步之後，達利的臉潛入光亮與黑暗的灰色階領域。髮絲上的光澤拋棄他了，直接同化成漆黑。他向下看，上半身游在水與油之間的奇特灰介質，下半身則還被日光燈光纖咬著。再走幾步，他失去舉到眼下的手掌，雙腳則踩入稀釋的水銀層，一轉動腳踝，水銀層就飄搖成首都市盆地的夕陽雲梯，向周邊流現形體。再多兩步，達利消失在全然的漆黑。這種漆黑，連最死寂的無燈墓園，也養不出來。蒼蠅跟在後頭，半身還困在水銀雲層。老管家和上前的無臉高胖與兩位魔術師小木偶布偶，都被恆亮附身發光，無法對焦。他們被漆黑抹成失明者，不停搖身探頭尋找。達利繼續拉動下一步，沿著扶手欄杆外緣，繞著螺旋樓梯的中央圓柱，向上落腳。每一步都踩得穩健，以保持體力。就以三秒一步的速度向上走吧！他如此估算，就聽見心跳，一步跳一次。那時不時疲軟、慵懶、賭氣的寶藍柳葉秒針，在漆黑裡，也跟上步伐心跳，穩定均速飄移。

這段路，依照蒼蠅的說法，還不知道要走多久……才剛有這念頭，達利突然撞出一聲悶，頭頂磕到了水泥牆之類的硬物。消失的手搔了頭，麻勁還沒轉成疼痛，又有人撞上他的脊背。是蒼蠅。身後的這團漆黑物，根本說不出話，喘得比剛奪標的賽馬還要接不住上下氣。那些剛喘出來的熱氣，立即失溫，微弱垂危，身後的人形才慢慢立體，勾勒出蒼蠅的輪廓。這時，已經消失的他自己，也在黑暗空氣的排斥下，浮出各部位形體線條。是他熟悉的自己。達利往下探眼，已經溺斃的視線直接穿過蒼蠅立體輪廓，墜落到螺旋樓梯的最底部。

那裡，是一個光亮點，小得如同一粒白板藥丸，遙遠得像鬼像魂幽冥飄抖。不管如何對焦，那個光亮入口，都是霧絲絲的。

「怎麼喘成這樣……」

達利一開口，聲音，就墜落了。——**怎麼喘成這樣**——沿著看不見的視線，穿過漆黑的蒼蠅輪廓，一直往下墜落。就連那輕微的質疑感覺，都尾隨墜落，最後都被那小小的光點吸食吞噬。隔了好久，等那些比較輕盈的、偶爾會飄飛起來的低溫喘息，也被那個小光點引誘，紛紛墜落過去之後，蒼蠅才能說出一段完整的句子。

「老哥，我以為我跟丟了。你的腳步聲，一下就變得很小……我是用跑的，才跟上你。」

蒼蠅的這段話語，在說出的瞬間，散成長翅的蜉蝣成蟲，一隻隻飛奔到小光點。牠們嚮往光亮太久了，飛離得太快，達利差點就無法聽清楚，那些藏在振動翅膀裡不停重複的問題——**是嗎。是嗎？又會出現一個孩子……那些無數漸漸靠近死去的下一個孩子……**

「老哥，為什麼停下來，再往上走吧？」

「撞到頭，不能再上去了。」

「怎麼可能？不可能這麼快就到頂……」

蒼蠅喃喃叨絮，一字一句墜落。他從內圈借道，繞過達利往上走，才多踏上幾格，無預警重磕到頭，痛得哇出聲——**怎麼有牆？有牆，就真的沒有出口了。不可能，不可能**——蒼蠅的話語不停長出翅膀，向下俯衝穿過漆黑的達利，向下飛撲到那個小小的光點。蒼蠅突然滑跤一段階梯，跟著聲音蜉蝣往下飛落。達利伸手要扶住漆黑的他，蒼蠅卻整個人直接穿透達利的身體，摔落在下一個螺旋半周的階梯面。達利沒有伸手扶助，蒼蠅迅速爬起身，又再墜落幾隻疼痛的哎呀蟲身。達利向上觸摸，是冰冷堅硬的水泥牆。

原來不是漆黑的天空，只是另一面失去日光燈的天花板……

達利往下看，還好，這些想寫入筆記本、臨時儲存在頭顱裡的話語，並沒有羽化出薄翼翅膀，鑽出他的頭皮，飛墜到那遙遠的小光點。他小心往上多走幾階，屈成會爬樓梯的柔軟彈簧，探索這片沒有一管白太陽的夜牆。扶手欄杆、不鏽鋼階梯、螺旋樓梯的中央支柱，這些作為支撐、或是可以被觸摸的，連一顆固定的帽釘也沒有，全都直接沒入水泥天花板，彷彿在建構之初，是先將樓梯做好了，才另外施工，做出隔離的輔助板模，灌落砂礫水泥漿，把上方的螺旋階梯通道全部封死。

「有出口嗎，像是閘門，或是什麼馬路上的人孔蓋？」蒼蠅說。

達利撫摸所有被螺旋樓梯包圍的天花板，先搖頭，才又張開嘴，讓話語迅速鑽出雙唇，墜落成回答——**沒有**。在容不下其他濃稠顏色的漆黑裡，達利望著這兩隻蜉蝣成蟲，盤旋向下，沉沒小光點。直到他再次聽見自己和蒼蠅的呼吸，也看見兩人的呼吸，流失溫度，變涼了，也墜落了，他才坐落階梯。

「坐一下，先休息，」蒼蠅也坐落階梯，調節呼吸，「老哥，你覺得這個天花板後頭，有什麼？」

「你覺得呢？」

「下水道吧。」

「怎麼知道是下水道？」

「我們在一個下水道的臨時避難室，不是嗎？」

「老管家也是在沒知覺的時候被送下來，他怎麼確定？」

「如果不是，我們在哪？」

「說不定，是一個實驗室……說不定，避難室裡安裝了很多我們看不見的針孔攝影機……我們只是白老鼠。」

實驗室？白老鼠？蒼蠅訝異的張開嘴，想說的話沒說出口，堵塞喉頭舌根，在漆黑慢慢膨脹，壓迫蒼蠅幾乎無法呼吸。他急急倒吸了一口氣，緩緩吐出的氣，飄落的速度就慢一些。

「牆的後面，都是厚厚的玻璃……」達利繼續說，「不知道死了多少玻璃蟲，才燒出這麼大的臨時避難室……」

「玻璃蟲？」

「是，就是你曾經賣給我的消息，玻璃蟲。」

「那是我瞎編的。」

「我知道，所以才能免費。」

「沒收錢，就不算是我賣出去的消息。」

「沒關係，無所謂……不過，我已經寫到筆記本裡了。」

「老哥……這消息有價嗎？」

「只是一個瞎編的小故事，算不上消息，不是嗎？」

「這樣我還能說什麼……那現在，怎麼辦？」

「你的電子表還能用嗎？」

「顯示器都裂開來了。」

「不是要看幾點幾分……還有電嗎，夜間螢光顯示？」

蒼蠅猛烈點頭，把漆黑搗得晃動。一朵螢光從黑暗中綻亮薄光。達利摘來這朵似藍似綠的螢光，靠近他的骨董機械表。不管外頭的首都市是醒亮的早晨，還是爛醉的午夜，電子表的螢光漾漾欺騙秒針，緩慢下來，比每走一步階梯面的想像秒數與計時脈動，再更緩慢地順時方向飄移。直到機芯開始打瞌睡，剩餘的呼吸力氣，引不起自動上鍊的興趣，鐘擺打了哈欠才勉強堆動齒輪，滾動不太搭理的彈簧。有幾步，寶藍色的柳葉針跨步滯留，幾乎就要昏厥，睡成羊齒蕨的新生嫩芽。達利心頭一緊，脈搏帶來一波波的浪衝，整個發條裝置才從淺層睡眠裡薄薄甦醒，發了一整圈刻度的床頭脾氣。

「好像是故意的。」達利說。

「老哥，你說的是什麼意思？」

「這根秒針，會不會是故意遲緩。不是避難室的時間軟了慢了，也不是真的要停了，就只是這根秒針的每一秒，都遲緩了？」

「老哥，你這樣說，我頭就大了。」

「很久了，好像還沒被送下來之前，這根秒針就是不願意一秒一秒走……看得出來嗎？」

「說真的，老哥這支複雜功能表，從你要魔術師拿掉兩根針，也拿掉日期窗星期窗的指針，我就亂七八糟……混亂了，怎麼看得出來，秒針是一秒一秒，還是滑過去而已。」

蒼蠅一放手，螢光花朵立即凋零。

「這支表，這根秒針，從被送下來避難室之後，就用我們知道的……三秒鐘的速度，來移動現在的每一格刻度，能怎麼辦？」

「坐著等，隨便它，不然還能怎麼辦？」

「對，一點辦法都沒有。」

「老哥，這有差嗎？」

「這樣我們就不會知道，待在避難室多久了。永遠都不會知道。現在的一秒鐘，其實是過了三秒，以為三十歲，其實已經九十歲。我們會比現在更老。被送下來之後，我們一樣吃飯喝水，睏了就睡，睡了再醒過來，沒有什麼改變。生理時鐘調整成三天睡一次，每天只會感覺餓一次，至少半天才會覺得渴……」

達利一次說出太多話，有點累喘噓噓。原本就討厭光亮而躲入螺旋樓梯頂部的氧氣，開始躲著圍繞旋轉，就是不願意靠近他的鼻腔。應該是秒針，彈動一格齒輪，咬出細微的手指響聲，漆黑也跟著旋轉，繞出看不見的旋渦，拉扯呼吸困難的達利。蒼蠅一動也不敢動，連呼吸都暫停，擔心所有的氧氣，會在一瞬間隱入四周的黑，讓兩人都窒息。

「你嚇到我了，老哥。我之前怎麼過日子，你最清楚。只要不出狀況，那個死老頭也沒有空管我，怎麼浪費時間都無所謂。像你說的，管他幾秒是一秒，一秒又是多久，我們不可能知道，時間有沒有被浪費掉。這樣那老頭會比我以為的更老，他就算正常健康，繼續幹那些見不得人的勾當，也會比我猜的，再更早一點死……想到那老頭會比我猜的更早一點死，雖然只是感覺……見鬼了，我越來越喜歡這個臨時避難室……」

蒼蠅特別加重——**臨時**——這兩個字的語氣，把它們壓擠出鐵骨密度，飛落下墜的速度，特別特別快。同時間，達利記錄念頭——**我會比兒子活得更久？不管是寫在哪一頁的兒子，走入哪條舊街巷弄一起散步的兒子，待在哪個廣場或是天臺遊戲區的兒子，我都會活得比他們更久一些？妻子知道，一定會說，這是對一位失蹤者，也是給躲著、等同死亡的父親，最安靜的懲罰**……這一段念頭，依舊沒有墜落。達利感到恐懼，卻嗤出笑聲。呵呵呵。就像老管家那麼老的笑聲，一顆氣一個呵，滾出舌床，掉落到不同低度的螺旋階梯面，彈跳球一樣向下彈跳，等跳動的幅度拉長成規則的心電圖線條，就被那個永遠亮著的小光點吞噬了。

「老哥，有件事……不知道該不該說。」

「你看不見我，我也看不見你，說吧。」

「如果日春小姐真的懷孕……」

「不管是不是真的，都不會是我的。」

並排坐在階梯上的蒼蠅，突然消失，被漆黑吞了輪廓。靜默延伸出手，直到觸摸了達利孕生出來的擔憂，周遭的黑，才反芻出顫抖的蒼蠅，也吐出蒼蠅這類蟲子才有的啜泣。

「為什麼哭？」達利問。

「沒事。」

「沒事哭什麼？」

「只是想到，肚子裡的小孩，有可能是我的，就忍不住想哭。」

「……也不一定是誰的。」

「管他誰的，見鬼的黑，看不到誰是誰，哭一哭比較爽。」

達利靜靜等待哭聲全數都飛往那個小光點之後，才沉沉說，「蒼蠅，你覺得……這個臨時避難室，會不會就是……**綠艙**。」

達利這一整句話，緩緩流出嘴唇縫隙。綠艙，兩個字，沒有聲音。他又重複說了一遍，「我剛才說，這個避難室會不會就是，**綠艙**。」

達利依舊沒有聽見用力發聲的這兩個字。**綠艙**。**綠艙**。**綠艙**。他張大了嘴巴，重複喊出認定的事，誰也沒聽見。綠艙，沒有聲音，這兩個字沒有重量，也無法舒展出蜉蝣成蟲的薄翼翅膀，飛入腳下遙遠的小光點。

「蒼蠅，你有聽見……剛剛我說的？」

「沒有……不過，我知道你想說的。」

「沒聽見，你怎麼知道？」

「老哥，你要說的兩個字，從你嘴巴滾出來，一直掉下去。」

「哪兩個字？」

「**綠艙**。」

蒼蠅說了，一樣沒有聲音。**綠艙**，尾隨他們的有聲字句，無聲墜落。達利往下探看，視線一開始墜落，便無法停止。漆黑的螺旋樓梯，不管從下往上看，由上向下滑，都開始軟化，管狀的通道，躺成平面的圓盤，就像一面深色鎢鋼表盤，只是沒有刻度、沒有雕紋，沒有一根指針，只有不停旋轉的樓梯螺旋線條，向小光點延伸著手。

「你覺得呢？」達利問。

「如果真的是，那我們究竟在哪裡？要怎麼離開？」

等待的長度，讓螺旋樓梯延展得更長更遠，怎麼也搆不著那個小光點。

「……走吧，我們下去吧。」

「老哥，不再找找？說不定出口不在上頭，在旁邊的牆上，要不要一路摸牆下去？」

「你那麼想離開這裡？」

「不是我，老哥，是你。」

「為什麼？」

「我家那個死老頭，怎麼樣了都無所謂……老哥，你還有機會。」

這瞬間，有一秒那麼久，達利以為是螺旋樓梯的端點，抓住那遙遠的光絲。

「就這樣放棄了嗎？」蒼蠅說。

「……下次吧。」

「老哥，我們還會再上來？」

「老管家沒有說不行。下一次上來，說不定，這天花板就變成透明的黑，不見了……」

會嗎？不可能嗎？蒼蠅呼出兩股矛盾的質問，喉管聲帶都沒有用力，無法在漆黑裡形成有下墜重量的音質。達利起身往下走，蒼蠅沒有避開。漆黑的輪廓直接穿透同樣漆黑的輪廓，彼此都沒有排斥。達利探測秒針飄移三格刻度的節奏，決定用同樣的速度，踩落每一步……**用這種三秒**

的速度，走下螺旋樓梯，回到光亮的臨時避難室，說不定可以瞞騙避難室的時間。呼吸均勻，放慢心跳的速度，可能連秒針也會受騙，再一起騙來更多的疲軟的角質層。那接下來的問題，就只剩下一個——騙來如此多餘的時間，在臨時避難室要做什麼、能做什麼？我踏著，達利思索，還有哪些可以多次重複做下去的日常瑣事。沒有誰停下腳步。開始往下走第一步，不要停下第二步，那麼之後所有向下墜落的階梯，自然就會把走下樓梯的人，送回每一棟高樓大廈的一樓。不管是多少樓層高的大廈，只要抵達那個有管理員坐守大廳的一樓，就可以通往首都市的其他馬路。而那些路面，永遠都會突然走過一些臨時出現的無數妻子，以及那些臨時消失的兒子們……過去，從逃生樓梯間離開任何一棟高樓大廈的報社雜誌編輯部，達利一直如此篤信。這點，也記錄在筆記本。現在，他成為一位篤信的下樓行者，繼續落步，繼續踩踏下一段階梯。

遠方的光亮小白點，稍微變大了一些。跟著穩定呼吸的節奏，它一度仰爬到與視線平行的位置。螺旋樓梯也漸漸平緩成一條圓管狀的漆黑通道……只是腳底踩踏的是不鏽鋼階梯，沒有渠道的淺水溝，沒有漂浮捕捉褲腳、吞噬無生命物與垃圾的球藻，也沒有被拉長身影的矮黑侏儒，踩在輕艇引擎聲浪頭，追趕追問那首科幻短詩的完稿日。蒼蠅的腳步尾隨身後，只要達利稍稍加快心跳速度，沒一會，蒼蠅就會發出費力追趕的喘息，遲落在身後的漆黑。達利在落腳時停頓一個念頭，讓後頭的腳步跟上靠近，也等熱呼呼的喘息撲上後頸。他擔心蒼蠅沒跟上，也怕他從階梯縫隙，掉落到搆不著的無光之地，回頭確定蒼蠅手扶著欄杆喘氣。等他再次回頭，再多跨出下一步，前頭的光亮出口，已經升到九十度仰角位置，從藥丸片變成開掌大小。他一伸出手，似乎就可以握住被框架在圓裡的光餅。那光，像是被霓虹燈害出衰竭的星光，犯著忽明忽滅的病症。達利看得出神，跨出腳，才剛習慣的平坦階梯路向，卻一腳踩空差點摔跤。這一步，達利已經走落螺旋樓梯的銀灰色流質界限。抬頭仰看的管狀漆黑裡，沒有任何一顆隕歿在首都市夜空的星星光餅，只有蒼蠅的喘息。達利的雙腿先穿過液態水銀光感層，接著墜落褲頭、皮帶和外衣的皮革與纖維，再慢慢從灰階裡，透析出紅潤皮膚，隱藏靜脈細管的寒毛雞皮。等第一陣光刺入眼眶，達利終於看見曾經消失的身軀。

老管家走到螺旋樓梯邊，臉頰堆積濃郁擔憂，「還好，還好，終於回來了……達利先生，你們怎麼上去那麼久？」

「我們上去很久了？」

「我們已經吃過幾頓飯，醒醒睡睡，至少有三四回了。」

「上去那麼久了？」

「再不回來，我都以為，你們已經找到出口……離開了。」老管家的視線，被高遠深處的黑引誘過去。

「難怪我那麼渴那麼餓……」蒼蠅嘆息埋怨，一臉疲憊，洩光皮囊的血肉骨氣，在光亮階梯上癱軟成一巨大的肉身布人偶。避難室的日光燈，無法驅散殘留在他衣料纖維裡的勞累和痠痛。

「達利先生，有走到頂端嗎？發現什麼？」老管家說。

「樓梯最高的地方，什麼都沒有，只是另一個天花板。」

「天花板？」靠近過來的小木偶布偶，兩張布臉，都織出誇張的驚訝。

「真的沒有出口……」老管家說。

「我們也沒有特別要找出口……」達利說。

「看來只有中央空調的通氣管路，有機會通到外面……小木偶布偶又不能離開魔術師太久……日春小姐可以進得去，可是懷孕……」老管家瑣碎呢喃。

「不可能，一定有出口，只是太黑了，都看不見，不然那些保鏢怎麼進來的？」蒼蠅提聲說，「老管家，先別說這些，能不能先煮點東西吃？真的快餓死了。」

「輪到你發號施令了嗎？」玻璃花缸裡的小球藻，突然投擲聲球。蒼蠅聽到高胖的質詢，又猥瑣出僕人的身形。

一行人走往廚房時，饑餓感從地板裡蹦出來，咕嚕咚撞響達利的胃。胃壁摩擦空氣發動牢騷，喉嚨也乾燥得不願意吞嚥。餓回來了，渴也是，光才漸漸不挑刺達利的眼。他揉揉眼，發現無臉高胖的巨大肉團趴伏在吧檯餐桌。那裸露的上半段肉身，喬裝假睡，用兩條粗手臂埋出虔誠。這顆躲在肉裡的頭顱，依舊沒有臉。達利接過水杯，瞄一眼那團原料一樣的肉，以眼神詢問老管家，高胖怎麼了。老管家倒了另一杯水給蒼蠅，一排黑色的螞蟻，細細囓齒，搬出答覆。

「高胖先生知道日春小姐懷孕，很堅持，孩子是他的。」老管家說。

「日春小姐怎麼說？」達利說。

「她還是堅持……孩子是達利先生的。」

達利喝水潤喉嚨，卻說不出話。蒼蠅端著涼水，沒喝，全身劇烈發抖，看著無臉高胖，不敢與主人的身體並排坐，那戰慄的細瘦肢手，抖落不少玻璃杯裡的甘甜清水。蒼蠅扭轉頭，彷彿有腐肉沾上額角，猛擦拭，又怯懦學黑色螞蟻囓齒，「不能再忍……這死胖子，沒有臉了，還真不要臉……能有精蟲嗎，都被油淹死了吧……」

達利沒有特別留意蒼蠅說什麼，依舊困惑無法抓準攀登螺旋樓梯，究竟多久了。這段時間，在日光燈的照明下，六個小球藻都長大了一些。玻璃花缸有點擁擠。它們全都往水面堆疊，輪流探出半頭半尾，不時翻滾，不管肚囊裡養著的是眼珠，還是口鼻舌，全都開始浮躁起來。無臉高胖憤然起身，玻璃花缸就傳來怒罵。

「死蟲子，小孩是你的，繼續留在這裡，當傭人嗎？能當傭人還算個人，要是生出一隻蛆，你不覺得可恥？」

蒼蠅不知道要對無臉高胖回嘴，還是要對玻璃花缸裡的小球藻頂嘴，躲成一隻憤怒的無頭蒼蠅。盥洗室的門突然張開，吐出日春小姐。所有的男人都安靜下來。兩位魔術師為了躲開爭論，呢喃表示，他們都已經有小孩了，不會爭。他們請各自的小木偶布偶把他們多次對摎，藏入堆放在鐵捲門旁的水果紙箱。

「小孩是誰的，他們沒有意見。請相信我們，他們兩個沒有能力，也沒有臉，再面對第二個小孩……」小木偶布偶一模一樣的兩張臉，都很驕傲。

日春小姐走上舞臺，貼近玻璃花缸。皮膚的臉皮光澤，引誘那些小球藻。綠條條的絲手，向上飛撲，黏著她的顴骨、鼻梁、耳垂肉。如此搭起纜線，幾個小球藻慢慢升出水面，爭相親近。日春小姐嘴邊念念有詞，不知說了什麼悄悄話。她起身一扯，幾個小球藻落回水面。那些不願意離開她的絲手，紛紛斷裂枯萎死去。廚房這邊的無臉高胖，也萎縮靠坐在高腳椅。無臉高胖伸出手，泡養在球藻肚子裡的高胖，同時出聲借水果刀。老管家沒有遲疑，水果刀如同銀灰的秋刀魚，游出鋒利。無臉高胖的光滑臉皮，面對著達利。他手裡的銀刀，泅泳出玻璃花缸那頭的話語。

「這輩子都肥成這樣，我是不值得活……能有一個孩子，至少可以兩個人一直躲在這裡……」

無臉高胖把水果刀交給蒼蠅，以指甲在胸前心口畫一個小圓。用力刮出來的小圓，先浮出一圈紅，被日光燈照成發光的標靶。

「刺這裡……做完這件事，你欠我的賭債，就算還清了。來，用力刺這裡。」

「你做什麼？」達利出聲。

「高胖先生，應該很清楚，只要不違反共同的生活規範，各位先生要做什麼，我不能阻止，也不會阻止。」老管家說。

「你這隻死蒼蠅，聽到沒，用力刺這裡！」

小球藻們集體騷動，玻璃花缸搖晃吶喊，搖晃整個避難室。每個人多搖出來的四條腿，也無法站穩。兩隻腳的蒼蠅像骰子一樣被擲到無臉高胖身邊。一個跌跤，水果刀整條銀身鐵魚游入肉身靶心。蒼蠅的手不停顫抖，彷彿要把又高又胖的軀體，剖出一個人可以走入的切口通道。水果刀身死死黏在心口胸腔位置。玻璃花缸裡的小球藻，突然集體痙攣，扭成扁平的球。墨綠絲手四散開來，如求偶的動物性器筆直興奮。

玻璃花缸裡的高胖，吐露最後一句話，「我願意……為你殺死一個人……」

無臉高胖隨後倒地，摔成一具還有體溫的屍體。重重的，卻聽不見聲音。達利第一時間衝上舞臺，擠開日春小姐，大聲質詢她。

「為什麼這麼做？」

「我什麼也沒做。」

「……這是你被送下來，約定的工作嗎？」

「寫給我的合同，只有兩個字，實驗。」

達利憤怒推開她，迅速轉身對玻璃花缸喊出聲，「高胖，你怎麼樣？」

小球藻們慢慢吸水，慢慢恢復球體狀，沉浮在水位降低的玻璃花缸，不怎麼排擠彼此。

「我……還活著？」高胖的聲音也錯愕。

「還好嗎？怎麼樣了？」

「不痛，只是……有什麼東西停了。」

蒼蠅隨後走上舞臺。日春小姐貼近蒼蠅耳邊，又悄悄說了什麼。蒼蠅睜大眼，一把抓起玻璃花缸，重重摔落舞臺下的水泥地板。達利說不出話，現在發生的，比沉睡之後看見的種種跳躍速度，都還要更快，也比停在三級跳沙坑上空的小丑，更加詭異。六顆小球藻全都扭曲，沒有水的媒介共鳴，無法擠出小氣泡，也無法引起硬水泥的漣漪。它們就只是先膨脹起來，靜靜腫脹一些，似乎是消化了什麼，又突然驚覺到危險，瞬間將所有墨綠絲手全面伸出，迅速吸乾淌流地板的積水。地板快速乾涸，沒一會，原本努力腫脹的小球藻全洩了氣，凹扁縮小，從深深的墨綠迅速乾萎成黃褐，硬成被輾斃的剝皮椰子。

「不是每個人都有資格，可以擁有自己的小孩。」蒼蠅飛出冷冷的聲。

老管家愕然看著這一幕，轉身走入工具間，拿出掃帚，動作機械地把一片片日光閃爍的碎花玻璃片和六顆乾扁的小球藻，全都扒入畚箕，返回廚房，餵養永遠活在饑餓中的廚餘處理器。所有人都在等待它乾澀的咀嚼，吞入首都市某段行政區的下水道。那裡一定還漂浮著其他更多球藻，願意捕捉碎玻璃、高胖五官，和它們同藻類的纖維屍塊。

達利看著躺平的無臉高胖，問老管家，「……我是不是一直沒有醒過來？」

老管家掌心托著最後一顆死去的小球藻，丟入螺旋轉動的絞盤牙口，「達利先生，我和你一樣，也希望是這樣。」

達利繞道進入廚房，「……高胖的身體，怎麼辦？」

老管家搖頭，「我也不知道。」

「撥電話給高樓層管理人……」

「沒有用的……」

「來不及嗎？」

「只是斷了……」

「我來打。」

「達利先生，這樣做，會違反約定規範。」

「高胖死了……還有什麼規範？」

達利大聲喊，把兩個小木偶布偶嚇得躲入撞球檯的兩側底袋。他看著舞臺上的蒼蠅，刻意不看正在等待他視線的日春小姐。達利索求鑰匙，老管家有點擔憂，還是交出吊環鑰匙。達利打開櫥櫃，沒有碰觸其他被關鎖封閉的物件，拎出骨董鐘鈴電話。鐘鈴電話只剩下黑柄話筒和墨亮的機身，那隻熟透的裝飾龍蝦，已經逃走了。達利探看櫥櫃深處的各個角落，都沒發現龍蝦的紅橙外殼或是大螯，也無法知悉，牠是不是躲入哪本雜誌內頁，誰的個人資料夾，或者逃入那個一起失蹤的雪茄盒子。達利拿起話筒，撥打三個零。半透明的數字轉盤，先被順時方向撥轉，再逆時方向回撥，發出三串連打哆嗦的齒輪聲。之後，話筒的另一頭只有死寂，靜謐得連失蹤的鬼魂都會選擇繞道躲開。他再一次撥轉三次零，三次成串的哆嗦，磕落廚房滿地……接通了……達利接通了一段好久以前就寫入筆記本的記錄——**那裡，只剩下無數的墓穴了。曾經活過的首都市，躲在山崖後頭。所有的霓虹燈都顯小，都還能閃著眼，遠遠地排成光點隊伍，準備搭乘一艘只剩下**

龍骨、失去風帆布的單桅木船。所有長了光芒肢腳的霓虹，全都列隊等待，都不知這艘破爛的木船，早就擱淺在沒有時鐘、沒有手表的一幅油畫裡頭。原來，一個個的墓穴都是不願意搭乘木船，才被首都市排擠到，那裡。一樣也被排擠的我，也沒有準備要搭乘這艘木船。另外，還有一支落單的黑色話筒也是。它被晾曬在兩根不再翻攪火爐的冰冷鐵叉上。那條接連話筒尾巴的電話線，不知何時斷了，懸掛在半空，靜止在飄動，無法接通墓園裡的任何一位死者。黑色話筒的意圖很明顯，它不忍心讓我再次撥電話到還有我活著的那座城市，接通已經遠離我的妻子。它擔心我會忍不住詢問，那位不知道幾歲的兒子，是否還有提及到我的名字？確實如此，一旦黑色話筒接通了，我必然會詢問妻子的鬼魂，那位面貌與我一樣模糊的兒子亡靈，是否還記得，曾經擁有一位尚未出生的父親？是否因為善良，才騙我他已經分配到墓園，擔任管理員的職務了……

「達利先生……這樣無法接通總機小姐，也不會聯絡上高樓層管理人。」老管家說。

達利掛落黑色話筒，開始拉出鐘鈴電話的尾線。細細的電話線很長，彷彿櫥櫃深處有一顆電話線滾成的毛線球，不停被拉出，垂落地板，捲成螺旋狀旋渦。達利止不住如貓的衝動，不停重重拉扯。直到電話線的另一頭，出現懸浮感，那根電話線才憑空飛出櫥櫃。

活的熟透龍蝦真的逃脫，電話線也真的斷尾了。

「……我在筆記本裡……寫過這支電話。」達利愣愣說。

蒼蠅在舞臺上演活了驚嚇，不是因為達利的話，而是無臉高胖突然從地板上坐起身。達利擱下鑰匙與鐘鈴電話，躍步到無臉高胖的臉前，小心探看。無臉高胖沒有嘴，真的說不出話，搖頭點頭晃頭，都在示意，不知道為何，身體沒有真正死去。無臉高胖一仰頭，重重拍打額角，用手指戳記右胸口。達利立即趴伏在那肥軟下垂的右胸乳房，貼耳聆聽。達利沒有聽錯，厚厚的肉層深處，有一個肥胖的心臟，困在右邊的肋骨牢房。悶悶的巨大鼓動，和達利同一個節奏，興奮他的脈搏，刺激骨董機械表。秒針堅挺著寶藍的柳葉針頭，順時方向行進。無臉高胖做出拔出水果刀的手勢，達利抿個嘴，握緊刀柄慢慢施力。銀魚刀身吃了許多油脂，費力游出左胸腔，沒有帶出一絲紅血。退出的刀身不知被什麼力量，扭成幾個波浪弧度，彷彿在刺入的路線，巧妙游過主動脈主靜脈、左胸肺葉，和沒有心居住的左半邊房室。老管家拿來一塊乾淨的白毛巾，重重按壓傷口，鬆了肩膀，露出安心的笑。

「高胖先生沒有拋下我們離開……」

這道傷口被脂肪堵塞之後，無臉高胖開始頂著光纖，不停繞著避難室行走。沒有臉，沒有人知道這具身體為什麼一直走，不願意停下來，就連躺平舞臺的睡眠都被忽略。

無臉高胖只剩下失眠了。

有幾次用餐，無臉高胖站在螺旋樓梯口，仰頭看著失去深度與高度的漆黑通道。所有人，包括日春小姐，都停下刀叉凝視。無臉高胖的下一步，一直沒有踩上階梯。一直待在臨時避難室沒有離開的，還有日光燈。離開的，只有舞臺正上方的那一組燈罩。達利感覺，這一次保鏢送物資到避難室的間隔特別久。為了等待新的日光燈罩組，達利時不時測量脈動。每跳一次，機芯發條就推動一秒。走完一圈，剛好是六十次心跳。第六十一次脈搏跳動，日春小姐都會走出盥洗室，隨機選擇某張沒有男人的馬蹄沙發，抱著圓凸的腹肚，睡成一條捲曲的人形。她沉睡的時間越來越長，達利卻開始縮短梳洗、淋浴、洗衣、大小號的時間，以更長的時間，待在主要活動空間，觀察日春小姐。他擔心她沉睡過久，內臟器官與柔軟的陰唇嘴唇，和被乳暈圈養的蜘蛛象，會被中央空調與日光燈，風乾晾曬成乾屍。她沒有慢慢失去水分，反倒越來越肥胖，像是吹了氣的肥皮女人。蒼蠅跟著日春小姐的屁股後頭，同一秒沉睡，同一秒睜開眼睛。小木偶布偶也長時間躲在魔術師的褲襠深處，軟成兩團布泥。向來睡得又少又淺的老管家，清空了乾貨倉庫的一格置物架，躺臥在架上，睡成發酵中的陳年臘肉。

只有遺失了嘴巴鼻腔的無臉高胖，繼續一直走著。為了獲得體力，無臉高胖改由耳朵餵食，也透過耳朵呼吸。老管家把食物打成漿糊狀，用吸管一點點灌入耳蝸，流過蝸牛殼螺旋的耳洞，漫入食道，滑落胃袋，再到腸道，補充水與養分。改由這種方式進食會影響呼吸，無臉高胖的皮膚毛細孔，因此學會了協助換氣，成為氧氣與二氧化碳的出入口。在日光燈的照明下，脂肪躲在秒針的行走路線之外，被消耗，無臉高胖還是慢慢瘦了。自從無臉高胖活過來之後，蒼蠅跟著秒針的步伐，嚴重憔悴老化。

「都沒有人看見嗎？」蒼蠅時時抱怨。

達利看見了。高胖那些顏面器官的肢離魂魄，在沉睡之後，全都附身在蒼蠅臉皮上，急於取代他。蒼蠅開始躲在沙發桌底睡，經常被驚醒，也不敢靠近螺旋樓梯。勉強甦醒過來，蒼蠅就長時間站在舞臺角落，用垂落的帷幔遮掩臉和身體，露出一隻手臂或是一條腿，讓人發現他在那裡。有時，他會飛入洗衣槽，或者請魔術師把他包裝到水果紙箱，盡可能密封。趁老管家熟睡，偷偷把自己反鎖在冷凍庫，直到老管家擔心肉品食物會感染沮喪，失去該有的風味，才請大家協力把蒼蠅搬出冷凍庫，用淋浴間的熱水雨退冰解凍。蒼蠅折斷了一邊翅膀，如此遺忘如此飛活，直到他擅自打開廚餘處理器，把手伸入雙軸心絞碎葉扇，才被達利制止。達利用小木偶布偶提供的童軍繩，綑綁蒼蠅細腳細手，安置在舞臺。

蒼蠅躺臥成罷工的玩具怪手，一直努力入睡，在沉睡裡憔悴消瘦，落入只剩一隻翅膀的沉默。達利看不下這種消極，提出過去採訪當中運用最多，也令自己最厭煩的提問。

「為什麼？」達利說。

「把自己絞碎了，沖到下水道，就可以離開了。」蒼蠅病懨懨，吐出酸腐氣味。

「為什麼？」

「現在，我連一個誰都不是。」

「你不會是誰，你就是蒼蠅，願意永遠相信小道消息的蒼蠅。」

「我知道高胖為什麼願意死。待在這裡，我跟他一樣，永遠不會擁有一個小孩。這種感覺，離你很遙遠了吧。你一定忘了，甚至從來不曾有過……」

這也是蒼蠅願意說的最後一句話。之後，他把另一邊的翅膀也擰斷摘除，不再飛舞嗡嗡。

舞臺正上方，那片顏色有深有淺的長方形水泥天花板，釋出一股潮濕陰冷，霜降了一個記錄。達利忘了，是在哪一次採訪途中看見的，還是在首都市裡發生過的，只能確定，這個記錄確實躲在筆記本的某個內頁——**遠方有一個盆栽。有一座小小的白色城市，爬到茂密的枝葉頂端，定居它自己。我不確定那座小小的城市，是不是首都市的微型縮影。我如此猶豫，天上的白雲就染灰了。**

「可能就快要下雨了吧。」穿著紅色披肩的兒子這樣告訴我。

他已經不是幼弱的他。兒子在被我上鎖的書房裡，變成了青年。我和青年兒子，在看得見那座小城市的書桌上，準備用餐。我的上半身不知被誰裝盤了，青年兒子的上半身，也被美麗裝盤了。我驚訝發現，我和他的臉已經失去五官，都只有留下耳朵，讓我們彼此相認驗證身分，也讓彼此聽見對方想說的話。妻子忘了要提供可以飽嘗的主食，我和這位青年兒子，因為無法忍耐的

饑餓，分食彼此身上的血肉。青年兒子的右手握著叉子，假裝準備，左手偷偷繞過我的脖頸，以純銀的牛排刀，切割我的胸肌。我則以湯匙舀起兒子右腹上的一小塊生肉。

「會痛嗎？」我擔憂地問青年兒子。

他把頭依在我的臉頰，玩鬧一樣擠壓凹陷我半邊的頭顱，對我說，「父親，真希望，我是當時被選擇墮胎死去的那一顆受精卵。就不會獨自一個人，一直躲在筆記本裡，活到現在了……」

之後，達利也選擇沉默，不再勸說蒼蠅。蒼蠅很樂意被綁在舞臺上，深深鎖緊眉頭。蒼蠅請兩位魔術師分別編織眼睫毛，緊緊縫閉左眼右眼，也請兩位小木偶布偶，用他的耳垂軟肉，塞入已經老化的耳洞，避免聽見從水泥天花板落下的首都市車鳴、引擎、軌電、滑輪種種碎語，爬入他耳洞深處，食用那隻螺旋殼紋的蝸牛。他只留下鼻子呼吸，不縫死嘴巴，等待老管家的每一餐餵食。兩位魔術師也都失去比賽的動力，兩位小木偶布偶也懶得鬥嘴，日常生活越來越簡化，只留下吃喝呼吸、入睡與甦醒。盥洗室被使用的頻率大大減少，日光燈都感覺到沒有人活動的冷涼。只有日春小姐，在長長的沉睡之後，偶爾醒過來，挽走其中一位魔術師，或者同時兩位，進入盥洗室。偶爾，她也會拉走無臉高胖，回到盥洗室，避開碰撞了鼓脹的肚皮，沒有發出任何衝撞拍打，消化性愛。

一次，日光燈無心閃爍的間隙，日春小姐突然坐落在達利的馬蹄沙發座，幽幽詢問，「還是不願意和我做愛？」

達利不再刻意避開，細細看著日春小姐的小腹。看得越久，越是錯覺，那已經發酵腫脹過度的白麵皮，下一秒就會撐破皮膚，淌流出會淹沒整間避難室的羊水。

「我肚子裡的小孩，是你的……」

「我們沒有做過愛。」達利依舊堅持。

日春小姐移坐到達利旁邊，拉起他的手，輕輕按壓肚皮。達利沒有抵抗，手心一接觸，就聽見答答答的聲音。那不是心跳，是手表秒針微弱的跳動。他驚訝伸回手，她緊緊捉著，噓唏要他別動，直到整個臨時避難室安靜下來。其他人，全躲入光纖裡沉睡。日光燈沒有電流經過的滋滋也安靜下來。就連秒針都被綁住腳，停止無感的機械飄移……達利從手心聽見肚皮下方的胎音了。咚咚咚咚。這是怎麼樣的速度？他無法形容，只是胎音越來越響亮，又踢醒了停下腳的秒針。秒針一醒過來，立即跟上胎兒心跳，以那種比較快一些些的節奏，在數字一到十二的圓周表盤面，順時方向小跑步。達利覺得不可思議，這支骨董機械表在沒有上緊發條的狀態，機芯會願意旋轉齒輪，運轉彈簧裝置，讓月亮在小窗露臉，讓表盤的海浪在潮汐帶上往返，讓第二地時區的短針，繼續受困在小圓視窗裡活轉。

「聽到嗎？」日春小姐問。

達利的手心被跳針尖錐頂了一下，不痛。他選擇搖頭，只願意搖頭。

「沒聽到嗎？那至少能夠感覺到孩子的體溫吧。」

「以前寫下來的記錄，一直沒有出現過體溫。」

「那些都只是你寫的……不知是誰，給了我這樣的答案——如果我有跟你一樣的筆記本，我就會穿著緊緊的衣服，紗一樣的布料包裹全身，沒有人可以觸摸我的皮膚，一個人獨自走在白色的細沙海灘上，誰也不理。因為我急著離開，要去搭一艘船，一艘失去風帆的單桅木船。我知道沒有人在船上等我。那艘木船已經破爛不堪，而且在很久很久以前就擱淺了……不是嗎？」

「真的要生下來？」達利說。

「不生下來的理由？」

「沒有孩子，我們還有機會回到首都市……」

「你以為，外頭還是我們的首都市？有誰，會真正在等你、等我？我知道的首都市，是一個很髒很醜的城市，也沒有人認識我。我不想讓我的孩子，誕生在那樣的城市，在那裡活……」

達利沒有力氣爭執，動作微小，像刺探玻璃窗櫺有沒灰塵，那樣輕柔細微觸摸發酵中的白肚皮。就在肚臍下方，有一條色素稍微沉澱的肉線。達利知道，那是手術過的刀痕，一如妻子的下腹，也有一條。它們都筆直平行於她們的恥骨上方，躲在那叢茂盛的密毛林底。

「不管小孩是不是你的……你希望他取什麼名字？」日春小姐問。

「……男孩，還是女孩？」

「是男孩。」

「你怎麼知道？」

「睡著之後，我見過他了。」

「他長得……」

「就像你一樣。」

「……是嗎……最後，他也跟著我們，在這個臨時避難室裡生活？」

「不，在你跟我都死了之後，他會離開這裡，到外頭的首都市。我看見他，站在一條漂亮的柏油馬路上，仰頭看著很藍的天空、很白的雲。雖然只有一個人，他還是決定一直走下去。」

「是嗎？最後，可以離開這裡，回到外面的首都市……」

是的。誰，開口回答了。

達利聽見了。為了重複確認，他再一次提出問題：「確定是男孩？」

「一個兒子。如果是你的，會希望這個兒子，有什麼樣的名字？」

「如果是……我希望他也叫，達利。」

「一樣的……達利？」

是的，一樣的達利。誰，再度回應對話。

日春小姐闔上眼，舒緩著呢喃囈語。一樣的達利，一樣的達利啊。一種熟悉的睡意，開始輕輕彈動達利的眼皮。他拿出筆記本，翻開一張空白頁，在眼皮前的臨時避難室被壓毀之前，寫落清晰的記錄——一個不屬於我的新生胎兒，待在一個不知道在哪裡的艙。如果孩子是我的，出生之後，不管待在哪裡，也只能慢慢死去。以臨時避難室的時間計算，究竟會需要多久，才能讓細胞完成分裂與繁殖，讓這位兒子生出眼睛鼻子嘴巴耳朵，這些人形器官，並允許他透過分娩，誕生於光纖？之後，他就開始如同我，慢慢走近死，或者如同現在，只是持續等待著死。我已經厭倦那根秒針了，也不願意分辨，現在，這裡，和這一切。已經擁有達利名字的人，可以入睡了。如果這一次，可能會睡得更久，看見某一條熟悉的首都市街道，以及活在筆記本裡的妻和兒子。如果能在光裡，再一次甦醒過來，能把這些還活著的，靜靜寫落筆記本，記錄或許足夠。

高翊峰談《幻艙》

一、《幻艙》裡面有很多有趣的角色，他們是如何被創作出來的？

二〇一〇年我的兩篇短篇小說〈綠金龜的模仿犯〉和〈博士的魚〉裡頭，就開始出現這樣的人物設定模式。角色的稱謂本身就是一個設定，定出人物的概略特質。以蒼蠅為例，他就像蒼蠅一樣，嗡嗡嗡，飛來繞去，問東問西說一堆話，有點惱人；高胖也是人如其名，又高又胖，不過在個性方面，我給了他一個相反的人格特質，害羞瑟縮，一副跟誰說話都帶著歉意的樣子。至於老管家和魔術師，也都以類似的手法來處理。日春小姐的名字則與時間的概念有關聯性。日與春兩字，都是有時間感的文字，也是計時的單位，而整本小說也與我自己面對的時間感有關。

在下水道的臨時避難室裡，每個男人的時間，都是往一種大方向推行，到故事後面，整本小說的步調，我試著以「情節輪轉」的方式，漸漸加速小說的內在時間感。只有在日春小姐身體裡的時間是逆行的。她原本是待在盥洗室的一具乾屍，卻莫名活轉過來，慢慢回復到青春的肉體。在這本書裡，有關角色設定，唯一的例外是主角達利，他的名字稱謂與性格設計，沒有直接的連結，他沒有搶眼特別的個性，在眾多配角角色裡，達利是最為面貌模糊的一個。我只是想透過這部長篇，試試能否以一個個體影射面貌模糊的普羅大眾。達利的名字稱謂，取自超現實畫家達利，是我私心嘗試，將達利的繪畫風格滲入這本書，轉化成一種書寫的技巧風格。

達利的超寫實繪畫，容易被誤讀與詮釋成：夢。這本書，除了一開頭引用了卡夫卡所述的：「在清醒的狀態下，我們漫步於夢中，不過只是過去時代的亡靈。」出現了「夢」這個字，整本小說篇幅近十九萬字，沒有再出現過「夢」這個字。這麼做，是為了維護和保持最寫實的情感狀態，即使小說頻頻出現混淆現實與幻境的怪誕。我總會擔憂，訴諸「夢」，是情感不足，是廢了的避風港，是對不可相信的荒謬怪誕的真實的深層傷害。悲哀與憂傷，總能輕易躲入夢土，被讀者接受。做為一位作者，我希望小說裡荒謬與怪誕的情感，可以以一種寫實的方式被留下來。

二、《幻艙》裡，書寫兒子的部分令人動容，但又覺得情感是分外節制的，為什麼？

與其說「節制」，這本小說毋寧是「壓抑」——壓抑是小說的主軸調子，以此處理「人無能為力去愛」的問題。壓抑也是我寫小說的本質。當我開始寫，自身的情感會反撲，力道過於巨大，有時會無法承受，若不以安靜一點、壓抑一些的姿態去寫，我可能會無法完成吧。其實，我這樣的說法本身就是壓抑。就像達利，他與我們常面臨一種問題：無能去愛。在啟動——過程——結果的整個小說環節裡，都沒有能力去愛。

三、很多人是當了母親之後，才了解做母親的心情，並因而能更進一步去愛自己的母親，但在你的寫作中所呈現出來的卻是相反，主角本身是個父親，也深愛自己的孩子，但他所流露出的仍然是深深的無能為力，為什麼？

這個不能說。我推測，這可能還是「達利」的個性使然吧。我相信，每個寫作者最後表現與留存在作品裡的，都是某種獨特的人格特質。記得在北京居住的最後時光，妻與兒子有事先回台灣。我獨自一人在北京生活了一個月。那獨居的一個月，對我而言，更貼近理想中的生活狀態。在那樣的日子裡，我彷彿碰上了另一個想像中的我自己。隱隱約約，我意識到「人（我）無法擁抱家」的某一層質疑。於是，我開始思考「喪失去愛能力」的這件事。

四、這本書裡的哪幾個片段讓你特別感動？

有幾段。都是自己還過不去的一些影子。很個人，很私自的情感問題，不一定能引起什麼共鳴吧。比如，〈紅石榴公墓〉。寫到那章節的時候，過去，那些過不去的、零碎的、幽靈一樣的感覺，慢慢浮現。寫一寫，情緒有時候會滿溢出來。寫這本長篇小說，觸動到自己的部分，還是跟記憶有關吧：一些關於無能去愛的記憶，一些還沒有辦法在心底找到角落座位的記憶。

五、整本書走到最後，結局並不算是太壞——至少還給了人一些希望。但即使如此，為什麼整部小說給人的感覺還是這麼悲觀？

這本書的基調，或許反應了我觀看這個世界的感覺。就像前頭提到的，作者書寫時的人格特質，造就了小說的基調特質。對我來說，積極是一種善良的偽裝術。我習慣往壞方向去想，以便做好心理準備，不至於因為一次壓抑被穿刺，日子就被崩解了。

讓別人笑，是一種過日子的技術；讓自己笑，是需要多一些努力和勇氣的。我經常這麼告訴自己。

六、《幻艙》裡的主角達利是位文字工作者，背景似乎和你有些相像，你和達利有共同點嗎？你也像達利一樣會用筆記本記錄文字嗎？

我希望，讀過這部長篇的「文字工作者」，以及可能出現的讀者，或多或少會發現一些跟達利共同的心理狀態。的確，我和達利一樣，都有用筆記本記錄的習慣——這已經是我的第六本了。我消耗記筆本的速度並不快。從一九九八年開始寫小說，就一直寫筆記本到現在，已經有十多年了。有些文字，我還是習慣手寫；某些小說片段，還是會經過手寫、描摹的程序，再謄寫到電腦裡。散文或雜文，現在可以直接打在電腦上，但面對小說，還是不行。

七、《幻艙》寫了多久？

二〇〇八年開始零零雜雜筆記記錄，到二〇一〇年年底結束，前後大概三年左右。〇七年就有這部小說的源頭想法，原本打算以三個中篇的方式進行練習，但小說掙脫我的設想，一路繁殖成現在這個長篇。這期間，寫作（至少以寫小說而言），是與自己的溝通，是在處理自己的問題。我也漸漸意識到，並不明確知道要與誰溝通這樣的問題。在這樣的面向與節點上，我似乎沒有真正想要溝通的讀者。

八、對於那些對你的作品有共鳴的讀者，除了無能去愛的部分，你還希望讀者能夠讀到什麼？

我的中年危機吧？（笑）。我自己想像的是「父與子」的這層關係。所有的男性都有可能經歷這種關係，面臨這種狀態——父子之間不知為何總是處於互相漠視又互相關愛的角力。小說裡有一段描述，達利打電話給兒子，卻被法定分居的妻子告知，兒子正在玩踩影子遊戲，無法或者不願意接電話。達利要妻子轉告兒子好好踩住影子，並沒有要求他來接電話。這可能暗示達利的影子早就在幼年時期就失去了，逃離了。之所以失去影子，有可能是因為達利的父親並沒有叮囑他要好好踩住自己的影子。

小說另外也試著處理的另一個主題是：「面貌模糊的世代」。「面貌模糊」這概念在這本小說裡是很具體的。當下的年輕女孩喜歡的可能是傑尼斯型的男生，然後希望自己長得像少女時代裡的成員；而大量的男人，則迷戀局部相同尺寸、相同輪廓形狀的女人器官與肢體。對於三、四十多歲的世代者而言，我們從一個原本面貌比較清晰的年代走到了這裡，卻也眼見自己漸漸進入面貌模糊的世代。不只如此，還要陪伴著下一代，看著自己與他們都越來越趨近模糊的事實。我想，角色的設定也呼應了這個主題吧。次要的角色面目越清晰，越突顯主角達利的模糊面貌。但有點弔詭的反論是，主角以外的那些配角，他們的清晰只是設定上的清晰，相對之下，達利做為一個主體，面貌模糊的企圖與價值，因此被襯托出來。我私心期待，比我聰明的讀者，會在《幻艙》裡發現更多屬於他們自身的解讀。

九、為何將小說場景設定為「艙內永晝、艙外永夜」的狀態？

這是我自己面對時間的焦慮吧。我們一直被迫走向下一步，一個階段被推往下一個階段。終究，我們回不去了。兒子是被創造出來的，但我無法使他不死，也沒有辦法去面對「兒子有一天也會死去」的這件事。我只能試著軟化《幻艙》的時間；也讓達利覺得時間似乎是過得比較慢。如果能夠這樣，我們的兒子，也許就不必老死，我與達利就不用去面對那個還無能面對的事實。

這是一次父與子的混淆，也是一次，我與現實與小說的界限塗銷。關於達利與其父親的敘述，在這本小說裡，都已經被我刪掉了。希望以此維持小說中、我以為理想的粗糙。

十、由以往的短篇小說跨入長篇，你面臨何種不同的挑戰？

這次的長篇，我在敘事和修辭上，都試著與以往不相同。我使用了很多怪異的形容，也花費滿多篇幅寫實某些事物。例如，下水道的球藻，以及我有時可以看見的浮游生物。過去短篇小說的表現手法，還是比較靠近「切片」。短篇可以很明確，無需讓那些特意營造的用詞和片段的情節，有效地展延；長篇剛好擁有無限拓展的自由度與可能性。它的自我繁殖能力遠勝於寫作者的苦心鋪排。曾經寫到某些段落時，我很擔憂，部分情節可能無法在後面自圓其說，但寫著寫著，那個能夠自我無性繁殖的生物性出口，自己出現了。這不是我去設想的，而是小說自行發展出來的。過去，在練習短篇小說時，沒有出現這樣的繁殖。我想，這是長篇小說才會給予我的生命感覺吧。

【附錄】

艙音與靈共鳴

童偉格・高翊峰

童：翊峰，作品完成了，謹致恭喜。

《幻艙》和你之前的作品非常不同，為了聚焦討論，一開始，請原諒我用粗魯的方式，很快在技術層面，總結一下你之前的作品。我感覺，從《家，這個牢籠》（二〇〇二）到《一公克的憂傷》（二〇〇七），你大約總是以穩定的現實取樣術，在對作品完成度的結構意識下，去虛實協商、形塑成一篇篇作品。這當中不乏套式的隱性重複，如〈與美佐老師的晚餐〉（《不倫練習生》，二〇〇四）之於〈吉普賽女郎的微笑〉（《傷疤引子》，二〇〇五）；這當中也不乏對現實取樣術的逆反構成，如〈搖擺嘻哈鬼〉（《奔馳在美麗的光裡》，二〇〇六）這樣的迷幻。《幻艙》的不同，我猜想，也許是你的寫作和現實間，有了並非全新的，但質變更明確了的關係。這確實讓我讀完掩卷，有一種看到寫作者以新作，去揮別舊作的悵遠感。所以我的第一個問題是，能否請你談談這個「關係」：十年總結，過往作品已被留在過往了嗎？

高：我擅自將過往人生框出一個十年。從第一篇有意識的短篇〈走道〉（一九九八）到偷偷自我救贖的《一公克的憂傷》，我施予自己一個不安的十年，作為寫作練習，並不停反芻同一問題：「作為寫小說之前的準備，一個十年足夠了嗎？」在未獲解答之前，二〇〇八年初我接受一份雜誌工作，離開台北，前往陌土北京。之後，我惦記小說，閱讀小說與相關種種，但停止書寫，試著工作與度日，靜靜地與不寫共處。在北京，有一整年，我一度以為可以離開小說這塊浮板，但模糊的過往，並沒有妥協。過往的作品並沒有留在過往，但過往的，為我「留住」過往的「奇遇」。如羅蘭．巴特在《明室》中提到那些生之動力的照片，與他奇遇的理由，「這一張碰上了我，那一張沒碰上。」請容我引述延展，那些過往的小說，是碰上了我的奇遇，賦予我感知，並准許我以小說的糖衣包裝它們。

如你舉例所提，「隱性重複」與「取樣的逆反構成」，對我而言，是「隱晦共鳴」與「質料的發酵異變」。不論前者後者，都是我第一個十年小說練習。在《肉身蛾》的自序〈我的模糊〉，我魯莽描述，「小說，成了我將人生凍結的工具。」這零度冰點狀態，一靜止，十三年便過去。現在反芻，這句話出現某種可能——我以一個十年完成一張照片，一張有機會給予「生之動力」的照片。首先，透過皮膚機身的觸感適應被拍攝的對象，調校眼圈調和光源，再以嗅覺按下十年分之一秒的、未知速度的快門，之後，在口腔暗房裡，浸之以發酵的唾液，在舌床底片上，慢慢由各部位味蕾嘗出顯像後的味道。我最後只留空耳朵，如同《幻艙》裡的角色之一，高胖，被球藻食去臉顏，獨留耳朵，聆聽著等待。

等待的結果，也可能只是另一個十年對過往十年的刻意搗毀。這是屬於馬奎斯的自相矛盾——「誰要是不自相矛盾，他就是教條主義者。」（〈小說：巨大變化的分析〉，一九六八）在《百年孤寂》出版時，《獨裁者的秋天》（志文。另譯：家長的沒落）已經完稿，可以出版，但為了寫得更好，他決定修改（或者是重寫），再出版，已是八年後。我一直無法擱置這事，也一直想知道，這過往八年是如何與究竟。是馬奎斯獲得了這八年？抑或小說竊盜了他的八年？另一個可能無解的假設是：《獨裁者的秋天》這個故事，經歷如何的解構結構？

如仰慕的馬奎斯，我也試著不成為教條主義者，但這種自相矛盾，會不會是大膽撤走的藉詞？如此成功的《百年孤寂》，對於馬奎斯也是一種羞怯的過往？他羞怯於沒有利用更多時間，將拉丁美洲哥倫比亞的這一頁修改得更近完美。於是，他祭出對「時感自由度」無盡掠奪的新作《獨裁者的秋天》？偉格，我深信那是一次對小說時感的絕對獨裁。馬奎斯堅持一切魔幻都是現實（而非基於現實？）在《異鄉客》（一九九二）出版之後，其間包含《愛在瘟疫蔓延時》（一九八五）、《迷宮中的將軍》（一九八九）等等，也都被留在過往？或許，我們都被應許信仰，它們為馬奎斯與小說敘事的可能，留住了無限過往。

拉丁美洲是另一張遙遠的底片，台灣這座島嶼之於我的書寫可能性，是更遙遠的無限。游離於北京時，我更傾心想像署名我的台北。我在光影縫隙，發現一座基於現實的首都市。這座我居住十八年的城市，沒有因海峽失焦，但高樓的輪廓、天際線的顏色與穿梭躲藏之間的居民，開始跳扭、雜染與飛翔。北京與台北沒有時差，不論我住在哪一座城市，都無法擁有主角達利機械腕表裡的第二地時區。漸漸地，北京的時間從小視窗站上大表盤，那些亡靈回來了。它們不耐煩地上緊發條裝置，激活由不寫低溫冷藏的機芯。小說的秒針，才在北京東三環周邊開始飄移。我行走在一個高緯度城市，卻在計量捕捉另一個低緯度城市的時間。不論雙城時間是否等同「幻艙時間」，不管描繪時間的圖騰，是老管家手描的早已彈性疲乏的拉長彈簧形狀，還是如達利那看不見弧度的一小截弧線，我的一個十年，在時間長河裡，既短且小，羞於以過往描繪。

過去總會再更遙遠一些，而那些最遙遠的，總會試圖遺留下什麼。我如此說服自己，而不可圍堵或與之對抗的事實是：過去遺址巨大的鬼魅力量，輕易就能穿越時間，來到小說的基地，搗毀偽新的梁柱稻穗泥磚。我賴以生存與繼以存活的「記憶」，並非現代鍛鍊的工字鋼，過往作品也多是短篇，但想要傳達企圖的長篇，必然需要工字鋼結構，以面對時間這個無級別地震。如此討論到過往作品，究竟是「留在」抑或「儲存」的狀態，我想繞道羅蘭・巴特。讀完他《哀悼日記》的那一秒，我有種被現實欺瞞的憤怒——原來《戀人絮語》的寫實，只有虛構法則；《哀悼日記》的真實，卻超越了幻術。這近三百則的母喪日記，漸漸被時間稀釋，但最值得哀悼的是，這些寫落紙卡的過往，不單進入《明室》，還偷渡棲身於羅蘭・巴特的心像避難室，引誘他在車禍受傷後拒絕治療，成為一名永遠的缺席者。

如他落筆記錄的，「缺席不在是抽象的，這讓我吃驚；然而它又是炙熱、揪心的。我因此更了解抽象：它是不在和痛苦，不在的痛苦——可能因此是愛？」請允許我將這則日記裡的缺席者粗暴的析離分出，並將之角色換置成過往的「作品」，或者送入《幻艙》扮演滯留於臨時避難室的達利，「缺席不在」，都是我面對已經的過往與每下一秒的過往時，劇烈共鳴與發酵的心境狀態。

童：時間：「無級別地震」。巴特的哀悼，導引出「時間之為刺點」這樣神祕的概念。在那失去質的餘生裡，他發現追思，其實意味著去複數體驗那個人的死亡，那「無形」、「只有強度」，那「斷斷續續」，卻又「不動如山」的缺席。於是，這徘徊無路的牽繫，付諸言說的增，終於無能自癒，頂多只能以紀念，來棄置紀念。於是，這種如《明室》般屢屢寫到一半，就要自覺「寫壞」、又復重來的私我陳述，倘若對他人有意義，說不定，那只是如巴特最終清楚界定的：要人一起，悲憫重看這始終平板、無以穿透的缺席。

或許，該這麼說：哀悼是一種橫征暴斂的心境，它征斂時間，混淆它，卻又單調地只以它，作為畫限敘事之強度的框格。能這麼去探看《幻艙》的框格複寫嗎？我一直想著這件事。

過往如此重新旋緊小說時間的發條，一個假設：作為理解的起點，我其實仍會將《幻艙》，當成是〈搖擺嘻哈鬼〉的大篇幅延伸：那位機械表總在不留意時停擺，以致不時要「把快要軟趴趴的時間，重新打活起來」的「老師」，走出酒吧，繼續尋人不遇，就戴著這只已嵌進皮肉、仍只會誤導時序的表，闖進一個躲避末世的臨時避難艙裡，成了「達利」。〈記憶的永恆〉：短篇的迷幻特效，由長篇落實成明喻，成單一取景視窗，窺進幾乎占據《幻艙》全篇的那單一內景。一種更執拗的心境複印。

有一個可能，或作者明確的取向是：長篇並不必然比短篇更內在豐饒；正好相反：長篇的優勢彷彿在以其篇幅，以壓倒性的細節變造，加厚作品的單一封閉性。所以，第二個問題，我想直接問你對「長篇小說」的「問題意識」：你反不反對這麼說——《幻艙》在本質上，其實是一個加厚落實的短篇？

高：偉格，謝謝你以「理解的起點」提出這個問題，但我確實不認同這問題在最後的指向。請讓我花些篇幅，從「有關城市的三個故事」梳理回應。這有關城市的三個故事，是企圖以達利之名出發的三部曲。我粗糙地描述它們的梗概：空間，分別以地底下水道臨時避難室、路表面的廣場與無數高樓大廈的頂樓天臺，區分三部；時間則是曖昧的未來、曖昧的歷史與曖昧的當下，對應三種城市限定空間。《幻艙》其實是第一部曲。這三部曲，原本想以各六至八萬字篇幅，分別完成三部故事。二〇〇九年，在北京完成約六萬字左右的《幻艙》初想，但結構發生「巨大變化」，原先預想的篇幅無法承載增生繁衍的細胞，一路發展出近二十萬字，落實由我固執的長篇。只是提出如此三部曲的想像，我卻沒有把握如預想完成，一如《幻艙》內那篇前衛詩人未完成的手稿。

如你閱讀的《幻艙》，啟動它機芯的不是短篇，而是微型長篇（另一說法，小長篇？）這種微型長篇的概念，可以透過伊恩．麥克尤恩《水泥花園》、《只愛陌生人》、徐四金《夏先生的故事》，或大膽回溯海明威的《老人與海》，窺出「微型」的經典與企圖——故事的單一、指涉的簡化、目的的顯白與意念的純粹。如你提出，將過往的短篇〈搖擺嘻哈鬼〉「加厚與落實」，或許有機會成立一部微型長篇，但《幻艙》無法以微型長篇看待。我以為，小說應該摘去篇幅長短的辨識方法，才能留下接近創作者的理想完整。一個理想短篇的內在豐饒，確實不必然小於長篇；但我更期待藉由長篇的篇幅優勢，對細節加以變造，加厚並且加寬小說的封閉性，抵達只需也只有單一跑道的終點。所有的運鏡調度、細節鋪設、意志繁殖與故事再生，都是《幻艙》從微型改道長篇的原因。

從小說場景切入，故事角色身處一個下水道臨時避難室——我十分著迷於「臨時」與「避難室」，分別投射出來的意念。避難室的空間是假設密閉與受限的，故事角色被送入其中生活，也深陷膠囊時間。如此限定內在時空，我在小說時序與臨場感上，意外獲得無比的想像自由。如此脫韁的時空感，我感覺，無法以熟悉的「短篇」加厚落實。我也曾反芻懷疑，微型長篇是否就能承載《幻艙》的自體企圖？為了剖析這個疑慮，我重新咀嚼墨西哥小說家魯佛的《佩德羅．巴拉莫》（光復版）。第一次遭遇《佩德羅．巴拉莫》，我疲累於填補小說時間與空間的敘事縫隙，以及那些恣意填充於斷裂空白的故事歸屬。這次再度面臨，我感覺它做到了——在一個微型長篇的篇幅裡，擺脫了那些單一、簡化、顯白與純粹，發展出更具搖擺感的可能性。《佩德羅．巴拉莫》在吟遊中任選曲調的哼唱敘事，如吹笛人緊緊吸引如鼠也如孩童的我。但我同時意識到，想像力最大的困境，也在它的絕對自由。

在這個極度依賴故事的時代，如何有效編織與限制想像，讓故事只為單一長篇衍生，彷彿成了額外大課題。但我仍不自主以這種搖擺感，隨性哼唱的調子，旋扭這個長篇的龍頭軸芯，傳動時序量能。這過程，我丟給自己另一層課題：那些偽裝哼唱的呼吸之間、那些因搖擺晃動洩露的縫隙，要塞什麼填充物？填充之後，又要以什麼版本的美術修圖軟體加工？最後留下必要裸露的縫線？這些問題，這部長篇似乎有它自己的回答，不待我多言贅述。面對《幻艙》，我是懷有輕薄惡意的，也進行了獨裁。如此蠻橫，我想，是那位假想讀者消失了的關係吧。

童：所以或許該這麼說：《幻艙》發展成這樣的篇幅，是因為唯有這樣的篇幅，能更相對完整地，承載作者追求的封閉性，與對敘事自由的試煉。封閉孿生自由，是以，「臨時避難室」。這個明喻，在組構上，也許直接和「怪誕」（grotesque）的義大利字源「洞窟」（grotta）相關。可能，請容我改寫凱澤爾（Kayser）的論述，嘗試粗淺描述你上述的美學追求：在那一末世的、封閉的「臨時避難所」裡，事物的自然秩序，被你自由地顛倒了，產生某種滑稽的歡樂、無所顧忌的古怪，和面對著一個完全陌生的世界時，產生的一種不吉祥、險惡的預感。在這個領域裡，現實的消失、對完全不同的生活世界的參與，形成人們關於自然的經驗。意外和驚奇，是這種「怪誕」的基本要素：我們之所以感到震驚和恐懼，是因為我們的世界已變得不可靠，我們不可能生存在這個面目全非的世界裡。因此，「怪誕」所傾注的，與其說是對死亡的恐懼，還不如說是對生活的恐懼。

我猜想，觀察《幻艙》的人物構成，以這種方式界說《幻艙》，或許，你嘗試表達的，如你所引的卡夫卡一樣，是本質性的、整體性的問題，如凱澤爾所言：這與個別的行為事件或道德秩序的破壞無關，它主要表現的，是「我們對物質世界的不適應」。

凱澤爾對「怪誕」的最終解釋，懷舊地反扣到目今已然瓦解的古典敘事結構（如你前述的古典長篇訴求）：「怪誕」，是一種喚出、並克服世界的凶險方面的嘗試，是對現實世界的重新認知。它嘗試賦予世界一種惡魔般的品質，讓人恐懼，並在自身的作品結構中加以克服，讓人不再恐懼。我認為，在「寫實」和「非寫實」兩極間的龐大跨度裡，「怪誕」曖昧地產生了現代文學的豐饒，而上述意義的界定，恐怕聯繫了魯佛與賈西亞・馬奎斯。

我還是且先讓問題明確化，問你第三個問題：你同意我作為讀者，用這樣的類啟蒙觀點，來解讀《幻艙》嗎？或者，有其他理解的可能？

高：你提到了怪誕，我想起兩段極短的敘事。

一是英國詩人、藝評家柯勒律治（一七七二—一八三四）提出的一段文字：「如果有人夢中曾去過天堂，並且得到一枝花作為曾到過天堂的見證。當他醒來時，發現這枝花就在他手中……那將會是什麼情景？」另一個是瓜地馬拉小說家Augusto Monterroso的極短篇經典：「當他剛醒來，恐龍還在那裡。」這兩段短文，不停螺旋我想像的是「天堂」與「恐龍」。

天堂——自由意志的極致？最龐雜的信仰想像？或者從創世紀開始，人類便只是虛構、集體遷徙在雲端上的這個洞窟？以至於，有人類從壁畫上天使手中接來一枝花，佐證了怪誕的真實性……恐龍——是歷史考古的幻術？是孩童夜魘裡的玩伴？甚至只是不大於夢工廠數位動畫的怪誕？所以，有人類搭乘時光機不巧降落於好萊塢洞窟，揭露侏儸紀荒島公園裡，確實有活化石恐龍存活……如此從天堂與恐龍接續下去的執念，會是一場可以沒有盡頭的詭辯。但我依舊很不禮貌地，將這場詭辯送入《幻艙》的臨時避難室，甚至以此衝突塑造小說人物，試著激活他們擁有生命，再請他們偷偷告訴我接續的情節如何發展。

《幻艙》的怪誕，我推測猜想，是由蒼蠅、高胖、國字臉魔術師、倒三角臉魔術師和長得一模一樣的兩個小木偶布偶，這幾位主要配角背著我的串通之舉吧。在第三版的調校過程，我隱約發現，當小說人物設定鮮活之後，角色之間的角力就自己發生了。故事以角色的無性繁殖，是敘事的必然可能。從這切入來看你提的類啟蒙，或許有機會聯繫上馬奎斯在〈枯枝敗葉〉（《加西亞．馬爾克斯中短篇小說集》，上海譯文）中的某些過場配角的搬演，或是我任性切片下來的某一次敘事。但真正糾纏我的，是他寫作極為初期的短篇。特別是一些沒有收錄在短篇集、散落刊登的短篇，比如〈死亡三嘆〉、〈六點鐘來的女人〉等等，我在沒有系統企圖的意外下，在《超越愛情的永恆之死》（浙江文藝）這本集子碰上這些奇遇。這些故事短小，但散發出來濃縮郁烈的「無意流露小說可解讀性」的企圖，才是我意識底層的馬奎斯價值。

在北京試著不寫的日子，我特別著迷於拉美爆炸時期的小說搜集，也盡力閱讀。阿根廷的科塔薩爾、古巴的卡彭鐵爾、祕魯的尤薩、巴西的亞馬多、墨西哥的富恩特斯等經典小說家與他們的小說意見，或許，他們已經從人孔蓋偷渡進入我與小說主角達利共有的筆記本；也是這一段氛圍壓抑的陌土時光，我在《胡安．魯爾福全集》（雲南人民，台灣譯魯佛），讀到他的一個電影故事《金雞》（一九六四搬上銀幕，由馬奎斯與富恩特斯擔任編劇）。這個腳本是否為魯佛的最後一個故事？我無從考究。這個從貧窮「傳呼者」以鬥雞致富再淪落的賭徒故事，傳遞了魯佛視野裡最引人的悲哀宿命，以及墨西哥最豐饒的底層血肉土壤。讀完《金雞》，逆反重新測量《佩德羅・巴拉莫》，魯佛之於我的饋贈，是更加尖針刺點的——「形式內化曖昧」。在那未知地底深度的臨時閉難室裡，敘事者與亡靈的溝通曖昧了，這秒與那年的齒輪軸曖昧了，記錄與醒睡狀態也曖昧了。我以我的方式說話，嘗試將怪誕蒸餾再蒸餾，總會滴出一味晦澀的曖昧，是持續的麻刺，久了，也會漸漸麻痺每一株味蕾。

如此將怪誕引向曖昧，是有好一段時間，《幻艙》雖以怪誕的行腳，但給予我諸多感受都與曖昧有關；我觀看它、調整它的方式與過程，也是曖昧的。這些諸多「處於曖昧的」，我說服自己，不是對理解的混沌未明，而是更嚴謹的等待與思維機制。解釋這層關係，需要提及約翰・伯格與尚・摩爾的《Another Way of Telling》（三言社）這本著作。請讓我以英文書名起頭，中譯的書名——另一種影像敘事——對我而言，有些曖昧了。美學家約翰・伯格與攝影家尚・摩爾，似乎不意味這本書是「另一種・影像」，我能確定的，只有敘事。英文書名中的telling，似乎隱藏了更多企圖的「不告知」，曖昧得不易以中文解讀。書內一章〈If each time…〉（假如每一次……），以一百五十張左右的影像進行「一次敘事」。這組連續、大小尺寸不同、單頁有數個影像或跨頁只落一張圖片的〈If each time〉，究竟說了什麼，又不告訴了什麼？如果連續、尺寸、數量是形式，那麼每幅影像那些黑白顯影，作為第一層的元件內容，完成的〈If each time…〉，又是如何「逼近完整」的內容？

過去，工作上需要接觸較多量的影像，雖然多是商業影像，仍不時思考——如果將這些露骨的照片與只有訊息符號感的無效內容，重新落版更換序頁，能傳遞出哪種結果？由此轉想到約翰伯格與尚・摩爾進行的〈If each time…〉，如果重新擺置與規劃版式，真會出現譯文的可能解讀——「假如每一次……」——意味著，每一次，都可能是曖昧的無限。這樣的推想，落實為我對長篇小說的期待。如同前述，如果第一個十年，可能完成了一張照片；如果《幻艙》的怪誕，可以順利沖洗出第二幅影像，那有機會更加逼近「形式內化曖昧」。只是，不論如何詭辯，現階段，怪誕也好，曖昧也好，依舊如我的模糊。如果怪誕能替換現實，我會執意躲入洞窟，只是我尚未完全逼近自身的問題，只能以曖昧與它共處。

我試著以奠基於視覺的記憶，以較理智更為自由無羈的方式，如〈If each time…〉那樣「致讀者」——這一連串的文字並不意圖紀實與虛構，它們並未記錄故事人物達利主觀認知的生命歷程。我和任何一位你，共同面對的含糊曖昧，並不是理解的障礙，而是我們企圖以閱讀進入《幻艙》時，可能不經意出現的狀態。

此外，偉格，容我踰越偷偷引用你重組凱澤爾的描述，再提出另一格反思：漸漸老去與不寫的魯佛，是否也一樣面臨「對物質世界的不適應」？提出這個問題，我是羞怯與悲哀的。已然滯留的過往十三年，我說服自己以一位「故事採集者」身分，前往與適應迎面而來的極度物質世界，目前勉力獲得的結論只有——對於活的恐懼，最簡易的解決便道，或許只需一根繩子；如果能再次醒來，發現自己對這個世界，已經無能為力去愛，這是活者的無奈憂傷。

童：我猜想你強調的，是《幻艙》創作過程中，你對角色之能動性的觀看、調整與互文借鑑，我亦認為，此中不可預期、無法事先規劃的部分，深刻牽涉創作過程的神祕靜好。其次，你也許為

《幻艙》，解答了一個關於現代小說作者意識的問題，這個問題，請容我倒看你的答覆，這麼反問：所以，為了要活著而不恐懼，對現代小說作者而言，「假如每次我醒來，恐龍都還在，我且也要執意去『愛』」？對這種狀態，我頗感困惑。

一個論述迴路是這樣的：也許因為要執意去「愛」，於是看「我」成為恐龍，成為避難室裡，因妹妹善意而等待自我復原、不忍早離的甲蟲，成為夜以繼日的失眠者，守夜人。於是看「我」讓渡「醒來」，在滅絕一切的冰河期到臨前的另一個深冷黑夜裡（或《幻艙》的地底永晝裡），「在寂靜的陽台上我辨識天上的事物」（那個「天堂」），一切行將崩潰，發出哀鳴，但「我」仍執意「不要驚動、不要喚醒我所親愛」（亂接林燿德詩）？

的確，在現代小說中，我們看到大量這種令人悲傷的相似願力，「獨裁」成單音作品，由小說家以各自特異的抒情語式，開展各自的，總抑制現世政治經濟學結構之景深的平面世界。在這平面世界裡，「我」一方面無可作為，一方面不可能不將自我攤平成這個世界的重要參與者那樣去言說，否則，這一切晦暗，這一切作品的形式與內容，在懸索上同時誕生的與「曖昧」之協商，這一切以單音覆蓋所有苦難之現世因果，只一意延異自我於「避難」景況的表述——簡單說，這一切字句的忐忑與重新確認——將可能無所適從。這當中，存在一個我無解的現代主義式悖論：在這類作品中，「我」恆常卻正是「我」所不適應的那個物質世界的現況主導者，或消極維繫者，如卡夫卡的「K」，或《幻艙》裡一直都在，亦終而復返的「達利」。

所以，翊峰，我猜想，對讀者而言，其實很難不將《幻艙》的旅程，當作就是「達利主觀認知的生命歷程」。因為說到底，這並非小說家究竟是在主觀，還是客觀描述那樣的寫實技法問題，而具體就是，這類作品框限的現代主義式觀景窗，是否可能成立的前提問題。最扼要的例證，其實正是卡夫卡的寫作：在一個總是封閉、細瑣，令人漫無頭緒的世界裡，他的「K」內在的聲音是低調的，且沒有任何精神分裂的傾向；他的「夢幻色彩」，在於他極少描摹夢境與想像，而是以大量精細的客觀描述為結構原則。結構的成果，作品，卻通常被認知為是一段「K主觀認知的生命歷程」。我猜想，在論述迴路中，這也許，才是這類作品中的角色，最強大、最剝噬小說家心志的自動「主體化」過程。

回復本衷。其實，善意地相信小說家是執意去「愛」著現世的，我猜想，這是凱澤爾將「怪誕」導回類啟蒙論述的精神之核。我亦信任文學源於從事者對現世的善意，只是，我疑慮的是這種類啟蒙論述，很容易在特定文化場域中被實踐得很粗糙，成為某種「運作性論述」：在命名的過程中，生產它所命名的作品。於是極有可能，也許站在「愛」的反面，小說家已和作品，以及現世三方疏離了，卻仍不能避免由人更輕省地以「愛」、「認同」或其他正義之詞為名，溫情覆核，得出寓意。最扼要的例證，亦如布勞德對卡夫卡遺產所做的導讀。布勞德其實令我悲傷地暗示著：作為小說家，卡夫卡窮盡創造力亦無能更動人盡皆知的「愛」之意涵，只好將自我與「愛」隔離，成為古典受難者，因此成為現代聖人。簡單說：也許，輕省的「愛」之覆核，將任何一位現代小說家的寫作嘗試，置於前提與結果疊合、一眼被穿透的零度裡。

原諒我的冗長。我毋寧想一次性拔除讀者與小說家，真可能共同面對什麼的平等性假設，直接對小說家針對現代徵兆的創造性作為，賦予確認與尊重。是以，你提及魯佛，以及早期的賈西亞·馬奎斯，指出「無意流露小說可解讀性」，或「形式內化曖昧」這樣的美學徵兆之於《幻艙》的直接啟迪，我認為是別具意義的。那大約是一九五〇年代的事，彼時他們都年輕，從福克納的聲音，與卡夫卡的變形世界裡走出，焦慮且內向地拒絕任何古典評述，熱切地在孤魂與亡靈的世界裡，試探「作者論」的生成，如你所說的：「我以我的方式說話。」當我專注在這一點，重新思量你之前的表述，我認為，《幻艙》對「作者之生成」的宣告，其實是毫不曖昧的。

書寫時間無法被竊盜與轉讓，也許是這麼回事的：十八年後，賈西亞・馬奎斯學會如何「重看」故土，因此有了《百年孤寂》；八年後，終於能從一個世界性的結構視野中重新自我定義，所以知道如何重組《獨裁者的秋天》。這也許是現代主義以技藝鍛鍊所指代的沉默精神性（或昆德拉所強調的「美學」）：小說家與現世的協商，可能從而也總是曠日費時，牽涉到個人眼界的置換，或對書寫配備抽骨換筋的大蛻身，卻不總是那麼容易讓人理解，或由作者表述，是以，如何平等？是以「凍結時間」，或者《一公克的憂傷》裡的那個聲音：「當時間可以用寫了幾篇小說的方式計算過去，你就可以開始思考有關死亡的事了。往後，除了零星與破碎的故事，不會再有更特別的變化。」當你在這次問答初始，將其確認為「魯莽描述」，在私密層次，我懷憂卻慶幸對因《幻艙》而生成的新小說家你而言，事情並不真的如此：作為你不成材的朋友，我感到開心的，是確認《幻艙》是一位小說家自覺的，更大寫作計畫的一部分，是抵抗書寫壞毀的意願之為。

那麼，當你邁向下一輪，且也在每次醒來時執意去「愛（？）」。也許，去試探這一對每個倖存猶生的人而言，總自覺羞歉與無自信真正理解的字眼，去如賈西亞・馬奎斯而不如魯佛，終於走出廢作不寫的墨西哥時光，持續正視一個無法以「怪誕」徹底代換的現世，如不冒昧，我想請你談談你的「陌土時光」，「當我剛醒來」，「那裡」有什麼？

高：偉格，看完上一段的論述，我不由自主地生出曖昧的猜臆：之於小說，之於現世，你如我喜愛的小說家們，都將憂傷善意化，偽裝成「夢幻色彩」，為已然消失的讀者，成為一位堅強的現實行者。我也是，最近才發現，最終吸引我的小說家與小說作品，都在面臨現代式的末日旅途上，處理著階段性的自身困擾。

當我剛醒來，或者，執意甦醒，不論能否去愛，那些困擾，如恐龍如一朵天堂花，一直都在那裡。也極可能，如卡夫卡終生書寫都無法如秒針逆轉那樣，留住愛。此時此刻，活器利物少有的我，必須深深信仰，唯有寫，才能逼近問題，以回應已存有的現實答案。我不確定卡夫卡的最初與最終，是否是信仰書寫，但我不成熟以為，布勞德所認識的那位主角，K，才是卡夫卡的遺囑執行者，才是撿拾留愛的背叛者。那種出於壓抑的自傷，對於總以無能為力收尾的現實，卻依舊以文字設法框住愛，或許也是《幻艙》被建造的底層意識。

從北京無時差返回台北之後，我在沉睡甦醒之後的世界，重新建構另一個臨時避難室：一處往返路線已然熟稔記錄的工作場域。在前往工作的途中，我每每搭乘公車經過景美橋。因堵塞我常停留在橋上，眺望那群盤據溪岸的黑狗家族。牠們約莫十隻成員，有懶洋洋的領導公狗、掛著一排漲奶狗乳房的粗壯母狗，幾隻滾往緩流溪水的純黑獨狗，還有幾隻被接納的雜色幼犬。我觀看牠們的時間並不長，但幾乎每日都會遭遇這一幕。很巧合地，下班返家的搭乘公車站，每每經過臨江街夜市。人行區入口處的側邊，剛好是一排愛狗愛貓的寵物販售店。那些光亮的分類鐵籠裡，集體豢養著一隻隻只是臨時避難的寵物貓狗。兩者相較，我或多是羨慕那群黑狗家族的，在落入捕狗網之前，牠們自由在小鵝卵石上採出濕腳印，被太陽烘出柔軟自在的體毛，最大自由意志下的強烈忿怒，只有饑餓。也因饑餓，驅使牠們活。但同時，我也為那群寵物店的獨狗幼貓感覺慶幸，因為牠們有機會被植入晶片、套落項圈，最後感覺比那群黑狗家族更長久的囚活安逸。如果因此獲得懂得憂傷的權利，牠們無益更接近人，而非寵物。

如此述說，是想以此描繪「陌土時光」的對比想像：在台北，活如那黑狗家族；在北京，則是暫居於櫥窗，區隔我與世界的，只是幾塊透明玻璃。我被標上價格籤卡，卻無意由誰認養。待坐在櫥窗裡，我以視覺採集北京這座陌土城市裡的點滴——從使館區飄落的黃楓葉，有異地的善意；清晨突然鳴響的簡訊，有集權宣導的瘋狂文字；無數新式巴比倫高塔的落地窗裡，倒映著來自香港、新加坡、首爾、哈爾濱、成都、江蘇、上海其他城市的精英邏輯，也夾雜隱性荒謬；在那些日本籍主管微醺搖醉的小條胡同裡，大量曖昧與可能廉價帶傷的愛意，被清酒揮發，與成串的羊肉一同醃烤，無比辛香，無底憂傷。這些，如那魯莽的聲音，或許也值得，再以幾篇小說計算吧。

不論以何種程式，計算的結果，終會導向你提出的問題：那裡。或許是吧？如我們曾聊到的，你的兩部長篇《無傷時代》與《西北雨》，請允許粗魯如我這樣的讀者，以零度論述覆核：《無傷時代》是逗號，《西北雨》找到了句點；後者為前者完成了「理想的消失」。我一直也想如被送入臨時避難室的文字工作者達利，向你提問：在《西北雨》的句點裡，你所見的「那裡」，是如何光景？「那裡」，能否是一處隱於怪誕字源的安全洞窟，足以讓吹笛人棲身停歇？

如前頭曾經提及的，面對以達利之名的三部曲，我其實忐忑。首部曲是一落心理因素的門檻，二部曲是現實世界的高牆，如果能翻越這道牆，那在後頭迎面欺近的終章，能否是一條沒有盡頭的公路？如果能是，或許會有機會，晃見那裡。已知的公路沒有盡頭，我只要一直沿著路緣走，單純執拗地交錯雙腳，並保持呼吸的意願……我想，至少可以完成這一點吧。這樣說來，我所面對的問題：「那裡」，可能不曾存在；也可能是此階段的我，無力面對的。偉格，要謝謝你提及《一公克的憂傷》那段微弱與應該消失的聲音。在深夜無法順利入眠的時刻，我是喜愛這本小書的。請閉上眼，翻蓋耳肉隔聲，容我試著引讀這本小書中的另一則小敘述，〈在飛翔之前〉：

我的房子買在郊區山腰，有一個可以遠眺的陽台，中永和美麗的夜景，就在向前跨一步的腳下。我脫去拖鞋，並排整齊，跨步站上陽台的粗石子欄柵。在欄柵上，看得更遠。蜿蜒的黃燈是往淡水的環快。閃爍的招牌是碧潭邊的賓館。那橋頭下有一窪深邃的水潭吸引人向下躺去。冷風颼過，我想起一則新聞：一對老夫妻由子女陪同去看一所離家不遠的高級安養院……之後，是新聞的攝影鏡頭引我進入那位於五樓的房間。

沒有使用痕跡的床鋪。

乾淨的陽台。

靠在陽台邊緣的椅子。

椅腳旁兩雙整齊並排的拖鞋。

欄柵上的我，閉著眼，依舊看見新聞，也聽見那對子女的哽咽：「怎麼會……昨天住進來都還高高興興的。」睜開眼，我想著，從那陽台欄柵上看到的景色，不知道美不美？

以小說如此運鏡的我，並無勇氣脫落居家鞋，攀登陽臺，去眺望。我只能臆測，視野眺望最深遠的「那裡」，會有也會是一座墓園吧。如果能有能是，希望是一處如幻如艙的「紅石榴公墓」，而且能再更加寧靜一些。

童：總結說來，「必須深深信仰，唯有寫，才能逼近問題，以回應已存有的現實答案。」嗯，這大概是我必須去明白的，雖然，我對這種狀態，仍不免心存保留。但也許，該這麼說：成為一名作者，在現代的末世意義下，原就意味著成為一名內向的讀者，成為「非日常」狀態的慣習者。為此，學會將一切作品，當作與現世協商的光照；為此，得出王爾德式的鏡像巴比倫：「藝術這面鏡子反映的是照鏡者，而不是生活。」當然，不應省略的是，王爾德對這一長在現世陌土之上，總攬無數格窗，以複眼內向自照的人造高塔，所安下的結語：所以，「一切藝術都是毫無用處的。」這種對效用的廢黜，既關於形式前提，也在鏡像折返中，如此黏著地關於作者自我（但說到底，所謂「作者自我」和「形式前提」，是一個雞和蛋誰生誰式的問題）。無論如何，它明確邀集現代作者，以「藝術之有限性」，複數疊寫「現世之有限性」，成就「負負得正」，使作品與人生均相對無限的精神誘引。現代作者於是在意識底層，可能對自己的書寫實踐既是看輕的（因為無用），亦是珍視的（亦因為無用）。

筆記者「達利」式的一生懸命，與同語反覆。我猜想，倘若以此定義「《幻艙》被建造的底層意識」，分梳你先前描述的堅持與退讓，忘卻與留存，總之，「曖昧」尋索——「誰要是不自相矛盾，他就是教條主義者」這一「現代教條」——我猜想，也許，我比較能明白《幻艙》準確的「避難」意涵：對作品，對人生之「日常」的繁複無視。瓜塔里（Guattari）與德勒茲（Deleuze）在《卡夫卡：為了少數人的文學》中說：薩姆沙成為甲蟲，不是為了躲避父親，而是為了逃離經理，逃離商場與官場。簡單說：逃離現世一切。這些逃離現世一切的變形者，如你捻出的「蒼蠅」、「高胖」，兩位「魔術師」等，他們的身體，如奧本阿恩（Hopenhayn）所言，作為他們仍在運作的意識之屏幕的同時，亦將他們囚禁在裡面。如此，身體既是「我」的載體，亦是「我」與世界間的鴻溝。這大概是為什麼，逃不逃離那個「避難所」，恆常在《幻艙》中，以有無必要的質問被思索的原因：逸離「日常」的「少數人」，將以自我意識之展陳結構，以作為屏幕之肉身為牢籠，也許因此，抵達，或置身「那裡」，邏輯上將意味著消解「我」。

你問我在拙作的句點裡，我所見的「那裡」，是如何光景？記憶所及，最後一次完成之後，我信筆在廢紙上寫了幾行字：「我走在光明裡太久了，所以我什麼都不懂。我很抱歉。」大致如此，一片雪茫。這種「光明」感，我猜想，大概是因為自覺作為文學讀者這件事很幸運。這很難形容，但我相信對你不必形容，所以容略。奇怪的是，時常我會突然想起的，卻是桑達克（Sendak）那本最單純的「那裡」之書，《野獸國》（Where the Wild Things Are）。我其實明白自己，作為一名對書寫之魔魅的「非日常」狀態，與書寫之自我造影（或上述的「鏡像折返」）歷程，並無雄心與執念的現代作者，留連的，或總以自己方式多言的，說不定，不出那繪本的最後一個畫面，最後一行字。這麼說來，我的困惑簡直太簡單太古典了，不值一哂。但我還是得盡責描述一下。其實，相對於多數「正常人」的「少數人」，在他們的生命中，作為流離的自我禁錮者，這一所謂「非日常」的時態，這一卡夫卡極力要以「在清醒的狀態下」捕捉、校準回可供指認之起碼形貌的現代「個人」機械表時序，如今我明白，我可能必須學習與理解其中的社會學意涵。如高夫曼（Goffman）定義的「受污名者」：在現世災難之後，作為某種形式的「遺族」，他們周遭將充滿處境「代理人」，他們生活在與他們同類別的知名英雄與惡棍的世界裡，他們的親友，總會帶來「關於某個像他那樣的人」，如何生活的消息，從而一再強調他們與那個「少數人世界」的聯繫。簡單說來，在這樣的框架下現影的，他們對自我時序之回復的困獸之鬥，除了是精神性的自我質問外，還有可能，極有可能，亦能以對特定文化場域的現世理解，或起碼是敘事研究，作為個人書寫的底層。

這很具體，可能又是另一輪漫長的迴旋之路了。這其實是我想以各種拼湊的言說（「達利」附身，抱歉），以「過去時代的亡靈」砌造連續路徑，探問你「『那裡』有什麼？」的本衷。桑塔格（Sontag）說：沒有「集體記憶」這回事，所有記憶都是個人的，與個人生命同殞；所謂集體記憶並非一種回憶，而是某種（我猜想，面向未來的）「約定」：約定這很重要。在特定文化場域中，由於所謂的「我」，可能，總關乎對「他者」目光的臨摹與洞穿，關乎學會理解「自我」在「他者」目光審視中的樣態，並以一種對「自我」的理想而批判之，所以，對無法做出明確寫作計畫的我而言，至少明白的也許只是，書寫的驅力也許該來自未來，非死生之辯的「那裡」，那尚未存有的「我」。這是句點時一片雪茫中，我的一點淺見。

高：偉格，對應你的「光明感」，過去我行走的這一路零碎與搖晃，或許該形容成「泥濘感」。如此泥濘的日常，與因此同具憤怒與憂傷的瑣碎（作品），其實，我不能閉眼無視，但願能與達利置換手腕上的機械表。

就在你提到「王爾德式的鏡像巴比倫」的時分，我如達利，翻閱了待居北京最後一場冬雪記錄在筆記本的一段句子：「落地窗外的雪，像白色葉子飄落。這是北京今年即將死去前的最後一場儀式。我看著這場雪，知道心裡頭有一些東西，已經準備好，要尾隨這個冬天和這場雪……」如果滯留在這場覆雪表面的冬陽，能夠不融化盲目與莽撞的雪，或許，我們會在另外一處無須約定時間的第三時區地，巧遇對方，並如上世紀的簡樸行者，只須輕輕持帽、行簡單注目，便能處理好「自我」與「他者」的對位審視。如此他我，似如鏡像。韋勒貝克在《無愛繁殖》展示出對於性的過分天賦，我私以為，他是以一支中空的性之箭，射向鏡面，擊中鏡面那一頭的真實照鏡者，終究穿透局部的時間。我也怯怯等待，《幻艙》能自我摺製成一支紙箭，由小說人物達利拉弓射擊他所見的、那個未知的鏡面倒影，或能穿透微量的光亮，或許泥濘。

我其實不如被送入臨時避難室的達利勇敢，能在未定的猶豫狀態中，消極忽略記憶，也放落時間，獨留一根僅能定向的秒針，以及另一根可能牽連「去愛能力」的第二地時間短針。即便「那一天」必然如過往所有的「今天」一樣，是毫無可記錄的，我還是為上述那段北京的冬雪句子，寫落誕生的日期。能這樣說嗎？從誕生開始，我們所處的鏡面的那方倒影，一直都只能如我們般模糊？請原諒，我在可能作結的尾段，如此以「我們」之詞，拖累你下水。我試著說得輕盈，是藉詞，好為未來到來卻無法留住達利的其他二部計畫時，找到退身的台階。如此看輕，也是珍惜，確實如你所說，都為無用，以及其中不可逆而生成的無力。

日子，持續被光亮蒸發，彷彿它真的曾經含有水分。對於這類日常感覺，我試著盡力模仿詩人費爾南多・佩索亞那樣與活地去想像時間：以鐘錶計時器去測量時間，是不安的捕捉舉動；以情感的觸角去感知時間，也可能會是人與亡靈最大的冒險。在佩索亞《惶然錄》的〈時間〉裡，他以曖昧給予我最細緻的回應：「一位投海自殺者，與一位僅僅是在海邊的跳水者，實際上是否以同樣的速度下落？」

因為雜誌編輯工作，我購置一只擁有兩地時區顯時功能的機械表，因為薩拉馬戈，我遇上佩索亞這位葡萄牙詩人，然後在光與影的縫隙，解讀出詩人埋葬於緩慢惶然當中的〈第二時間〉：「……停下來，去漂流，像河水一樣流淌，像沿著海岸線那巨大海洋在夜色中清晰可見的潮起潮落，一個人只有在這種狀態裡才能真正睡著！」或許，這是我將《幻艙》作為一類計時器工具以探測時間的藉詞。我以此展延詩者的意志——生活才能是最偉大的失眠；《幻艙》才能是一支沒有完成的琴弓，也才能如過去時代的亡靈，不存在於它所面對的鏡像自身，躲避投射過來的一支光箭，或者只是鏡像紙箭。詩人費爾南多・佩索亞從日常日子裡析離出詩意的這些詩歌，經常在信手取讀時，讓我處於獲悉未知突然被探知的不安。我復刻咀嚼，達利是否遭遇來自更巨大與古老的詩人亡靈催眠、更甚是摧毀？如果達利順利附身降生於二部曲，是否意味小說基地的崩毀？以下，可能是另一場幻艙式的迴旋階梯提問。所以，最初與最終與那裡的回應，我想託付予無級別的仲裁者。

如此接論，其實是你提及高夫曼定義「受污名者」的社會學論述，予我一種戰慄。不足的我，還沒能接觸高夫曼，但敘述中框出的幾個關鍵詞——「遺族」、「代理人」、「關於某個像他那樣的人」、「少數人世界」——如箭射向《幻艙》與小說自體鏡像。如此共鳴，如艙音與靈。偉格，博覽的你，或許已然快步走渡《惶然錄》，也迅速看見其中如詩的諸多短述，在無法更多詮釋的幽微谷底，回聲高夫曼寫落的意志記錄。

最後，我靜靜細讀你上述的最後末段，想像桑達克《野獸國》筆描的那裡，如能是，希望能被應允成一處洞窟。餘存的，就留給可能誤入其中（而非被送入）的巧遇者吧。

童：翊峰，我說得太多了，問得也不得體，部分原因，是因為與其為讀者出入《幻艙》文本的細節，我毋寧想繞點路，從外部框出《幻艙》，為其賦形，並放流進「我們」這現世當代裡。當然，這可能是更僭越的作為了，請見諒。不知道你覺得妥不妥當？關於《幻艙》，你也許會有需要補充的地方，所以底下的篇幅，謹留給作者你作結。謝謝。

衷心祝福這本新書，與未來讀者的「奇遇」。

高：偉格，在不經心的靜流底層，其實你已經為這次對話做了最好的結語。這樣交棒予我作結，是對《幻艙》的善意與體諒。這次與你對談，是《幻艙》幸運與你的奇遇，也是我與拙作們的榮幸。你問到關於《幻艙》的補充？我想，不論身為它的作者，抑或只是為小說奴役的代筆人，我該是一位更靜默的讀者，以面對我傾力與之共處的日常。

對於我莽撞提出的「那裡」反問，和你隱留的那句如雪般靜謐落下的回應，我另外寫入自己私心隱藏的筆記本。日後，在可能路經亡靈安棲的墓園，再翻閱到此頁咀嚼，以此度過，那些遙遠的，以及那些或許足夠的記錄。

【新書簽講會】

幻艙

主題：幻艙

主講人：高翊峰

時間：2011年8月15日（星期一）晚上8點至9點

地點：誠品書店台大店3F藝文閣樓

（臺北市新生南路三段98號3F，電話：02-23626132）

報名電話：02-27494988（免費入場，額滿為止）

國家圖書館預行編目資料

幻艙：高翊峰著. --初版. --臺北市：寶瓶文化, 2011.07
面； 公分. --(island；148)
ISBN 978-986-6249-53-2（平裝）

857.7 100011820

island 148

幻艙

作者／高翊峰

發行人／張寶琴
社長兼總編輯／朱亞君
主編／張純玲・簡伊玲
編輯／禹鐘月・賴逸娟
美術主編／林慧雯
校對／張純玲・陳佩伶・呂佳真・高翊峰
企劃副理／蘇靜玲
業務經理／盧金城
財務主任／歐素琪 業務助理／林裕翔
出版者／寶瓶文化事業有限公司
地址／台北市110信義區基隆路一段180號8樓
電話／(02) 27494988 傳真／(02) 27495072
郵政劃撥／19446403 寶瓶文化事業有限公司
印刷廠／世和印製企業有限公司
總經銷／大和書報圖書股份有限公司 電話／(02) 89902588
地址／台北縣五股工業區五工五路2號 傳真／(02) 22997900
E-mail／aquarius@udngroup.com

著作完成日期／二〇一一年三月
初版一刷日期／二〇一一年七月
初版三刷日期／二〇一一年七月二十二日
ISBN／978-986-6249-53-2
定價／三三〇元

財團法人｜國家文化藝術｜基金會 創作補助

AQUARIUS 寶瓶文化事業

愛書人卡

感謝您熱心的為我們填寫，
對您的意見，我們會認真的加以參考，
希望寶瓶文化推出的每一本書，都能得到您的肯定與永遠的支持。

系列：island 148　**書名：幻艙**

1. 姓名：＿＿＿＿＿＿＿＿　性別：□男　□女

2. 生日：＿＿＿年＿＿＿月＿＿＿日

3. 教育程度：□大學以上　□大學　□專科　□高中、高職　□高中職以下

4. 職業：＿＿＿＿＿＿＿＿

5. 聯絡地址：＿＿＿＿＿＿＿＿＿＿＿＿＿＿＿＿＿＿＿＿

   聯絡電話：＿＿＿＿＿＿＿＿　手機：＿＿＿＿＿＿＿＿

6. E-mail信箱：＿＿＿＿＿＿＿＿＿＿＿＿＿＿＿

   □同意　□不同意　免費獲得寶瓶文化叢書訊息

7. 購買日期：＿＿＿年＿＿＿月＿＿＿日

8. 您得知本書的管道：□報紙／雜誌　□電視／電台　□親友介紹　□逛書店　□網路　□傳單／海報　□廣告　□其他

9. 您在哪裡買到本書：□書店，店名＿＿＿＿＿＿　□劃撥　□現場活動　□贈書　□網路購書，網站名稱：＿＿＿＿＿＿　□其他＿＿＿＿＿＿

10. 對本書的建議：（請填代號　1.滿意　2.尚可　3.再改進，請提供意見）

    內容：＿＿＿＿＿＿＿＿＿＿＿＿

    封面：＿＿＿＿＿＿＿＿＿＿＿＿

    編排：＿＿＿＿＿＿＿＿＿＿＿＿

    其他：＿＿＿＿＿＿＿＿＿＿＿＿

    綜合意見：＿＿＿＿＿＿＿＿＿＿＿＿＿＿＿＿＿＿＿＿＿＿＿＿

11. 希望我們未來出版哪一類的書籍：＿＿＿＿＿＿＿＿＿＿＿＿＿＿＿＿

讓文字與書寫的聲音大鳴大放

寶瓶文化事業有限公司

（請沿此虛線剪下）

廣　告　回　函	
北區郵政管理局登記	
證北台字15345號	
免貼郵票	

寶瓶文化事業有限公司　收

110台北市信義區基隆路一段180號8樓

8F,180 KEELUNG RD.,SEC.1,

TAIPEI.(110)TAIWAN R.O.C.

（請沿虛線對折後寄回，謝謝）